CW00859787

Luke und der Puma

Die Reise ins Zauberland

von Gustav Waldemarsson

Bibliografische Information der Deutschen Nationalbibliothek
Die Deutsche Nationalbibliothek verzeichnet diese Publikation
in der Deutschen Nationalbibliografie; detaillierte bibliografische
Daten sind im Internet über http://dnb.dnb.de abrufbar.

Cover-Fotos: Gustav Waldemarsson & iStock.com/dssimages
Cover-Gestaltung: Gustav Waldemarsson

Herstellung und Verlag
BoD – Books on Demand, Norderstedt

ISBN: 9783744894494

Inhalt

Sam und Charlie

Ein hellroter Jeep zuckelte den Berg zum Fichtenwald hinauf. Mühsam suchte er sich einen Weg durch das Geröll auf dem von Gewitterstürmen ausgewaschenen Pfad. Diese Rostbeule auf Rädern verbreitete seit Wochen das erste zivilisierte Geräusch. In dem kanadischen Fichtenwald waren menschliche Besucher eher selten. Manchmal ritt ein Wildhüter durch dieses Gebiet und versuchte eine Liste der hier vorkommenden Tiere aufzustellen. Doch die Tiere versteckten sich, und das war auch besser so. Denn einmal im Jahr, zur Jagdsaison, kamen die Jäger, oder sollte man sie besser Hobbyschützen nennen, und ballerten durch die Gegend. Einige unvorsichtige Tiere mussten sterben, aber die Haupttrophäen der Jäger waren meistens nur Luftlöcher. Das Leben der Bewohner dieser Gegend war relativ ruhig, bis heute.

Neugierig äugte ein Kaninchen dem Auto hinterher und fragte sich, was das wieder zu bedeuten hatte. Der Jeep fuhr um eine Kurve und verschwand. Nur sein Brummen und Knattern war noch zu hören. Das Kaninchen machte ein verdutztes Gesicht, hatte aber den Duft von frischem Gras in der Nase und hoppelte um sich schauend davon.

Am Steuer des Autos saß eine Furcht erregende Gestalt. Der Mann war sehr kräftig gebaut und mochte um die einhundertdreißig Kilo wiegen. Sein Gesicht zierte oder verunstaltete, je nach Geschmack, ein schwarzer Vollbart, in dessen Mitte eine Zigarre vor sich hin qualmte. Beständig brummelte er etwas, das aber in keiner Form einem Lied ähnelte. Ab und zu ergriff er mit seinen dicken Wurstfingern die Zigarre und legte sie auf das Armaturenbrett. Dann suchte er etwas in seiner Jackentasche. Zum Vorschein kam eine Flasche mit einer braunen Flüssigkeit, die er schon seit geraumer Zeit versuchte zu leeren. Aber nach jedem Schluck verzog er sein Gesicht zu einer hässlichen Grimasse und ließ die Flasche wieder in seiner Tasche verschwinden. Es schien ihm nicht zu schmecken. Dieses brummelnde Schwergewicht war Sam.

Neben ihm saß oder vielmehr hüpfte Charlie. Er war sonderbar und komisch anzusehen. Charlie maß fast zwei Meter und stieß sich ständig am Kopf. Obwohl er viel größer als Sam war, wog er nur die Hälfte. Und so trugen der steinige Weg und Sam's Fahrstil dazu bei, dass Charlie in seinem Sitz bei jeder Unebenheit mit der Rübe an die Decke knallte: „Au, verdammt! Kannst du nicht aufpassen, wo du hinfährst? Wenn das so weiter geht, kann ich bald keinen vernünftigen Gedanken mehr fassen!", fluchte Charlie.

Sam grinste nur und steuerte aus reiner Schadenfreude den nächsten großen Stein an.

Charlie sah ihn zu spät, wollte sich noch festhalten, aber schon war er wieder auf dem Flug gen Autodach. Charlie kochte vor Wut: „Ich sehe, du respektierst meine Bitte!". Jetzt schrie er, „Fahr' endlich vorsichtig, du blöder Fettwanst!".

Sam, durch nichts und niemanden jemals aus der Ruhe zu bringen, nicht einmal durch Beschimpfungen, nahm jetzt den übrig gebliebenen Zigarrenstummel und stopfte ihn in den Ascher.

„Reg dich ab, Kleiner. Sei froh, dass es nur dein Kopf ist.", waren seine einzigen Worte.

„Bloß mein Kopf, bloß mein Kopf!", steigerte sich Charlie jetzt hinein. „Auf was spielst du damit an? Meine Nase? Ja richtig, meine Nase! Mister Sam kann es sich nicht verkneifen, sich über meine Nase lustig zu machen. Stimmt es, he, he?" Charlie gab eine jämmerliche Erscheinung ab. In seiner Hysterie machte er den Eindruck, geradewegs aus dem Irrenhaus entflohen zu sein.

Doch Sam ließ das alles kalt. Nachdem Charlie noch ein paar Sekunden unverständliche Krächzlaute von sich gegeben hatte, sagte Sam bloß: „Wir sind da.".

Sam und Charlie hatten ihr Ziel erreicht. Sie befanden sich in einem Wald mit ungefähr einhundertfünfzig Jahre alten Fichten und eigentlich sah hier alles so aus, wie es in einem Wald eben so auszusehen hatte. Die Sonnenstrahlen lugten an einigen Stellen durch die Wipfel der Bäume und machten einige Insekten sichtbar, die zu den ersten gehören wollten, den neuen Tag zu begrüßen. Der Wald roch frisch und würzig. Aber auch das tat er jeden Tag. Und doch sollte heute etwas Außergewöhnliches geschehen, mit dem niemand gerechnet hätte, schon gar nicht Sam und Charlie.

Sam quälte sich aus der Fahrertür und erklomm einen kleinen Hügel, um Ausschau zu halten. Die Hand über der Stirn sah er aus wie ein Kapitän zur See, der nach Land ausspähte. Doch was er suchte war keine Schatzinsel, sondern ein paar mit Kreuzen gekennzeichnete Fichten, die gefällt werden sollten. Ja, Sam und Charlie waren nicht nur ein komisch anzusehendes Paar. Nein, sie waren auch Holzfäller, und das mit Leib und Seele. Sie hatten die Aufgabe, ein paar Fangbäume zu fällen. Fangen wollten sie den für die Bäume gefährlichen Borkenkäfer, der seine Eier in die Rinde der Bäume legt und dessen Raupen ganze Wälder töten konnten. Dazu mussten sie die befallenen Bäume fällen und die

Stämme mit Reisig abdecken. Wochen später, wenn der Käfer seine Eier gelegt hätte, würden die zwei Holzfäller zurück kommen und die Baumrinde mit den gerade schlüpfenden Raupen abschaben, mitnehmen und verbrennen. Sie verhinderten so, das tausende neue Käfer ausfliegen und andere Bäume schädigen konnten. Das Fällen von wenigen Bäumen würde einen ganzen Wald retten.

Sam, der sich von seinem Hügel in den Wald begeben hatte, fand die Bäume nach kurzer Suche und ging zum Auto zurück. Charlie hatte die Heckklappe des Geländewagens geöffnet und war dabei Motorsäge, Benzin, und Öl herauszuholen.

„Noch einmal, nur noch einmal", drohte Charlie, „machst du dich über meine etwas zu groß geratene Nase lustig! Dann, da..."

„Was, dann?", grollte Sam, sich mit seinen einhundertdreißig Kilo vor seinem Kollegen aufbauend. Sam war sich der Wirkung bewusst, die sein Körper erzielte. Charlie hatte nur eine große Klappe, nur heiße Luft.

„Dann...gar nichts", lenkte Charlie schnell vom Thema ab, „lass uns an die Arbeit gehen."

„So gefällst du mir viel besser, Kleiner", schnaufte Sam, der erneut an seiner Flasche nuckelte.

Charlie wollte etwas zu Sam's Trinkgewohnheiten sagen, aber er verkniff es sich. Er griff sich die Motorsäge und die Benzinkanister und meinte: „Ich geh schon mal vor".

„Ist recht", brummelte Sam.

Wild fluchend und ständig stolpernd kletterte Charlie über unwegsames, von Wurzeln und Ästen gespicktes Gelände in den Wald.

„Ich hasse diese Wurzeln und ich hasse alle Äste, die nicht an

den Bäumen hängen, wie es sich für einen braven Ast gehört, sondern mir hier die Beine stellen. Ich hasse es, ich ha..." Charlie hörte mitten im Satz auf zu sprechen, er hatte ein seltsames Geräusch vernommen. Er blieb stehen und lauschte. Aber nichts. Nachdenklich schaute er in die Baumwipfel und sog durch seinen Riesenzinken im Gesicht fast zwei Liter frische Waldluft ein. Er atmete aus und sagte: „Aber trotz allem liebe ich den Wald und seine Luft", und stolperte weiter.
Schon weit hinter sich rief ihm Sam nach: „Verlauf dich nicht Kleiner, und pass auf, dass dich keine Außerirdischen entführen!"
„Typisch. Erst meine Nase und jetzt die Außerirdischen. Ich weiß, es gibt sie. Aber Sam kann sich nur lustig machen. Mal sehen, worüber hat er sich heute noch nicht amüsiert?" Charlie dachte nach. „Meine Angst vor den Mächten der Dunkelheit, vor allem, was ich mir nicht erklären kann, darüber kann er noch spotten."
Tatsächlich grölte Sam jetzt durch den Wald: „Und hüte dich vorm Moor, huu...huu...huu...huuu!".
Charlie machte ein beleidigtes Gesicht und schritt weiter. Nur noch wenige Meter trennten ihn vom ersten Baum und so legte er seine Gerätschaft ab und wartete auf Sam.
Wild schnaufend kam dieser nach einigen Minuten an, obwohl er nur eine Axt trug. „War nicht so gemeint, das...uff...mit den Außerirdischen", keuchte Sam. Er wollte sich einen erneuten Streit mit Charlie sparen.
Gemeinsam fällten sie den ersten Baum. Die erste alte Fichte krachte in den Wald.
„Nummer eins", schnaufte Sam aufatmend, den das Sägen mit der Motorsäge sichtlich anstrengte. Ein Uhu und zahlreiche

andere kleine Vögel wurden durch den Lärm aufgeschreckt und suchten schleunigst das Weite. Auch die anderen Tiere, vom kleinen Kaninchen bis zum riesigen Elch, zogen es vor den Wald zu verlassen. Der Krach war nicht zu ertragen und wer wusste, wie lange er dauern würde.

Bis zum Mittag hatten die beiden Holzfäller ihre Arbeit fast geschafft und machten erst einmal Pause. Ihnen war klar, dass sie sich bis auf ein paar kleinere Tiere, die unter der Erde lebten, nun ganz allein in diesem Wald befanden.

„Haben wir wieder mal alles Leben vertrieben", sagte Charlie.

„Egal, die kommen schon wieder...irgendwann", erwiderte Sam.

Das Mittagessen beschäftigte Sam viel mehr als Charlie's Bemerkung. Das hörte man an seinem genüsslichen Schmatzen. Nach dem Essen lehnte sich Sam an einem Baumstumpf und es dauerte nicht lange, da hatte ihn der Schlaf übermannt.

Auch Charlie träumte, aber mit offenen Augen. Vor ein paar Minuten, Sam schlief bereits, hatte er sich über einen Baumstumpf gebeugt und die Jahresringe gezählt. Jetzt saß er mit dem Rücken an eine Fichte gelehnt und sagte mit starrem Blick: „Einhundertvierzig Jahre, einhundertvierzig Jahre, einfach atemberaubend." Seine Stirn zog Falten „Das sind einhundertvierzig mal dreihundertfünfundsechzig Nächte, das sind..., das sind…, 'ne ganze Menge. Ich möchte wetten, du hast schon einmal ein UFO gesehen. Ja, du würdest mich verstehen, aber mit dir kann man sich leider nicht unterhalten. Pflanzen und Tiere können leider nicht sprechen", sagte Charlie zu dem Baumstumpf und nickte auch ein.

Etwa eine halbe Stunde hatten sie geschlafen, als beide durch einen ohrenbetäubenden Lärm geweckt wurden.

„Was zum Teufel", Sam schaute sich um, „hast du wieder angestellt, Charlie?"

Charlie saß nur mit weit aufgerissenen Augen da und glotzte in die Baumkronen.

Sam überlegte. Er suchte nach einer logischen Erklärung für diesen plötzlichen Sturm.

„Für einen Blizzard", das ist ein gefürchteter Schneesturm, „ist es viel zu früh, wir haben ja gerade Juli."

In Sam's Augen konnte man jetzt die Furcht erkennen, die Furcht vor etwas, das er sich nicht erklären konnte. Alles an diesem Sturm, wenn es einer sein sollte, war ungewöhnlich. Das Sausen und Heulen, das über den Wald fegte, war lauter als alles, was Sam je gehört hatte. Und er hatte schon so einiges gehört, vom Wolfsgeheul bis zum ausgewachsenen Blizzardsturm. Aber dies hier? Nicht ein Ast an den Bäumen bewegte sich, obwohl dieser Sturm die Stämme bis zum Boden hätte neigen müssen. Sam erhob sich und rief Charlie zu: „Komm, lass uns abhauen. Das ist auch mir nicht geheuer!"

Doch Charlie reagierte nicht. „Sie haben mich gefunden, ich weiß nicht wie, aber sie haben mich gefunden. Oh mein Gott! Meine letzte Stunde hat geschlagen.", stammelte Charlie.

„Wer hat dich gefunden?", brüllte Sam, der verzweifelt versuchte sich durch das Tosen verständlich zu machen.

„Wer wohl!", krächzte Charlie hysterisch, „die Außerirdischen natürlich, die Marsmenschen! Sie werden uns entführen."

„Du spinnst!", rief Sam. „Komm endlich, ich will hier weg!"

Sam hatte noch nicht zu Ende gesprochen, als plötzlich ein gleißend helles Licht den Wald durchflutete. Die Umgebung glänzte in allen Farben des Universums, es war ein fantastisches Schauspiel. Aber die beiden Holzfäller hatten die Hosen gestrichen voll. Nicht einer der beiden konnte sich erinnern, jemals im Leben so viel Angst gehabt zu haben. Sam und Charlie waren eins mit dem Waldboden. In ihrer Verzweiflung hatten sie sich hingeworfen und warteten nun auf Schlimmeres. Beide zitterten am ganzen Körper und Charlie flehte: „Nein, bitte nicht, bitte nicht."

Doch so plötzlich wie der Sturm und dieses Licht gekommen waren, herrschte wieder vollkommene Stille im Wald.

Sam hob zuerst den Kopf, immer noch aschfahl im Gesicht. Er versuchte aufzustehen, aber seine zittrigen Beine und sein Gewicht ließen es einfach nicht zu.

„Das war doch nur ein Traum, oder?", sprach Sam mit sich selbst. Er griff in seine Jackentasche, holte seine kleine Whiskyflasche heraus und schraubte den Verschluss mit schlotternden Händen ab. Doch er trank nicht, sondern warf die Flasche tief in den Wald. „Ich glaube, das lass ich eine Weile sein, sonst entführen mich beim nächsten Mal wirklich Charlie's Marsmännchen." Stattdessen zündete er sich eine Zigarre an.

Charlie lag immer noch im Gras und bibberte: „Bitte nicht, nein, bitte nicht."

„Hey, Charlie, es ist vorbei, was auch immer es war", rief Sam, der wieder normal aussah und sich von dem Schock erholt hatte.

Langsam hob Charlie den Kopf und blickte sich um, er rechnete fest damit, sich auf einem Raumschiff zu befinden. Aber er gewahrte nur den Wald, wie er ihn kannte.

„Sam, was wa...wa…war das?", stotterte Charlie und erhob

sich. Er gab eine jämmerliche Figur ab. Seine Haare standen zu Berge und in den riesigen Nasenlöchern steckten Moos und Fichtennadeln.

„Ich habe nicht den blassesten Schimmer", erwiderte Sam, „aber ich meine, wir sollten hier verschwinden, wenn wir die letzten zwei Bäume fertig haben."

„Ganz deiner Meinung, lass uns abhauen."

„Erst, wenn wir fertig sind, verstanden, Kleiner?"

„Na schön, aber auf deine Verantwortung", konterte Charlie. Auch er hatte seinen Körper wieder annähernd im Griff und folgte Sam, der auf dem Weg zur nächsten Fichte war.

Der von Natur aus überängstliche Charlie blickte ab und zu um sich, blieb stehen und horchte.

„Was ist nun wieder, hörst du Stimmen aus dem Jenseits, ha, ha?", ließ Sam seine Stimme ertönen. Er war wieder ganz der Alte und hatte den Schreck von vorhin fast vergessen.

Charlie hatte wirklich so etwas wie Stimmen gehört, aber er dachte, er bilde sich das nur ein und ging weiter. Doch diesmal irrte sich Charlie nicht. In diesem Wald war etwas ganz Außergewöhnliches geschehen. Es hatte nichts mit UFO's zu tun, aber es war so ungewöhnlich, dass den beiden Holzfällern vor Erstaunen die Puste wegbleiben würde.

„Das glaube ich nicht! Das darf doch alles nicht wahr sein!"

„Hast du etwas gesagt, Sam?", rief Charlie.

„Nein, wieso?".

„Komm, lüg' mich nicht an! Ich habe es doch genau gehört. Du sagtest: Das glaube ich nicht und so weiter."

„Nein, ich habe wirklich keinen Ton von mir gegeben."

„Wer soll es denn dann gewesen sein, die Krähe vielleicht, die gerade eben vorbei geflogen ist?", quengelte Charlie.

„Krähen sprechen nicht!", lachte Sam.

„Was heißt hier, Krähen sprechen nicht? Ich kann sehr gut sprechen, und die anderen sagen, ich hätte die beste Aussprache weit und breit."

„So, jetzt reicht's, Charlie! Hör auf mit deinen Spinnereien!". Sam blickte sich um, doch Charlie war viel zu weit entfernt, um etwas gesagt haben zu können. Sam blieb stehen und schaute sich um. Wer zum Teufel hatte da gesprochen?

„Ist da jemand?"

„Ist da jemand?", kam es aus dem Wald zurück, jedoch kein Echo.

„Ich finde das gar nicht komisch, zeig dich, oder..."

„Oder was, du kleiner dicker, bärtiger Mann! Willst du eine kleine Krähe verprügeln?" Daraufhin flog eine Krähe auf einen Baumstamm in Sam's Nähe und hockte sich hin.

Sam fiel der Zigarrenstummel einfach aus dem Gesicht, als er das sah. Seine Beine wurden schwer und er musste sich setzen.

„Na, das hat dich umgehauen, he?", gab die Krähe von sich.

„Du, d...d...du bist eine Krähe!"

„Sieht fast so aus."

„Du k...k...kannst sprechen."

„Und wieder hast du voll ins Schwarze getroffen", krächzte der Vogel.

Sam rieb sich die Augen, blickte auf, doch die Krähe war immer noch da. Das ist alles nur ein böser Traum, dachte sich Sam. Das gibt es doch nicht.

„Ich trinke nie wieder Alkohol, das schwöre ich bei allen Whiskyfässern dieser Erde", stammelte Sam.

„Also gut, krieg' dich langsam wieder ein. Du siehst, ich bin eine Krähe, und du hörst, dass ich sprechen kann. Soweit dazu.

Hast du einen Namen?"

„S...S...Sam."

„Also, Sam. Ich habe ein Problem."

„Du hast ein Problem, das ist lustig. Ich sitze hier im Wald und rede mit einer Krähe. Ich sollte derjenige sein, der ein Problem hat."

„Schon gut, ich verstehe, dass das alles haarsträubend für dich ist, aber jetzt hörst du mir zu, verstanden?"

„Was immer du sagst."

„Also, Sam, ich gebe nicht gerne zu, dass ich ratlos bin. Das ist ganz und gar nicht meine Art", sagte die Krähe sich umschauend, als ob niemand hören sollte, was sie hier offenbarte. „Ich fliege wie jeden Tag meine Runde über den Wald und plötzlich werde ich von irgendetwas geblendet. Nachdem ich wieder sehen konnte, war der Wald unter mir nicht mehr der Wald über den ich vorher geflogen war."

Sam hatte sich damit abgefunden, dass eine Krähe zu ihm sprach. Er meinte, es wäre eine Halluzination und nahm es gelassen.

„Wenn ich wieder hundertprozentig nüchtern bin, wird sie schon verschwinden", redete er vor sich hin.

„Du scheinst gar nicht zu verstehen, wie ernst meine Lage ist. Ich habe total die Orientierung verloren", krähte der Vogel und schlug wütend mit den Flügeln.

Sam erschrak: „Schon gut, erzähl weiter!"

„Ich will nur von dir wissen, wo ich bin. Wie weit ist es zum See, der nie zufriert? Und wo ist die Hütte der Zigeunerin?"

Sam machte ein noch verwundertes Gesicht wie zuvor.

„Der See, der nie zufriert?", fragte er. „Du bist wohl ein wenig zu nah an der Sonne vorbei geflogen. Wir sind hier in Kanada.

Den See zeigst du mir, der hier im Winter nicht zufriert. Du bist mir vielleicht ein Spaßvogel. Der See, der nie zufriert, ich glaube ich lache mich tot", und Sam prustete los.

Die Krähe war nun noch verwirrter. Wo war sie nur hingeraten? Hier kannte man nicht einmal den See, der nie zufriert.

„Und die Hütte der Zigeunerin?", fragte sie den vor Lachen wild schnaufenden Sam.

„Zigeunerin? Hütte? Keine gesehen, ziemlich rar bei uns, fast so selten wie Seen, die nicht zufrieren", entgegnete Sam und bekam wieder einen Lachanfall.

Die Krähe sah ein, dass es keinen Zweck hatte, diesen vollbärtigen Kauz um Rat zu fragen und flog davon.

Zur gleichen Zeit hatte Charlie ein ähnliches Erlebnis. Nachdem Sam ihn anscheinend wieder veralbern wollte, zog er ein verdrossenes Gesicht und wählte eine Abkürzung zum nächsten Baum. Kaum ein paar Schritte weit gekommen, hörte er jemanden sagen:

„Hey, du da!"

Charlie drehte sich um und dachte, der Schlag müsse ihn treffen. Da stand ein riesiger schwarzer Wolf vor ihm und sprach:

„Ja, dich meine ich."

Wer Charlie vor dieser Begegnung mit der „anderen Art" kannte, wusste, er war schon immer ein wenig verrückt. Aber jetzt knallte er anscheinend völlig durch. Sein Gesicht verzog sich zu einem wahnsinnigen Grinsen und seine Stimme wurde piepsig.

„Ich weiß, wer du bist", und er zeigte auf den Wolf. „Du hast dich in ein Wesen von dieser Welt verwandelt, um mich zu täuschen, stimmt's?"

Der Wolf blickte nur verständnislos drein.

„Was ist los?", fragte er Charlie.

„Du brauchst dich gar nicht zu verstellen. Ich weiß, Tiere können nicht sprechen. Deshalb kannst du nur ein Außerirdischer sein, hi, hi, hi." Charlie war tatsächlich völlig verrückt geworden.

„Ein Außerirdischer?", entgegnete der Wolf fragend, „keine Ahnung, was das sein soll. Ich war schon immer ein Wolf."

Bestimmend zeigte Charlie auf den Wolf und kreischte: „Du, du bist ein Außerirdischer und ich dein Gefangener, also entführ mich schon auf dein Raumschiff und frag mich über alles aus."

„Weiß der Geier, was ein Raumschiff ist! Damit kann ich leider nicht dienen, aber ein paar Fragen hätte ich schon."

„Ich bin in deiner Macht, frage!"

Der Wolf stellte fest, er hatte es hier mit einem totalen Spinner zu tun. Jeder Mensch hatte seit Jahrhunderten Angst vor Wölfen. Aber dieser hakennasige Freak bezeichnete ihn als Außerirdischen, was immer das auch sein mochte. Aber er sollte Fragen stellen. Und deshalb hatte der Wolf ihn schließlich angesprochen, weil ihm einiges unklar erschien.

„Wo bin ich hier?"

„Dieser Planet nennt sich Erde", antwortete Charlie wie ein Roboter.

Damit konnte der Wolf nichts anfangen. „Was ist das für ein Wald?"

„Kanadischer Forst, Distrikt 456."

Der Wolf wurde langsam ungeduldig und brüllte: „Distrikt 456? Was ist das?"

„Eine Einordnung von Flurstücken im Gebiet der Rocky Mountains, Westkanada."

Das Gesicht des Wolfes schaute schon weniger grimmig, als er Rocky Mountains hörte. „Wir sind also in der Nähe der Rocky Mountains." Der Wolf überlegte. Seine Heimat lag westlich der Bergkette.

„Wo sind die Rocky Mountains?"

„Im Westen", antwortete Charlie.

Der Wolf begann fürchterlich zu heulen, womit er seiner Verzweiflung Ausdruck verlieh. Irgendeine böse Zauberei hatte ihn in ein Land fern der Heimat und hinter die großen Berge befördert. Was sollte er bloß anfangen? Wie sollte er nach Hause gelangen? Wer würde ihm helfen? Dieser Verrückte sicherlich nicht. Er drehte sich um und trabte davon. Er wollte zuerst schauen, ob vielleicht noch andere Tiere seiner Heimat dieses Schicksal ereilt hatte.

Sam hatte sich, nachdem die Krähe verschwunden war, aufgerappelt und ging auf die Suche nach seinem Begleiter. Prompt lief ihn der Wolf in die Arme. Sam erschrak sich fast zu Tode, denn diese schwarzen Wölfe, genannt Timberwölfe, waren recht selten und gefährlich. Aber noch weniger rechnete Sam damit, dass auch dieser sprach.

„Hey, du! Bleib stehen!", rief der Wolf.

„Ich glaub es nicht. Ist denn alles und jeder in diesem Wald verrückt geworden?", gab Sam verblüfft von sich. „Du kannst auch sprechen?"

„Da wo ich herkomme, können alle Tiere sprechen."

„So, so, dann ist dir eine Krähe, die auch spricht, sicherlich nicht unbekannt, oder?"

„Die Krähe ist hier?", fragte der Wolf aufgeregt und konnte

seine Freude kaum unterdrücken. „Wo hast du die Krähe getroffen? Sprich!"

„Gleich da hinten bei der umgestürzten Fichte. Aber sie hat sich aus dem Staub gemacht. Sie war ein wenig verdreht, wenn du verstehst, was ich meine", und Sam malte mit dem Zeigefinger seiner rechten Hand kleine Kreise in die Luft. „Sie faselte etwas von einem See, der nicht zufriert, und einer Zigeunerhütte. Verrückt nicht?"

Der Wolf hörte aufmerksam zu und kam zu der Feststellung, dass auch der Krähe aufgefallen war, sich in einem völlig fremden Landstrich zu befinden. Er musste sie nur noch finden, dann konnten sie gemeinsam an die Lösung ihres Problems gehen.

„Besten Dank für die Information", sprach der Wolf und verschwand im Unterholz.

„Entweder ich oder die Tiere sind verrückt geworden", redete Sam mit sich selbst. „Ich unterhalte mich mit einem ausgewachsenen Timberwolf wie mit einem Stammtisch-kumpel. Ich muss Charlie finden und dann müssen wir hier weg, sonst werde ich wahnsinnig. Charlie, Kleiner, wo steckst du, melde dich!", rief Sam.

Charlie hätte es hören müssen, denn er saß nur hundert Meter entfernt. Aber sein leerer Blick verriet, er war mit seinem Geist weit weg und er nahm nichts in seiner Umgebung wahr. Und so lief Sam an Charlie vorbei.

Sam hörte ein lautes Schnüffeln und Schniefen, das aus dem hohen Farn zu kommen schien, der sich auf einer Lichtung erstreckte. Ihm war klar, das konnte nur ein Tier sein und er war selber überrascht sich sagen zu hören: „Ist da jemand?" Aber seit heute konnten Tiere sprechen, und daher konnte derjenige, der da schnüffelte, auch antworten.

„Wer fragt?", kam es aus dem Kraut als Antwort.

„Mein Name ist Sam."

„Ich kenne keinen Sam. Du musst ein komisches Tier sein."

„Ich bin kein Tier, ich bin ein Mensch."

„So, so, ein Mensch. In unserem Land gibt es aber außer der Zigeunerin und ihrem Sohn keine Menschen", antwortete eine Stimme aus den Sträuchern. „Wie bist du hierher gekommen?"

„Ich rede mit niemanden, den ich nicht sehe", erwiderte Sam. Er wollte endlich sehen, wer da mit ihm sprach. „Komm und zeige dich oder bist du ein feiges Kaninchen?"

Da raschelte es und ein prächtiger Luchs sprang aus dem Farn. Er stand da und machte einen erstaunten Eindruck. „Vor dem Farnwald haben noch nie Fichten gestanden, solange ich lebe. Wo ist der Ahornwald geblieben?"

„Welcher Ahornwald? Hier gibt es weit und breit keinen Ahornwald", antwortete Sam.

„Bist du vielleicht ein Zauberer und hast den Wald verhext? Als ich mich heute früh hier schlafen legte, war da draußen noch ein Ahornwald."

„Wer hier was verhext hat ist eine gute Frage. Heute Morgen vertrat ich auch noch die Meinung, dass vieles unmöglich ist, wie zum Beispiel Charlie's Außerirdische. Und jetzt sprechen die Tiere, als wenn es schon immer so gewesen wäre."

Der Luchs war restlos verwirrt: „Wer ist Charlie?"

„Charlie ist mein Holzfällerkollege und ich suche ihn gerade."

„Irgendetwas geht hier vor, was ich nicht begreife", sagte der Luchs kopfschüttelnd.

„Darauf kannst du einen lassen", erwiderte Sam zustimmend.

„Aber wenn es dir irgendwie weiterhilft, ich habe vorhin mit einer Krähe und einem Wolf gesprochen, die waren genauso verwirrt wie du".

„So, so, die Krähe und der Wolf", sprach der Luchs, ließ seine spitzen Ohren zucken und schlich wie geistig abwesend davon. Der Luchs konnte nicht wissen, was mit ihm geschehen war. In seiner alten Heimat hatte er sich nach einem nächtlichen Ausflug ins Farnfeld gelegt und war eingeschlafen. Hier, viele Meilen von seinem Geburtsland entfernt, erwachte er durch Zufall wieder in einem Farnfeld, was seine Verwirrung noch steigerte.

Sam suchte weiter nach Charlie und traf kurze Zeit später auf den nächsten Waldbewohner. Dieser war aber keinesfalls so friedlich gestimmt wie seine Vorgänger. Was da auf Sam zukam, galt in ganz Nordamerika als gefährlichstes Raubtier, ein Vielfraß. Dieser etwas plump anzusehende Räuber war nicht größer als ein mittlerer Hofhund. Aber er bestand nur aus Muskeln und sein Gebiss war im Verhältnis zu seiner Körpergröße das gefährlichste überhaupt. Selbst ein Grizzly versuchte jedem Streit mit einem Vielfraß aus dem Weg zu gehen. Und wie sein Name schon sagt, hat er einen außergewöhnlichen Hang zum Fressen.

Sam dachte, wenn der Wolf mir nichts getan hat, warum sollte dieses Muskelpaket ihm Böses wollen. Jedoch dachte Sam nicht an seinen Rucksack, aus dem der Geruch der restlichen Mittagsmahlzeit stieg. Und diese verführerischen Gerüche konnte ein Vielfraß wie kein anderes Tier aus großer Entfernung wittern.

„Hab' ich dich endlich gefunden", knurrte der Vielfraß.

„Mich gefunden?" Sam schaute den stets hungrigen Gesellen fragend an.

„Deinen Speck habe ich schon seit einer geschlagenen Stunde in der Nase."

Sam gab sich beleidigt: „So fett bin ich nun wirklich nicht". Gleichzeitig war ihm bange, denn der Vielfraß wollte sicherlich nicht nur an seinem Speck riechen.

„Wer redet denn von dir! Du musst doch denken, ich ekele mich vor gar nichts. Menschenfleisch, igitt!", und der Vielfraß spuckte zweimal aus. „Ich meine den Speck, den du in dieser Tasche auf deinem Rücken versteckst."

Sam fiel ein Stein vom Herzen, als er das hörte. „Ach so, den kannst du gerne haben", und er packte den Speck aus.

„Nun mach schon, oder soll ich hier vor Hunger sterben."

„Ist ja gut. Hier, werde glücklich damit." Sam warf dem Vielfraß das Stück Speck vor die Füße.

Dieser hielt sich nicht allzu lange daran auf. Kaum hatte er gefressen, machte er wieder ein forderndes Gesicht.

„Alles alle", sagte Sam.

„Du weißt, dass es ein großer Fehler ist, einen Vielfraß anzulügen."

„Ich habe wirklich nichts mehr."

„Und das süßlich riechende Etwas in deiner linken Hosentasche", grinste der Vielfraß, „das willst du einem halb Verhungerten unterschlagen?"

Sam zog, selbst überrascht, ein Stück Schokolade ans Licht, das dort schon einige Wochen gelegen haben musste. „Ja glaubt man denn so was! Deiner Nase entgeht wirklich nichts." Schmunzelnd über so viel Fresssucht gab Sam auch das Stück Schokolade her und sah dem genüsslich schmatzenden Vielfraß beim Fressen zu.

Nun machte der Räuber ein schon zufriedeneres Gesicht.

Wusste er doch selbst, dass dieser Holzfäller nichts Fressbares mehr bei sich hatte.

„Bist du jetzt satt?"

„Du machst wohl Witze", bellte der Vielfraß. „Das Wort satt kenne ich nicht. Ich habe Tag und Nacht, tagein, tagaus Hunger."

Sam wusste sich nicht mehr zu helfen. Er rechnete, trotz der Abneigung des Vielfraßes gegen Menschenfleisch, nun fest damit, selbst gefressen zu werden.

Der Vielfraß jedoch setzte sich erst einmal auf sein Hinterteil und sprach: „Aber gestern scheine ich mich dennoch überfressen zu haben. Ich kenne mich heute kein bisschen mehr in diesem Wald aus."

„Da bist du nicht der Erste", redete Sam ihm dazwischen, der sich so erhoffte, den fresssüchtigen Kerl los zu werden.

„Was soll das heißen, ich bin nicht der Erste?"

„Eine Krähe, ein Wolf und ein Luchs haben dasselbe Problem."

Seine Fresssucht für einen Moment vergessend, überlegte der Vielfraß und sprach: „Ich muss sie suchen. Vielleicht wissen sie mehr." Daraufhin erhob er sich und trottete ohne ein Wort des Dankes davon. Man hörte nur noch sein Schniefen in der Ferne. Trotz seiner Absicht die Krähe, den Wolf und den Luchs zu suchen, vergaß er keinesfalls gleichzeitig nach etwas Fressbaren zu schnüffeln.

„Verrückter Kerl, dieser Vielfraß! Aber heute ist ja jeder verrückt, einschließlich mir", meinte Sam und kratzte sich am Bart. Er schulterte seinen Rucksack und ging weiter. Wo hatte sich dieser Charlie nur wieder verkrochen, dachte Sam.

Der Wald vor Sam lichtete sich und er trat an den Rand eines mit Geröll übersäten Abhangs. Von hier aus hatte man einen fantastischen Blick auf die Berge ringsum. Sam genoss den Anblick und vergaß für einen Moment Charlie und die sprechenden Tieren. Ein riesiger grüner Teppich lag vor ihm, ein Teppich aus Fichten, Tannen, Ulmen und in der Ferne natürlich auch Ahornbäumen, deren Blatt auf der kanadischen Staatsflagge verewigt war. Aber Sam's Augen reichten nicht aus, um jeden einzelnen Baum zu bestimmen. Er sah nur dieses einzigartige Grün, dass sich bis an den Horizont erstreckte. In der Ferne schimmerte ein See, dessen Blau in hervorragendem Kontrast zu dem Grün der Wälder und dem etwas helleren Himmelblau des Firmaments stand. Noch weiter am Horizont färbten sich die Berge und Täler bläulich. Und kaum noch zu erkennen, sah man in einem blassen Hellblau die Silhouette der Rocky Mountains.

Wie Sahnehäubchen türmten sich die strahlend weißen Schneefelder und Gletscher auf den Spitzen der Berge. Das waren die Rocky Mountains, diese einzigartige Gebirgskette, die sich durch den gesamten Kontinent Nordamerika zog. Sams Augen begannen zu funkeln wie die eines Kindes, das seine Weihnachtsgeschenke auspackt. Er war noch nie in den Rockys. Aber immerhin lebte er in Kanada, und allein davon träumten viele Menschen auf der Welt. Die Artenvielfalt der Pflanzen und Tiere, die in Kanada beheimatet waren, konnte einen Menschen schon verrückt nach diesem Land machen. Aber was geschah, wenn diese Tiere zu sprechen begannen? Sam erinnerte sich an seine derzeitig verrückte Lage. Er musste Charlie finden und so schnell wie möglich von hier verduften.

Ted und Luna

Charlie saß derweil immer noch an dem Platz, wo ihn der Wolf überraschte und stierte Löcher in die Luft.

„Und ich sage es dir noch einmal: Das ist nicht unser Wald!"
„Quatsch, Wald ist Wald! Hier kann man doch herumtoben und spielen wie überall."
„So glaube mir doch: Die Zigeunerin hat den Wald verhext."
„Quatsch, nichts ist verhext."

Diese Stimmen, die aus einem Wirrwarr aus Ästen und Zweigen ganz in der Nähe von Charlie kamen, stritten sich noch eine Weile weiter und schließlich konnte man sehen um wen es sich handelte: Es waren zwei Grauhörnchen. Diese putzigen Tierchen sprangen von Ast zu Ast und ruderten mit ihren buschigen Schwänzen. Den wie versteinert wirkenden Charlie bemerkten sie gar nicht, bis das eine Hörnchen zufällig in seine Richtung sah. „Ted, schau mal dort! Da hockt ein Mensch", rief das scheinbar ängstlichere Hörnchen der beiden. Das Grauhörnchen, das auf den Namen Ted hörte, blickte sich um und gewahrte Charlie. „Tatsächlich, was macht der denn hier in unserem Wald?"

„Ted, das ist nicht unser Wald", erwiderte das andere Grauhörnchen schon leicht weinerlich.

Ted zog dreimal sein Näschen in Falten und antwortete: „Luna, hör endlich auf solche Gerüchte in die Welt zu setzen. Wir tollen den lieben langen Tag in den Baumwipfeln herum. Da kann es schon mal vorkommen, dass wir die Orientierung verlieren. Und dieser Mensch da hat sich bestimmt nur verlaufen."

„Vielleicht hast du ja Recht. Ich bin nun mal ein Angsthase", gab Luna kleinlaut von sich.

Von einem tief hängenden Ast auf den Boden springend näherte sich Ted dem regungslos da sitzenden Charlie. „Ich werde ihn einfach fragen, was er hier macht."

„Sei vorsichtig!", rief ihm die sich hinter einem Reisig versteckende Luna zu.

„Hallo, ich bin Ted. Und wer bist du?"

Bis auf ein in gewissen Abständen auftretendes Augenzwinkern kam von Charlie keinerlei Reaktion.

„Er reagiert nicht. Er schläft mit offenen Augen", pfiff Ted.

Luna lugte hinter ihrem Zweig hervor und trippelte langsam auf ihren Freund Ted und den schlafenden Fremden zu.

„Lass ihn schlafen! Wenn er über die hohen Berge in unser Land gekommen ist, wird er sicherlich sehr müde sein."

Doch Ted hatte die Neugier gepackt und antwortete Luna: „Ich will wissen, wie er den Weg in unser Land gefunden hat."

„Wenn es unser Land ist?", druckste Luna ängstlich herum.

„Fängst du schon wieder an", meinte Ted, der gerade dabei war, Charlie durch einen Biss in dessen rechte Hand zu wecken.

Doch dazu sollte er nicht mehr kommen. Denn plötzlich pfiff und kreischte Luna wie verrückt und zeigte auf den Himmel. Durch die Wipfel der Bäume, sacht und leise herab gleitend, näherte sich den beiden ein riesiger Raubvogel. Ted äugte in seine Richtung und meinte ganz gelassen: „Aber das ist doch nur Adler Weißkopf. Warum schreist du deswegen so herum?"

Selbst Luna's Alarmschrei hatte es nicht vermocht, Charlie aus seinem Trauma zu wecken.

„Und wenn er es nicht ist?" Luna zitterte am ganzen Körper.

„Wer soll es denn sonst sein? Bei uns gibt es nur einen

Weißkopfseeadler, und das ist unser weiser Adler Weißkopf", meinte Ted wichtigtuerisch.

„Und wenn er es nicht ist?", Lunas Stimme wurde piepsig.

„In Ordnung, überredet." Ted konnte seine kleine Freundin nicht so leiden sehen und huschte zu ihr ins Gebüsch.

Der Adler ging auf einem nahen Baumstumpf nieder und schlug noch zweimal mit den Flügeln. Das Wappentier Alaskas bot einen majestätischen Anblick. Der Weißkopf-seeadler hatte ein braunschwarzes Gefieder und als Krone einen schneeweißen Kopf wie die Berge und Gletscher seiner Heimat. Ein großer gelber Hakenschnabel und stets aufmerksame Augen, denen keine Bewegung entgehen konnte, machten sein Äußeres vollkommen.

„Ted und Luna, seit wann habt ihr Angst vor mir?", entfuhr es nun seinem Schnabel.

„Angst? Angst?", plapperte Ted protzend und lief auf den Adler zu. „Ich habe dich nur nicht gesehen."

„Du weißt, mich anzulügen ist schwierig, da mir meine Augen immer hunderte von Metern vorauseilen."

„Also gut, Luna hatte Angst. Sie denkt, das hier wäre nicht unser Wald, und du wärst nicht du. Entschuldige."

„So leid es mir tut, dies zu sagen, aber Luna hat Recht."

Ted zog seine Stirn in Falten: „Du bist nicht du?"

Der Adler lachte: „Natürlich bin ich ich, wer soll ich denn sonst sein? Aber dies hier ist nicht unser Wald."

„Siehst du, ich habe es dir doch gesagt. Der Wald ist verhext", sagte Luna, während sie den völlig verunsicherten Ted vorwurfsvoll anschaute.

„Was meinst du damit, dies hier ist nicht unser Wald", fragte Ted, der dem Adler sofort glaubte.

„Erinnert ihr euch an das gleißende Licht um die Mittagszeit? Zu diesem Zeitpunkt schwebte ich hoch über dem See, der nicht zufriert. Als das blendende Licht verschwunden war und ich nach unten blickte, fehlte auch vom See jede Spur. Ich glitt tiefer und musste mit Entsetzen feststellen, dass sich alles verändert hatte. Kein Baum stand mehr an seiner Stelle, kein Hügel, kein Bach war mehr derselbe. Kurzum, unter mir lag ein völlig fremdes Land."

„Du meinst, ein Licht hat uns in ein fremdes Land getragen?", fragte erneut Ted.

„So in etwa."

Luna schmiegte sich Schutz suchend an Ted und flüsterte: „Was sollen wir jetzt anfangen?"

„Also, ich bin schon ein wenig über dem Land gekreist und habe einige Tiere aus unserem Land getroffen, die verwirrt durch die Gegend zogen: eine Herde Bisons, eine Gruppe Murmeltiere, die Krähe und den Trompeterschwan. Und ich vermute, dass alle Tiere unserer Heimat hier gestrandet sind."

„Wie furchtbar, oh Gott, oh Gott!", wimmerte Luna.

Ted, selbst sichtlich nervös, leckte ihr zärtlich die Wange und tröstete sie: „Es wird schon alles wieder gut."

Der Adler warf einen prüfenden Blick auf Charlie, der sich immer noch nicht rührte. „Wer ist das?"

„Keine Ahnung. Der pennt und ist nicht wach zu kriegen. Wir haben schon alles versucht, aber er rührt sich einfach nicht. Gerade wollte ich ihn beißen, da tauchtest du plötzlich auf. Aber das kann ich ja sofort nachholen", und Ted lief wieder zu Charlie.

„Nein, lass ihn schlafen! So kann er wenigstens niemandem schaden", stoppte ihn der Adler.

„Aber vielleicht kann er uns helfen, vielleicht kann er uns sagen, wo wir uns befinden", meinte Ted und setzte zum Biss an.

Schreiend, wie nur ein Adler es kann, stürzte er sich auf Ted und gab ihm einen kräftigen Stoß mit seinem Schnabel, so dass dieser rücklings davon purzelte. Luna rannte sofort zu ihrem Liebsten um zu schauen, ob er sich auch nicht wehgetan hatte. Aber der Adler könnte nie einen seiner Freunde ernsthaft verletzen und so erholte sich Ted ziemlich schnell von seinem Sturz. So einen kleinen Dämpfer brauchte Ted ab und zu. Das wusste auch Luna.

„Lass ihn schlafen!", schrie der Adler und seine Augen funkelten böse. „Wir haben schon genug Probleme."

Kleinlaut geworden hauchte Ted: „Ich dachte ja nur, dass..."

„Schweig und hör mir zu: Ich sagte bereits, dass ich zuvor auch die Krähe traf. Diese hatte den Ernst der Lage schnell begriffen und machte sie sich auf die Suche nach jemandem, den sie um Rat fragen konnte. Es dauerte gar nicht lange, so sagte sie, da erblickte sie zwei Männer im Wald unter sich..."

Und so berichtete der Adler den beiden über das Treffen der Krähe mit dem Holzfäller. Ted und Luna hörten ihm gespannt zu. „Aus der Reaktion des Mannes folgere ich: wir sind in einem Land, in dem die Tiere nicht die Fähigkeit besitzen zu sprechen. Er hat noch nie etwas von dem See, der nie zufriert, gehört. Deshalb vermute ich, dass wir uns weit entfernt von unserem zu Hause befinden. Der Mann hier", sagte der Adler auf Charlie deutend, „und der, den die Krähe traf, sind uns garantiert keine Hilfe."

Damit hatte der Adler seinen Standpunkt vertreten und räusperte sich zum Abschluss.

Grübelnd hockte Ted da und meinte: „Sie können uns nicht helfen, unser Land wieder zu finden, da sie der Meinung sind, Tiere können nicht sprechen."

„Genau so habe ich es gemeint", der Adler nickte. „Sie sind einfach nicht in der Lage aus ihrer vorgefertigten Welt des Berechenbaren auszubrechen und an Wunder zu glauben. Sie haben keine Fantasie, keine Träume. Sie werden uns nie glauben, dass wir aus einem Zauberland hierher gekommen sind. Ich glaube eher, je mehr Kontakt sie zu Tieren unserer Heimat haben, desto höher ist die Gefahr, dass sie wahnsinnig werden. Und wenn ich mir diesen hier betrachte", und der Adler blickte erneut auf Charlie, „hat der Wahnsinn sein erstes Opfer gefunden."

„Wahnsinnige sind gefährlich", gab Luna zitternd von sich.

„Stimmt", sagte der Adler, „das hast du völlig richtig erkannt. Und wahnsinnige Menschen sind für uns Tiere tödlich."

Ted sah den Adler nur staunend an. Er war überwältigt von dessen Weisheit und Weitsicht. Aber auch Ted hielt einiges auf sich und so versuchte er dem Adler nachzueifern und diesen gleichfalls zu beeindrucken. Trotz Anerkennung des Alters und der Weisheit des Adlers verspürte Ted den Drang, die jugendliche Kraft, seinen Senf dazu zugeben. So machte er ein wichtiges Gesicht und begann seine Gedanken zu äußern: „Wenn wahnsinnige Menschen tödlich für uns Tiere sind, müssen wir sie uns irgendwie vom Hals schaffen. Sie müssen diesen Wald verlassen, und zwar schnell. Wenn wir unsere alte Heimat wieder sehen wollen, sind sie uns dabei keine Hilfe und nur im Weg."

Der Adler schmunzelte über Ted's Rede, da es nur eine Wiederholung dessen war, was er zuvor gesagt hatte.

Dennoch, Ted war stolz auf sich und der Adler gönnte es ihm.
„Du hast ganz Recht, Ted. Die Menschen müssen den Wald erst verlassen, bevor wir uns Gedanken über unser Schicksal machen können."

Luna hörte gespannt zu, wie sich ihr Ted und der weise Adler berieten. Sie wollte sich nicht einmischen. Der Adler fuhr fort: „Vorhin sah ich den anderen Mann und er rief ständig den Namen Charlie. Deshalb nehme ich stark an, dass diese komische Figur hier vor uns Charlie ist. Wir müssen dem anderen, die Krähe sagte mir er hieße Sam, irgendwie mitteilen, wo sich sein Partner aufhält. Wenn er ihn gefunden hat, hauen sie vielleicht von alleine ab. Wenn nicht, müssen wir uns einen anderen Plan ausdenken."

Der Adler schlug mit seinen mächtigen Schwingen. Luna musste sich an Ted festhalten, um nicht in die Büsche gewirbelt zu werden, so stark war der Luftzug, den des Adlers Flügelschlag auslöste.

„Also ich fliege jetzt los und suche diesen Sam und ihr behaltet den Verrückten hier im Auge, bis ich wiederkomme, in Ordnung?"

„Du kannst dich voll und ganz auf uns verlassen", rief Ted, der wie kein anderer so schnell zu etwas zu begeistern war.

Der Adler schon im Aufwind schrie noch herunter: „Und lass ihn ja schlafen oder du lernst mich kennen."

„Ja, ja, schon in Ordnung", maulte Ted, der Charlie all zu gerne mal in die Hand gezwickt hätte.

Nachdem der Adler über den Bäumen verschwunden war, begann Luna zu weinen: „Was sollen wir nur tun? Wir sind in einem völlig fremden Land. Wie furchtbar. Ted, ich habe Angst."

Ted, der seine Beschützerrolle nun voll auskostete, erwiderte: „Du brauchst doch keine Angst zu haben. Ich bin doch hier, der Adler ist hier und unsere anderen Freunde sind auch in der Nähe, irgendwo."

„Ted, du scheinst es nicht zu verstehen: wir sind nicht mehr zu Hause."

„Ja und", Ted schaute fragend auf Luna, „Wald ist Wald."

„Eben nicht, Ted", Luna schluchzte. „Zu Hause hatten wir keine Feinde."

„Aber die Menschen wollen wir doch vertreiben." Ted wusste nicht, was Luna so aufregte.

„Die Menschen sind schon eine Gefahr, Ted. Aber hast du schon einmal an die Tiere gedacht, die Tiere, die hier gelebt haben, bevor wir kamen."

Jetzt machte Ted schon ein sorgenvolleres Gesicht. Das war gar nicht so harmlos, was Luna da sagte.

„Luna, du hast Recht. Hier gibt es Tiere, die nicht sprechen, die unser Versprechen des friedlichen Zusammenlebens nicht kennen. Tiere, die uns jagen werden."

„Ja Ted, wir haben seit ein paar Stunden Feinde. Verstehst du nun meine Angst?"

Ted brauchte nicht zu antworten. Sein Blick in die Umgebung und in die Baumwipfel sagte alles. Auch er, der tapfere kleine Ted hatte nun Angst. Es war eine völlig neue Situation, nicht nur für die zwei kleinen Grauhörnchen.

Sam

Sam's Füße wurden schwer, kein Wunder, denn er lief seit fast zwei Stunden durch den Wald auf der Suche nach Charlie. Das Wandern mochte er gar nicht, woran sein Gewicht die Hauptschuld trug. Sam blickte mit einem Knurren in der Kehle auf seine Armbanduhr. Und als ob er es nicht wahrhaben wollte, was er da sah, schaute er noch zur Sonne. Aber sowohl die Sonne, als auch seine Uhr sagten ihm, dass es drei Uhr nachmittags war. Wenn er und Charlie vor Einbruch der Dunkelheit wieder zu Hause sein wollten, mussten sie in spätestens zwei Stunden aufbrechen. Auf gar keinen Fall hatte Sam Lust, die Nacht hier in diesem Geisterwald zu verbringen. Auch machte er sich Sorgen um Charlie.

„Vielleicht ist er schon wieder am Auto und wartet auf mich?" Allein würde Charlie nie nach Sam suchen. Dazu fehlte ihm der Mut, dachte sich Sam. Und so entschied er zum Auto zurückzukehren und ging den Weg, den er gekommen war, zurück.

Der Plan

Der Adler brauchte nicht lange am Himmel zu kreisen. Seine Augen hatten Sam schon nach wenigen Augenblicken erspäht. Auch er war sich der neuen Situation bewusst und gerade er durfte nichts riskieren.

Menschen neigten dazu, einem Eifer zu verfallen, der sich Jagdfieber nannte und der sie unbewusst Tiermorde begehen ließ. Dass hatte ihm die Zigeunerin erzählt. Sie jagten nicht, weil sie hungrig waren. Nein, sie wollten sich ihrer Trophäen brüsten, stopften die Tiere aus und hängten sie an die Wand. Dem Adler war bewusst, dass er eine ausgezeichnete Trophäe abgeben würde.

Doch er war viel zu schlau für eine unüberlegte Handlung. Bei der Krähe war Sam noch geschockt, aber wie würde er sich einem herrlichen Weißkopfseeadler gegenüber verhalten, dachte der Adler. Er konnte nicht wissen, dass seine Art im ganzen Land geschützt und die Jagd auf sie unter hohen Strafen verboten war. Der Adler musste einen anderen finden, der Sam mitteilte, wo sich sein Freund Charlie aufhielt - jemanden, den Sam auf gar keinen Fall ein Leid zufügen konnte.

Der Adler überlegte kurz und hatte auch gleich eine Idee. Wenn wirklich alle Tiere seiner Heimat hier waren, dann auch sein bester Freund. Noch einmal sich die Position von Sam einprägend, drehte der Adler gekonnt ab und machte sich auf die Suche nach einem wirklich Furcht einflößenden Tier.

Der Adler kannte die Gewohnheiten seines Freundes, kannte dessen Vorliebe für speziell zwei Tätigkeiten: Fressen und Schlafen. Wenn er gerade schlief, würde es auch für den Adler schwer sein, ihn zu orten. Aber wenn er gerade fraß, war es ein leichtes ihn zu finden. Unten im Tal erstreckte sich ein mittlerer Gebirgsfluss und der Adler sah auch sofort diesen großen dunkelbraunen Fleck am Ufer. Das musste er sein. Der Adler setzte zum Sturzflug an und sauste talwärts. Noch im Flug erkannte er seinen großen Freund, der wie konnte es auch anders sein, beim Fressen war.

Am Fluss stand ein riesiger Grizzly und verzehrte genüsslich einen Lachs. Ein großer, aus dem Wasser herausragender Stein diente dem Grizzly als Tisch. Mit einer Pranke hielt er den Fisch, die andere hing angewinkelt in der Luft, bereit auf den nächsten vorüber ziehenden Fisch niederzufahren. Es war kaum anzunehmen, dass sich bei diesem Koloss nach dem Verzehr von einem immerhin armlangen Lachs ein sättigendes Gefühl einstellte. So, wie der Grizzly aussah, musste über eine Tonne wiegen. Sein breiter Kopf war etwas heller als der Rest des Körpers und die winzigen Schweinsäuglein verloren sich fast in diesem Schädel. Der Adler ging auf einem umgestürzten Baum am Ufer nieder und freute sich einen Augenblick lang des Anblicks des friedlich schmatzenden Bären.

Er dachte sich, auch dieser wäre sicherlich eine begehrte Trophäe bei den sinnlos tötenden Menschen. Aber Sam und Charlie hatten keine Waffen und Sam wird sich bestimmt die Hosen nass machen bei dieser zwanzig Zentner schweren Kraftmaschine. Also, der Bär war sein Mann.

„Hallo, alter Freund", rief der Adler, „ich sehe, dir schmeckt es ausgezeichnet." Auch der Adler verspürte ein leichtes Leeregefühl in der Magengegend, jedoch gab es zurzeit Wichtigeres.

Der Bär, die Stimme sofort erkennend, erhob freudig den Kopf und schaute zum Ufer. „Hallo, Adler, ich bin gerade fertig", brummte der Bär mit tiefer Stimme, was natürlich nicht stimmte, denn Hunger hatte er wie sein Freund, der Vielfraß, immer. Aber heute hatte sich so einiges zugetragen, dass sein Bärenhirn nicht verstand und so trottete er, Neuigkeiten erwartend, in die Richtung des Adlers.

Bei ihm angelangt war sein erster Satz: „Adler, was ist mit uns geschehen?"

„Ich weiß es auch nicht, aber ich habe da eine Vermutung." Der Bär war gleich zur Sache gekommen. Auch er merkte vor ein paar Stunden sofort, dass er sich nach dem mysteriösen Licht nicht mehr in seinem Revier befand. Genau wie alle anderen Tiere war er verwirrt und grübelte über das Geschehene nach. Aber nach kurzer Zeit kam er zu dem Schluss, dass es sich mit vollem Magen besser denken ließe. Und so suchte er vorerst einen Fluss und fraß einen halben Zentner Fisch.

„Hast du die gleiche Vermutung wie ich?", fragte der Bär.

„Wenn du auch die Zigeunerin und ihre Zauberexperimente in Betracht ziehst, dann ja", antwortete der Adler.

Der Bär nickte: „Genau daran dachte ich."

„Also muss ich dich nicht mehr über unsere Lage aufklären. Du weißt, wir sind in einem anderen Land und das betrifft alle Tiere."

Der Bär brummte: „Ja, ich traf schon den Hermelin, die Bisonherde und den Waschbären mit seiner Familie."

„Über einen Ausweg werden wir später geschlossen beraten", meinte der Adler. „Im Moment haben wir ein anderes Problem."

„Und das wäre?"

„Hier in diesem Wald sind zwei Menschen, Sam und Charlie. Auf Charlie passen die Grauhörnchen Ted und Luna auf. Er scheint einen Schock zu haben. Die sprechenden Tiere haben ihn zu sehr überrascht. Er sitzt nur da und starrt vor sich hin. Der andere sucht ihn. Ich bin der Meinung, wir müssen uns ihrer zuerst entledigen, bevor wir eine Versammlung der Tiere einberufen."

„Völlig richtig", stimmte der Bär zu.

„Ich habe Sam gefunden. Er läuft hinter diesem Berg, aber mein Hals ist mir zu schade. Könntest du ihm sagen, wo sich sein Charlie festgesetzt hat. Damit können wir ihm gleichzeitig noch einen riesigen Schreck einjagen."

„Nichts leichter als das, ich bin der geborene Spezialist fürs Erschrecken. Wo hockt dieser Charlie? Was soll ich Sam sagen?"

„Du sagst ihm, sein Freund sitzt in dem kleinen Ulmenwald, an dem er vor einer halben Stunde... Nein, warte, wie lange brauchst du um über diesen Berg zu kommen?"

„Ich bin in null Komma nichts drüben. Ich mag zwar schwerfällig aussehen, trotzdem bin ich noch verteufelt schnell."

„Also gut, das mit der halben Stunde geht in Ordnung."

Der Grizzly drehte sich sofort um und warf sich in den Fluss. Schneeweiß spritzte das Wasser in meterhohen Fontänen auseinander, als der Bär seine Tonne Lebendgewicht durch den Fluss wälzte.

Der Adler rief ihm nach: „Und erschreck ihn gehörig. Ich beobachte alles von oben." Und damit breitete der Adler seine Schwingen aus und startete seine Luftüberwachung. Am Berg sah er den Bären, der wirklich schnell war. Der Adler stieg in der Thermik höher und höher. Kurz darauf gewahrte er auch Sam wieder. Zwischen ihm und dem Grizzly lag ungefähr ein Kilometer und der Abstand wurde kleiner. Der Bär hatte die korrekte Richtung und würde Sam nach dem nächsten Hügel schon wittern können. So entschloss sich der Adler schnell nach Ted und Luna zu schauen. Er fand sie so vor, wie er sie verlassen hatte.

„Hast du ihn gefunden?", pfiff Ted dem Adler schon von weitem entgegen.

Der Adler landete und erzählte das Geschehene. Er riet den Hörnchen sich zu verstecken, wenn Sam hier aufkreuzte. Lange hielt er sich nicht auf, denn er musste die andere Aktion überwachen. Er schwang sich wieder in die Lüfte und flog Richtung Sam, Richtung Grizzly.

Der Grizzly

Sam schritt gerade über eine kleine Bergwiese, als er ein merkwürdiges Geräusch vernahm. Den Rand der Wiese säumten etwa vier Meter hohe Fichten eines noch jungen Bestandes, die versetzt gepflanzt worden waren, sodass man an einigen Stellen weit in den jungen Wald schauen konnte.

Sam blieb stehen. Was war das schon wieder? Angestrengt horchte er in den Wald. Er hielt sogar den Atem an, um nicht vom eigenen Atemgeräusch gestört zu werden. Doch es war weder etwas zu hören noch zu sehen.

„Langsam mache ich mich selbst verrückt. Bald höre ich Stimmen, wo gar keine sind, wie Charlie."

Er dachte kurz über das Gesagte nach, und stellte mit Erschrecken fest, dass er schon Stimmen gehört hatte, noch dazu von Tieren. Sam gab dem Alkohol die Schuld und hielt alles für eine riesengroße Halluzination.

Doch da war dieses Geräusch wieder, viel lauter als vorhin. Es hörte sich an, wie wenn etwas verdammt Großes auf ihn zukäme. Es schnaufte wie ein Walross und kam immer näher. Sam hatte dieses Geräusch zwar noch nie gehört, aber er war nicht dumm und so konnte er sich an fünf Fingern abzählen, welche Ursache dieses Geräusch haben musste. Wie angewurzelt stand Sam auf der Wiese und starrte zwischen die Bäume. Kurz sah er dort etwas Braunes, aber es verschwand sofort wieder.

„Ein Grizzly, verdammt! Das kann nur ein Grizzly sein."

Sam schaute sich um, suchte nach einem Ausweg, einem Fluchtweg, einer Waffe, einem Baum zum Hinaufklettern.

Aber nichts, rein gar nichts war zu erspähen. Weit über Sam

kreiste ein Adler, aber den nahm er nicht wahr.

Sam war in Panik. Er prüfte die Windrichtung und blickte noch verzweifelter drein. Der Wind trug seinen Geruch genau auf den Bären zu. Sam konnte nur noch darauf hoffen, dass der Bär anderes im Sinn hatte und nicht aggressiv war. Und so kauerte sich Sam hinter eine kleine Fichte und wartete.

Der Grizzly hatte Sam schon lange gewittert und trat mit Absicht auf jeden Ast, knickte sogar hier und da kleine Bäume um, nur um seinen Auftritt so effektvoll wie möglich zu gestalten. Die letzten Meter bis zur Wiese legte er einen Sprint ein, dass es nur so krachte. Sam's Gesicht färbte sich weiß. Er hatte jetzt schon sagenhafte Angst. Aber das wusste der Bär nicht. Der wollte ganze Arbeit leisten. Wenn er schon zu Hause nie das wilde Tier sein durfte, weil er keine Feinde hatte, dann doch wenigstens hier, wo es sogar von ihm verlangt wurde. Er durchbrach die letzte Baumgruppe und machte eine Vollbremsung, dass es nur so staubte. Wild scharrte er mit seiner rechten Vorderpranke den Waldboden auf. Dann ließ er das wohl gefährlichste und kräftigste Brüllen der Wildnis erschallen. Seine Unterlippe hing herab und der Geifer lief ihm aus der Schnauze.

Sam blieb fast das Herz stehen. Meine letzte Stunde hat geschlagen, dachte er. Der Bär war noch nicht fertig, seine angeborene Tierstimme hatte diesen Sam bestimmt schon gehörig beeindruckt, was vermochte wohl seine Größe bei Sam bewirken? Und so richtete sich der Grizzly zu seiner vollen Größe auf, stand nun auf den Hinterbeinen und ruderte mit seinen Vorderpranken in der Luft umher. Da stand ein drei Meter großer Grizzly vor Sam und zeigte alle Merkmale eines ziemlich gereizten Bären. Sam, der anfangs hockte, war nun aus lauter Angst und Ehrfurcht zusammengesunken. Sein Kopf lag auf den Knien und die Hände hatte er schützend hinter den Kopf gelegt. So lag er da und erwartete den Angriff.

Der Grizzly sah dies und war zufrieden.

„Hervorragende Arbeit", sprach er zu sich selbst, „aber nun Teil zwei." Langsam und jetzt fast lautlos trottete der Grizzly auf Sam zu. Als sein riesiger Schädel fast über Sam hing, brüllte er ihm ins Genick: „Hi, Sam, du hast große Angst, nicht?"

Sam hatte zuviel Furcht und zuviel Unmögliches erlebt, um sich noch zu wundern, dass auch dieser Bär sprach. „B...B...Bitte lass mich leben."

„Vielleicht", brummte der Bär. Er wollte Sam zappeln lassen. „Was willst du", sagte Sam mehr zum Boden als zu dem Grizzly, denn er wagte nicht, den Kopf zu heben.

„Du und dein Freund verschwindet hier aus dem Wald und das schnell, sooonst", und er brüllte wieder den ohrenbetäubenden Klang der Wildnis, mitten in Sams Ohr.

„Wir wären schon lange weg", Sams Stimme klang weinerlich, er war den Tränen nahe, „aber ich kann Charlie nicht finden."

„Er hockt in dem Ulmenwald, an dem du vor einer halben Stunde vorbeigekommen bist. Weißt du, wo ich meine?"

„Ja, ja, ich weiß, ich weiß."

„Also dann, hau ab und lauft mir nicht noch einmal über den Weg."

Sam richtete sich auf, das heißt, er versuchte es. Alle Glieder an ihm zitterten. Stolpernd, teilweise noch auf den Knien hastete er davon, sich immer noch nicht umblickend. Er wusste nicht wie, aber er war dieser Todesgefahr entronnen.

Seine Gedanken bestanden nur aus zwei Worten: weg und Ulmenwald. Erst nach mehreren einhundert Metern verlangsamte er seinen Schritt. Sein Gewicht und der anstehende Berg machten dies erforderlich. Bis zum Ulmenwald war es nicht mehr weit. Endlich würde er wieder mit einem Menschen reden können. Wenn er Charlie auch erst vor wenigen Stunden aus denn Augen verloren hatte, so kam es ihm nach diesen haarsträubenden Erlebnissen wie eine Ewigkeit vor.

Auch der Grizzly war nach der Jagd über den Berg und der Scheinattacke auf Sam ziemlich fertig und hockte sich erst einmal hin. Er saß nicht lange, gesellte sich auch schon der Adler zu ihm. Leise wie immer war er herangeschwebt und hatte sich auf einem Granitbrocken niedergelassen.

„Dein Auftritt sah spektakulär aus, alle Achtung!", gab der Adler bewundernd von sich.

„Ach ich weiß nicht", brummelte der Bär mit gesenktem Kopf, „ich glaube, ich habe zu dick aufgetragen. Der Mann war so fertig, er hat mir richtig Leid getan. Er hat mir nichts getan und doch erschrecke ich ihn fast zu Tode. Ich weiß nicht, ich fühle mich richtig mies."

Dem Adler glänzten die Augen, so angetan war er vom Mitgefühl und den Gewissensbissen des Bären.

„Du bist und bleibst der größte Bär. Nicht nur dein Aussehen ist riesig, nein, auch dein Herz. In deiner rauen Schale steckt ein weicher Kern. Du kannst niemanden leiden sehen, nicht einmal einen vermeintlichen Feind. Das schätze ich so an dir, und deshalb bist du auch mein bester Freund."

„Danke, Adler, auch du sollst dir meiner Freundschaft auf ewig gewiss sein."

Der Adler nickte dankbar und meinte dann: „Was wir, was du getan hast, war vielleicht nicht richtig. Aber wir hatten keine andere Wahl. Wir sind in einer Situation, deren Auswirkungen mir noch nicht alle klar sind. Aber eines ist sicher: Unsere Lage ist alles andere als gefahrlos und deshalb haben wir es für das Wohl unsere Freunde getan. Das dürfen wir nicht vergessen. Und es ist ja nichts weiter passiert. Er hat sich sicherlich in die Hosen gemacht, aber davon stirbt man nicht." Der Bär richtete sich auf. In seinen kleinen Augen war wieder ein Funken Zufriedenheit zu erkennen.

„Du verstehst es immer wieder jemanden aufzumuntern. Du hast bestimmt Recht, wir haben es für die anderen getan, aber wohl ist mir dabei trotzdem nicht. Bitte verlang so etwas nicht noch einmal von mir", bat der Grizzly.

„Geht in Ordnung, das nächste Mal suche ich mir ein skrupelloseres Tier", versprach der Adler.

Der Bär wiegte zufrieden mit seinem Kopf und fragte: „Und wie geht es jetzt weiter, was unternehmen wir jetzt?"

„Also, ich werde los fliegen und beobachten, ob die zwei den Wald auch wirklich verlassen. Gleichzeitig werde ich mir markante Punkte der Landschaft merken, die wir zu Treffpunkten machen."

„Aber zuerst müssen wir unsere Freunde finden, oder?", fragte der Bär.

„Das ist richtig, aber wir dürfen uns nicht gleich wieder aus den Augen verlieren. Das ist eine fremde Gegend", entgegnete der Adler, „deshalb schlage ich vor, du gehst zum Fluss zurück und wartest dort auf mich. Wenn du jemanden triffst, nimm ihn mit dort hin. Wir können jeden gebrauchen."

„Zum Fluss gehe ich gerne zurück", freute sich der Bär.

„Mir ist schon klar, warum, aber überfriss dich nicht. Fang ein paar Fische mehr. Ich denke, ein kleiner Vorrat wäre uns nützlich."

Der Bär nickte im Gehen mit seinem schweren Haupt. Das bedeutete: Für meine Freunde, natürlich, ist doch klar!

Der Adler machte sich wieder auf den Weg und sprach zu sich selbst: „Das ist der Nachteil, wenn man fliegen kann: man muss die ganze Organisation übernehmen. Aber wer sollte es denn auf sich nehmen. Außerdem bringt es mir ja auch Freude." Er erinnerte sich an den kleinen Ted und dessen Bewunderung für ihn, den Weißkopfseeadler. Die Tiere sahen zu ihm auf, vertrauten ihm, fragten ihn um Rat. Er war ihr Vorbild und Anführer. Um sie nicht zu enttäuschen, nahm er jede Strapaze auf sich, mutig und entschlossen, aber nie unüberlegt. So war er.

Charlie ist verrückt

Ted und Luna, die beiden Grauhörnchen, waren bei Charlie geblieben und stellten sicher, dass dieser nicht verschwand. Aber das war nicht zu befürchten. Charlie hatte einen schweren Schock. Alle Anzeichen deuteten darauf hin.
„Hast du das gehört?", fragte die ängstliche Luna.
„Ich habe nichts gehört, aber ich schau einmal nach", antwortete Ted und verschwand kurze Zeit später im Geäst des nächsten Baumes.
Luna, die auf gar keinen Fall alleine zurückbleiben wollte, folgte ihm in die Baumkrone. Flink wie Grauhörnchen nun mal sind, hatte Ted die Spitze des Baumes schnell erreicht und schaute sich um. Tatsächlich, etwa zweihundert Meter entfernt lief ein Mann auf den Ulmenwald zu. Das musste Sam sein.
„Ist er das?", fragte die nun ebenfalls an der Spitze angekommene Luna.
„Was machst du denn hier oben? Einer muss doch auf Charlie aufpassen. Was ist, wenn er aufgewacht ist und fortläuft? Das gibt riesigen Ärger mit dem Adler. Er wird uns nie wieder einen Auftrag erteilen." Ted war ungehalten. Er spähte ein letztes Mal in Sams Richtung und hastete wieder nach unten.
Luna wusste, sie hatte einen Fehler gemacht, aber sie war nun mal ein überängstliches Wesen. Sie saß noch eine Weile mit schlechtem Gewissen da, bis auch sie nach unten huschte.
Sam war nur noch fünfzig Meter von Charlie entfernt, konnte ihn aber noch nicht sehen, und so rief er dessen Namen.
„Charlie! Charlie! Wo steckst du, Charlie?"
Ted hatte Luna verziehen und sie kuschelten sich tief im Gestrüpp aneinander. „Der sieht doch eigentlich ganz harmlos

aus", flüsterte Ted.

Luna fand das auch, trotzdem zitterte sie.

„Sam, hier bin ich, hier drüben", pfiff Ted plötzlich.

„Bist du verrückt geworden, Ted, was soll das?"
„Entschuldige, ich konnte es mir einfach nicht verkneifen",
und Ted zog ein verschmitztes Gesicht.

Sam schaute in die korrekte Richtung und lauschte.

„Das war doch nicht Charlie's Stimme." Egal, ich muss ihn
finden und wenn mich der Teufel persönlich hinführt. In die
Hose kann ich mir nicht mehr machen, die ist schon voll,
dachte er sich. So ging er weiter und entdeckte Charlie, der
mit dem Rücken zu Sam auf dem Waldboden hockte.

„Charlie", rief Sam erleichtert, „ Gott sei dank! Ich suche dich
schon seit Stunden."

Charlie rührte sich nicht und gab auch keine Antwort. Er saß
nur da. Sam legte ihm die Hand von hinten auf die Schulter
und rüttelte vorsichtig an ihm. Dabei ging er langsam um ihn
herum und blickte in sein Gesicht.

„Oh mein Gott, Charlie! Was ist mit dir los, was ist mit dir
geschehen?"

Doch Charlies Augen blickten nur starr gerade aus. Jegliche
Bewegung war aus seinem Körper entwichen.

Sam blickte sich ratlos um: „Mensch, Charlie wach' endlich
auf! Wir müssen hier weg." Er gab Charlie zwei Ohrfeigen,
was ebenfalls keine Wirkung erzielte. Sam setzte sich auf
einen Stein und grübelte. Tragen bis zum Auto war nicht drin,
mit dem Auto hierher fahren, ebenso wenig. Koste es, was es
wolle, er musste Charlie aufwecken.

Sam kombinierte: „Charlie hat einen Schock. Ein Schock wird
durch ein schreckliches Erlebnis ausgelöst. Charlie's Körper,

sein Gehirn reagiert nicht mehr auf äußerliche Reize. Was kann ich nur tun?" Da erinnerte er sich an einen Film, den er irgendwann einmal gesehen hatte. Ein kleiner Junge verlor nach einem Brand in seinem Elternhaus die Fähigkeit zu gehen. Er war jedoch völlig gesund. Allein der Schock hatte bewirkt, dass er gelähmt war. Als Jahre später wieder ein Feuer ausbrach, konnte dieser Junge wie durch ein Wunder gehen. Der erneute Schock regenerierte seine Körperfunktionen in die ursprüngliche Form. Daran dachte Sam, aber würde es ihm etwas nützen? Was hatte Charlie geschockt? Sam schüttelte resignierend mit dem Kopf, er war nicht im Stande alle Tiere des Waldes zu bitten, Charlie noch einmal zu erschrecken. Das war absurd. Was sollte er anfangen?

Ted trippelte aufgeregt mit den Füßen, es hielt ihn kaum noch auf seinem Platz. „Ich werde ihn doch beißen müssen."

„Du bleibst hier! Erinnere dich, was der Adler gesagt hat!", und Luna zwackte ihn als Mahnung in die Seite.

„Schon gut, schon gut, ich bleibe da."

Sam schien etwas eingefallen zu sein. Das linke Auge zuckte nervös und er sprach mit langsamer Stimme: „Vielleicht hat Charlie die sprechenden Tiere gar nicht als solche erkannt. Vielleicht dachte er, es wären außerirdische Wesen. Bei Charlie muss man damit rechnen. Wenn das stimmt, habe ich eine Idee."

Sam trat wieder einige Schritte hinter Charlie und faltete seine Hände, als ob er Wasser schöpfen wollte. Damit bedeckte er den Mund und sprach mit tiefer, düsterer Stimme: „Charlie, kannst du uns hören? Wir sind Außerirdische und wir werden dich mitnehmen. Du wirst unser Sklave sein bis an das Ende deiner Tage, ho, ho, ho."

Sam's soeben entwickelte Schocktherapie wirkte Wunder. Charlie kam zu sich und schaute mit immer noch angsterfülltem Blick in die Baumwipfel: „Wo seid ihr? Zeigt euch!"

Sam war glücklich und sagte mit schauspielerischer Höchstleistung: „Ich stehe genau hinter dir, Erdenwurm, ha, ha, ha."

„Sam? Sam? So lacht nur Sam. Kein Außerirdischer ist in der Lage, dieses Lachen zu kopieren." Charlie drehte sich um und stürzte auf Sam zu. Beide waren normalerweise nicht die Typen von großen Gefühlen, aber nach diesem Tag vermochten auch sie es nicht, ihre Tränen zu unterdrücken.

Ted schüttelte das Köpfchen: „Verstehst du das? Was haben die von Außerirdischen gequasselt? Was ist das überhaupt?"

„Ich habe keine Ahnung, wahrscheinlich hat das der Adler gemeint, als er sagte, wahnsinnige Menschen sind gefährlich", antwortete Luna.

Sam und Charlie lagen sich in den Armen. Kurze Zeit später löste sich Sam und klopfte Charlie sachte auf die Schulter: „In diesem Wald gehen merkwürdige Dinge vor. Wir hauen lieber ab, einverstanden?"

Charlie war noch aufgeregt und er sprudelte heraus: „Ein Außerirdischer war hier. Er hatte sich in einen schwarzen Wolf verwandelt, um mich zu täuschen. Aber nicht mit mir, ich habe ihn gleich erkannt."

Sam nickte und zog die Augenbrauen nach oben: „Oh, ja, ich habe auch allerhand erlebt, aber lass uns das auf dem Weg zum Auto erzählen. Ich möchte in diesem Wald nicht übernachten."

„Und dieser Wolf hat mir Fragen gestellt, über diesen Wald und so", Charlie vergaß beim Sprechen fast das Atemholen.

Sam ergriff Charlies Oberarm und zerrte ihn hinter sich her. „Ja, Charlie, ich glaube dir alles. Aber wir müssen zum Auto, es wird schon bald dunkel." Sam zog Charlie mehr oder weniger hinter sich her und dieser stolperte wie gewöhnlich über jede Unebenheit. So entfernten sie sich und verließen den Ulmenwald.

Ted und Luna kamen aus ihrem Versteck und berieten sich. „Hast du gehört, Luna? Der schwarze Wolf war hier und hat ihm Fragen über den Wald gestellt. Höchstwahrscheinlich hat er einiges erfahren können. Wir müssen ihn suchen."

„Sollten wir nicht erst auf den Adler warten? Er ist schließlich unser Anführer, nicht du", sagte Luna leicht zornig über Teds ständig voreilige Handlungsweise.

Der Adler hatte alles von oben beobachtet. Sam und Charlie waren aufgebrochen und Ted plante bestimmt wieder irgendwelchen Unsinn. Also war es besser, wenn er kurz nach seinen kleinen Freunden sah.

„Warum sollen wir auf den Adler warten? Ich bin durchaus imstande alleine zu handeln", protzte Ted.

„Ich warte", sagte Luna trotzköpfig.

„Wo liegt das Problem?", rief die Stimme des Adlers aus den Bäumen, der bereits leise gelandet war. „Kann Ted wieder nicht hören?"

Ted erschrak. Er fühlte sich wie ein Dieb, den man auf frischer Tat ertappt hatte. Die beiden Grauhörnchen kletterten flugs zum Adler hinauf, diesmal Luna zuerst, da Ted ein schlechtes Gewissen hatte.

Ted fragte leise: „Wie lange sitzt du schon hier?"

„Warum fragst du, könnte ich etwas gehört haben, was nicht für meine Ohren bestimmt war?"

Ted antwortete zaghaft: „N…n…nein."

Der Adler lachte und sprach: „Nur keine Angst, ich belausche niemanden heimlich. Ich bin gerade eben gekommen."

Ted war erleichtert. Wenn es auch nicht so schlimm gewesen wäre, auf eigene Faust zu handeln, so erschien es ihm jetzt in Gegenwart seines großen Vorbildes wie Hochverrat.

„Ich, das heißt wir, haben etwas Neues erfahren", sagte Ted.

„So, dann schieß mal los!"

„Der Grund für Charlies verrücktes Verhalten war seine Begegnung mit dem schwarzen Wolf. Er muss ihn ziemlich geschockt haben. Als Sam ihn geweckt hatte, quasselte er irgendetwas von Außerirdischen. Weiß der Geier, was das sein soll! Außerdem stellte der Wolf ihm Fragen über diesen Wald. Ich glaube, dass kann uns nützlich sein."

Der Adler überlegte: „Der Wolf hat also etwas über den Wald in Erfahrung gebracht, sehr gut, sehr gut. Also müssen wir unbedingt den Wolf ausfindig machen. Aber wie?"

„Wir suchen ihn", platzte Ted sofort heraus.

„Nein, nein, ihr geht erst einmal zum Fluss." Der Adler deutete mit dem Schnabel in eine Richtung und sagte: „Etwa zwei Kilometer von hier wartet schon der Grizzly. Dorthin geht ihr jetzt. Trefft ihr jemanden, vielleicht sogar den Wolf, sagt ihm, am Fluss würde eine Beratung stattfinden. Alle sollen sich dort versammeln. Kann ich mich auf euch verlassen?", und er blickte Ted tief in die Augen.

„Sicher, sicher, machen wir", gab Ted eingeschüchtert von sich.

„Ich werde Sam und Charlie noch eine Weile beobachten, bis ich mir sicher bin, dass sie den Wald wirklich verlassen. Dann komme ich auch zum Fluss." Er glitt von dem Ast in die Tiefe, um sofort wieder an Höhe zu gewinnen und Kreise ziehend den Wolken zuzustreben.

Auch die beiden Grauhörnchen brachen auf. Der Weg zum Fluss war für sie leicht, denn sie hüpften von Ast zu Ast und das war ihre Lieblingsbeschäftigung. Nebenbei behielten sie die Umgebung im Auge, um nach Freunden ihrer Heimat Ausschau zu halten.

Am Fluss

Inzwischen trottete der Grizzly zufrieden und mit einer Vorfreude in der Magengegend den Berg hinunter. Er hatte das Plätschern seines privaten Lachskühlschranks schon vernommen, als er plötzlich einen guten Bekannten auf sich zukommen sah.

„Wo kommst du denn her bei dem Schnee", scherzte der Bär, dem dieser Spruch ganz besonders gefiel.

Der Wolf dagegen hatte ein besorgtes Gesicht und meinte: „Zum Scherzen ist mir gar nicht zumute. Hast du noch nicht gemerkt, was geschehen ist?"

„Doch, natürlich, aber du weißt, ich bin eher der gemütliche Typ. Mich bringt so schnell nichts aus der Fassung."

„Hast du schon andere Tiere getroffen? Hast du eine Ahnung, wie das alles geschehen konnte?", fragte der Wolf aufgeregt.

„Immer mit der Ruhe, komm erst einmal mit und friss einen schönen fetten Lachs."

„Wie du in so einer Situation ans Fressen denken kannst, unglaublich", wunderte sich der Wolf.

Der Grizzly genoss sein Spielchen mit dem nichts ahnenden Wolf. Dieser konnte nicht wissen, dass er und der Adler schon beraten hatten, und so machte seine Unbekümmertheit den Wolf fast verrückt. Doch der Wolf war auch sein Freund, weshalb er ihn über das bereits Geschehene aufklärte, sein Gespräch mit dem Adler und die Aktion mit Sam.

„Auch ich habe einiges erlebt, aber verzeih, wenn ich es nicht gleich erzähle. Ich werde lieber warten, bis auch der Adler hier ist", sagte der Wolf.

„Einverstanden?"

„Natürlich, so neugierig bin ich nicht. Jetzt habe ich sowieso kein Gehör mehr", und er wiegte den Kopf hin und her. Er hatte Hunger!

Als sie den Fluss erreichten, glänzten die silbern aufblitzenden Rücken der Lachse in der Abendsonne.

Nichts wie weg

Mittlerweile hatten die beiden Holzfäller ihren letzten Arbeitsplatz erreicht und suchten in aller Eile ihr Werkzeug zusammen. Charlie war wieder der Alte und als sich Sam sicher war, es bestünde keine Gefahr mehr, dass er einen erneuten Schock erlitt, erzählte er ihm seine Erlebnisse mit den Tieren. Auch Charlie sah ein, dass es keine Sprösslinge anderer Galaxien waren. In diesem Wald ging etwas anderes vor. Irgendeine Macht hatte den Wald verhext. Doch keiner der beiden verspürte eine dringende Lust, der Sache auf den Grund zu gehen. Ihr Bedarf an Abenteuern war für diesen Tag gedeckt. Sie wollten nur noch weg.

„Hast du alles?", fragte der offensichtlich nervöse Sam und wirkte hektisch. Er machte den Eindruck, von jemandem verfolgt zu werden. Ständig schaute er sich um, er fühlte sich beobachtet.

„Ich denke schon", antwortete Charlie, „und wenn nicht, was soll's. Wegen einer vergessenen Axt lasse ich mich nicht von einem Grizzly zu Hackfleisch verarbeiten."

Sam nickte: „Du hast Recht. Unser Auto steht gleich da vorne. Lass uns abhauen."

Sie hasteten die letzten dreihundert Meter einen kleinen Bach entlang und als sie das Rot ihres Autos erblickten, fühlten sie sich wie einer fremden Welt entsprungen. Die ganzen Strapazen und unglaublichen Erlebnisse dieses Tages wurden durch das Auto wieder geweckt. Mit zitternden Händen verstauten sie ihr Werkzeug im Auto und sprangen förmlich auf die Sitze. Die Türen knallten und Sam verriegelte sie wie aus Reflex auch von innen. Jetzt holte er tief Luft, ließ den

Kopf auf das Lenkrad sinken und hauchte: „Geschafft."

Langsam drehte er mit noch zitternden Fingern den Zündschlüssel, aber bis auf das Aufleuchten einiger Lämpchen im Armaturenbrett tat sich nichts.

„Nein, das darf doch nicht wahr sein", flehte er. Wieder und wieder drehte er den Zündschlüssel, aber der Motor blieb stumm. Sam sank in sich zusammen wie ein Häufchen Elend.

„Das kann nur die Batterie sein", stellte Charlie noch sehr viel zuversichtlicher fest, „lass ihn doch anrollen."

Wie im Traum löste Sam die Handbremse, trat die Kupplung, legte den zweiten Gang ein und drehte den Zündschlüssel. Allmählich begann der Wagen zu rollen. Als er schnelle Schrittgeschwindigkeit erreicht hatte, gab Sam das Kupplungspedal frei und ein Rucken ging durch den gesamten Jeep. Er sprang an. Sam war erleichtert. In etwa einer Stunde würde die Sonne untergehen. Bis dahin mussten sie die Hauptstraße erreicht haben, weil selbst Sam im Dunkeln die Orientierung verlor. Deshalb fuhren sie recht zügig und Charlie hüpfte wieder vom Sitz zum Autodach, zurück in den Sitz und wieder nach oben. Diesmal verließ aber kein Wort der Beschwerde seine Lippen. Weit über ihnen hatte der Adler jeden Schritt beobachtet, den sie taten. Jetzt sah er, wie das Auto davonfuhr und war zufrieden. Er hoffte, dass diese beiden so schnell nicht wieder kommen würden. Außerdem war der Adler nicht bestrebt, den Rest seines Lebens hier zu verbringen.

Um diese Zukunftsvision zu verhindern, musste ihm etwas einfallen. Auch er sah, dass die Sonne bald untergehen würde. Deshalb flog er jetzt zum Fluss zurück, um mit den anderen einen Plan für den morgigen Tag aufzustellen, einen Plan für die Zukunft aller.

Nichts als Schabernack

Am Fluss hatten sich derzeit der Grizzly und der Wolf die Bäuche mit Fisch gefüllt, lagen satt am Ufer und genossen die Strahlen der Abendsonne. Der Tag war anstrengend gewesen. Beide lagen da und dösten vor sich hin. Im Halbschlaf versunken, merkten sie auch nicht, wie sich ein kleines flinkes Wesen an sie heranschlich. Es war Ted, und wie gewohnt hatte er Unsinn vor. Er sprang auf einen Stein, der die beiden Schlafenden überragte und schrie, was seine kleine Lunge hergab: „Feuer, Feuer, der ganze Wald brennt!"
Wolf und Grizzly schnellten in die Höhe und sahen sich entsetzt um. Beide machten ein dummes Gesicht.
„Was war das?", brummte der Bär mit fragender Stimme.
Ted war schnell auf einen Baum gesprungen und konnte kaum sein Lachen unterdrücken.
Der Wolf überlegte: „Wer hat so eine schrille Stimme, ständig Unsinn im Kopf und kommt aus unserer Heimat?"
Beim Bär dämmerte es: „Ted, das Grauhörnchen."
„Zeigt euch, Ted und Luna, wir wissen, dass ihr es gewesen seid!", forderte der Wolf.
Luna, die natürlich dagegen gewesen war, die beiden zu erschrecken, kam zaghaft angetrippelt und entschuldigte sich sofort: „Ich wollte ihn aufhalten, aber ihr wisst, wie er ist, mein Ted."
„Ist schon in Ordnung", beruhigte sie der Grizzly.
Hier in Gegenwart dieser beiden starken Freunde fühlte sich Luna das erste Mal an diesem Tag richtig sicher. Ted kam nun auch aus seinem Versteck und lachte.
„Deine Scherze waren auch schon besser", knurrte der Wolf.

Ted hielt sich den Bauch vor Lachen: „Ihr hättet euch sehen sollen, hi, hi, hi..."

Der Wolf machte immer noch ein ernstes Gesicht: „Irgendwann fresse ich dich doch noch."

„Du kennst doch unser Versprechen, dass niemand ein sprechendes Tier töten darf", entgegnete Ted überlegen.

„Dieses Versprechen gilt aber nur in unserer Heimat, nicht hier", sprach der Wolf und zeigte sein gefährliches Gebiss.

Ted blieb fast das Herz stehen und seine Kinnlade hing dümmlich herunter.

„D...d...das ist ein Witz?", stotterte Ted total schockiert.

Daraufhin prusteten die beiden los und hielten sich wie Ted zuvor die Bäuche. Auch Luna lachte, als sie merkte, dass der Wolf ihren Ted eins ausgewischt hatte.

„Du hättest dich sehen sollen", machte sich jetzt der Bär über Ted lustig. Dieser hatte seine Lektion verstanden und fing auch an zu lachen.

„Euch scheint es ja prima zu gehen", unterbrach der soeben gelandete Adler das lustige Treiben. Augenblicklich herrschte Ruhe, denn sie wussten, dass ihre Lage nicht lustig war.

„Es freut mich, dich zu sehen, Wolf, wie hast du hierher gefunden?"

„Ich traf auf den Grizzly, er nahm mich mit hierher."

„Ich hörte, du hättest mit diesem einen Menschen geredet?"

„Ich habe zwei Männer getroffen, aber erfahren habe ich wenig. Der eine gab nur irrsinnige Antworten. Das einzige, was wichtig für uns sein könnte, ist..."

„Nun sprich schon", drängelte Ted.

„...ist keine gute Nachricht. Wir befinden uns auf der anderen Seite der Rocky Mountains."

Diese Botschaft verschlug allen die Sprache, damit hatte keiner gerechnet.

„Wir werden unsere Heimat nie wieder sehen, nie wieder", schluchzte Luna.

Der Adler, selbst geschockt, fragte weiter: „Und der andere, was hast du von ihm erfahren?"

„Ihn habe ich erst gar nicht gefragt. Er lief mir nur zufällig über den Weg. Aber er meinte, eine Krähe hätte mit ihm gesprochen und so machte ich mich auf die Suche nach der Krähe bis ich den Grizzly traf."

„So, so, die Krähe hat also mit diesem Sam geredet", grübelte der Adler.

Der Grizzly, bis jetzt nur stummer Zuhörer, fragte nun: „Was schlägst du vor, was sollen wir nun tun, Adler?"

Alle Blicke richteten sich auf den Adler.

„Nun, die zwei Menschen haben den Wald verlassen, von ihnen droht vorerst keine Gefahr mehr. Heute können wir nichts mehr unternehmen, die Sonne geht gleich unter. Morgen müssen wir zuerst alle Tiere über die Umstände informieren. Ich bin mir sicher, einige wissen noch nicht, was mit ihnen geschehen ist. Dazu werde ich den Trompeterschwan suchen. Er hat die schrillste Stimme und kann eine Nachricht über das gesamte Land ausposaunen. Gleichzeitig müssen wir eine größere Versammlung einberufen, an der von allen Tieren ein Vertreter teilnehmen sollte. Dort können wir alles diskutieren und eine Lösung suchen." Der Adler machte eine kurze Pause und fuhr fort: „Wir sind irgendwo auf der anderen Seite der Berge. Das ist schlimm. Aber wir haben schon immer zusammengehalten und uns gegenseitig geholfen. Das wird uns sehr nützlich sein.

Ich kann nichts versprechen, dennoch glaube ich fest daran, dass wir unsere Heimat wieder sehen werden."

Der Grizzly, der Wolf und die beiden Grauhörnchen waren von der Rede stark beeindruckt. Sie waren froh, einen so weisen Anführer zu haben. Selbst die ängstliche Luna schöpfte wieder Mut.

„Es war für uns alle ein aufregender Tag und für den Morgigen müssen wir frisch und munter sein. Also, sucht euch einen Platz zum Schlafen. Morgen nach Sonnenaufgang treffen wir uns wieder hier am Fluss", sagte der Adler.

Sie waren wirklich allesamt müde und erschöpft. Sie trennten sich und suchten sich ein Nachtlager. Der Grizzly war nicht wählerisch und ließ sich gleich in der Nähe des Flusses nieder. Der Wolf suchte etwas höhlenähnliches, konnte aber nichts finden. Dann sah er am Flussufer einen Überhang, der vom Frühlingshochwasser unterspült worden war. Dort scharrte er ein wenig, drehte sich einige Male im Kreis und ließ sich ebenfalls zum Schlaf nieder. Ted und Luna hatten auf dem Weg vom Ulmenwald hierher ein altes Adlernest entdeckt. Dort wollten sie die Nacht verbringen und sprangen davon. Der Adler verspürte jetzt auch Hunger und er wollte das letzte bisschen Tageslicht nutzen, um sich noch einen Lachs zu fangen. Er schlug mit den Flügeln und flog flussaufwärts. Was würde wohl der morgige Tag bringen, dachte er und verschwand in der Dämmerung.

Der Elchhammer

Sam und Charlie hüpften derweil in ihrem roten Jeep heimwärts. Es war fast dunkel, die Scheinwerfer leuchteten überall hin, bloß nicht auf den Weg. So traf Sam jeden Stein und jede Rille.

„Das glaubt uns kein Mensch", sagte Sam und schüttelte den Kopf. „Aber wenn es nun keine Halluzination war", er wirkte sehr nachdenklich, „aber nein, das ist unmöglich."

Charlie schaute Sam neugierig an: „Was meinst du?"

„Nun ja, was ist, wenn die Tiere wirklich sprechen. Kannst du dir vorstellen, wie viel Geld wir damit verdienen würden. Wir wären berühmt und könnten durchs ganze Land reisen, in Fernsehshows auftreten und so weiter. Wir bräuchten nur ein oder zwei dieser Tiere zu fangen. Deshalb schlage ich vor, wir kommen hierher zurück."

„Bist du wahnsinnig, du willst in diesen verhexten Wald zurück?", fuhr ihn Charlie an.

Sam antwortete: „Natürlich mit Gewehren und Fallen."

„Ich weiß trotzdem nicht so recht", zweifelte Charlie. Er saß da und hatte Bedenken wegen Sam's Absicht, hier Tiere zu fangen.

Sam selbst träumte anscheinend von Ruhm und Reichtum. So bemerkte keiner der beiden, dass etwas verdammt Großes vor ihnen auf dem Weg stand.

Im letzten Moment brüllte Charlie den vor sich hin träumenden Sam an: „Pass auf, ein Elch!" Sam trat auf die Bremse und beide Insassen hoben ab und knallten gegen die Frontscheibe. Sie fielen ohnmächtig in ihre Sitze zurück und blieben sitzen ohne sich zu rühren.

Der Elch war verschwunden. Er war einer der Tiere, die am Morgen wegen des Lärms der Holzfäller den Wald verlassen hatten. Er ahnte nicht, welchen großen Dienst er seinen neuen sprechenden Nachbarn durch diese unabsichtliche Straßensperre erwiesen hatte.

Langsam kamen die beiden wieder zu sich. Ihre Schädel brummten und jeder konnte eine schöne Platzwunde an der Stirn sein Eigen nennen.

„Was ist passiert?", fragte Sam mit den Augen zwinkernd wie nach einer durchgezechten Nacht.

„Ich kann mich an absolut nichts erinnern", antwortete der sich den Kopf haltende Charlie. „Das Letzte, an das ich mich erinnere, ist, dass wir uns nach dem Mittag zu einem Schläfchen hingelegt haben."

„Mir geht es genauso. Völliger Blackout. Wie nach einer Flasche Whisky. Oh, verdammt, mein Schädel." Sam startete den Motor, der jetzt sofort ansprang, und sie fuhren weiter. Die Erinnerung an etwas Außergewöhnliches, dass sie heute erlebt hatten, war ihnen geraubt worden. Sie lebten jetzt wieder in ihrer Welt, in der zwar für Charlie's Spinnereien von UFO's Platz war, aber jeglichen anderen fantastischen Begebenheiten der Zutritt verwehrt war. Sie lebten wieder in ihrer langweiligen Erwachsenenwelt, in der Tiere nicht sprachen und das war gut so.

Der Jeep zuckelte, wie er am Morgen gekommen war den Berg hinunter und ließ ein Land hinter sich, das auf eine ganz besondere Art und Weise heute zu einem Zauberland geworden war. Zwei Menschen, die den Zauber nicht verkraften konnten, verließen das Land. Aber jemand anderes, der genau nach einem derartigen Zauber suchte, befand sich schon auf dem Weg hierher, und würde bald ins Geschehen eingreifen. Doch bis dahin mussten die Tiere alleine zu recht kommen.

Der neue Morgen

Die Nächte waren kühl hier in dem fast eintausend Meter hohen Gebirge im Vorland der Rocky Mountains. Doch den Tieren, die hier gestern unfreiwillig gestrandet waren, machte das Klima wenig aus. Sie waren es aus ihrer Heimat zwischen den hohen Bergen gewohnt. Aber einen ruhigen und angenehmen Schlaf hatte keines der Tiere. Die Lage, in der sie sich befanden, war für alle so beängstigend und aussichtslos, dass sie schlecht Schlaf finden konnten. Der Adler hatte nach einem Lachsabendmahl noch lange über die Ereignisse des vergangenen Tages nachgedacht. Was war geschehen? Hatte er alles richtig entschieden? Wie nur sollten sie es schaffen, wieder nach Hause zu gelangen? Er dachte an die vielen Gefahren, die es vor allem für die kleineren Tiere gab. Auch stellte er erschrocken fest, dass sie zwar wussten, wo sie waren, aber nicht wo ihre Heimat lag. Er allein konnte dieses Problem nicht lösen. Eine Versammlung aller Tiere war unbedingt nötig. Viele Köpfe, die nachdachten, waren besser als einer. Und da sein Kopf heute so viel überlegt hatte, schlief er nach einiger Zeit doch ein.

Lange bevor die ersten Sonnenstrahlen die Baumwipfel berührten, war der weise Adler Weißkopf wieder unterwegs. Er wollte die Gegend auskundschaften und vielleicht Freunde seiner Heimat treffen, die er gestern noch nicht sah. Er flog den Fluss entlang, um sich zu vergewissern, dass seine Freunde die Nacht in der Fremde gut überstanden hatten.

An einer angeschwemmten Wurzel am Ufer sah er den Bären, der noch friedlich grunzend schlief. Den Wolf konnte er nicht entdecken, aber er wusste, dass dieser ebenso wie der Bär gut auf sich selbst aufpassen konnte. Also flog er weiter. Mehr Sorgen bereitete dem Adler der Anblick der beiden Grauhörnchen Ted und Luna. Diese hatten sich in einem verlassenen Adlerhorst aneinandergekuschelt und so die Nacht verbracht. Für einen Greifvogel wie den Adler waren sie unschwer zu erspähen und eine leichte Beute. Der Adler wusste nicht, ob und wie viele andere Raubvögel es hier gab, aber sein noch immer vorhandener Jagdtrieb sagte ihm, jetzt wäre eine gute Zeit zum Jagen. Er musste sie wecken und warnen.

Auf leisen Schwingen ließ er sich zum Horst hinab gleiten und nahm auf einem nahen Ast Platz.

„Guten Morgen, ihr zwei Langschläfer", versuchte er sie vorsichtig zu wecken. Langsam kam Bewegung in das buschige graue Etwas im Nest. Aus einem großen grauen Knäuel wurden zwei verschlafen dreinblickende Grauhörnchen.

„Guten Morgen, Adler", sagten Ted und Luna. Ted zwinkerte mit dem rechten Auge und fragte: „Warum weckst du uns zu so früher Stunde?"

„Ich danke dir, das du mich geweckt hast, ich hatte einen schrecklichen Traum", gähnte Luna. „Ich träumte, wir wären aus unserem Wald in eine völlig fremde Gegend gelangt, furchtbar nicht?"

Ted's Gesicht machte einen bejahenden Eindruck, ganz in der Art wie: Das träumte ich auch. Aber als er die kopfschüttelnde Geste des Adlers sah, kam ihm schnell wieder die Erinnerung, dass alles wirklich geschehen war.

„Es war kein Traum, nicht?"

„Nein, Ted, wir haben alles erlebt, so leid es mir tut".

Luna rollte eine Träne über ihr Schnäuzchen und sie vergrub ihr Gesicht in Teds Fell.

Der Adler schüttelte sich den letzten Tau aus dem Gefieder und sprach: „Ich hätte euch gerne noch schlafen lassen, aber ihr habt euch einen unsicheren Schlafplatz ausgesucht. Ich weiß, ihr seid diese Nester von zu Hause gewöhnt, aber hier habt ihr Feinde. Ihr müsst viel vorsichtiger werden."

Noch schluchzend erwiderte Luna: „Entschuldige, Adler, aber wir waren gestern so erschöpft und verwirrt, wir wollten nur noch schlafen."

„Ist gut Luna, noch ist nichts passiert", beruhigte sie der Adler. Die beiden Grauhörnchen waren nun hellwach und sich wieder voll ihrer Lage bewusst.

„Adler, was soll nun geschehen?", fragte Ted.

„Nun, ihr könnt euch noch an einem etwas sichereren Ort ein wenig ausruhen bis die Sonne aufgeht. Ich versuche einige Freunde zu benachrichtigen, dass wir uns alle am Fluss treffen. Nach Sonnenaufgang und nachdem wir uns alle ein wenig gestärkt haben, treffen wir uns zu einer Beratung."

Ted bewunderte den Adler dafür, dass dieser schon so früh um das Wohl aller besorgt war und war völlig einverstanden: „Wir werden dort sein".

Der Adler war zufrieden und setzte seine morgendliche Rundreise fort. Er zwinkerte Luna noch einmal aufmunternd zu, stieß sich mit seinen gelben Füßen ab und flog davon.

„Wir werden auf uns aufpassen", rief Luna ihm nach, aber er war schon weg.

„Komm Luna, wir versuchen eine Baumhöhle zu finden. Wir müssen uns noch ein wenig ausruhen, das wird bestimmt ein anstrengender Tag", sagte Ted, womit er keinesfalls Unrecht hatte. Er verließ das Adlernest, huschte den Baum hinunter und Luna folgte ihm.

Der Adler glitt über die Wipfel der Bäume und seine Augen suchten die Lichtungen, Wiesen und Bachläufe ab. Doch der Wald war noch wie ausgestorben, er konnte keine einzige Kreatur erspähen, keine bekannte und auch keine fremde. Und so entschied er, sich das Gebiet einmal von ganz oben zu betrachten. Vielleicht entdeckte er in der Ferne bekannte Bergformen oder andere Orientierungshilfen. Und so stieg er in immer größer werdenden Kreisen in eine Höhe auf, die nur Vögeln seiner Gattung vorbehalten war.

Am Horizont sah er, wie sich der Himmel langsam rötlich färbte, ein Zeichen, das die Sonne bald aufging. Je höher er kam, desto kälter wurde es und er konnte nur noch schweben, bis ihn die ersten Sonnenstrahlen trafen und sein Gefieder erwärmten. Unter sich sah er nur Wälder, soweit sein Auge reichte und es die Helligkeit zuließ.

Dann war der Augenblick gekommen. Urplötzlich traf ihn ein warmes Licht, das immer heller wurde. Die Sonne kletterte hinter den Bergen empor und er war der erste, der sie begrüßen durfte. Die Wärme der Sonne gab ihm neue Kraft und so stieg er noch höher gen Himmel. Bald hatte er eine Höhe erreicht, in der ein Mensch schon nicht mehr hätte atmen können. Der Weißkopfseeadler flog nun in einer Höhe, die den schneebedeckten Gipfeln der Rocky Mountains entsprach, welche er in der Ferne sah. Doch keiner der vielen Gipfelspitzen kam ihm bekannt vor oder erinnerte ihn an die Heimat. Die Sonne im Rücken schaute er noch lange zu den Rockys und sein Herz wurde schwer. Wie sollte er es den anderen sagen, dass er ihnen nicht helfen konnte. Er prägte sich noch einmal die ganze Gegend unter sich ein und begann allmählich den Sinkflug. Er wollte nicht zu spät zum Fluss kommen. Vielleicht gab es irgendetwas Neues.

Ähnlich wie der Adler, der Bär, der Wolf sowie Ted und Luna eine kleine Gruppe gebildet hatten, fanden sich auch andere Tiere zusammen. So traf der Vielfraß auf den Luchs, der Hermelin die Waschbärfamilie, die Murmeltiere die Hirsche und die Kaninchen die Lemminge und das Stinktier. Aber es gab auch noch Einzelgänger, die den vergangenen Tag allein verbracht hatten.

Die Krähe hatte auf ihre unverbesserliche Art und Weise alles besser zu wissen, versucht, allein auf des Rätsels Lösung zu kommen. So war sie den gesamten Wald einige Male abgeflogen ohne nennenswerte Neuigkeiten zu erfahren. Sie traf einige Bekannte aus ihrer Heimat, konnte diesen aber keine Antworten auf deren Fragen geben. Sie war findig und neugierig, aber nach diesem verrückten Tag war auch sie ratlos. Heute Morgen erwachte sie, und dachte sich, dass es doch sinnvoller wäre, den Adler zu suchen. Sie flog los und erreichte nach kurzer Zeit den Fluss, an dem Bär und Wolf geschlafen hatten. Sie sah den noch friedlich ruhenden Grizzly. Mit klatschenden Flügeln landete sie auf der Wurzel über dem Bären.

„Wenn es anfinge zu schneien, wäre es dir auch egal, oder?", krächzte die Krähe.

Der Bär, der noch im Halbschlaf lag, erkannte den keifenden Störenfried sofort und machte sich einen Spaß daraus, sie vorerst zu ignorieren. Er schnaufte, aber seine Augen ließ er geschlossen.

„Kannst oder willst du mir nicht einen schönen guten Morgen

wünschen, alter griesgrämiger Bär", krähte der nervtötende Vogel, auf der Wurzel hin und her hüpfend. „Vielleicht ist dir zwischen Fressen und Schlafen schon kurzzeitig aufgefallen, dass wir ein Problem haben. Ich rede mir hier den Schnabel fusslig und er schläft. Hallo, Krähe an Fleischberg, jemand zuhause?"

Stille!

„Das muss ich mir nicht bieten lassen, ich fliege woanders hin."

„Guten Morgen, allerliebste Krähe", gab der Bär jetzt sichtlich vergnügt von sich. Seine Betonung lag auf allerliebst, und damit übertrieb er maßlos. Er konnte diesen kleinen, schwarzen, sich ständig wichtig machenden Vogel einfach nicht ausstehen. Aber es machte ihn immer wieder Spaß, die Krähe so zu ärgern, dass sie bald ausflippte.

Die Krähe entschied zu bleiben und sagte: „Groß, verfressen, verschlafen und frech, so wie ich ihn immer kannte."

„Wie du mir, so ich dir", war des Bären Kommentar.

„Genug, genug, es gibt Wichtigeres als uns zu streiten", verfiel die Krähe wieder in ihren gehobenen, alles wissenden Ton. „Hast du den Adler gesehen, ich muss ihn unbedingt sprechen!"

Der Bär erhob sich und streckte seine Glieder: „Wir wollen uns heute morgen alle hier am Fluss treffen. Und..."

„Wer ist alle?", fiel ihm die Krähe ins Wort.

„Ich", antwortete der Bär, „der Adler, die beiden Grauhörnchen und..."

„Ich!", grollte der vom oberen Flusslauf her ankommende Wolf, den das Gekreische der Krähe geweckt hatte.

„Fabelhaft, fabelhaft, jetzt sind fast alle Nichtsnutze hier versammelt", warf die Krähe dem Wolf begrüßend entgegen. Es war die unverwechselbare Art der Krähe, im normalen Gespräch freche Kommentare abzugeben. Doch die Tiere hatten sich daran gewöhnt und ließen sie einfach quasseln.

Der Bär dachte gar nicht daran, noch einmal zu wiederholen, was er vorhin eigentlich sagen wollte. Er begrüßte den Wolf und ließ die Krähe links liegen. Im Übrigen hatte sich die Frage nach dem Adler erledigt, denn ein lauter werdendes Rauschen verriet, dass er im Anflug war. Er landete neben der Krähe, die sich sogleich ziemlich mickrig vorkam.

„Na, habt ihr wieder Nettigkeiten ausgetauscht?", fragte der Adler, der ahnte, wie die Krähe seine Freunde begrüßt hatte.

„Wir verstehen uns prächtig", sagte der Bär mit einem breiten Grinsen und der Adler verstand.

Die Krähe sagte gar nichts, was sehr ungewöhnlich schien. Der Adler war der einzige, vor dem sie so viel Respekt hatte, dass sie ihren Schnabel hielt.

„Waren Ted und Luna schon hier?", rief der Adler dem Bären zu, der gerade in den Fluss watete.

„Hier waren sie noch nicht", gab dieser an.

„Sie werden schon kommen, sättigen wir uns erst einmal, wir haben viel zu bereden", sagte der Adler mit einem ernsteren Gesicht.

Die Krähe hüpfte vor Freude. Reden ist gut, reden bedeutet Neuigkeiten, dachte sie. Aber die Art von Neuigkeiten, die der Adler hatte, würden ihr nicht gefallen, würden niemanden gefallen.

Der Bär war in seinem Element, und bald hatte er ein Dutzend Lachse mit kurzen wuchtigen Prankenschlägen ans Ufer geschleudert. Das reichte für alle und sie genossen das köstliche Fischfrühstück. Nur die Krähe zog es vor, vegetarisch zu speisen. Deshalb flog sie zu einem nahen Brombeerstrauch und pickte die köstlich reifen Beeren ab.

Ted und Luna in Gefahr

Ted und Luna, die beiden Grauhörnchen, hatten tatsächlich eine alte Spechthöhle in einer dicken Kiefer gefunden. Dort rollten sie sich noch einmal zusammen und schliefen bis zum Sonnenaufgang. Ted erwachte zuerst. Er streckte sich und weckte so auch seine kleine Freundin.

„Bist du bereit für einen Tag voller Abenteuer?", johlte Ted voller Tatendrang.

Luna gähnte: „Du kannst Recht haben, wir werden viel erleben. Aber suchen werde ich das Abenteuer sicherlich nicht. Denn hier gehört zum Abenteuer auch das Gefressenwerden dazu."

„Du bist schon wieder überängstlich", sagte Ted eingeschnappt. „ein richtiger Spielverderber."

„Ich habe Hunger", sprach Luna schnell, die jetzt keinen Streit wollte. Sie kletterte aus der Höhle und rannte den Stamm hinunter. Ted folgte ihr sofort. Für ihn war es eine Frage der Ehre, als erster unten anzukommen. Er überholte sie und im Vorbeihuschen fitzte er sie leicht in die rechte Backe. Sofort war alles verziehen, und sie tollten auf Nahrungssuche durch den Wald. Mal nagten sie an frischen Trieben von Sträuchern und Hecken, dann fanden sie ein paar Heuschrecken, die sie nach lustig anzusehender Jagd verspeisten oder sie zerlegten Tannenzapfen in alle Einzelteile um an den köstlichen Samen zu gelangen.

Mitten in ihrem morgendlichen Frühstücksausflug, sie saßen gerade am Fuße einer riesigen Tanne, erstarrte Luna plötzlich. Ted bemerkte die Veränderung seiner Freundin: „Was ist denn los, hast du einen Geist gesehen?"

Luna war völlig versteinert, sie hatte sogar den Atem angehalten, nur ihre winzigen Äuglein suchten hektisch die Baumwipfel ab.

Langsam spürte Ted ein merkwürdiges Gefühl in der Magengegend, das nur Angst sein konnte. Noch nie vorher hatte er Luna so gesehen. Auch er bewegte sich nicht mehr und starrte in die Bäume.

Ted hauchte, ohne seine Gesichtsmuskeln zu bewegen, Luna ins Ohr: „Waaas iiist?"

„Ein Schatten, gerade aus, im Baum, bewegt sich nicht mehr", flüsterte Luna.

Ted schaute gerade aus: „Wooo?"

„Doooort!"

Jetzt sah Ted auch das dunkle Etwas, das sich dort ungefähr fünfzig Meter von hier in der Tanne versteckte.

Ted versuchte zu erkennen, was es war: „Hat es sich bewegt?", fragte er ohne sich zu rühren.

„Ich sah nur diesen Schatten, der den Baum hinauf glitt. Es war ziemlich schnell und dann regte es sich nicht mehr", antwortete Luna.

„Ich glaube, es beobachtet uns", Ted zitterte leicht. „Es ist ein Tier."

„Ein Tier, das von hier stammt", sagte Luna.

Ted darauf: „Ein Tier, das größer ist als wir."

Jetzt schauten sich die beiden Grauhörnchen in die Augen und sagten gleichzeitig: „Es jagt uns, es will uns töten."

„Schnell Luna, dort drüben zu der Lichtung mit dem kleinen Felsen, dort können wir uns verstecken."

Die Hörnchen huschten durchs Gras, über Stock und Stein und sahen sich erst um als sie den kleinen Felsen erreicht hatten.

Völlig außer Atem rief Luna: „Ist es weg, verfolgt es uns, kannst du irgendetwas sehen?"

„In dem Baum ist es nicht mehr, aber es kann nicht wissen, wo wir jetzt sind", entgegnete Ted wild um sich schauend.

„Kann er doch", schrie Luna, „schau dort unten auf der Lichtung, er verfolgt uns."

Jetzt sah Ted die riesige Gefahr, in der sie schwebten. Ein ausgewachsener Baummarder war ihnen auf der Spur und hier weit weg vom Land, in dem man keine sprechenden Tiere jagen durfte, herrschten andere Gesetze. Hier standen Baumhörnchen jeglicher Art ganz oben auf der Speisekarte eines Marders. Dieses Tier, das aussah wie eine Katze mit kurzen Beinen, buschigen Schwanz und einer gelben Brust, war der geborene Jäger, und selten entkam ihm eine Beute, die er einmal anvisiert hatte.

„Was sollen wir jetzt tun, wir können ihm nicht entkommen, er hat Erfahrung im Jagen, wir keinerlei Erfahrung in der Flucht. Ted ich habe fürchterliche Angst."

„Mir geht es genauso, wir haben nur eine Möglichkeit, wir müssen es bis zum Fluss schaffen. Los, Luna, immer mir nach, wir schaffen das."

Und weiter ging die wilde Jagd. Luna vertraute voll und ganz auf Teds Orientierungsfähigkeit und wich nicht von seiner Schwanzspitze.

Immer wieder um sich schauend schrie Luna: „Ted, er kommt näher, es sind nur noch dreißig Meter."

„Wir haben es gleich geschafft, dort unten ist der Fluss, halte durch Luna."

Durch die Bäume konnte man schon das Wasser im Tal erkennen. Und die Stelle, an der sich der Bär und der Wolf befinden mussten, war auch nicht weit.

Der Baummarder war nur noch vier bis fünf große Sprünge von Luna entfernt, als sie das Flussbett erreichten.

„Ich kann den Bären sehen, es sind noch hundert Meter, Luna, schrei so laut du kannst, vielleicht hört er uns!"

Der Bär wollte gerade ein ganz kurzes Verdauungsnickerchen machen, als er die zwei wild pfeifenden und kreischenden Grauhörnchen auf sich zusausen sah. Und sie hatten anscheinend großen Ärger. Er begriff schnell.

„Krähe, Wolf, Adler, kommt schnell, Ted und Luna sind in Lebensgefahr, ein Marder verfolgt sie", brüllte er und setzte sich in Bewegung, um den beiden entgegenzukommen.

Die anderen hörten den Ruf des Bären, sahen die Gefahr und stürzten sich gleichfalls in Richtung des Angreifers. Der Marder war so sehr auf seine Opfer fixiert, dass er erst spät den Bären sah. Zuerst wunderte er sich, weshalb diese Baumhörnchen auf den Bären zuflitzten, das ergab keinen Sinn. Der Bär würde sie auch verspeisen. Dann sah er einen Adler und eine Krähe im Anflug und einen Wolf, der ebenfalls auf die Hörnchen zu rannte. So viele Jäger für eine Beute, das machte ihn stutzig. Aber als er sah, wie das erste Grauhörnchen unter dem Bären verschwand, ohne dass dieser es erschlug, erkannte er, dass er selbst zur Beute geworden war. Er verstand es zwar nicht, jedoch zog er es vor, einen Haken zu schlagen und im Wald zu verschwinden. Das war alles andere als normal und es waren die ersten Baumbewohner, die ihm entwischten.

Ted und Luna hatten es geschafft. Sie lagen am Ufer und ihre kleinen Herzen schlugen wie verrückt.

„Das war verdammt knapp", keuchte Ted. „Wir waren am

Ende unserer Kräfte. Ich weiß jetzt, was es bedeutet, richtige Feinde zu haben."

Der Bär hatte sich auf sein Hinterteil gesetzt und schaute liebevoll zu Ted und Luna nieder. Er war sehr froh, dass seinen kleinen Freunden nichts geschehen war. Die Krähe kam zurück und landete in der Nähe des Bären.

„Tja, wenn man fliegen könnte, bräuchte man nicht vor so lästigen Räubern zu fliehen, stimmt es, Adler?", rief die Krähe diesem entgegen, der im Anflug war.

Er ignorierte sie und fragte zuerst nach dem Befinden der Grauhörnchen: „Bär, sind sie unverletzt?" Er war wirklich besorgt.

„Ihnen geht es gut, sie sind nur total erschöpft", antwortete er laut, so dass es auch der Wolf hören konnte, der soeben aus dem Wald zurückkam.

„Ich habe den Marder verfolgt, bis er sich auf einen Baum flüchtete. Ich glaube, der kommt nicht wieder", sagte der Wolf.

„Nun gut", sprach der Adler, „wir sind jetzt alle versammelt, und haben die Nacht in der Fremde überstanden, wenn auch nicht ganz ohne Schrecken". Und er schaute zu den beiden Verfolgten, die sich schon wieder erholt hatten und wieder gleichmäßig atmeten.

„Wir haben viel zu bereden, denn unsere Lage ist schlimm." Der Weißkopfseeadler machte mit einem leichten Schwung seiner Flügel einen Satz vom Boden auf die Wurzel, denn so konnte er besser zu allen reden. Die Krähe hüpfte nervös auf dem Boden hin und her. Es gab Neuigkeiten und sie war dabei.

Der Adler begann: „Ihr wisst alle, wir sind hierher verschlagen worden, weil die Zigeunerin vermutlich einen Zauberspruch ausprobiert hat. Der bewirkte, dass alle, wirklich alle Tiere unserer Heimat hier im fremden Wald sind. Alle sind plötzlich den verschiedensten Gefahren ausgesetzt, die sie vorher nicht kannten. Wenn wir keinen Weg finden, in unser Land zurückzukehren, werden viele sterben müssen. Wir haben jetzt Sommer, aber bald schon kommt der kurze Herbst und dann der Winter. Wenn wir dann noch hier sind, fürchte ich, wird keiner außer den großen Raubtieren den Frühling erleben."

„Was sollen wir tun, es muss doch eine Möglichkeit geben", fragte Ted, der auf gar keinen Fall hier bleiben wollte.

„Glaube mir, Ted, ich habe seit gestern viel nachgedacht, aber so leid es mir tut, ich weiß es nicht", sagte der Adler mit gesenktem Haupt. „Ich habe nur diesen einen Vorschlag", sprach er weiter. „Wir müssen alle Tiere herbeirufen und eine große Beratung abhalten. Vielleicht war eines der Tiere in der Nähe der Zigeunerhütte, als der Zauber uns verbannte. Vielleicht weiß irgendjemand wie wir zurückkommen. Vielleicht..."

„Ich höre ständig vielleicht, vielleicht", meckerte die Krähe, „ganz bestimmt werden wir nach Hause gelangen, ganz bestimmt."

„Und wie, du neunmalkluger Vogel, willst du das anstellen?", herrschte der Wolf die Krähe an.

Kleinlaut gab die Krähe von sich: „Ich weiß nicht."

„Also", sprach der Adler, „ich würde sagen, du Krähe, und du Wolf benachrichtigt die anderen Tiere, dass heute Abend hier eine große Beratung stattfindet. Ich versuche den Trompeter-schwan zu finden, damit dieser die Nachricht über den ganzen Wald ausposaunt. Je mehr kommen, desto besser."

„Und ich?", brummelte der Bär.

„Und was machen wir", fragten die Grauhörnchen.

„Ihr drei bleibt hier, passt aufeinander auf und empfangt die Tiere. Du hast doch nichts dagegen, Bär, oder?"

„Nein, ganz und gar nicht, Adler", gestand der Bär und schielte gleichzeitig zum Fluss.

„Lasst uns aufbrechen", stieß der Adler hervor, „und wenn ihr Jenny seht: sie muss unbedingt kommen, sie ist vielleicht unsere einzige Chance!"

Stimmt ja, fragte sich jeder, wieso hat noch niemand an Jenny gedacht.

Wo war Jenny?

Ein Puma und ein Junge

Auch wenn die Rocky Mountains fast fünfzig Meilen entfernt waren, gab es auch hier schon einige hohe Felsen. Diese, wie graue Türme aussehende Erhebungen ragten stellenweise bis zu zwanzig Meter über die höchsten Tannen hinaus. In solch einem Felsen, der am Fuße über und über mit Moos bewachsen war, sah man auf halber Höhe eine dunkle Öffnung. Diese kleine Höhle diente als Nachtlager für ein Tier, das den gestrigen Tag ebenso in Verzweiflung verbracht hatte wie die anderen. Hier schlief Jenny!

Auch sie war gestern aus ihrer gewohnten Umgebung gerissen worden. Doch da sie zu Hause weit am Rand ihres Landes gewesen war, befand sie sich auch hier weit entfernt von ihren Freunden. Sie wusste deshalb auch nicht sicher, ob sie alleine hier war. Jenny wollte schon gestern aufbrechen um die anderen Tiere zu suchen, wenn sie überhaupt hier waren. Aber es war schnell Abend geworden und so war sie in der Höhle geblieben.

Nun drangen die ersten Sonnenstrahlen durch den Eingang der Höhle und kitzelten ihr das Fell. Jenny spürte die Sonne im Rücken und eine große Leere im Magen. Sie lag noch zusammengerollt da, als sie zuerst ihren Kopf von den Pfoten hob. Dann streckte sie ihre Vorderläufe, so dass ihre gefährlichen Krallen aus den Tatzen schauten. Nun erhob sie sich und streckte sich der Länge nach. Jenny war eine Schönheit mit ihrem samtig gelben Fell. Jenny war ein ausgewachsener Puma, ein Berglöwe, der König der Rocky Mountains. Diese Großkatze wog über fünfzig Kilogramm und mit ihren Krallen und den fünf Zentimeter langen Reißzähnen war sie eines der gefährlichsten Raubtiere in den Bergen.

Jenny schritt aus der Höhle. Ihr Fell glänzte in der Morgensonne silbern. Sie setzte sich und leckte ihre Schultern. Das musste als Morgenwäsche genügen. Sie blinzelte in die Sonne und schaute sich um. Was war gestern nur geschehen? Ein helles Licht und ein ohrenbetäubender Sturm hatte sie in einen Wald befördert, den sie nicht kannte. Auch sie konnte sich nur eine Ursache für diesen Zauber vorstellen, die Zigeunerin und ihre magischen Versuche. Und sie kannte die Zigeunerin! Wenn diese sich absichtlich oder versehentlich der Tiere entledigt hatte, würde sie sie auch nicht mehr zurückholen. Selbst wenn sie dazu in der Lage wäre den Zauber rückgängig zu machen, sie konnte die Tiere nicht ausstehen. Deshalb würde sie sie dort lassen, wo auch immer sie hingeraten waren. Für Jenny galt es zuerst, die entscheidende Frage zu klären, ob sie allein diese verhexte Reise unternommen hatte.

Der Sonnenaufgang verwirrte Jenny in irgendeiner Art und Weise. Was stimmte nicht damit, was war anders als sonst? Jetzt erkannte sie den Unterschied. Die Berge fehlten. Zu Hause war die Sonne immer über den hohen Bergen aufgegangen, hier gewahrte Jenny die Rockys genau in der anderen Richtung. Das bedeutete, das Land mit dem See, der nie zufriert, lag irgendwo hinter den hohen Bergen. Irgendwo! Diese Erkenntnis stimmte sie sehr traurig, aber zum Trauern war keine Zeit. Ihre Freunde irrten hier vielleicht umher, ohne sich erklären zu können, was geschehen war. Sie musste sie finden, um ihnen zu helfen und um nicht mehr allein zu sein. Jenny's Hoffnung, die anderen müssen auch hier sein, war stärker als ihr Hunger und so kletterte sie den Fels hinab, um sich auf die Suche zu begeben.

Doch welche Richtung sollte sie einschlagen, nach links oder nach rechts, bergab oder bergauf. Sie entschied bergauf zu laufen. Wenn sie dort niemanden traf, konnte sie wenigstens noch Ausschau halten und der Weg wäre nicht umsonst gewesen. Geschmeidig eine Tatze vor die andere setzend durchquerte sie den Wald. Ein gleichmäßiges Schnurren kam aus ihrer Kehle.

„Sie müssen hier auf dem Berg sein", sprach Jenny zu sich selbst. „Ich muss reden, auch wenn nur ich es bin, die zuhört. Ich bin so allein!"

Einige Meter vor sich erblickte sie jetzt einen breiten Weg, der zum Berg hinauf führte. Es war der gleiche Weg, den gestern Sam und Charlie zweimal befahren hatten. Jenny sprang mit einem großen Satz auf den Weg und entschied, dass hier zu laufen viel einfacher sein würde, als im Wald über jeden Stein und umgestürzten Baum zu klettern. Sie ahnte zwar, dass ihre Freunde nicht gerade am Wegesrand standen, aber sie würde sie schon wahrnehmen, auch wenn sie im Wald waren. Auf Jenny's einzigartigen Hör- und Geruchssinn konnte man sich schließlich verlassen.

Und auch jetzt und hier drangen plötzlich merkwürdige Gerüche in ihre Nase.

„Was ist das?", wunderte sich Jenny und bewegte ihren Kopf auf der Suche nach einer unsichtbaren Spur am Boden hin und her. Ihr war dieser Geruch bekannt. Er stammte von keinem Tier, aber er unterschied sich auch sehr von den menschlichen Ausdünstungen der Zigeunerin. Hier war ein Mensch gelaufen und die kurzen Abstände der Duftspuren seiner Füße verrieten Jenny, dass auch er bergan lief. Der Geruch hatte noch nicht die Stärke eines erwachsenen Menschen, er war noch jung und rein. Jenny schaute auf und ihre Augen funkelten vor Freude: „Hier ist ein Kind vorbeigelaufen, ein Kind zum Unterhalten, ich bin nicht mehr allein, hurra!" Jenny wusste nicht den Grund dafür, aber die Tatsache, dass sie ein Kind treffen würde, erfüllte sie mit neuer Hoffnung. Und so beschleunigte sie ihren Gang und folgte, immer wieder den Duft aufsaugend, der stärker werdenden Fährte.

Ungefähr eine halbe Meile vor Jenny lief jemand, der zwar ein Abenteuer suchte, aber ein solches, wie er erleben würde, bisher nicht einmal erträumte. Der Berg wurde allmählich steiler, und Jenny verspürte jetzt quälenden Hunger. Aber außer ein paar Beerensträuchern mit leckeren Brombeeren gab es hier weit und breit nichts Fressbares. Viele kleine Happen sättigen auch ein wenig, dachte sie und gab ihre Verfolgung kurz auf. Vorsichtig zupfte sie mit ihren Zähnen die großen schwarzen Beeren vom Strauch. Es sah lustig aus, wenn Jenny ihren Kopf schüttelte, denn ständig stachen sie die kleinen Dornen in die Nase. Ab und zu musste sie sogar niesen. Dennoch machte diese nervende Zupferei nach und nach satt und Jenny war zufrieden. Jenny leckte sich die Reste der zermatschten Beeren aus ihren Schnurrhaaren und erhob sich, um die Aufholjagd fortzusetzen.

Nach einigen hundert Metern erreichte sie eine Anhöhe, der ein kleines Tal folgte. Man konnte den Verlauf des Weges fast eine Meile überschauen. Die Pumaaugen erspähten sofort diese kleine Bewegung am Ausgang der nächsten großen Kurve. Dort lief jemand und mit Sicherheit passte diese Person zu der Duftmarke hier auf dem Weg. Jenny wollte den kleinen Menschen so schnell wie möglich einholen und so hetzte sie ins Tal, dass ihr langer Schwanz große Kreisbögen machte. Bald schon waren es nur noch einhundert Meter und sie verringerte ihr Tempo wieder. Ihr fiel ein, dass sie ja ein riesiger Puma war, der ein Kind zu Tode erschrecken konnte. Noch dazu sprach sie, was auch nicht gerade alltäglich war. Sie musste das Kind also langsam überraschen.

Der dichte Wald an beiden Seiten des Weges kam ihr dazu wie gelegen. Sie würde sich einfach durch den Wald an der Person vorbei mogeln und dann unsichtbar aus dem Dickicht heraus sprechen. So machte sie es auch. Schnell durchquerte sie das dichte Reisig in einem kleinen Kreisbogen und lag nun fünfzig Meter vor der Kurve, aus welcher der Mensch gleich auftauchen musste. Jenny hörte Schritte und jetzt sah sie ihn. Es war ein Junge, ungefähr zwölf Jahre alt mit blonden kurzen Haaren. Er trug eine braune Cordjacke, blaue ausgewaschene Jeans, schwarze halbhohe Stiefel und auf seinem Rücken einen alten grauen Rucksack. Für seine Größe von ungefähr fünf Fuß machte er ganz beachtliche Schritte. Er hatte es eilig. Die Sonne schien schon über die Bäume und die Luft erwärmte sich langsam. Jenny sah, wie der Junge stehen blieb. Er schüttelte seinen Rucksack ab und winkelte sein linkes Bein an. Darauf stellte er den Rucksack ab und öffnete ihn. Auf einem Bein zweimal hüpfend um die Balance zu halten, kramte er irgendeinen silbrig glänzenden Gegenstand aus dem Dunkel des Rucksackes hervor. Dann verschloss und schulterte er ihn wieder. Den silbrigen Gegenstand ließ er in seiner Hosentasche verschwinden. Sein zügiger Wanderschritt, den er wieder aufgenommen hatte, trieb ihm langsam den Schweiß auf die Stirn. Um sich ein wenig Luft zu verschaffen, krempelte er die Ärmel seiner Jacke bis über den Ellenbogen zurück. Das sah ziemlich ungewöhnlich aus, verschaffte ihm aber Kühlung.

Der Junge hatte Jenny fast erreicht, als er sich offensichtlich wieder an diesen silbernen Gegenstand erinnerte. Er zog ihn aus seiner Hosentasche und führte ihn zum Mund. Nachdem er tief Luft geholt hatte, entwich dem kleinen Gerät ein für empfindliche Pumaohren schrecklich quietschender Laut. Nach den ersten paar krummen Tönen wurde eine Melodie daraus und Jenny vergaß beinahe, warum sie hier lauerte, so schön konnte dieser Junge Mundharmonika spielen.

„Hallo, Junge!", rief Jenny aus ihrem Versteck.

Sofort verstummte die Melodie und der Junge blickte in die Richtung der Stimme. Obwohl er kein Angsthase war, ging er doch einige Schritte rückwärts.

„Wer spricht da?", fragte er, seine Mundharmonika wie eine Waffe mit festem Griff umklammernd.

„Was glaubst du?", stellte ihm Jenny die Frage.

„Ich habe keine Ahnung, aber deine Stimme klingt wie die eines kleinen Mädchens. Aber ein kleines Mädchen mitten im tiefsten Wald, recht unwahrscheinlich.", erwiderte der Junge.

Jenny schmunzelte: „Du bist doch auch nur ein kleiner Junge und läufst hier wild musizierend durch die Botanik."

„Also bist du ein Mädchen!", sagte der Junge feststellend.

„Ja und Nein", war die Antwort.

Stirn runzelnd trat der Junge einen Schritt näher ans Dickicht. Aber er konnte nichts erkennen.

Schnell sprach Jenny: „Ich bin Jenny und es wäre besser, du bliebest vorerst dort stehen."

„Warum, bist du so hässlich?"

„Nein, aber ich will dich nicht erschrecken."

„Okay, mein Name ist Luke. Also, wenn du ein Mädchen bist, aber auch keins", er überlegte angestrengt, „bist du entweder ein Waldgeist mit ziemlich hoher Stimme oder ein Papagei, der verdammt gut spricht."

„Nein, da liegst du völlig falsch." Das Ratespiel gefiel Jenny immer besser. Dieser Luke war ihr auf Anhieb sympathisch. Sie schnurrte vor Vergnügen. Auch Luke hatte seine Angst verloren und sah dieses Gespräch als willkommene Abwechslung. Er nahm seinen Rucksack ab und setzte sich auf den selbigen. Luke stützte seinen Kopf auf sein Knie und grübelte: „Bist du kein Geist, bist du wirklich? Und wenn du wirklich bist, dann entweder Mensch oder..."

„Tier vielleicht?", half ihm Jenny.

„Ein Tier?", Luke schaute angestrengt „Ein Tier? Nein, nein, Tiere sprechen nicht."

„Und wenn doch?", gab Jenny zu Bedenken.

„Ja dann, glaube ich, habe ich ein Abenteuer ganz nach meinem Geschmack. Recht unwahrscheinlich, aber unheimlich interessant und spannend."

Luke saß da und träumte mit offenen Augen.

Jenny war sich nicht sicher, ob er richtig begriff, was hier geschah. Um ihn aus seiner Traumwelt zurück zu holen, brachte sie es nun auf den Punkt: „Ich bin ein zehn Jahre altes Mädchen im Körper eines Tieres und ich bin allein."

Als Luke das hörte, schluckte er. So etwas hatte er ja noch nie gehört. Das war schlicht unglaublich.

„Du bist was?", rief er voller Verwunderung aus.

„Du hast schon richtig gehört."

„Donnerwetter!", Luke schlug sich mit der flachen Hand an die Stirn. „Ich wollte hier in den Bergen das Abenteuer suchen, aber dass es gleich mit einer so geballten Kraft auf mich trifft, hätte ich nicht gedacht." Er kniff das rechte Auge zusammen und fragte: „Was für ein Tier bist du?"

„Ein großes!"

Luke überlegte. Aus unzähligen Büchern über die Tierwelt von Kanada kannte er alle hier vorkommenden Tiere. Also was konnte Jenny sein?

„Ein Wapitihirsch?"

„Nein."

„Ein Elch?"

„Ganz so groß auch wieder nicht", antwortete Jenny.

„Dann vielleicht ein Reh?", fragte Luke schon etwas ungeduldig.

Jenny merkte, dass Luke sich mit der Tierwelt auskannte, wollte ihm aber trotzdem helfen: „Versuch es einmal mehr mit der Rubrik Raubtiere!"

„Ein Grizzly, ein Wolf, ein Luchs oder ein Puma, stimmt's?", folgerte Luke selbstsicher.

„Was wäre dir denn am liebsten, Luke?"

Luke überlegte nicht lange und sagte: „Das ist mir eigentlich egal, solange du mich nicht frisst?"

„Nur keine Angst, ich kann keiner Fliege etwas zuleide tun." Jenny erhob sich und bewegte sich langsam aus dem Dickicht. „Ich komme jetzt raus und wenn du noch nie einen Puma aus der Nähe gesehen hast, erschrick nicht."

Luke blickte gespannt auf den Waldrand und vernahm ein leises Knacken von Ästen. Er hatte wirklich noch nie einen Puma in freier Natur gesehen, er kannte nur die Fotografien aus den Büchern. Jetzt sprang die Großkatze mit einem kleinen Satz auf den Weg. Direkt vor Luke setzte sie sich auf ihr Hinterteil und legte ihren langen Schwanz um die Pfoten. Der Junge wäre fast von seinem Rucksack gefallen. Denn dieser Puma war tatsächlich sehr groß und Angst einflößend.

„Hallo, entschuldige, wenn ich dich so lange hab' raten lassen, aber ich wusste nicht, wie du auf mich reagierst. Du hättest dich bestimmt zu Tode erschrocken!", sprach Jenny mit bedauernder Miene.

„Nein, nein. Ich hätte das schon verkraftet", prahlte Luke ein wenig.

„Wie alt bist du? Und wo willst du hin ganz allein", wollte Jenny wissen.

„Ich bin zwölf und will in die Berge."

„Wohnen Kinder nicht in Städten bei ihren Eltern, wie es sich für brave Kinder gehört?"

Luke senkte den Kopf: „Ich habe keine Eltern mehr."

Jenny tat ihre Frage leid als sie ihn so sah und tröstete ihn: „Ich bin auch allein, meine Eltern sind tot."

Luke sah sie nun wieder an und fragte: „Du hast vorhin gesagt, du wärst ein zehnjähriges Mädchen, ich sehe aber nur einen riesigen Puma, wie ist das möglich?"

„Das ist eine lange Geschichte", erwiderte Jenny.

„Ich bin ein guter Zuhörer."

„Das glaube ich dir gerne. Aber könnten wir dabei weiter-gehen? Ich muss dort auf den Berg hinauf. Ich erzähle dir meine Geschichte und du mir dann deine, okay?", Jenny stand auf.

„In Ordnung", Luke war einverstanden und schulterte seinen Rucksack. „Erst deine, dann meine."

Beide waren froh darüber, nicht mehr alleine zu sein und liefen nun nebeneinander den Berg hinauf. Die Tatsache, dass ein Puma mit Luke sprach, hatte er so leicht weggesteckt, wie nur Kinder es konnten. Auf irgendeine rätselhafte Weise hatte sich der Traum vieler Kinder, mit Tieren sprechen zu können, für ihn erfüllt. Er war gespannt darauf, noch mehr zu erfahren und Jenny würde es ihm erzählen.

Die Botschaft

Der Adler hatte seine Freunde am Fluss zurückgelassen und schwebte über dem Wald, um nach dem Trompeterschwan Ausschau zu halten. Die Sonne stand schon hoch am Himmel und am Horizont sah man ein schwaches Flimmern der warmen Luft. Irgendwo dort unten musste es einen kleinen See oder Teich geben, den der Trompeterschwan bestimmt gefunden hatte. Größere Seen gab es hier auf dieser Hochebene nicht. Wenn doch, hätte der Adler sie am Morgen, als er in so großer Höhe flog, entdeckt. Versteckt unter hohen Tannen lag irgendwo eine kleinere Wasserfläche und der Adler kannte den Trick, sie zu finden. Wichtig war der richtige Zeitpunkt und die richtige Position, dann würde ihm die Sonne den Ort zeigen. Wenn die Sonne im richtigen Winkel zu den kleinen Wellen eines Sees stand, wirkte der See wie ein Spiegel, der das Sonnenlicht reflektierte. Das Glitzern war nicht blendend, aber ein Adlerauge konnte es sehen. Und genau ein derartiges Leuchten erspähte der Adler.

Sofort verließ er das Warmluftpolster, das ihn getragen hatte und setzte zum Sturzflug an. Je tiefer er sank, desto besser konnte er den kleinen Bergsee erkennen. Er peilte eine vom Blitzschlag enthauptete Tanne an und landete durch leichtes Senkrechtstellen seiner Flügel. Er suchte die Uferzonen des Sees ab und hatte Glück. Neben ein paar einheimischen Enten und Kanadagänsen, die durch seine Ankunft sehr beunruhigt waren, gewahrte er den gesuchten Trompeterschwan. Da dieser sofort seine Schwimmroute in Richtung Adler änderte, war sich der Adler sicher, dass es sich um den Schwan aus der Heimat handelte.

Der Trompeterschwan war ein großer, weißer Entenvogel, der sich äußerlich nur durch seinen zehn Zentimeter langen, völlig schwarzen Schnabel, von dem europäischen Höckerschwan unterschied. Und dann war da sein markanter schmetternder Ruf. Der trompetenhafte Klang kam durch den langen Hals der Schwäne zustande. Dieser viel größere Resonanzkörper ließ, im Gegensatz zu anderen kurzkehligen Vogelarten, einen fast sirenenhaften Ton erklingen.

„Sei gegrüßt, Adler", trompetete er auch gleich in seinem arttypischen Ton.

Der Adler breitete seine Flügel aus und glitt zu einem ufernahen Baumstumpf. Wild mit den Flügeln auf die Oberfläche des Sees schlagend, verließen daraufhin die Enten und Gänse diesen Bereich des Gewässers. Ein Weißkopfseeadler in unmittelbarer Nähe störte ihre sorglose Futtersuche ungemein und sie verschwanden im Schilfgürtel am gegenüberliegenden Ufer.

„Ein Glück, dass ich dich endlich gefunden habe. Ich bin schon lange auf der Suche nach dir", gab der Adler erleichtert von sich.

Der Schwan hatte das Ufer erreicht und watschelte mit seinen großen Schwimmfüßen auf den Adler zu.

„Du hast wirklich Glück gehabt, Adler! Ich wollte gerade los fliegen um dich zu suchen. Wir hätten uns bestimmt verfehlt."

„Weißt du ungefähr, was uns gestern passiert ist?", fragte der Adler. „Wenn ja, kann ich mir nämlich lange Erklärungen sparen."

Der Schwan neigte seinen Kopf leicht zur Seite und erwiderte: „Wir sind unfreiwillig weit weg von zu Hause und die Zigeunerin trägt die Schuld daran. Liege ich damit richtig?"

„Besser geht es nicht."

„Nach dem gestrigen Sturm fand ich mich hier auf dem See wieder, und ich hielt es für angebracht, die Nacht auf dem Wasser zu verbringen. Ich dachte, hier würde es einige Raubtiere geben, die ein leckeres Schwanenmahl nicht abweisen. Und so schlief ich auf dem See. Heute Morgen wollte ich mich erst sättigen, aber da das Nahrungsangebot recht dürftig ausfiel, hat mein Frühstück bis jetzt gedauert. Nun war ich gerade im Begriff, mich auf die Suche nach dir zu machen, um zu fragen, wie wir aus diesem Dilemma herauskommen. Aber dann sah ich dich über die Tannenwipfel schweben und kann mir nun den ermüdenden Rundflug sparen", endete der Trompeterschwan.

„Ich muss dich leider enttäuschen, Schwan, um den ermüdenden Rundflug kommst du nicht herum. Wir brauchen deine Hilfe. Du musst..."

„Wer ist wir?", unterbrach ihn der Schwan. „Heißt das etwa, dass noch mehr Tiere hier sind? Ich dachte, der Zauber beträfe nur uns beide."

„Warum sollte er das?", fragte der Adler überrascht.

„Nun, wir halten uns meistens am See, der nie zufriert auf und befanden uns so in nächster Nähe zur Hütte der Zigeunerin, in der diese alte Hexe vermutlich erneut versuchte zu zaubern, was misslang, wie man sieht."

„Nein, lieber Schwan, ich muss dich enttäuschen, es ist viel schlimmer. Alle Tiere unserer Heimat sind hier. Und die meisten wissen noch nicht, was geschehen ist."

„Wenn ich das gewusst hätte", bedauerte der Schwan, „hätte ich dich schon gestern gesucht. Wir zwei alleine hätten vielleicht in unser Land zurückfliegen können. Aber alle Tiere", der Schwan drehte seinen Kopf zum Horizont und schüttelte ihn, „können unmöglich zurückwandern."

„Das ist richtig. Aber um eine Lösung zu finden, deswegen bin ich hier. Wir müssen eine Versammlung abhalten um alle zu informieren und einen Ausweg zu finden", erklärte der Adler.

„Und ich soll die Einladungen für diese Versammlung verteilen", folgerte der Schwan schnell.

„Wenn du das so nennen willst, ja", amüsierte sich der Adler über diesen bildhaften Vergleich. „Ich habe gehofft, du könntest über den Wald fliegen und mittels deiner schmetternden Stimme die Nachricht von der Versammlung ausposaunen, so dass sie jeder unserer Freunde hört."

„Du kannst voll und ganz auf mich zählen", versprach der Schwan, „was soll ich mitteilen?"

„Ruf aus, dass am oberen Flusslauf heute Abend eine Versammlung stattfinden wird, an der mindestens ein Vertreter jeder Tierart teilnehmen soll. Wer es nicht findet oder nicht rechtzeitig schafft, kann auch noch morgen dorthin kommen, wir werden dort sein."

„Nur oberer Flusslauf, genügt das als Ortsangabe?", fragte der Schwan.

„Ja. Bei meinem Flug heute Morgen in sehr großer Höhe habe ich nur einen größeren Fluss in diesem Gebiet gesehen. Finden sie den Fluss, finden sie auch den oberen Flusslauf", bejahte der Adler.

„Dann fliege ich gleich los und werde mal ein bisschen trompeten", scherzte der Schwan trotz ihrer schwierigen Lage.

„Pass auf dich auf! Wir sind nicht zu Hause", mahnte ihn der Adler.

„Ich weiß", antwortete der Schwan und breitete seine Schwingen aus. Er schlug dreimal mit den Flügeln, lief auf das Wasser zu und mit peitschenden Flügeln erhob er sich in die Luft. Bei den ersten Flügelschlägen berührten seine Federspitzen noch die Wasseroberfläche, doch dann gewann er schnell an Höhe. Er drehte eine kleine Runde über dem See und verschwand über den Bäumen. Kurze Zeit später, der Adler wollte gerade aufbrechen, um andere Tiere zu informieren, hörte er den Ruf des Trompeterschwans.

„An die Tiere des Landes fern von hier: Der Trompeterschwan ruft euch! Kommt heute Abend oder am morgigen Tag zum oberen Flusslauf! Ein Tier von jeder Gruppe! Wir beraten dort!"

Auf den Schwan kann man zählen, dachte der Adler und verließ den See.

Jenny's Geschichte

Es war um die Mittagszeit, als für Luke und Jenny ihr gemeinsames Abenteuer begann. Luke hatte seine Jacke im Rucksack verstaut, und klemmte seine Daumen zwischen das grüne T-Shirt und die Trageriemen. Seine Schritte waren raumgreifend, aber Jenny konnte ohne sichtliche Anstrengung mithalten.

„Also gut", meinte nun Luke ungeduldig, „wir laufen wieder, ich schwitze nicht mehr, ich bin bereit für deine Geschichte."

Jenny blickte zu ihm auf und fragte: „Und es macht dir gar nichts aus, dass ich ein Puma bin?"

„Nein, überhaupt nicht, ich finde das richtig cool.", antwortete Luke und schoss einen im Weg liegenden Stock zur Seite. „Erzähl' schon, warum kannst du sprechen?"

„Wo soll ich beginnen", überlegte Jenny laut, „es gibt so vieles, dass man wissen muss, um meine Geschichte zu verstehen und sie zu glauben."

„Erzähl' ganz von vorne, wir haben genügend Zeit", forderte Luke sie auf. Jenny überlegte noch kurz und begann zu erzählen.

„Ich wohnte in Calgary. Meine Eltern besaßen ein kleines gemütliches Reihenhaus in der Foreststreet. Wir führten ein ganz normales Leben bis zu dem Tag, als mein Vater mit dieser Nachricht nach Hause kam. Hätte er damals gewusst, was diese Neuigkeit alles zerstören würde, ich glaube, er hätte geweint, statt zu feiern und zu tanzen. Er hatte einen Job in Vancouver angeboten bekommen, einen Job in der Chefetage eines großen Unternehmens. Dort würde er doppelt so viel verdienen wie in Calgary. Meine Eltern überlegten nicht lange und mein Vater nahm die Arbeit an. Schon nach zwei Wochen war alles gepackt und reisefertig. Meine Eltern hatten in Vancouver vorerst eine kleine Wohnung gemietet und wollten sich später nach einem Haus umsehen."

Luke unterbrach sie: „Damals warst du aber sicherlich noch ein Mädchen, kein Puma, oder?"

„Natürlich war ich noch ein Mädchen. Ich war sechs Jahre alt und sollte im Herbst mit der Schule beginnen. Wie gesagt, die Koffer waren gepackt und das Flugzeug gebucht. Da mein Vater aber immer an allem sparen musste, hatte er auch beim Flug gespart. Und so bestiegen wir eine kleinere Transportmaschine, die nach fünf Stunden Flug in Vancouver ankommen sollte. Doch die Maschine kam weit vom Kurs ab und zerschellte an einem Berg."

Jenny schluchzte: „Wie durch ein Wunder überlebte ich den Absturz. Meine Eltern sah ich nie wieder, sie kamen ums Leben."

„Und was hast du dann gemacht? Du warst doch sicherlich verletzt?"

„Nach dem großen Knall und dem Feuer muss ich ohnmächtig geworden sein. Als ich wieder die Augen öffnete, war das Flugzeug verschwunden und ich lag am Ufer eines Sees. Mir tat nichts weh und so dachte ich, ich wäre nun im Himmel. Aber als ich aufstehen wollte, durchfuhr ein stechender Schmerz mein Bein und das bedeutete, ich lebte. Ich war ein kleines Mädchen, allein und hilflos. Ich weinte."

Luke hörte gespannt zu: „Und wer hat dich an den See gebracht?"

„Ich wusste es nicht. Weit oben in den Bergen, dort wo die weißen Gletscher den Himmel berührten, sah ich eine kleine schwarze Rauchwolke. Dort brannten die Überreste des Flugzeuges. Irgendjemand oder irgendetwas hatte mich herunter an den See getragen. Und ich brauchte nicht lange zu warten um zu erfahren, wer es gewesen war. Ein riesiger Adler landete neben mir im Gras und fragte mich, ob ich gehen könnte. Ich begann wieder zu weinen, denn dieser sprechende Vogel machte mir große Angst. Er tröstete mich, indem er sagte, dass ich in einem Zauberland sei, wo alle Tiere sprechen könnten und niemand mir etwas tun werde. Ich fasste Mut und schluchzte, dass mein Bein weh tue, ich aber laufen könne. Und so führte mich dieser Adler zu einer Hütte, wo ich meine zukünftige Mutter kennen lernte, eine alte Zigeunerin.

Auf dem Weg dorthin erfuhr ich, dass er es war, der mich vom brennenden Flugzeug wegtrug."

„Sind wir hier in diesem Zauberland, oder warum sprichst du?"

Jenny seufzte: „Nein, das Zauberland ist weit von hier. Aber lass mich der Reihe nach erzählen, in Ordnung?"

„Ja, ja", entgegnete Luke mit glänzenden Augen, „aber das ist alles so aufregend."

Jenny fuhr fort: „Die folgenden Jahre lebte ich bei der Zigeunerin. Sie gab mir Essen und ließ mich in der Hütte wohnen. Aber ich hasste sie. Sie war gemein zu den Tieren und behandelte mich wie eine Sklavin, die alle Drecksarbeiten machen musste."

„Konntest du das Land nicht wieder verlassen?"

„Nein, dazu waren die Berge zu hoch. Ein kleines Mädchen wie ich wäre in den Bergen bestimmt erfroren. Außerdem hatte ich da draußen in der anderen Welt niemanden mehr. Im Zauberland gab es den weisen Adler Weißkopf, den Grizzly, die beiden Grauhörnchen, den schwarzen Wolf und noch viele andere und alle waren meine Freunde. Von ihnen erfuhr ich alles Wissenswerte vom Zauberland. So saß ich oft und lange mit dem Adler am See und wir redeten. Ich erzählte ihm von meiner und er mir von seiner Welt."

„Ist das Zauberland schön?", fragte Luke, der sich eine kleine Wanderpause gönnte. Er setzte sich auf einen Baumstumpf am Wegesrand und stützte seine Ellenbogen verträumt auf seine Knie. Jenny setzte sich ebenfalls und antwortete: „Das Zauberland ist einzigartig. Ich kann mir keinen anderen Ort vorstellen, der schöner ist. Ich möchte nirgendwo anders leben als dort. Das Zauberland ist ein riesiges Tal im Herzen der Rocky Mountains. Rundum ist es umgeben von hohen Bergen, die es von der Außenwelt schützen. Wie ein enges Band umringen die Gletscher das Tal und halten ungebetene Gäste fern. Unser Land hat einen großen See, der selbst im Winter nie zufriert. Im glasklaren Wasser spiegelt sich der blaue Himmel wider und der Kontrast zum Dunkelgrün der am Ufer stehenden Bäume ist wunderschön. Alles ist so friedlich dort, kein Tier muss sich um sein Leben oder Nahrung sorgen, denn niemand darf ein sprechendes Tier töten und Nahrung gibt es in Hülle und Fülle."

„Wieso friert der See nie zu und weshalb darf kein Tier getötet werden", wollte Luke wissen, für den alles wie ein Märchen klang.

„Der Adler erzählte mir einmal, dass das Tal ein heiliges Tal sei, dass hier die Geister und Götter der alten Indianerstämme lebten. Vor vielen tausend Jahren, als es in Nordamerika nur die eingeborenen Indianer gab, brachten diese ihre verstorbenen Häuptlinge in das Tal und bahrten sie auf einer kleinen Insel im See auf. Von vielen Adlergenerationen übermittelt, kannte der Weißkopfseeadler eine Sage, nach der die Götter den Tieren die Stimme gaben um nicht so allein zu sein. Und damit die Tiere nicht leiden und hungern mussten, ließen die Götter den See nie gefrieren. So war stets genügend Fisch und Trinkwasser vorhanden. Als Gegenleistung mussten die Tiere versprechen, nie einander zu töten und sich stets zu helfen und zu achten. In den Jahren des Goldfiebers kamen einige Abenteurer in das Tal, aber die meisten wurden wahnsinnig. So verbreitete sich der Glaube, dass ein Fluch auf dem Tal liege und seither wurde es von Menschen gemieden."

„Deine Geschichte ist einfach fantastisch, ich habe schon viele Bücher gelesen, aber eine derartige fand ich nie", schwärmte Luke.

„Und sie ist wahr, du glaubst mir doch?" fragte Jenny zweifelnd.

Luke nickte schnell. Natürlich glaubte er Jenny's Geschichte, er sog sie förmlich in sich auf. Er hatte von Abenteuern in der Wildnis Kanadas geträumt, aber jetzt erfüllte sich ein Traum, der so großartig und aufregend war, wie er es nie erahnt hätte. Luke war hungrig, aber er vergaß den Hunger schnell wieder, als Jenny weitererzählte.

„Das Land wurde also meine Heimat und bis ich neun wurde, lebte ich bei der Zigeunerin. Sie brachte mir Lesen und Schreiben bei, aber als sie sah, dass ich oft in ihren magischen Büchern las, bereute sie ihre lehrhafte Tat."

„Wer war sie und wie kam sie ins Tal?", fragte Luke.

„Richtig", erinnerte sich Jenny, „das ist auch wichtig. Aber was hältst du davon, wenn wir zuerst etwas essen, du hast doch bestimmt auch Hunger, oder?"

„Und wie", entgegnete Luke. Sogleich schnürte er seinen Rucksack auf und angelte eine Konservenbüchse und ein Stück Brot heraus. Geschickt mit den Taschenmesser umgehend, war die Büchse ruck zuck offen und der angenehme Duft von Wurst schwebte in der Luft.

„Hier", Luke hielt in der ausgestreckten Hand ein großes Stück Wurst direkt unter Jenny's Nase.

„Die ist wirklich gut."

Jenny roch die angenehme Würze. Eigentlich wollte sie wieder eine Beerenmahlzeit einnehmen, aber dies hier konnte sie unmöglich ablehnen.

„Danke", schnurrte Jenny und leckte ganz vorsichtig die Wurst aus Lukes Hand.

Luke spürte die rauhe Zunge und auch die gefährlichen Reißzähne berührten ihn kurz. Angst hatte er keine mehr. Jenny war seine Freundin, egal was sie war und wie gefährlich sie aussah. Nachdem sie zwei Büchsen der guten Wurst und auch das Stück Brot gemeinsam verzehrt hatten, wurden sie ziemlich durstig.

„Dort unten höre ich einen Fluss rauschen, lass uns dort etwas trinken", schlug Jenny vor.

Luke horchte angestrengt in die Richtung, konnte aber keinerlei Rauschen hören.

„Bin ich taub?", wunderte sich Luke.

„Nein, nein, du hörst nur viel schlechter als ein Puma."

„Stimmt ja, du bist ein Puma, hatte es ganz vergessen." Luke schlug sich an die Stirn. Er folgte Jenny durch einen alten Kiefernwald und nach ungefähr zweihundert Metern hörte er das Rauschen ebenfalls.

„Da ist er, ein kleiner Gebirgsfluss", stellte Jenny fest, deren

Pumaaugen ihn natürlich zuerst sahen. Gemeinsam rannten sie die letzten paar Meter zum Fluss. Luke legte sich bäuchlings ans Ufer und trank wie Jenny nur mit dem Mund. Der Flusslauf schlug einige Bögen und verschwand im Wald. Jenny schaute flussaufwärts und sagte: „Das Ufer ist breit genug, um am Fluss entlang zu laufen. Auch ist es hier nicht so hart, wie auf dem befestigten Weg", ihr taten nämlich schon die Pfoten weh. „Lass uns hier weitergehen, ja?"

„Können wir machen, ich habe kein bestimmtes Ziel", stimmte Luke zu.

„Wo war ich mit meiner Erzählung stehen geblieben?"

„Ich habe gefragt, wer die Zigeunerin war und wie sie ins Tal gekommen ist."

„Ach ja", erinnerte sie sich.

Luke und Jenny, ein Junge und ein Puma, gingen weiter flussaufwärts und Jenny berichtete weiter über ihre Heimat.

„Die Geschichte der Zigeunerin ist eine Geschichte für sich, aber um meine derzeitige Lage zu verstehen, musst du sie kennen. Also, die Zigeunerin hat eigentlich einen ganz anderen Namen, nämlich Alexa Fofondrisia."

„Sie heißt Alexa Vonvondifa?", stirnrunzelnd sah Luke Jenny an.

„Ich weiß, ihr Name ist schwer aussprechbar, aber so wird sie nicht genannt. Die Tiere nennen sie nur Zigeunerin oder Zauberin, was ihr noch viel mehr gefällt."

„Wieso Zauberin?"

„Immer mit der Ruhe, ich lass schon nichts aus. Also, diese Alexa stammt ursprünglich aus Ungarn. Ihre Vorfahren wanderten nach Kanada aus und so zogen ihre Verwandten als Zigeuner seit einhundert Jahren durch Nordamerika. Alexa war eine erfolglose Jahrmarktshexe und Wahrsagerin. Alle ihre kleinen Kunststückchen waren durchschaubar oder gelangen erst gar nicht.

Alexa hatte einen Sohn, Robert. Dieser war schon Anfang Zwanzig, aber hatte den Geist eines Kindes. Er war ein wenig zurückgeblieben, daher ziemlich langsam, ungeschickt, aber nicht dumm. Er stotterte bei jedem Satz, der seinen Mund verließ, und ebenso oft wie seine Zunge Purzelbäume schlug, schlug er Saltos. Er stolperte wirklich über jede Unebenheit.

„Woher weißt du das alles?"

„Er hat es mir erzählt. Man musste zwar geduldig sein bis ein vollständiger Satz das Ohr erreichte, aber man gewöhnte sich daran."

„Dieser Robert lebt also auch im großen Tal", folgerte Luke.

„Ja, ja. Bei uns wird er von allen Fa-Fa genannt."

„Wieso das?"

„Die Tiere sagten immer zu ihm, dass er nicht hinfallen solle, was er schließlich gar zu gerne tat. Er rief immer zurück: Ich fa...fa...fall schon nicht. Und so bekam er seinen Spitznamen Fa-Fa."

„Das ist ja lustig", Luke lachte.

„Dieser Fa-Fa war und ist ein herzensguter Mensch. Dafür, dass er ein wenig anders ist als andere kann er nichts. Er ist im Gegensatz zu seiner Mutter sehr tierlieb und war auch stets freundlich zu mir. Seine kleine geistige Behinderung machte ihm nichts aus, er war glücklich, so wie er war. Seine Mutter, die Zigeunerin, dachte da jedoch anders. Sie wurde auf jedem Jahrmarkt verspottet, einerseits wegen ihres einfältigen Sohnes, andererseits aufgrund ihrer magischen Unfähigkeit. Und so beschloss sie, beidem Abhilfe zu schaffen. Sie zog sich mit ihrem Sohn in ein altes Bergdorf zurück, um in ihren Büchern nach einer Lösung auf Hexenart zu suchen. In diesem Dorf östlich der Rockys lebten die letzten Indianer des früher so mächtigen Stammes der Sarcee. Von ihnen hörte sie zum ersten Mal die Geschichte eines Landes in den Bergen, wo die Götter wohnten und die Tiere sprachen."

„Und wie gelangten die beiden in das Land der sprechenden Tiere?" Luke setzte sich auf einen angeschwemmten Ast und streckte seine Beine aus. Er war jetzt schon einige Tage unterwegs und seine Füße und Beine schmerzten.

Jenny sah ihm die Erschöpfung an und fragte: „Bist du müde?"

„Ein wenig. Könnten wir hier vielleicht eine kleine Pause machen? Aber zum Zuhören reicht meine Kraft noch aus", fügte Luke schnell dazu.

Jenny legte sich auf einen großen schwarzen Stein und streckte alle Viere von sich. Auch ihr tat diese Erholungspause gut.

„Wie kamen die Zigeunerin und Fa-Fa nun in euer Land?", drängelte der Junge.

„Die alten Indianer sprachen mit großer Ehrfurcht von dem Land jenseits der Berge. Sie sagten, dort geschehen Wunder. Aber seit im Sommer vor genau dreiundneunzig Jahren der letzte Häuptling ihres Stammes in die ewigen Jagdgründe ging, war niemand mehr dort gewesen. Den Weg durch die Berge in dieses verbotene Land kannten selbst die Ältesten nur noch aus Überlieferungen ihrer Großväter und Urgroßväter. Die Zigeunerin notierte sich jedes Detail ihrer Erzählungen, denn für sie stand fest, dass sie dieses Land finden musste. Sie glaubte nicht an Geister und Ungeheuer, aber an die Magie.

Und ein Fünkchen Magie strahlte schon aus den glitzernden Augen der Alten, wenn sie nur davon erzählten. Dieses Land musste etwas Magisches besitzen und Alexa wollte es haben, wollte es für ihre Zwecke nutzen. Alexa besorgte sich Karten der alten Goldgräber, die vor einhundert Jahren in den Bergen Mineralien gesucht hatten und verglich all ihre Notizen. Nach einigen Wochen war sie am Ziel, sie fand das Tal auf einer uralten Karte. Jetzt musste sie nur noch die Berge bezwingen, aber wie? Zu Fuß die Berge zu besteigen war unmöglich. Sie war nicht mehr die Jüngste und Robert würde es auf gar keinen Fall schaffen, so oft wie der über seine eigenen Füße stolperte. Der Zigeunerin kam jedoch ein rettender Gedanke. Auf den Jahrmärkten, auf denen sie bis vor kurzen verkehrte, wurden ab und zu Ballonfahrten angeboten. So reiste sie wieder in die Städte und flog mit einigen Ballons, um ihre Handhabung zu studieren. Einige Wochen später stahl sie einen Ballon und sie und Fa-Fa flogen in Richtung Rocky Mountains. Sie suchten lange nach dem Tal, landeten auch einige Male in falschen Tälern, aber schließlich fanden sie das Land der sprechenden Tiere."

„Und wurden sie nicht wieder vertrieben, wie damals die Goldsucher?"

„Nein. Im Gegensatz zu den Goldschürfern rechnete die Zigeunerin damit, dass hier sehr viel Merkwürdiges geschehen würde, ja sie hoffte es sogar. Deshalb konnten ihr auch die sprechenden Tiere keinen Schrecken einjagen."

„Und was hielten die Tiere von ihrer Ankunft?"

„Sie beobachteten die beiden, sprachen mit ihnen und sahen eigentlich keine Gefahr. Was sollte diese alte Frau und ihr tollpatschiger Sohn schon anstellen können. Aber sie irrten sich, wie man sieht."

„Das verstehe ich nicht", unterbrach Luke.

„Du wirst es verstehen, lass mich nur weitererzählen. Unter der Anleitung seiner Mutter baute Fa-Fa eine geräumige Hütte. Es dauerte zwar etwas länger, da Fa-Fa mehr einriss als errichtete, dennoch wurde die Hütte fertig. Während des Baus beschäftigte sich die Zigeunerin schon intensiv mit ihren alten Zauberbüchern. Dabei stellte sie zu ihrer Befriedigung fest, dass einige Zaubereien gelangen. So konnte sie kleinere Dinge verschwinden und woanders wieder erscheinen lassen. Einige Transportprobleme beim Bau der Hütte konnte sie schon mit magischer Kraft lösen. Dennoch war die Zahl der gescheiterten Versuche immer noch erheblich größer als die, welche glückten. Das lag aber nicht an dem Land, sondern an der Zigeunerin selbst. Sie durchwühlte ihre Bücher auf der Suche nach Neuem und überblätterte dabei oft sehr wichtige Seiten. Sie wollte gleich eine perfekte Zauberin sein. Sie hatte keine Geduld. In diesem Land war alles möglich, jeder richtig formulierte Zauberspruch würde gelingen. Sie ahnte so etwas, aber erreichte es nie."

„Du hast vorhin gesagt, sie bereute, dir das Lesen und Schreiben beigebracht zu haben. Warum? Konntest du besser zaubern als sie?"

„Genau so war es", Jenny lächelte. „Ich las viel gewissenhafter als sie und konnte bald viel besser hexen. Im Winter zauberte ich Nahrung für meine vielen Freunde und im Sommer verschaffte ich ihnen mit kühlen Winden Erfrischung. Die Zigeunerin machte das fast wahnsinnig. Sie konnte es einfach nicht verstehen. Dank meines Wissens aus den Büchern, einige hatte ich auch gestohlen, damit sie nicht irgendwann Schaden anrichten konnte, war ich nicht mehr auf Alexa angewiesen und verließ ihre Hütte. Ich lebte fortan in den Wäldern um den großen See, baute mir mittels verschiedener Zaubersprüche eine Unterkunft und hatte viel Spaß mit meinen Freunden."

„Wieso aber bist du ein Puma?"

„Mit der Zeit merkte ich, dass ich als kleines Mädchen beim Spielen mit meinen Freunden, wie dem Bären oder den Grauhörnchen, oft nicht richtig mittollen konnte. Ich war entweder zu schwach, zu langsam oder wurde zu schnell müde."

„Und so versuchte ich mich der schwierigsten Magie anzunehmen, der Verwandlungsmagie. Ich wollte so sein wie meine Freunde, wollte auf Bäumen umherjagen, durch die Lüfte gleiten, in den Felsen klettern und mich mit dem Bären balgen. Ich wünschte mir ein Tier zu sein."

„Bist du wirklich geflogen?", fragte Luke bewundernd.

„Nein, leider war die Verwandlungsmagie schwieriger als ich dachte. Ich versuchte mich in zahlreiche Tiere zu verwandeln, jedoch das einzige, was gelang, sitzt jetzt vor dir."

„Du hast dich also hin und wieder in einen Puma verwandelt, und die Wälder mit deinen Freunden durchstreift?"

„Ja, das habe ich, aber nicht nur hin und wieder."

„Du bist ein Puma geblieben, du wolltest kein kleines Mädchen mehr sein", folgerte Luke.

„Ja, ich bin ein Puma geblieben, aber nicht aus diesem Grund."

„Warum denn dann?"

„Ich musste es. Als ich nämlich die Formel für die Rückverwandlung aussprach, stellte ich mit Erschrecken fest, dass nichts geschah, ich blieb ein Puma. Nach weiteren vergeblichen Versuchen gab ich es auf. Unter großer Anstrengung und mit Hilfe der Krähe und des Adlers, die mir beim Umblättern halfen, suchte ich in den Büchern nach Rat. Und für uns alle unfassbar fand ich einen kleinen Satz, den selbst ich überlesen hatte. Dort stand, dass eine Zurückverwandlung nur durch die Sprache eines Menschen möglich wäre."

„Wieso hast du nicht die Zigeunerin um Hilfe gebeten?"

Jenny lachte:„ Glaubst du wirklich, sie hätte mir geholfen, nachdem ich ihr die Bücher gestohlen und sie auch sonst vor allen Tieren lächerlich gemacht hatte. Sie wartete doch nur darauf, sich an mir rächen zu können. Nein, das wäre sinnlos gewesen. Und so bin ich seit ungefähr einem halben Jahr ein Puma."

Luke machte wieder ein fragendes Gesicht, seine Stirn zog Falten und er biss sich auf die Lippen. Irgendetwas fehlte, um der Geschichte glauben zu können.

Jenny bemerkte seine grübelnde Haltung und fragte ihn: „Worüber zerbrichst du dir deinen Kopf, glaubst du mir etwa doch nicht?"

„Doch, doch", erwiderte Luke, dem jetzt der entscheidende Mosaikstein einfiel, der in Jennys Geschichte fehlte. „Irgendetwas hat noch gefehlt, und gerade eben fiel es mir ein. Warum hast du dein Zauberland verlassen, warum bist du hier?"

„Ich weiß es nicht, das heißt, ich bin mir nicht ganz sicher ob ich den Grund dafür kenne. Fest steht jedenfalls, ich bin gegen meinen Willen hierher gelangt. Das alles begann gestern. Ich unternahm gerade eine größere Wanderung am Rand unseres

Landes, als plötzlich ein Sturm losbrach. Ein ohren-betäubendes Sausen und Stöhnen erfüllte das große Tal. Der Himmel spiegelte sich in allen Farben, sogar in solchen, die ich vorher nie sah und dann blendete mich ein gleißend helles Licht. Es war, als blickte ich geradewegs in die Sonne. Als das Licht verschwand und ich wieder sehen konnte, befand ich mich in einem völlig anderen Wald wie vorher. Die hohen Berge, die sonst das Tal umringten, waren verschwunden. Ich befand mich nicht mehr im Zauberland."

„Wie war das möglich?"

„Ich dachte sofort an die Zigeunerin. Wahrscheinlich fand sie während meiner Abwesenheit meine Hütte und nahm ihre Zauberbücher wieder mit. Dann versuchte sie irgendeinen Zauber. Es kann sein, dass sie sich nur an mir rächen wollte und nur mich hierher verbannte. Aber eher glaube ich an die Möglichkeit, dass mein Ortswechsel unabsichtlich durch sie und ihre Zauberversuche hervorgerufen wurde."

„Denkst du, du bist alleine hier?", äußerte sich Luke.

Jenny schaute sich um und meinte: „Bis jetzt habe ich noch kein anderes Tier aus meiner Heimat getroffen. Das kann aber auch daran liegen, da ich zu Hause zum Zeitpunkt des magischen Sturmes so weit vom See entfernt war. Die meisten Tiere leben in der Nähe des Sees, da es dort die meiste Nahrung gibt. Weil es mir unlogisch erschien, dass nur mich dieses Schicksal ereilt haben sollte, entschloss ich, mich auf die Suche nach meinen Freunden zu begeben. Da ich mich nicht entscheiden konnte, welche Richtung ich einschlagen sollte, entschied ich einen Aussichtspunkt zu suchen. Also lief ich bergauf und traf dich, den Rest kennst du ja."

Luke holte tief Luft und blies sie mit weit geöffneten Augen und aufgeblähten Backen wieder aus. Jennys Geschichte war so beeindruckend, dass ihm vor Faszination die Luft wegblieb. Vor ein paar Stunden zweifelte er noch an seinem Unternehmen in den Bergen das Abenteuer zu suchen und jetzt war er schon mittendrin.

„Kann ich dich auf der Suche nach deinen Freunden begleiten?", bat er Jenny.

„Natürlich kannst du, aber zuerst musst du mir deine Geschichte erzählen. Warum läuft ein Junge wie du, sicherlich viele Meilen von der nächsten Stadt entfernt, im Wald spazieren?"

Luke erhob sich von seinen knorrigen Sitzplatz und klopfte sich sein Hinterteil ab. Ihm war nicht wohl dabei, jetzt seine Geschichte erzählen zu müssen. Er schlug vor: „Lass uns weitergehen, es wird schon bald Abend. Ich muss mir auch noch einen Platz zum Übernachten suchen."

Jenny ließ nicht locker: „Nein, nein, nein", sie spurtete an ihm vorbei und versperrte ihm den Weg, „erst meine Geschichte, dann deine Geschichte, so galt die Abmachung."

„Okay", gab sich Luke geschlagen, „ich erzähle ja schon."

„Sobald du beginnst, gehen wir weiter", versprach ihm Jenny.

„Also, wie du schon weißt, ist mein Name Luke und ich bin zwölf Jahre..."

„Scht…, scht…", unterbrach ihn Jenny abrupt, „ich höre etwas."

Luke flüsterte: „Waaas?"

Jenny stand wie angewurzelt da und nur ihre leicht zuckende Schwanzspitze verriet, dass sie noch lebte. Angespannt horchte sie in alle Himmelsrichtungen und teilte Luke mit: „Es kommt näher!"

Luke versuchte mit aller Macht auch irgendetwas zu hören, was natürlich sinnlos war, deswegen fragte er wieder: „Was kommt näher?"

„Ich kann es nicht genau beschreiben, es hört sich an wie Schreie, nein, wie eine Sirene, wie eine Trompete."

„Eine Trompete?", Luke schaute ungläubig.

Plötzlich schrie Jenny vor Freude auf: „Das ist der Schwan, der Trompeterschwan, er posaunt eine Nachricht über das Land. Sie sind hier, sie sind wirklich alle hier!"

Was war denn mit einem Mal in Jenny gefahren, dachte sich Luke. Was bedeutete das alles und wer war der Trompeterschwan?

„Was für ein Schwan?"

„Ein Freund aus der Heimat."

„Und was ruft er?"

„Ich verstehe nicht alles. Er ruft etwas von oberen Flusslauf, beraten und dort sein."

„Können wir nicht näher heran gehen, um ihn besser zu verstehen?"

„Nein, er ist viel zu weit weg und er entfernt sich schon wieder. Aber bezüglich des oberen Flusslaufes befinden wir uns bereits auf dem richtigen Weg." Jenny hatte die Tatsache, dass Luke gerade die Gründe für seine Wanderschaft erzählen wollte, ganz vergessen. Sie war so erfreut über den Schwanenruf, dass ihre grünen Augen vor Glück funkelten. Auf der Stelle wand sich Jenny zum Gehen, wirbelte ihren langen Schwanz herum und trottete flussaufwärts. Nach wenigen Metern drehte sie sich nach Luke um und fragte: „Ich denke, du willst mich begleiten. Auf was wartest du?"

Luke überlegte nur einen Augenblick lang und hatte dabei

Jenny's spontanen Aufbruch verpasst. Er schüttelte seine Gedanken über diesen Schwan ab und rannte Jenny hinterher. Wild hüpfte sein Rucksack auf und ab, der noch den Rest von Luke's gesamter Abenteuerverpflegung enthielt.

Jenny hat vergessen, meine Geschichte zu hören, dachte er und war irgendwie froh darüber. Wenn ihre fast unglaubliche Geschichte der Wahrheit entsprach, hatte Jenny selbst genug Probleme. Warum sie also noch mit den Seinigen belasten! Er folgte ihr über Stock und Stein und war zufrieden. Sein Wunsch, ein aufregendes Abenteuer zu finden, war in Erfüllung gegangen. Außerdem war er sich hundertprozentig sicher, er würde in Kürze noch viel mehr erleben. Aber für den heutigen Tag war seine Erlebnissucht fast gesättigt. Er war erschöpft und folgte Jenny ohne einen Ton.

„Was hast du, sind dir die Fragen ausgegangen?", fragte Jenny voller Tatendrang.

„Entschuldige, Jenny, aber meine Beine werden langsam schwer, ich kann bald nicht mehr. Ich würde dich noch gar vieles fragen, aber im Moment konzentriere ich mich besser auf's Gehen."

„Oh", Jenny stoppte, „du brauchst dich nicht zu entschuldigen. Ich bin diejenige, die rücksichtslos war. In meiner Freude vergaß ich ganz, dass ein Junge viel eher ermüdet als ein großer Puma. Wir können gerne noch eine Pause machen. Wenn du willst, kannst du auch hier bleiben und ich hole dich morgen ab, wenn ich meine Freunde gefunden habe."

„Nein, nein", erwiderte Luke schnell, „es geht schon noch, bloß nicht so schnell, ja, ich habe nur zwei Beine."

Jenny lächelte: „Na klar, meine Freunde laufen uns schließlich nicht davon."

Als Luke hörte, dass ein Junge wie er schneller ermüden würde wie ein Puma, weckte er alle Reserven seines Körpers und schritt weiter, an Jenny vorbei. Auch eine kleine Frage quälte ihn. Wenn Jenny in Wirklichkeit ein zwei Jahre jüngeres Mädchen war, wieso wurde sie nicht müde und wieso war sie ein ausgewachsener Puma und kein Jungtier von geringerer Größe? Da Luke kein Problem ungelöst ertragen konnte, fragte er auch gleich: „Jenny?"

„Ja, was ist?", Jenny lief wieder neben ihm.

„Du bist doch erst zehn Jahre alt. Warum bist du dann ein ausgewachsener Puma?"

„Das ist eine gute Frage", sie blinzelte. „Ich habe auch schon einige Male darüber nachgedacht. Du weißt, ich konnte mich nur in einen Puma verwandeln. Alles andere missglückte mir. So war ich froh, dass am Ende wenigstens etwas geklappt hatte. An eine Auswahl junger Puma - alter Puma habe ich wahrlich nicht gedacht.

„Also verwandelt man sich entweder immer in ein ausgewachsenes Tier oder in das jeweilige Alter, das man als Mensch hatte", folgerte Luke richtig.

„Ja. Da ich zehn war, müsste ich nach der zweiten Variante ein zehn Jahre alter Puma sein, also in den besten Jahren. Aber das kann ich nur vermuten. Hier in der Fremde ist es auf jeden Fall besser, ein ausgewachsener Puma zu sein."

„Warum, ich komme als Kind doch auch ganz gut zurecht." Jenny blickte besorgt, Luke hatte die ganze Situation noch nicht richtig erfasst. Sie wusste, dass selbst sie noch nicht alle Auswirkungen des Zaubers kannte, aber Luke machte sich über gar nichts Sorgen.

„Hast du schon einmal an die vielen Gefahren gedacht, die es für einen Jungen deines Alters hier gibt? Was ist, wenn dich ein Grizzly oder Wolf anfällt? Oder um es dir noch besser zu erklären: Was ist, wenn dir ein Puma begegnet?"

Luke verstand nicht sofort und lachte: „Ein Puma, du bist gut, ein Puma steht doch vor mir!"

„Du irrst dich! Vor dir steht ein Mädchen, das zurzeit ein Puma ist und außerdem dein Freund. Ein richtiger Puma ist etwas ganz anderes. Und er ist tödlich, wenn er gereizt ist. Ein Puma oder ein anderes Raubtier der Berge kennt keine Freunde, wenn es jagt. Verstehst du das?", Jenny's Stimme klang sehr besorgt, fast schon wütend.

Luke fühlte sich beleidigt und sagte trotzig: „Ich kenne die Wildnis, ich habe viele Bücher darüber gelesen. Ich weiß, dass es gefährliche Tiere gibt, ich bin doch nicht dumm!"

Gelesen hat er es, dachte sich Jenny. Und dadurch will er sie kennen, die Wildnis. Das ist Dummheit!

„So, so, du kennst also die Wildnis. Nun gut, dann will ich dir einmal ein Stück Wildnis zeigen!"

Luke wusste nicht, was sie meinte. Er sah wie Jenny ein paar riesige Sätze flussaufwärts machte und im Wald verschwand. Plötzlich hörte Luke einen Furcht einflößenden Laut. Es war mehr ein Schrei. Es klang wie der Angstschrei einer Katze, aber diese Katze war verdammt groß, denn der Schrei war laut, sehr laut. Was hatte das zu bedeuten? Wo war Jenny hin? Ein leichtes Unwohlsein überkam Luke. Er hatte Angst. Da war wieder dieser Schrei. Jetzt kam er unmittelbar vom gegenüberliegenden Ufer. Luke hörte ein Knacken und dann sah er, was geschrien hatte. Ein Puma. Jenny?

„Jenny, bist du das?" Keine Antwort. Der Puma beobachtete ihn. Jetzt sprang der Puma auf einen großen Stein im Flussbett

112

und duckte sich. Seine Augen funkelten böse. Luke trat vorsichtig einen Schritt zurück. Er konnte nicht sagen, ob das Jenny war. Der Puma war ein wenig dunkler als Jenny oder war er größer oder...? Nein, es musste Jenny sein, dachte Luke. Doch einen Augenblick später erinnerte ihn das Gefühl im Magen daran, dass er sich auch irren konnte. Denn der Puma hatte seine Ohren angelegt, sein Nackenfell war aufgestellt und ein schreckliches Fauchen erreichte Lukes Ohr. Der Junge erblickte die Reißzähne und erkannte am schräg liegenden Kopf des Pumas, dass er jagte. Dieser Puma war hungrig und Luke sollte die Mahlzeit sein. Die Angst des Jungen war grenzenlos, er sah keinen Ausweg. Er hoffte, dass es Jenny sein möge oder dass Jenny ihm zu Hilfe kommen würde, aber nichts geschah. Hier gab es nur noch ihn, den Puma und die Wildnis.

Der Puma setzte zum Sprung an und Luke schloss mit seinem Leben ab. Er wollte nicht fliehen, er wusste es gab kein Entrinnen mehr. So sank er auf die Knie und erwartete die todbringenden Krallen des Pumas.

„Kennst du die Wildnis?"

„Jenny?", Luke hob vorsichtig seinen Kopf. „Jenny!", er atmete auf. „Gott sei dank, dass du hier bist, hier war ein riesiger P...", er sah Jenny's Nackenhaare, die noch aufrecht standen. „Du warst das, stimmt es?"

„Kennst du die Wildnis?", wiederholte Jenny ihre Frage.

Jetzt hatte Luke die Lektion verstanden, die ihm Jenny in Gestalt eines wild gewordenen Pumas erteilt hatte.

„Nein, ich kenne sie kein bisschen", entgegnete er mit gesenktem Kopf. „Die Wildnis kennt nur der, der sie erlebt hat!"

„Glaubst du mir nun, dass die Wildnis eigentlich kein geeigneter Ort für einen Jungen ist?"

„Ja", brummelte Luke, er fühlte sich überrumpelt.

Jenny war einen Bogen gelaufen, hatte sich kurz im Sand gewälzt, ihr Fell zerzaust und den bösen Puma gespielt. Den Zweck hatte ihre Aktion erfüllt, Luke hatte nun Respekt vor der wilden Natur. Seine Vorstellung von einem riesigen Abenteuerspielplatz war geplatzt. Hier ging es nicht um Spaß, sondern ums Überleben.

„Ich wollte dich wirklich nicht erschrecken, aber es war die einzige Möglichkeit, dir den Ernst der Lage zu zeigen", beteuerte Jenny.

„Schon gut, ich habe es begriffen und ich bin dir nicht böse. Lass uns weitergehen, wir müssen deine Freunde finden."

Luke wirkte ein wenig eingeschnappt. Es gefiel ihm ganz und gar nicht, dass ein jüngeres Mädchen klüger war als er. Jenny bemerkte Luke's Trotzkopf und hielt es für angebracht, ihn jetzt nicht nach seiner Geschichte zu fragen. Ihr war aufgefallen, dass sie die Geschichte ganz vergessen hatte. Ein anderes Thema war sicher besser.

„Was glaubst du, wie ich in Wirklichkeit aussehe?", wechselte sie das Thema.

Luke war überrascht von dieser Frage, aber sie war interessant. „Du meinst - als Mädchen?"

„Ja. Wie glaubst du, sehe ich als Mädchen aus?"

„Keine Ahnung. Woher soll ich das wissen."

„Rate! Welche Haarfarbe habe ich?"

„Hm, schwarz vielleicht?", Luke gefiel das Ratespiel jetzt auch.

„Nein."

„Vielleicht blond?"

„Fast richtig."

Luke freute sich über seinen Rateerfolg: „Dann also zwischen braun und blond, stimmt es?"

„Ja genau, ich habe schulterlanges dunkelblondes Haar. Und meine Augenfarbe?"

„Das ist einfach. Du hast jetzt als Puma grüne Augen, also hast du als Mensch ebenfalls grüne Augen, oder?"

„Dummer Zufall, aber du hast recht", stimmte Jenny ihm zu.

„Und wie sehe ich sonst aus, was meinst du?"

Luke überlegte: „Angenommen, also wirklich nur angenommen, du würdest mir sehr gefallen und ich würde mich ein wenig in dich verknallen, dann müsstest du etwa so aussehen: etwas kleiner als ich, ein total süßes Gesicht und vielleicht eine kleine Stupsnase."

Luke träumte, seine Augen starrten ins Leere, und er stellte sich dieses Mädchen vor.

„Ja, so würde ich mir wünschen, dass du aussiehst, aber das ist leider nur ein Wunsch."

Jenny stand vor Überraschung wie versteinert und sagte: „Das ist, das..."

„Das ist kein Wunsch, so sieht sie aus", tönte es plötzlich aus einem Gebüsch am Flussufer.

Gleich darauf teilten sich die Büsche und zwei von Jenny's Freunden kamen ihnen entgegen. Die Krähe hätte gesagt, Fresssack und Schlafmütze im Anmarsch, aber allen anderen waren sie als Vielfraß und Luchs bekannt.

„Vielfraß, Luchs!" rief Jenny überglücklich. „Bin ich froh, euch zu sehen!"

Der Luchs setzte sich und sprach: „Wir freuen uns auch,

jemanden Bekannten zu treffen. Bis vorhin, als der Trompeterschwan seine Nachricht rief, irrten wir nur im Wald umher."
Luke bewegte sich keinen Zentimeter von der Stelle und er
sagte auch keinen Ton, denn der Vielfraß umkreiste ihn wie
eine Beute.

„Ihr habt den Schwan auch gehört? Was hat er genau gerufen?
Wir waren noch zu weit weg, wir verstanden nur
Bruchstücke", fragte Jenny aufgeregt.

Der Luchs antwortete: „Er rief, dass alle Tiere, eins von jeder
Gruppe heute Abend zu einer Beratung am oberen Flusslauf
kommen sollen. Mehr nicht."

„Aber einmal etwas anderes", fuhr der Luchs fort, „wer ist
er?", und er nickte mit seinem Kopf in Luke's Richtung.

„Futter, er hat Futter, Fressen, mampf, mampf", schniefte der
Vielfraß, dass es Luke eiskalt den Rücken hinunter lief.

„Oh, ja richtig, das ist Luke, er kommt von..., er läuft nach...
ich traf ihn vor ein paar Stunden. Er weiß über alles
Bescheid", stellte Jenny ihn den beiden vor.

„Und er riecht nach Fleisch", stellte der Vielfraß fest.

„Vielfraß, kannst du dich nicht einmal benehmen, du mit
deiner ständigen Fresssucht?", rügte ihn Jenny.

„Es tut mir leid, Jenny, aber das ist nunmal meine Art. Also,
Luke, was versteckst du da in deinem Rucksack. Wenn du es
mir gibst, hast du viel weniger zu tragen, das siehst du doch
ein."

„Lass' den Jungen in Ruhe", fuhr der Luchs den Vielfraß an.
Dieser wollte gleich etwas Unschönes erwidern. Aber als er
auch Jenny's zorniges Gesicht sah, setzte er sich widerwillig
auf sein Hinterteil und knurrte unzufrieden vor sich hin.

„Ich habe noch Büchsenwurst und Brot, wenn du etwas

möchtest", bot Luke dem Vielfraß mit angstvoll flüsternder Stimme an.

„Wohlan, so lasst uns speisen", schnaufte dieser erfreut.

Böse Blicke von Jenny und dem Luchs trafen den sich gerade erhebenden Vielfraß. Urplötzlich ließ er sich wieder auf seinem wohlgenährten Hintern plumpsen und machte eine beschuldigende Geste zu Luke und bellte: „Er hat angefangen, ich wollte ja nichts!"

„Ja, ja, du wolltest nichts, das glauben wir dir gerne", spottete Jenny und grinste den Luchs an. Sie versuchte das Gespräch wieder auf Wesentliches zu lenken und sagte: „Luke will mich begleiten, er sucht das Abenteuer und ich glaube er kann uns eine große Hilfe sein. Ihr habt sicherlich nichts dagegen, dass er an der Beratung teilnimmt, oder?"

„Nein", grummelte der Vielfraß. „Natürlich nicht, soll er uns nur begleiten."

„Aber wir müssen weitergehen, die Sonne steht schon ziemlich tief", empfahl der Luchs.

Und so brach diese kleine lustige Gruppe auf, um an einer Versammlung der sprechenden Tiere teilzunehmen, die weit weg von zu Hause in einer ziemlich verzwickten Situation steckten. Vorne liefen Jenny und der Luchs, die viel zu bereden hatten, etwas schräg daneben folgte Luke und direkt an Luke's Fersen klebte der Vielfraß. Er hoffte anscheinend, der Junge würde etwas aus seinem so verlockend duftenden Rucksack verlieren. Luke erinnerte sich daran, dass einer der beiden neuen Weggefährten gesagt hatte, Jenny würde wirklich so aussehen, wie er sie sich vorgestellt hatte. Das ließ ihm keine Ruhe und er musste fragen, was es damit auf sich hatte.

„Jenny? Stimmt es, dass du so aussiehst, wie ich es beschrieben hatte?"

Jenny hörte seine Frage, aber sie antwortete nicht sofort. Sie sah wirklich so aus, sogar eine Stupsnase hatte sie. Sie würde Luke wahrscheinlich sehr gut gefallen. Und ihre menschlichen Gefühle sagten ihr, dass ihr das Äußere von Luke auch sehr gut gefiel. Was sollte sie ihm antworten? Sie war richtig verlegen. Bloß gut, dass man so etwas einem Puma schlecht ansah.

„Ja, in gewisser Weise hast du Recht, aber du wirst sie nie sehen, diese zehnjährige Jenny. Du weißt, ich kann mich nicht zurückverwandeln."

Gewitzt wie Luke war, konterte er sofort: „Aber ich kann es!"

Der Luchs und der Vielfraß, die Jenny's Geschichte kannten, schauten sich ungläubig an. Selbst Jenny verstand nicht sofort, was Luke meinte.

„Wie willst du das anstellen?", fragte Jenny.

„Ich bin ein Mensch, ich kann die Zaubersprüche aussprechen", äußerte Luke stolz.

„Aber leider nur in unserem Land, und weder du noch ich befinden uns zur Zeit dort", bedauerte Jenny.

„Aber wenn wir dort wären, wenn ich mit in euer Land käme, würdest du dich zurück verwandeln lassen?"

Alle schauten jetzt Jenny fragend an, das war eine gute Frage. Würde sie es tun?

„Ich weiß es nicht. Vielleicht. Zuerst müssen wir zurück in unser Land. Und um einen Weg zu finden, müssen wir zu dieser Versammlung."

Deshalb gingen sie weiter flussaufwärts.

Das Wolfsrudel

Der Wolf war froh, durch den Auftrag, andere Tiere zu benachrichtigen, die lästige Krähe los zu sein. Er schlug absichtlich eine andere Richtung ein als sie, um ihr bloß nicht mehr so schnell zu begegnen. Er konnte sie absolut nicht ausstehen. Und so verschwand er flussaufwärts im ufernahen Wald, den Bären und die beiden Grauhörnchen hinter sich zurücklassend. Er lief einen kleinen Hang hinauf und kam zu einer Lichtung. Vorsichtig schaute, horchte und witterte er zuerst nach allen Seiten, ehe er die Lichtung betrat. Außer ein paar einheimischen, laut kreischenden Eichelhähern, die den Wolf entdeckt hatten, war jedoch weit und breit kein Tier zu entdecken. Seine Freunde aus der Heimat befanden sich höchstwahrscheinlich doch alle flussabwärts. Aber der Wolf trottete dennoch ein Stück weiter die Lichtung hinauf. Als er nach rechts in den Wald schaute, erblickte er eine Menge Geröll, das auf einen nahen Felsen hinwies. Wenn er den Felsen fand und es ihm gelang, irgendwie hinaufzukommen, könnte er Ausschau halten. Geschickt sprang er zwischen den immer größer werdenden Steinbrocken langsam bergauf. Nach einigen hundert Metern aber stellte er fest, dass es außer den wahllos umher liegenden kleinen Felsen keinen größeren gab. Mit einem für Wölfe riesigen Satz sprang er auf einen fast drei Meter hohen Felsen und schaute sich um. Links unten in einem kleinen Tal sah er eine Wiese, konnte aber auf die große Entfernung nicht erkennen, ob dort irgendein Tier graste. Der Wolf setzte sich und grübelte. Sollte er noch zu dieser Wiese laufen oder doch lieber zum Bär zurückkehren und dort flussabwärts noch einen kleinen Rundgang machen. Er blickte zur Sonne auf. Sie stand noch hoch am Himmel, es war noch viel Zeit bis zum Abend. Der Wolf entschied sich, der Wiese im Tal noch einen kleinen Besuch abzustatten, bevor er umkehrte. Er sprang vom Felsen herunter und lief zwischen den Steinen ins Tal. Doch sein Instinkt sagte ihm, dass er lieber hätte umkehren sollen. Irgendetwas beunruhigte ihn. Er stoppte und sog die Luft tief in seine feinfühlige Nase. Doch nichts, kein besorgniserregender Duft war zu riechen. Alle seine Sinne auf das Äußerste angespannt, pirschte er weiter. Er war zwar ein riesiger schwarzer Timberwolf, aber Vorsicht statt Leichtsinn hatte noch niemandem geschadet.

Plötzlich stoppte er abrupt. Seine Nackenhaare fingen an, sich eins nach dem anderen aufzustellen und er knurrte leise. Ein sehr starker Geruch hatte sich in seine Nase gebohrt und riet zu größter Vorsicht. Er wurde beobachtet, das spürte er. Es roch nach Fleisch, Aas, Kot und Urin in einer unverwechselbaren Mischung. Es roch nach Wolf.

Er hatte noch einige Artgenossen im Zauberland, aber weder die noch er selbst hatten einen so extremen Körpergeruch. Dies waren eindeutig fremde Wölfe. Es mussten mehrere sein, einer allein konnte kaum so stinken. Sie waren hier, er spürte ihre Gegenwart. Sie umkreisten ihn. Der Wolf duckte sich und überlegte. Ich bin für sie ein Eindringling, ich habe ihre Reviergrenzen verletzt. Auch wenn sie gar nicht hungrig sind, werden sie versuchen, mich zu töten. Ich sitze ganz schön tief im Schlamassel. Es gibt für mich nur eine Möglichkeit!

Der Wolf wusste nun, was zu tun war und seine Augen suchten nach einem etwas höheren Stein. Sofort, als er einen Geeigneten entdeckte, rannte er wie vom Blitz getroffen dorthin und erklomm ihn mit einem einzigen großen Satz. Wie er es sich gedacht hatte, waren ihm seine Angreifer sofort gefolgt und jetzt sah er sie und erschrak. Seinen Stein umringten ungefähr fünfzehn graue Wölfe, ein ganzes Rudel. Sie griffen noch nicht an, umkreisten nur wild die Zähne fletschend den Felsbrocken. Keiner von ihnen war so groß wie der Timberwolf und auch keiner war schwarz. Vielleicht war das der Grund, der sie aufhielt. Sie hatten anscheinend mit einem normal kleinen Wolf gerechnet und jetzt stand da ein riesiger schwarzer Wolf vor ihnen. Aber das Kräfteverhältnis stand trotz allem eindeutig zu Ungunsten des Timberwolfes. Und das wusste er. Er dachte: Wenn ich jetzt noch mit meiner Menschensprache sprechen würde, wären sie nicht viel mehr verwirrter als im Moment. Die Menschensprache hilft mir hier nicht weiter. Ich muss mich der normalen Wolfsverständigung bedienen und verhandeln.

Als ein grauer Wolf zu dicht an den Felsen heran kam, vollführte der Timberwolf eine eindeutige und unmissver-ständliche Drohgebärde. Er stellte seine schwarzen Vorderläufe breit auseinander und zeigte mit gesenktem Kopf seine Reißzähne. Mit wild funkelnden Augen knurrte er die Wölfe auf wölfische Art und Weise an: *„Was wollt ihr?"*

Die Wölfe waren zwar von seiner Größe beeindruckt, antworteten aber trotzdem überheblich: *„Dich in Stücke reißen, was glaubst du denn!"*

„Und das stellt ihr euch ziemlich einfach vor, wie?"

„Ist doch eine einfache Rechnung, wir sind viele und du bist allein."

„Falsch", knurrte der Wolf, *„ihr seid Feiglinge, nur zusammen fühlt ihr euch stark."*

„Na und, was soll daran falsch sein? Wir überleben auf diese

Weise, du nicht!", bellte ein etwas größerer Wolf zurück.

Die ersten Wölfe machten sich zum Sprung bereit und langsam wurde die Situation für den Timberwolf brenzlig. Er musste etwas anderes versuchen.

„Ich zweifle daran, dass ihr alle überlebt, wenn ihr mich angreift. Die Hälfte von euch wird ins Gras beißen oder so sehr verletzt, dass ihr den kommenden Winter nicht übersteht." Und um das Gesagte zu bekräftigen, ließ der Wolf einen ohrenbetäubenden Ruf erklingen und präsentierte nochmals seine riesigen Reißzähne. Diese Aktion zeigte Wirkung. Die Wölfe wichen ein wenig zurück. Ihr Sieg war ihnen nicht mehr so sicher.

„Du kannst uns nicht einschüchtern", knurrte wieder der große graue Wolf.

„Bist du der Anführer dieses feigen Haufens?"

„Jawohl, und dieser feige Haufen wird dich zerfetzen!"

„Deine Gefolgschaft scheint aber anders darüber zu denken. Oder irre ich mich?"

Der graue Wolf blickte auf sein Rudel und merkte, sie standen nicht mehr so angriffsbereit wie zu Beginn der Jagd.

„Was ist mit euch los", blaffte er sie an, *„habt ihr etwa Angst vor einem einzigen Wolf?"*

„Wir haben keine Angst, aber der Einsatz unseres Lebens ist es nicht wert", antwortete ein kleinerer Wolf.

„Er hat ganz Recht, ihr seid ein feiger Haufen! Ich frage mich, wie ihr mit einer solchen Einstellung überleben wollt."

Der Timberwolf war zufrieden, er hatte erreicht was er wollte. Die geschlossene Einheit der Wölfe war zerstört.

„Sie werden überleben, wenn sie es vorziehen mich leben zu lassen", konterte der schwarze Wolf schlau.

„Das kannst du vergessen, ich bin immer noch ihr Leitwolf und ich befehle dich zu töten. Jedem, der sich vor dem Kampf drückt, beiße ich selbst die Kehle durch."
Langsam rückten die nun von zwei Seiten eingeschüchterten Wölfe wieder heran, um doch zu kämpfen. Der schwarze Wolf bemerkte es und sah eine letzte Chance. Er wendete sich noch einmal an den Anführer:
"Da, wo ich herkomme, gibt es ein Gesetz, das bestimmt auch hier gilt. Das Gesetz des Stärkeren!"
„Wie soll dich das hier retten?", unterbrach ihn der graue Wolf.
„Bei uns führt derjenige Wolf ein Rudel an, der sich im Kampf als stärkster erwiesen hat. Kommt ein neuer Wolf ins Revier wird er entweder verjagt oder er beugt sich dem Leitwolf oder er fordert diesen zum Kampf heraus. Kleinere Wunden entstehen, aber getötet wird nie jemand. Ich habe hier nur etwas gesucht, wollte mich nirgends einmischen. Aber jetzt sieht es so aus, als wenn ich es müsste. Also, wenn ihr das Gesetz des Stärkeren achtet", sprach er nun zu den anderen Wölfen, *„lasst euren Anführer beweisen, wie stark er ist. Ich fordere ihn zum Kampf! Siegt er, könnt ihr mich töten. Siege ich, habt ihr einen neuen Anführer, der euch nicht in so verschwenderische Kämpfe schickt."*
Der Wolf wusste, dass er keine Zeit hatte, hier fern seiner Heimat ein Wolfsrudel zu führen. Aber das konnte er später regeln. Zuerst mussten diese Wölfe auf seiner Seite sein. Sein Plan ging auf. Die Wölfe wichen endgültig zurück. Lieber wollten sie einen neuen, stärkeren Anführer als für ihren jetzigen sinnlos zu sterben. Der Leitwolf sah mit Erschrecken, dass sich das Blatt plötzlich gewendet hatte. Aber kneifen ging

nicht. Er musste kämpfen.

„Also gut, keiner soll von mir sagen, dass ich feige bin. Ich kämpfe", knurrte der graue Wolf. Die anderen Wölfe bildeten einen Halbkreis um ihren Anführer und warteten ab, was nun geschehen würde. Der schwarze Wolf sprang vorsichtig, immer seinen Gegner im Auge behaltend von seinem Felsen. Die beiden umkreisten sich nun und einer knurrte schlimmer als der andere. Jeder Muskel war bis auf das Äußerste gespannt um schnell reagieren zu können. Dieses Studieren des Gegners, diese hypnotisierenden Blicke der beiden waren eine Geduldsprobe. Wer hatte die schwächeren Nerven, wer ertrug den Blick des anderen länger, wer griff zuerst an?

Die Nerven des grauen Wolfes versagten zuerst. Ganz plötzlich schnellte er vor und warf sich auf seinen Rivalen. Doch der Timberwolf war schnell und geschickt ausgewichen, so dass der andere mit seiner ganzen Wucht gegen einen Stein prallte. Er stolperte und überschlug sich. Das war die Chance für den schwarzen Wolf. Er warf sich mit ganzer Kraft auf ihn und die beiden wirbelten zu einem schwarzgrauen Knäuel verschmolzen umher. Aus dem wild knurrenden und jaulenden Kampfgeschrei löste sich plötzlich ein Winseln und der graue Wolf wurde durch die Luft geschleudert. Er landete kurz vor einem Baumstumpf und wollte sich wieder erheben. Doch er war noch leicht benommen und so kam ihm der schwarze Wolf zuvor. Mit einem gewaltigen Sprung stürzte er sich auf seinen Kontrahenten und drückte ihn zu Boden. Seine Reißzähne waren an des grauen Wolfs Kehle und er fragte ihn: *„Gibst du dich geschlagen?"*

Der andere konnte nur noch röchelnd erwidern: *„Ja."*

Der schwarze Wolf war ebenfalls erschöpft und nahm mit

letzter Kraft seinen Platz auf dem Felsen ein. Der Leitwolf war nicht schwer verletzt, doch er konnte vor Erschöpfung keinen Meter gehen. Und so lehnte er an dem Baumstumpf und erwartete den Angriff seiner ehemaligen Untergebenen, die einen Versager wie ihn bestimmt töten würden. Doch nichts dergleichen geschah.

„Wollt ihr mich immer noch töten, nachdem ihr meine Stärke gesehen habt?", fragte der schwarze Wolf.

Alle Wölfe begannen zu winseln und das bedeutete, sie hatten ihn als neuen Führer anerkannt. Keiner von ihnen hätte es gewagt ihn anzugreifen.

Jetzt musste er den Wölfen erklären, dass er nicht ihr Leitwolf sein konnte. Das barg zwar ein kleines Risiko, aber er hatte noch einen Trumpf, die menschliche Sprache. Doch vorerst benutzte er weiter die Wolfssprache: *„Ich bin euch nicht nur körperlich überlegen, ich kann auch noch andere Dinge, die euch sehr verwundern würden. Meine Heimat liegt weit von hier und ich werde bald zurückkehren. Deshalb kann ich nicht euer Anführer werden."*

Eine leichte Unruhe kam unter den Wölfen auf. *„Wer soll uns führen, wenn nicht du?"*, rief einer.

„Vielleicht hat euer alter Anführer eine Lehre aus diesem Kampf gezogen und ihr versucht es noch einmal mit ihm. Ich glaube, wenn er sich ein wenig mehr beherrschen könnte, wäre er noch der beste Leitwolf für euch."

Die Wölfe schauten sich gegenseitig an und fanden die Idee gar nicht so schlecht. Immerhin hatte ihr alter Rudelführer jede Menge Erfahrung. Sie stimmten dem Vorschlag zu, weil keiner den Mut hatte, dieses Amt zu übernehmen. Der Leitwolf traute seinen Ohren kaum. Eben noch rechnete er damit von ihnen getötet zu werden und nun war er ohne Kampf wieder ihr Anführer. Er begriff, dass dieser schwarze Wolf mit einer einfachen List alle überrumpelt hatte. Der Timberwolf war nicht nur körperlich weit überlegen, er war auch sehr klug und weise.

„Willst du wieder Anführer deines Wolfsclans werden?"
„Natürlich will ich", antwortete der graue Wolf und erhob sich.

„Wirst du in Zukunft deine Opfer genauer betrachten, ehe du dein Rudel ins Verderben schickst"?

„Glaube mir, das werde ich, ich habe daraus gelernt."

„So, dann bleibt mir nur noch eins zu sagen. Du musst mir ein Versprechen geben."

„Welcher Art?", wollte der Leitwolf wissen.

„Ich bin nicht allein hierher gekommen, wir sind viele Tiere aller Arten und wir haben eine Besonderheit."

„Welche?"

„Diese", entgegnete der schwarze Wolf und sagte laut einen Satz in der Menschensprache. Die Wölfe wichen überrascht ein Stück zurück.

„Du machst Laute wie die Menschen?"

„Ja, das können alle Tiere meiner Heimat."

„Wie ist das möglich?"

„Das ist eine lange Geschichte und hier nicht von Bedeutung. Wir werden bald wieder, so hoffe ich, in unser Land zurückkehren. Bis dahin sind aber viele meiner Freunde Gefahren wie zum Beispiel euch ausgesetzt. Daher verlange ich von dir als Anführer, dass ihr nie ein Tier, das Laute wie ein Mensch machen kann, tötet. Seht ihr ein solches Tier, wie es in Gefahr ist, müsst ihr helfen. Erfahre ich, dass du dieses

Versprechen gebrochen hast, verlierst du nicht nur den Posten als Leitwolf, sondern auch dein Leben", ermahnte ihn der Timberwolf.

"Wir werden keinem ein Haar krümmen, es gibt noch genügend andere Tiere, die wir jagen können", versprach der graue Wolf und sein Rudel stimmte ihm zu. Dieser Timberwolf glich eher einer Erscheinung eines Wolfsgottes als eines solchen in Fleisch und Blut. Keiner wagte dem Wolf zu widersprechen.

"Ich verlasse euch nun und denkt an meine Worte", erinnerte er sie noch einmal. Er sprang von seinem Stein und lief den Weg zurück, den er gekommen war.

„Das war knapp", sagte er zu sich selbst und dachte an das eben Erlebte zurück. Er war froh, dieser gefährlichen Situation nur mit ein paar kleinen Schrammen entkommen zu sein. Noch mehr freute es ihn, dass er mit seinem erzwungenen Versprechen vielleicht sogar einigen seiner Freunde das Leben gerettet hatte. Er war geschafft und kehrte auf dem kürzesten Weg zum Fluss zurück. Die anderen würden staunen, wenn er sein Erlebnis erzählte.

Die Versammlung

Der Schrei des Trompeterschwans hatte seine Wirkung nicht verfehlt. Viele Tiere, die überhaupt keine Ahnung hatten, was mit ihnen geschehen war, sahen in der Versammlung einen Lichtblick. Diese Versammlung würde die Ungewissheit sicherlich aufklären. Also brachen viele zum oberen Flusslauf auf und berieten schon unterwegs über ihr Schicksal.
Der Grizzly und die Grauhörnchen waren am Fluss geblieben. Wie nicht anders zu erwarten, nutzte der Bär die ihm gebotene Gelegenheit und fischte sich seine Morgenration Lachs. Im Laufe des Tages trafen immer mehr seiner Freunde ein. Sie kamen aus allen Richtungen und freuten sich riesig, nicht mehr allein zu sein. Die Bitte des Trompeterschwans, dass von jeder Gruppe nur ein Tier erscheinen sollte, hatten die meisten anscheinend absichtlich überhört. Eine so wichtige Beratung wollte sich niemand entgehen lassen. Und so kam der gesamte Murmeltierclan angewuselt, einige Kaninchenfamilien hoppelten umher und auch die Kanadagänse schwebten im gesamten Geschwader hernieder. Alle neu eintreffenden Tiere bestürmten den Bären mit Fragen, aber dieser konnte immer nur antworten, dass er selbst nichts Genaues wüsste. Er wünschte sich sehnsüchtig die Rückkehr des Adlers, damit dieser ihm half, die vielen verzweifelten Tiere zu beruhigen.
Ted und Luna übernahmen die Oberaufsicht. Sie waren auf eine hohe Fichte geflitzt und merkten sich jedes neu hinzukommende Tier. Das Flussufer und der Hang stellten einen unglaublichen Anblick dar. Da waren Biber, Waschbären, Hermeline und Stinktiere, die alle viel zu erzählen hatten, da sie sich zu Hause eigentlich nur selten

sahen. Am Fluss standen die großen Tiere, die Elche und Hirsche. Es war besser, wenn sie einen kleinen Sicherheitsabstand zu den kleineren Tieren hielten. Es sollte ja schließlich niemand unter die Hufe geraten.

Gegen Nachmittag landete der Trompeterschwan auf dem Fluss. Als die Tiere ihn sahen, stürmten sie gleich in Richtung Ufer. Sein Glück war, dass die meisten mit Wasser nichts am Hut hatten. Ansonsten hätten sie ihn schlichtweg überrannt. Sie alle hielten ihn für den Versammlungsleiter, da er die Nachricht überbracht hatte.

„Halt, halt, so bleibt doch ruhig", hielt der Grizzly sie auf, „ihr müsst euch noch ein wenig gedulden. Die Beratung beginnt nicht, bevor der Adler hier ist. Er wird die Versammlung leiten. Ruht euch jetzt noch ein bisschen aus, der Abend wird noch lang!"

„Danke, Bär", sagte der Schwan heiser, „ich wäre den Tieren kein guter Berichterstatter mehr gewesen. Das ewige Schreien der Botschaft hat meine Stimme ziemlich kratzig gemacht. Mein Kehlkopf braucht nun erst einmal Erholung und Kühlung."

Der Schwan tauchte seinen Hals unter Wasser und verharrte dort eine Weile. Wieder über Wasser fragte er den Bären: „Wie sieht es aus, sind schon alle da, oder muss ich noch mal los?"

„Die meisten sind schon hier, aber ich kann es dir auch genau sagen, ich habe nämlich zwei Aufpasser dort auf der Fichte. „Teeed", brüllte der Bär.

„Ja, was ist?"

„Der Schwan möchte wissen, ob alle da sind!"

„Moment, ich schick dir Luna runter", rief Ted mit der ganzen

Kraft seiner Stimme. Er verstand den Bären ausgezeichnet, aber umgekehrt war eine Verständigung über die Entfernung schwierig. Luna huschte wieselflink den Stamm hinunter, scheuchte ein paar verdutzt schauende Gänse auf und war in Null Komma nichts am Flussufer.

„Hallo, Schwan. Ted und ich danken dir, dass du die Tiere alle herbeigerufen hast. Wir waren schon so verzweifelt und wussten uns keinen Rat, bis der Adler die Idee mit der Beratung hatte. Und dank dir sind alle gekommen."

Der Schwan fühlte sich geschmeichelt: „Keine Ursache, das habe ich doch gerne getan. Aber sag, sind schon alle da oder muss ich noch einmal rufen?"

„Also, Ted und ich haben genau aufgepasst, das heißt, Ted passt immer noch auf. Aber bis eben fehlten nur noch die Botschafter Adler, Krähe und Wolf und von den übrigen Tieren der Vielfraß, der Luchs, und die Lemminge. Ansonsten sind alle hier."

„Die Lemminge kommen!", hörte man ein Pfeifen aus der Fichte.

„Aha", freute sich Luna, „jetzt sind es nur noch Vielfraß und Luchs, die nicht bescheid wissen."

„Vielleicht hat der Adler, der Wolf oder die Krähe sie getroffen und sie kommen noch", meinte der Bär, „du bleibst auf alle Fälle hier", und er deutete auf den Schwan.

Der Schwan machte ein nachdenkliches Gesicht, etwas stimmte nicht. Plötzlich fiel es ihm ein. „Was ist mit Jenny?" Luna und der Bär riefen fast gleichzeitig aus: „Stimmt, Jenny fehlt noch."

„Aber wenn einer sie finden kann, dann der Adler. Wir warten bis er wieder da ist", schlug der Bär vor.

Luna schaute traurig und meinte: „Jenny ist meine beste Freundin, aber vielleicht ist sie gar nicht hier."

Der Bär runzelte die Stirn: „Du meinst..."

„Ja, vielleicht ist sie noch zu Hause", sagte Luna leise.

Der Schwan meldete sich wieder zu Wort: „Das glaube ich nicht, und selbst wenn es so wäre, von zu Hause aus könnte sie uns wahrscheinlich noch besser helfen als hier."

„Da hat er Recht", stimmte der Bär zu, „mach dir keine Sorgen, Luna, Jenny passiert schon nichts, sie ist schließlich ein Puma. Möglicherweise kommt sie ja noch."

„Hoffentlich kommt der Adler bald wieder", seufzte Luna.

Kaum hatte sie ihren Satz ausgesprochen, schrie etwas über den Bäumen und alle am Fluss versammelten Tiere erblickten mit großer Freude ihren weisen Adler Weißkopf. Sanft und leise schwebte er zum Fluss nieder und landete auf der großen Wurzel. Sogleich kam nervöse Unruhe unter den Tieren auf, jeder wollte den Adler etwas fragen.

„Wie ich sehe, haben alle den Weg gefunden und unbeschadet den Fluss erreicht", stellte der Adler fest.

Luna war zuerst beim Adler und berichtigte ihn: „Der Wolf, die Krähe, der Vielfraß, der Luchs und vor allem Jenny fehlen noch!"

Der Adler schaute besorgt: „Den Wolf habe ich aus der Luft gesehen. Er lief an der nächsten Flussbiegung, er wird gleich hier sein. Aber die anderen", er überlegte, „ich habe sie auch nicht gesehen. Jenny's Rat hätten wir unbedingt gebrauchen können. Im Zauberland besaß sie die Fähigkeit zu hexen, sie weiß sicherlich mehr, wie wir alle zusammen. Aber wenn sie nicht hier ist, müssen wir uns auch irgendwie selbst helfen. Wir werden es schon schaffen", meinte er zuversichtlich, aber nur um die anderen zu beruhigen. Er selbst wusste, dass ihre Lage ohne die Hilfe von Jenny ziemlich aussichtslos war.

„Was die Krähe angeht, sie wird schon noch einflattern, und wenn Luchs und Vielfraß nicht mehr kommen, müssen wir morgen noch einmal versuchen sie zu finden. Heute lohnt sich das nicht mehr, es wird schon bald dunkel", entschied der Adler.

„Also, wenn der Wolf da ist", der Adler zeigte mit einem Flügel flussaufwärts, „beginnen wir unsere Beratung."

Und wieder wie aufs Stichwort pfiff Ted von seiner Aussichtsfichte: „Da hinten kommt der schwarze Wolf!"

Der Bär ließ sich in der Nähe des Adlers auf sein riesiges Hinterteil plumpsen und brüllte zu Ted hinauf: „Dann komm herunter Ted, es geht los."

Ted fragte nicht, was es mit den noch fehlenden Tieren auf sich hatte, sondern huschte wie befohlen die Fichte hinunter und zu seiner geliebten Luna. Alle waren ein wenig näher um den Adler zusammengerückt und es herrschte eine bedächtige Stille. Niemand sprach. Im großen Bogen um die Wurzel sitzend oder stehend sah man jede Tierart der Berge. Es war ein berauschender Anblick. Sie alle verloren gestern durch einen Zauber ihre Heimat und sie alle hofften nun, diese bald wieder zu sehen.

„Ich hoffe, ihr habt nicht ohne mich angefangen", rief der Wolf, „ich konnte nicht früher zurück sein."

„Du blutest ja?", pfiff Luna ganz entsetzt.

„Was ist geschehen?", fragten Bär und Adler gleichzeitig. Sie machten eine sehr besorgte Miene.

„Oh, ich hatte eine kleine Meinungsverschiedenheit mit einem Dutzend einheimischer Wölfe", verniedlichte der Wolf seine lebensgefährliche Begebenheit.

„Einem Dutzend?", der Adler glaubte es kaum. „Und das nennst du kleine Meinungsverschiedenheit!"

„Nun ja, ein paar kleine Schrammen habe ich davongetragen, aber nichts Ernstes. Das Wichtigste ist, diese Wölfe sind jetzt auf unserer Seite."

„Auf unserer Seite?", brummte der Bär ungläubig.

„Wie hast du denn das geschafft?", wunderte sich auch der Adler.

„Das ist eine Geschichte für sich und ich denke ich erzähle sie später. Jetzt gibt es doch bestimmt wichtigeres zu besprechen", und der Wolf deutete mit seinem Kopf in die Runde der Tiere.

„Ja, du hast Recht", meinte der Adler, „wir wollen mit der eigentlichen Beratung beginnen."

„Einen Moment noch", der Wolf unterbrach den Adler noch einmal, „eine Sache sollte jeder von euch lieber gleich wissen", und er deutete erneut in die Runde.

„Die Wölfe, die ich traf, wissen, dass wir hier sind, sie wissen auch, dass wir sprechen wie die Menschen. Falls ihr auf sie treffen solltet, braucht ihr nur ganz normal in der Menschensprache etwas zu sagen und sie werden euch nichts tun. Fragt mich jetzt nicht warum, merkt euch nur diesen Hinweis, er kann euch in diesem fremden Wald das Leben retten."

Der Adler schaute weiter ungläubig aber auch ein wenig bewundernd auf den schwarzen Wolf. So wie es schien, hatte dieser für sein Wohl und das all seiner Freunde sein Leben riskiert und das beeindruckte den Adler schwer. Wenn alle ihren Möglichkeiten entsprechend so viel Einsatz zeigten, schien ihre Lage nicht mehr so aussichtslos.

Der Adler schöpfte neuen Mut. Doch nun hatte er die schwierige Aufgabe, den Tieren die volle Wahrheit über ihre derzeitige Lage mitzuteilen und für viele würde diese Wahrheit schlimmer aussehen, als sie erwartet hatten.

Die Entdeckung der Krähe

Die Krähe war stolz, dass ihr eine so verantwortungsvolle Aufgabe übertragen worden war. Sie versuchte alles und jeden zu informieren, der ihr vor den Schnabel kam. Die meisten Tiere ignorierten sie gewöhnlich, da es kein größeres Plappermaul und alles besser wissendes Geschöpf im Zauberland gab. Aber hier in der Fremde waren sie froh, sie zu sehen, da die Krähe wichtige Neuigkeiten brachte. Die Nachricht von einer stattfindenden Versammlung war für alle wie ein Sonnenstrahl, der die dichten Wolken durchbricht. Sie freuten sich riesig und brachen sofort zum Fluss auf.

So flog die Krähe den ganzen Tag durch die Wälder dieses hohen Berges und überbrachte jedem, den sie traf, die Botschaft von der Beratung am Fluss. Gegen Nachmittag wurde sie müde und entschloss sich zum Fluss zurückzukehren. Sie hatte genug getan und den Ruf des Trompeterschwans hatten bestimmt auch die meisten gehört. Also bestand kein Grund mehr noch weiter zu suchen. Schließlich wollte sie nicht den Beginn der Versammlung verpassen. Des Adler's Rede konnte gerade sie sich nicht entgehen lassen. Die vielen Neuigkeiten und die klugen Formulierungen des Adlers waren für einen so neugierigen und geschwätzigen Vogel wie sie Gold wert. Sie gab es nie zu, aber sie verehrte den Adler sehr. Dass sie sich viele Wortlaute des Adlers merkte und in ihr eigenes Geschwätz einbaute, war ihr nicht bewusst, aber übel nehmen konnte man es ihr auch nicht. Sie war nun mal eine Krähe. Also flog die Krähe aus Gründen größter Neugier und arttypischen Verhaltens auf dem kürzesten Weg zum oberen Flusslauf zurück.

Kurze Zeit später hatte sie den Fluss erreicht und flog nun am Ufer entlang flussaufwärts. In Gedanken versunken, langsam ihre schwarzen Flügel auf und ab bewegend, glitt sie durch die Luft. Nur gelegentlich warf sie einen kurzen Blick auf den glasklaren Fluss unter sich. Hier und da glänzte ein roter Lachsrücken. Der Fluss machte einen Bogen nach rechts und um abzukürzen, flog die Krähe nach rechts über das Wasser und ein Stück durch den Wald, um wenige Augenblicke später wieder auf der anderen Seite der Flussbiegung aus den Bäumen aufzutauchen.

Urplötzlich verlangsamte sie ihren Flug und schwebte nur noch. Unten am Flussufer bot sich ihr ein merkwürdiges Bild. Da liefen eine kleine Gruppe von Tieren und ein Mensch, ein Kind. Ihre Freunde erkannte sie sofort. Das waren der Vielfraß, der Luchs und die von allen so verzweifelt gesuchte Jenny. Aber dieses Kind, was hatte das zu bedeuten? Die Krähe war ganz durcheinander. Sie konnte ihr Glück gar nicht fassen. Sie hatte Jenny gefunden und diese wurde von einem Kind begleitet und wie es schien waren sie auch auf dem Weg zur Versammlung. Das musste sie unbedingt den anderen erzählen, aber zuerst wollte sie noch mehr Neues erfahren und peilte einen Strauch in Ufernähe vor dieser kleinen gemischten Truppe an, um sich zu setzen.

Der Vielfraß sah die Krähe zuerst, als diese über sie hinweg glitt.

„Wenn ich mich nicht irre, bekommen wir Gesellschaft!", rief er den anderen zu. Alle schauten sich daraufhin um und erblickten die Krähe, wie diese auf einem starken Spross eines Haselnussstrauches niederging.

„Bist du das Krähe?", fragte Jenny überrascht.

„Na klar, wer soll es denn sonst sein. Oder kennt ihr irgendeine Krähe, die besser in einem solch unwirtlichen Strauch landen kann als ich", protzte sie.

„Ja, unverwechselbar, das ist unsere Krähe", freute sich Jenny. Der Vielfraß und der Luchs wollten etwas auf die überhebliche Begrüßung der Krähe erwidern, doch sie hielten es beide für klüger, der Krähe erst gar keinen Grund zu geben, irgendetwas Beleidigendes zu antworten. Und so nickten sie nur zur Begrüßung.

„Krähe, darf ich vorstellen, das ist Luke, Luke, das ist unsere gesprächige Krähe", machte Jenny die beiden bekannt. Sie hatte die fragenden Blicke der Krähe gesehen und diese richteten sich eindeutig auf Luke.

„Luke, so, so, sehr interessant. Ein kleiner Junge mitten im Wald, sehr interessant", krächzte die Krähe.

„Er begleitet uns zur Versammlung", meine Jenny. „Bist du auch auf dem Weg dahin?"

„Ob ich auf dem Weg dorthin bin", empörte sich die Krähe, „ich habe diese Versammlung organisiert", übertrieb sie maßlos.

Der Vielfraß konnte nicht mehr an sich halten und zweifelte: „Du hast die Versammlung organisiert, das soll wohl ein Witz sein?"

„Wer hat dich denn gefragt, Fresssack", keifte die Krähe zurück.

Wütend bellte er: „Ich soll dir wohl die Flügel stutzen?"

„Ruhig, ruhig", rief Jenny besänftigend dazwischen, „ihr habt anscheinend unsere Situation vergessen, wir haben keine Zeit uns zu streiten. Also Krähe, was kannst du uns über die Versammlung erzählen, wenn du sie organisiert hast?"

Die Krähe fühlte sich in ihrer Lüge ertappt, wusste sich aber zu helfen: „Die Versammlung findet am oberen Flusslauf statt, das ist nicht mehr weit von hier. Ich, der Adler und der Wolf sind heute Morgen aufgebrochen, um die anderen Tiere zu benachrichtigen. Der Adler hatte die Absicht, dem Trompeterschwan aufzutragen, eine Botschaft über den gesamten Wald auszuposaunen. Und wie ihr bestimmt auch gehört habt, hat das geklappt. Am Fluss zurückgeblieben sind der Bär und die Grauhörnchen. Sie sollten die ankommenden Tiere empfangen." Die Krähe sagte keinen Ton darüber, dass alles auf des Adlers Initiative geschah, sich selber stellte sie aber auch nicht mehr in den Vordergrund. So verlief sich ihre Lüge von der alleinigen Organisation im Sand.

Luke wunderte sich sehr über diesen eigenartigen Vogel. Er konnte sich ganz und gar nicht vorstellen, dass diese aufgeblasene Krähe die Leitung der Tiere übernommen hatte. Aus allem was Jenny über das Land erzählt hatte, war er der Meinung gewesen, der Adler wäre der Weiseste. Luke verspürte den Drang, Jenny zu fragen, ob man der Krähe glauben konnte, aber in Gegenwart des Vogels ließ er es lieber. Ehe die anderen noch peinliche Fragen stellten, entschied die Krähe, sich wieder zu entfernen. Sie hätte zwar noch ein paar dringende Fragen an Jenny gehabt, aber diese würden nachher sicher geklärt werden.

„Ich fliege schon mal vor und teile den anderen mit, dass ich euch gefunden habe. Es sind nur noch zwei Flussbiegungen bis zum Treffpunkt", sagte die Krähe noch schnell und flog hastig davon.

„Bis nachher", rief die verwunderte Jenny ihr nach.

„Was war das denn?", fragte Luke mit dem Kopf schüttelnd.

„Das war ein notwendiges Übel unseres Landes, die überall bekannte und…“, der Luchs hob absichtlich seine Stimme, „…beliebte Krähe.“

Luke verstand die Betonung von *beliebt* und meinte: „Sie ist ein bisschen verdreht, oder?“

Jenny nahm die Krähe in Schutz und verteidigte sie: „Sie kann nicht anders sein, Krähen sind so. Sie müssen alles wissen, überall ihren Schnabel reinstecken, bei jedem Gespräch ihren Senf dazu geben und jeden, der ein wenig normaler ist als sie selbst, beleidigen. Aber auf ihre Art ist sie auch eine Bereicherung. Unser Land wäre langweilig, wenn sie nicht ständig mit einem von uns streiten würde.“

Der Vielfraß und der Luchs versuchten sich gerade vorzustellen, welche Art von Bereicherung die Krähe sein sollte. So sehr sie sich anstrengten, das Bild von einem Land ohne die Krähe, in voller Ruhe und ohne das ständige, nervtötende Gekrächze gefiel ihnen wesentlich besser. Doch als die auf Zustimmung drängenden Pumablicke von Jenny sie trafen, nickten sie schnell, denn Jenny wollten sie nicht widersprechen.

„Ihr seid wirklich ein interessanter Verein, ihr Tiere aus dem Zauberland!“, warf Luke ein. „Ich bin gespannt darauf, all die anderen kennen zu lernen. Das wird bestimmt lustig. Jenny, ich danke dir, dass du mich mitgenommen hast. Das ist das größte Abenteuer meines Lebens.“

„Meines auch“, knurrte der Vielfraß, „meines auch, wenn ich aber nicht bald etwas zwischen meine Kiefer bekomme, wird es auch mein letztes Abenteuer gewesen sein.“

„Übertreibe nicht“, ermahnte ihn Jenny, „wir sind gleich da. Die Krähe hat gesagt, der Bär wäre dort, und wo der Bär ist, gibt es auch Fisch."

Die Vorstellung von einem saftigen Lachs beflügelte den Vielfraß und er überholte die anderen. Alle waren sie froh, nun bald am Ziel des heutigen Marsches zu sein. Sie wirkten alle sehr erschöpft, aber jeder hatte einen Grund die Strapazen des Tages zu vergessen. Jenny war froh, all die anderen zu treffen und mit ihnen über ihre Lage reden zu können. Beim Luchs traf das ebenfalls zu. Den Vielfraß beschäftigte momentan nur das bevorstehende Fressen, aber sicher war auch er froh die anderen zu sehen. Luke war aufgeregt wie noch nie. Was würde ihn hinter der nächsten Flussbiegung erwarten? Wie würden die Tiere auf ihn reagieren? Würden sie ihn als Mensch an ihrer Beratung teilnehmen lassen? Und wenn ja, wie könnte er ihnen helfen in ihr Land zurückzukehren? All diese Fragen gingen ihm durch den Kopf, als sie die letzten Meter bis zum Treffpunkt in Angriff nahmen.

Das Treffen der Tiere

Der Adler überlegte noch, wie er am besten beginnen sollte, als die Tiere plötzlich das aufgeregte Geschrei der Krähe vernahmen. Entweder war sie nur empört, dass die Beratung ohne sie begonnen hatte oder sie hatte wirklich Neuigkeiten. Sich neben dem Adler auf der Wurzel niederzulassen war selbst für sie zu gewagt und so landete sie auf einem großen Stein.

„Ich hoffe nicht, dass ihr schon ohne mich angefangen habt."

„Wäre das schlimm?", pfiff Ted spitz, denn er und Luna saßen nicht weit von der Krähe.

„Ted!", ermahnte ihn der Adler. Ted verstand und war ruhig.

Der Adler wand sich an die Krähe: „Wir wollten gerade beginnen, als du wild kreischend aufgetaucht bist. Was gibt es denn so aufregendes?"

„Ich…", und die Krähe plusterte ihre Brust auf, „…ich habe das wichtigste Tier gefunden."

Luna sprang auf und pfiff: „Du hast Jenny gesehen? Jenny ist hier? Wo? Wann?" Luna war total aus dem Häuschen.

„Ja, ich traf Jenny."

Dem Adler fiel ein Stein vom Herzen. Das war die beste Botschaft, die die Krähe bringen konnte.

„Wo hast du sie getroffen, sag schon", drängte nun der Adler.

Die Krähe genoss es, einmal völlig im Mittelpunkt zu stehen.

„Sie wird bald hier sein. Sie waren hinter der nächsten Flussbiegung flussabwärts."

„Sie?", fragte der Adler erstaunt.

„Ja, sie kommt nicht allein. Der Vielfraß, der Luchs und..."

„Und wer?", brüllte jetzt der Bär, dem das wichtigtuerische

Gehabe der Krähe langsam zuviel wurde.

„Mach endlich den Schnabel auf!"

„Ist gut, ich sage es schon. Jenny wird begleitet von einem Kind."

Ein Raunen ging durch den Halbkreis der versammelten Tiere.

„Ein Kind?", fragte der Adler verwundert. „Was für ein Kind?"

„Sein Name ist Luke und was er hier mitten im Wald zu suchen hat, weiß ich nicht. Ich habe nicht weiter gefragt, so neugierig bin ich schließlich nicht."

„Das würde hier auch niemand behaupten", meinte der Wolf, der sich kaum mehr das Lachen verkneifen konnte. „Du und neugierig, welch irrtümliche Vorstellung."

Einige Tiere lachten jetzt aus vollem Halse. Selbst der Adler, der sich meist unter Kontrolle hatte, fand die Bemerkung des Wolfes sehr amüsant. Noch mehr aber freute den Adler, dass seine Freunde trotz der Lage noch herzhaft lachen konnten. Die Krähe fand das ganz und gar nicht lustig. Sie hatte schließlich eine sehr wichtige Nachricht überbracht und der Dank war Gelächter. Sie war beleidigt, aber jeder hier wusste, dass sie diese stummen Phasen nie lange durchhielt.

Der Grizzly sah sie zuerst. Etwa vierhundert Meter flussabwärts kam eine kleine Gruppe auf die Tiere zu.

„Da vorne kommen sie", übertönte der Bär das allmählich abklingende Gelächter. Alle schauten jetzt flussabwärts und stellten fest, dass die Krähe nicht gelogen hatte. Zwischen Jenny, dem Vielfraß und dem Luchs lief tatsächlich ein Junge. Keiner sagte etwas, alle starrten wie hypnotisiert auf die vier Gestalten. Ausgerechnet Luna, die sonst am ängstlichsten war, brach das Schweigen und Verharren. Urplötzlich huschte sie los und den Vieren entgegen. Sie wollte zu ihrer besten Freundin, Jenny.

Luke hatte sich ein ungefähres Bild dessen vorgestellt, was ihn am oberen Fluss erwarten würde, aber was er jetzt sah war viel gewaltiger. Da vorne saßen oder standen, hoppelten oder watschelten über hundert Tiere der verschiedensten Arten. Und keines hatte die geringste Angst vor den auch zahlreich vertretenen Raubtieren. Alle warteten dort in völligem Frieden und Harmonie. Das war für einen Menschen ein einzigartiger Anblick. Und Luke genoss diesen ersten Augenblick.

„Luna", rief Jenny überglücklich und lief dem heransprintenden Grauhörnchen entgegen. Auf halber Strecke trafen sie sich und Jenny ließ sich zur Begrüßung in den weichen Ufersand fallen. Sogleich stürzte sich Luna auf sie und vergrub ihr Köpfchen in Jenny's Fellfalten.

„Ich habe dich ganz toll vermisst", kam eine schluchzende Stimme aus Jenny's Fell, „wir sind so weit weg von zu Hause und ein Marder wollte uns fressen, mich und Ted. Aber der Bär und..."

„Ist schon gut", beruhigte Jenny ihren kleinen Schützling, „ich bin jetzt da und niemand wird dir mehr etwas tun."

Langsam kam wieder ein kleines Grauhörnchengesicht zum Vorschein, das jetzt typisch für Luna ängstlich zu Luke schaute.

„Wer ist das?", flüsterte sie kaum hörbar.

„Das ist Luke, aber lass uns zu den anderen gehen, dort wirst du alles erfahren."

Jenny erhob sich und schüttelte sich den Sand aus dem Pelz. Ein kleiner Satz genügte und Luna saß rittlings auf ihr. Zu Hause begleitete Luna Jenny oft auf diese Weise, vor allem, wenn es einen kleinen Streit zwischen ihr und Ted gegeben hatte. Luke sah dieses lustige Schauspiel und hätte am liebsten mit im Sand herumgetollt.

„Ich kann den Lachs schon riechen. Verdammt, habe ich einen Hunger!", gab der von Fressgedanken gesteuerte Vielfraß von sich.

Luke und Jenny erreichten die ersten Tiere. Es waren die Stinktiere, die sich freiwillig und zum Wohle der anderen extra weit abseits hielten. Wenn sie ihre Stinkdrüsen auch nur bei Gefahr öffneten, so haftete ihnen doch ein ziemlich markanter Duft an. Sie alle schauten wie gebannt auf den Jungen mit dem Rucksack. Was wollte der hier?

Der Adler sah mit großer Genugtuung, dass es Jenny gut ging. Dass sie einen Jungen mitbrachte, beunruhigte ihn in keiner Weise. Irgendein Gefühl sagte ihm, dass dieser Junge eine große Hilfe sein würde.

„Habe ich es nicht gesagt, sie hat einen Jungen dabei, habe ich es nicht gesagt", krächzte die Krähe, die ihre Kränkung, schneller als es alle vermuteten, überwunden hatte.

„Ja, Krähe, du hast Recht gehabt", stimmte ihr der Adler schnell zu, bevor ein anderer genervt etwas Beleidigendes zu ihr sagte.

Die Gruppe der Eintreffenden mit Luna auf Jennys Schulter passierte noch die Kaninchen und Murmeltiere und stand nun im Zentrum der Waldversammlung, direkt vor der Wurzel, auf der der Weißkopfseeadler saß.

Jenny setzte sich und Luna sprang ihr vom Rücken. In Erwartung bedeutender Neuigkeiten drängten sich die Tiere enger um die große Wurzel, nicht zuletzt die Krähe. Den Vielfraß interessierte die bevorstehende Diskussion weniger, er folgte seiner Nase, welche ihn am Grizzly vorbei direkt zu den am Fluss übrig gebliebenen Lachsen führte.

„Heute morgen glaubte ich, es könnte möglich sein, dass ich alleine hier in der Fremde gestrandet bin", sagte Jenny sich umschauend.

Der Adler entgegnete: „Wie du siehst, sind wir alle hier. Das Schicksal, in ein fremdes Land verbannt worden zu sein, hat uns alle getroffen."

„Ich würde es nicht Schicksal nennen. Wir wissen schließlich alle, wer für diesen Schlamassel verantwortlich ist, oder?", stellte Jenny fest.

„Die Zigeunerin", hörte man ein gemeinschaftliches Raunen aus der Menge.

Luke fühlte sich ein wenig vergessen und so stupste er Jenny leicht in die Seite.

„Ach ja, ich habe ganz vergessen euch meinem neuen Freund vorzustellen. Das ist Luke. Ich traf ihn heute Morgen. Er ist auf den Weg in die Berge, um das Abenteuer zu suchen."

„Da ist er bei uns genau richtig", brummte der Bär, „wir haben hier in den letzten zwei Tagen mehr erlebt, als in einem ganzen Jahr zu Hause."

„Entschuldigt, dass ich nicht eher zu euch gekommen bin", sagte Jenny mit schlechtem Gewissen, „aber ich war zu weit am Rand unseres Landes, als dieser magische Sturm uns hierher trug. Ist viel Schlimmes geschehen?"

„Nein, nein", beruhigte sie der Adler, „wir sind noch alle am Leben und bis auf ein paar Schrammen, die sich der schwarze Wolf im Kampf mit einheimischen Wölfen holte, auch unverletzt. Aber anstrengend waren die letzten zwei Tage schon."

Bevor der Adler nun mit seinem Bericht begann, denn viele der Anwesenden wussten noch nichts von den Geschehnissen der letzten Stunden, lenkte er das Interesse noch einmal auf Luke.

„Der Anblick der vielen Tiere hat dir wohl die Sprache verschlagen", fragte er diesen.

Luke wand sich schnell wieder dem Adler zu und erwiderte mit schüchterner Stimme: „Ja, in gewisser Weise schon."

„Und dass wir sprechen können, macht dir das keine Angst?"

„Nein, Jenny hat mir die ganze Geschichte eures Landes erzählt und so ist es viel besser, als wenn ihr lauter wilde Tiere wärt. Furcht habe ich keine, ich bin nur verblüfft."

„Und du willst bei uns bleiben? Hast du denn keine Eltern die dich suchen?", fragte der Wolf.

Luke war diese Frage unangenehm, deshalb antwortete er schnell mit einem knappen: „Nein."

Jenny interessierte auch Luke's Geschichte und schließlich hatte er versprochen sie zu erzählen. Aus diesem Grund schlug sie ihm vor: „Luke, meinst du nicht, dass es jetzt ein guter Zeitpunkt wäre deine Geschichte zu erzählen?"

Der Junge schaute ziemlich unbehaglich und Hilfe suchend um sich. Alle starrten ihn an und warteten. Aber Luke, schlau wie er war, hatte eine Idee.

„Die Tiere hier haben sich versammelt, um über einen Ausweg aus dieser Situation nachzudenken. Meine Geschichte ist nicht sehr interessant und helfen kann sie euch schon gar nicht. Deshalb meine ich, dass wir über Wichtigeres reden sollten."

Er hoffte, dass das die Tiere überzeugen würde und wartete auf eine Reaktion.

„Luke hat Recht", stimmte der Adler zu, „er will doch bei uns bleiben. Dann haben wir für seine Geschichte auch noch später Zeit. Jetzt sollten zuerst alle erfahren, was in den vergangenen zwei Tagen alles passiert ist, um unsere Lage voll und ganz zu verstehen."

Luke hatte es wieder geschafft, sich erfolgreich um die Preisgabe seiner Herkunft zu drücken und setzte sich neben Jenny in den Sand, um dem Adler zuzuhören.

Der Adler schüttelte sein Gefieder und begann zu erzählen. Kein Laut war von den versammelten Tieren zu hören, alle lauschten gespannt der Rede des Adlers. Er berichtete von der Aktion des Bären, der den Holzfäller Sam erschreckte, sodass dieser auf dem schnellsten Wege seinen ausgeflippten Kollegen Charlie abholte und sie aus dem Wald verschwanden. Dann schilderte er die Rettungsattacke für Ted und Luna, die von einem Baummarder verfolgt wurden. Während der Adler sprach, stärkte sich Luke an den Resten aus seinem Rucksack. Der Vielfraß ließ ihn in Ruhe, da er sich den Bauch mit Lachs voll geschlagen hatte und satt und zufrieden in der Nähe des Bären lag. Natürlich gab Luke einiges seiner übrig gebliebenen Wurst an Jenny ab, sie war seit heute seine beste Freundin.

Nachdem der Adler noch von seinem morgendlichen Flug in so großer Höhe berichtet hatte und das Treffen mit dem Trompeterschwan erwähnte, endete er mit seinem Bericht.

Nun war der Wolf an der Reihe. Er erzählte von seinem gestrigen Zusammentreffen mit Sam und Charlie und von seinem Kampf mit dem Rudelführer der Wölfe vor einigen Stunden. Alle hörten gespannt zu und die Krähe war total fasziniert von so einer Fülle an Neuigkeiten.

„So, hat noch jemand etwas wichtiges erlebt, das uns

irgendwie in unseren Überlegungen weiterhelfen könnte?", fragte der Adler.

Keiner sagte etwas. Selbst Jenny blieb still, denn außer, dass sie Luke getroffen hatte, war ihr nichts passiert. Sie hatte ihm die Geschichte des Zauberlandes und ihr Schicksal mitgeteilt, aber das kannten die Tiere schließlich alle. Also verließ außer einem gleichmäßigen Schnurren kein Ton ihren Körper. Der Adler blickte fragend in die Runde und als keiner etwas sagte, fuhr er fort.

„Also, jeder hat gemerkt, dass wir uns in einem völlig fremden Wald befinden. Hier gibt es Tiere, denen unser Kodex, keine sprechenden Tiere zu töten, fremd ist. Wir müssen also auf der Hut sein, wir haben hier Feinde. Und wenn wir Menschen wie Sam und Charlie mit einbeziehen, bin sogar ich und der riesige Grizzly gefährdet. Jenny erzählte mir einmal, dass Menschen Waffen besitzen, die aus großer Entfernung töten können, jedes Tier. Sie nennen diese Waffen Gewehre. Wir besitzen lediglich unsere angeborenen Verteidigungsmöglichkeiten wie Krallen, Zähne, Hufe und Geweihe und deshalb sind die Menschen uns weit überlegen. Wir müssen sie fürchten und ihnen aus dem Weg gehen."

Luna machte ein weinerliches Gesicht und rief leise dazwischen: „Du redest fast so, als wenn wir hier bleiben müssten. Das darf nicht sein!"

Der Adler verstand Luna's Verzweiflung durchaus und er war sich sicher, dass sie mit ihrer Furcht nicht alleine war. Aber dennoch musste er seinen Freunden die volle Wahrheit sagen: „Ich weiß, es klingt furchtbar, aber so wie es aussieht, besteht auch die Möglichkeit, dass wir hier bleiben müssen. Heute morgen flog ich hoch über den Bergen. So leid es mir tut", und der Adler holte tief Luft, „ich erblickte auch in weiter Ferne nicht einen Gipfel, der mir bekannt vorkam. Ich sah zwar die großen schneebedeckten Berge in der Ferne, aber keiner davon erinnerte mich an die Heimat. Es kann sein, dass wir hunderte Meilen von zu Hause entfernt sind. Ich weiß es nicht."

Luna weinte ganz leise. Sie war zu Jenny gekommen und schmiegte sich fest an sie. Auch die anderen Tiere waren tief betrübt von der anscheinend ausweglosen Situation.

„Jenny, kannst du uns nicht helfen?", wimmerte Luna.

Jenny überlegte schon eine ganze Weile, denn sie wusste, nur sie konnte eine Lösung finden. Und sie hatte tatsächlich eine Idee. Sie stand vorsichtig auf, um Luna nicht unliebsam wegzuschubsen, ging zum Adler, stellte sich neben dessen Wurzel und begann zu sprechen.

„Der Adler hat Recht, dass wir mit dem Schlimmsten rechnen müssen, aber wir dürfen nicht den Mut verlieren. Denn ganz aussichtslos ist unsere Lage nicht. Wir wissen schon eine ganze Menge. Der Wolf hat in Erfahrung gebracht, dass wir uns in einem kanadischen Nationalforst in Westkanada nahe der Rocky Mountains befinden. Unsere Heimat befindet sich ebenfalls in den Rocky Mountains. Das ist doch ein Anfang, oder? Wir wissen auch, dass nur ein Zauber der Zigeunerin, ob gewollt oder ungewollt, uns hierher verbannte. Also kann auch ein Zauber uns zurückbringen. Die Zigeunerin selbst wird es aber vermutlich nicht machen, wir müssen selbst etwas unternehmen."

Der Bär wiegte seinen großen Schädel hin und her und meinte: „Aber ich denke, die Zaubersprüche erzielen nur in unserem Land ihre Wirkung?"

„Natürlich", nickte Jenny, „nur dort.Und ich kann sie auch

nicht aussprechen, da ich ein Puma bin. Nur ein Mensch kann den Zauber rückgängig machen, die Zigeunerin oder..."

„Der Junge...", krächzte die Krähe aufgeregt. Das war ja alles so spannend!

„Genau", pflichtete ihr Jenny bei, „Luke kann es. Auf die Idee ist er selbst gekommen, als ich ihm meine Geschichte erzählt hatte. Er wollte wissen, wie ich als Mädchen aussehe und da kam ihm der Einfall, dass er doch in der Lage wäre, mich zurück zu verwandeln. Ob ich mich dazu entschließen werde, wieder ein Mädchen zu sein, weiß ich jetzt noch nicht, das ist hier auch nicht von Bedeutung. Entscheidend ist nur, dass Luke uns alle retten kann."

„Aber dazu müsste er doch in unserem Land sein? Und wie soll er dort hin gelangen, wenn wir nicht wissen, wo es ist?", gab der Adler zu Bedenken.

„Stimmt", erwiderte Jenny, „aber ich kenne die Lage des Zauberlandes. Ich sah es auf uralten indianischen Karten der Zigeunerin, die ich einmal zwischen ihren Büchern fand. Da waren Flüsse, Berge und Seen eingezeichnet und natürlich unser Land."

„Aber was soll uns das hier nützen?", fragte Ted ungläubig, „wir haben keine Karte und wissen auch nicht sicher wo wir genau sind. Westkanada ist bestimmt sehr groß."

Luke hatte die ganze Zeit aufmerksam zugehört und mitgedacht, aber als er das Wort Karte hörte, schlug er sich an die Stirn. Darauf hätte er schon viel früher kommen können. Er platzte förmlich heraus: „Ich habe eine Karte, ich weiß auch wo wir sind."

Jenny und all die anderen drehten sich völlig überrascht zu Luke um, der jetzt kniete und in seinem Rucksack wühlte.

Nach kurzer Zeit wedelte er einen blockartigen Papierbogen in der Luft umher und rief glücklich: „Da ist sie!"

„Du hast eine Karte?", Jenny konnte es kaum glauben. „Schnell, falte sie auf!"

Die Tiere merkten, dass eine große Wende eingetreten war. Unruhig bewegten sie sich an ihren Plätzen hin und her und schickten je einen Vertreter ihrer Gruppe nach vorn. Dieser sollte ihnen dann berichten, was es mit dieser Karte auf sich hatte.

Auch der Adler hüpfte von seiner Wurzel herab und trippelte zu Luke, um besser sehen zu können. Luke faltete die Karte sorgfältig auseinander und legte sie in den Sand. Aber außer Luke und Jenny konnte niemand etwas mit den komischen Zeichen und Farben auf dem Papier anfangen. Die Tiere konnten zwar sprechen wie die Menschen, aber zu lesen vermochten sie nicht. Das Gedränge um die Karte wurde weniger, als die meisten sahen, wie kompliziert das war. Ihrer Bedeutung waren sie sich aber bewusst und so blieben sie in unmittelbarer Nähe. Dicht um die Karte standen nur noch Luke, Jenny, der Adler, Ted und Luna und natürlich die Krähe.

„Könnt ihr mir das erklären?", fragte der Adler.

„Natürlich", freute sich Luke. Endlich war sein Wissen gefragt. „Also, alles was ihr hier seht ist Kanada, ein riesiges Land. Ihr müsst euch das ungefähr so vorstellen."

Luke breitete seine Arme aus und sprach weiter. „Wenn du, Adler, in den Himmel aufsteigst, wird unter dir doch alles kleiner, oder?"

Der Adler nickte.

„Jeder Baum wird kleiner, jeder Fluss wird schmaler und auch jeder See verringert seine Größe. Genau das ist das Prinzip einer Karte. Hier stellt man die wahre Größe eines Landes viel, viel kleiner dar. Seht ihr hier diese vielen blauen Kleckse und geschlängelten Linien?", und er zeigte auf die Karte, „Das sind in Wirklichkeit riesige Seen und mehrere hundert Meter breite Flüsse. Und hier dieser dunkelbraune Streifen, der sich von hier oben bis ans Ende der Karte und darüber hinaus erstreckt, das sind die Rocky Mountains. Je dunkler das Braun, desto höher sind die Berge."

„Und was sind das für Zeichen?", der Adler zeigte mit seinem mächtigen Schnabel auf die Stadtnamen.

Jenny war diesmal schneller und antwortete: „Das sind alles Städte. Hier wohnen die Menschen, hier kam ich und auch Luke her."

„Und ungefähr hier sind wir jetzt", Luke deutete auf einen Stadtnamen rechts neben den Rockys.

„Lethbridge?", las Jenny. Plötzlich hellte sich ihr Gesichtsausdruck auf. Sie erhielt anscheinend eine gute Nachricht. „Luke, zeig den anderen wo Calgary liegt!", forderte sie ihn auf und Luke deutete auf eine Stadt, die ungefähr drei Zentimeter über Lethbrigde eingezeichnet war.

„Von dort flog ich mit meinen Eltern nach Vancouver."

Luke fuhr mit dem Finger nach links cirka zehn Zentimeter über die Karte bis zu einer anderen Stadt.

„Irgendwo dazwischen kam unser Flugzeug vom Kurs ab und zerschellte in den Bergen, wie ihr wisst."

Luke kreiste mit seinem Zeigefinger zwischen den beiden Städten. „Demnach befinden wir uns gar nicht weit von unserer Heimat entfernt", stellte Jenny fest.

„Wie weit genau?", fragte der optimistisch gewordene Adler.

Jenny überlegte. So genau konnte sie die wirklichen Entfernungen auf der Karte auch nicht einschätzen. „Auf gar keinen Fall sind es über tausend Meilen, da bin ich mir sicher", sagte sie nach einer kurzen Bedenkpause.

Luke deutete mit dem Finger wieder auf die Karte. Etwa zwei Zentimeter links neben Lethbridge endete eine schmale blaue Linie im Braun der Berge. „Hier ist der Fluss, an dem wir uns jetzt gerade befinden. Wenn Jenny's Flugzeug ungefähr hier abgestürzt ist, und er kreiste mit seinem Zeigefinger wieder über den Bergen, dann sind es von hier bis dorthin ungefähr zweihundert bis dreihundert Meilen. Das hängt davon ab, wie weit das Flugzeug damals vom Kurs abkam."

„Und davon, in welche Richtung?", stellte der Adler fest, der das Prinzip dieser Karte schnell verstanden hatte.

„Was meinst du damit?", wollte Ted wissen.

„Nun, das Flugzeug wollte gerade von Calgary nach Vancouver. Es kann also sowohl nach oben als auch nach unten vom Kurs abgekommen sein!"

„Norden oder Süden", berichtigte ihn Luke.

„Auf einer Karte ist oben immer Norden, unten Süden, rechts Osten, wo die Sonne aufgeht und links Westen, wo die Sonne untergeht."

„Der Adler hat Recht", gestand Jenny, „wie weit und in welche Richtung das Flugzeug sich verflogen hat, kann ich nicht sagen."

Die Krähe wurde langsam ungeduldig: „Aber ich denke, du weißt wo sich unsere Heimat befindet, hast es doch auf einer anderen Karte gesehen, oder?"

„Ja, natürlich", verteidigte sich Jenny, „aber die Karte der Zigeunerin zeigte nicht ganz Kanada. Die Karte stellte nur einen kleinen Ausschnitt dar, auf dem viel mehr Einzelheiten zu sehen waren, wie zum Beispiel Bäche, Wege, einzelne Bergpässe und kleine Seen."

„Also nützt uns die Karte gar nichts?", schimpfte die Krähe und auch der Adler machte ein verdrossenes Gesicht.

„Doch, doch", sagte Jenny schnell, „aber ich muss mich erst an jede kleine Einzelheit der alten Karte erinnern und sie mit Merkmalen dieser Karte vergleichen. Bitte habt einen Moment Geduld."

Jenny legte sich direkt vor die Karte und starrte auf das ausgedehnte Braun der Berge. Der Adler nutzte diese Pause um die anderen Tiere, die sich um die kleine Gruppe an der Karte drängten, zu informieren.

„Wir wissen jetzt, wo wir uns befinden und Jenny versucht gerade auf der Karte unsere Heimat zu finden. Die Lage ist nicht mehr so hoffnungslos wie sie zuerst erschien. Wir werden es schaffen", beruhigte er seine Freunde.

„Wann gehen wir zurück in unser Land?", pfiff ein Murmeltier.

„Schaffen wir Vierbeiner es überhaupt zu Fuß zurück zukehren?", kam ein Ruf aus der Ecke der Kaninchen.

„Wie weit ist es?", war eine gute Frage der etwas schwerfälligeren Biber.

Der Adler hörte die vielen Fragen und schlug Einhalt gebietend mit den Flügeln. „Hebt euch eure Fragen für nachher auf. Ich weiß im Moment auch noch keine Antwort darauf. Es kommt auf Jenny an, ob sie unser Land findet", und er wendete sich wieder der Karte und Jenny zu.

Leicht bewegte sich Jenny's Schwanzspitze. Es war die einzige Bewegung, die verriet, dass noch Leben in ihr war.

Der Adler flüsterte Ted zu: „Hat sie schon etwas entdeckt?"
„Nein", kam als Antwort.
„Es ist schwierig, sehr schwierig", ließ Jenny verlauten, die trotz ihrer Konzentration des Adler's Frage gehört hatte.
„Wir haben Glück, denn auf dieser Karte sind die alten Indianerstämme eingetragen. Hier oben steht SARCEE, das ist der Stamm von dem die Zigeunerin die Existenz des Zauberlandes erfahren hat. Wir können demnach davon ausgehen, dass das Flugzeug nach Norden vom Kurs abkam. Das schränkt unsere Suche schon erheblich ein. Aber unser See ist zu klein, um auf dieser Karte zu sein. Das Braun auf dieser Karte sind unzählige Täler und Berge, die einzeln nicht sichtbar sind. Ich erinnere mich, dass auf der indianischen Karte die erste Eisenbahnlinie eingezeichnet war, aber auch davon gibt es hier zwei: eine mit einer leicht nach Norden gebogenen Route von Calgary nach Vancouver. Und die andere verläuft parallel dazu weiter im Norden. Welche ist es? Verdammt, wir brauchen noch einen anderen Hinweis." Jenny überlegte.
„Anhaltspunkte können auch hohe Berge sein", schlug Luke vor.
„Stimmt genau, wie konnte ich das vergessen", erinnerte sich Jenny. „Auf der alten Karte waren links und rechts zwei Pfeile, die nach Osten und Westen zeigten. Und an diesen Pfeilen stand: Berg der aufgehenden Sonne und Berg der untergehenden Sonne."
Jetzt fiel auch dem Adler etwas ein. „Ich kenne die beiden Berge. Wenn ich zu Hause hoch über unserem Land schwebte, sah ich sie in der Ferne. Ihre eisbedeckten Gipfel überragen alle anderen Berge und wie ihr Name sagt, hinter dem einen

erschien die Sonne am Morgen und hinter dem anderen verschwand sie am Abend."

„Ausgezeichnet", freute sich Jenny und gab Luna einen aufmunternden Stups mit der Schnauze. „Unsere Heimat liegt also im Gebiet zwischen zwei sehr hohen Bergen, durch das eine alte Bahnlinie führt. Das müsste auf der Karte zu finden sein."

Luke trommelte aufgeregt mit dem Zeigefinger auf der Karte herum und rief: „Hier sind sie, da sind die beiden Berge."

Die Tiere, die die plötzliche Aufregung an der Karte bemerkt hatten, drängten nun näher heran, um zu erfahren was geschehen war. Auch der Bär steckte seinen riesigen Kopf in das Knäuel um die Karte.

„Wo?", fragte Jenny. „Wo genau?"

Da seine Finger die entscheidende Stelle verdeckten, brach Luke einen dünnen Zweig ab und zeigte mit dem spitzen Ende auf die Karte. „Seht ihr hier diese schwarze Linie, das ist die Eisenbahnstrecke. Und hier, links und rechts der Linie stehen an zwei kleinen schwarzen Punkten Zahlen, einmal 3954 und hier 3305", Luke zeigte auf die andere Zahl.

„Das sind die Höhenangaben der beiden Berge. So nah beieinander sehe ich nirgends solch hohe Gipfel. Das müssen sie sein!"

„Ja, du hast Recht, nirgendwo auf der Karte gibt es noch zwei Berge, die so dicht beieinander liegen und zwischen denen eine Eisenbahnlinie verläuft", wiederholte der Adler.

Luna pfiff vor Vergnügen: „Wir haben sie gefunden, wir wissen wo unsere Heimat ist."

Alle machten fröhlichere Gesichter, denn sie wussten nun wo sie waren und wo sie hin mussten. Das stellte einen beachtlichen Erfolg dar.

Nur der Bär hatte noch Bedenken. Er brummte: „Können wir sicher sein, dass es diese zwei Berge sind? Wäre es nicht besser, noch nach einer Tatsache zu suchen, die beweist, das dort unser Land ist?"

Der Adler schüttelte sein Gefieder. Der Bär lag gar nicht mal so falsch. Was ist wenn es die falschen Berge sind? Er grübelte. „Wenn ich hinfliegen würde", sagte er jetzt zur Überraschung aller, „wie weit wäre das?"

Luke, der sich am besten mit der Karte auskannte, schätzte grob und sagte: „Ungefähr drei- bis vierhundert Meilen!"

„Da würde ich für hin und zurück fast eine Woche brauchen", rechnete der Adler.

Jenny schaute besorgt und riet ihm von seiner Idee ab. „Das hat doch keinen Sinn, dass du dorthin fliegst, nur um zu schauen, ob sich unser Land auch wirklich dort befindet. So viel kann geschehen auf einem so langen Flug. Die Tiere brauchen dich hier, du bist doch ihr weiser Adler Weißkopf. Selbst wenn unser Land dort ist, glaube ich nicht, dass du die Zigeunerin überreden könntest den Zauber rückgängig zu machen."

„Ja, Adler", sagte auch Luna besorgt, „du musst hier bleiben. Wer soll sonst auf uns aufpassen?"

Der Adler sah ein, dass seine Anwesenheit hier fern der Heimat viel wichtiger war und so verwarf er die Idee den großen Flug zu wagen.

„Es muss noch ein Detail geben, das wir alle übersehen haben", meinte Luke und streichelte in Gedanken versunken Jenny's übergroßen Katzenkopf. Auch der weiße Kopf des Adlers neigte sich wieder über das Wirrwarr aus Flüssen,

Seen, Bergen und Städten.

Plötzlich hob er seinen gelben Schnabel und sagte erleichtert: „Ich hab' es! Es ist dort, unser Land. Da ist etwas auf der Karte, das ich auch noch kenne."

„Was, was, was ist es, sag schon", drängte die Krähe.

„Seht ihr diesen langen See südlich der zwei hohen Berge. Er ist bestimmt hundert Meilen lang und auch fast zwanzig breit. Sein abendliches Glitzern sah ich, wenn ich hoch über unserem Tal kreiste. Es erstreckte sich bis an den Horizont. Ich sage euch, ich bin mir jetzt ganz sicher, hier befindet sich unsere Heimat", und er pickte vorsichtig auf die Stelle zwischen den hohen Bergen.

„Wenn ich mal etwas sagen dürfte", krächzte die Krähe. „Wo bitte schön soll es bei uns denn eine Eisenbahnlinie geben. Ich komme viel herum in unserem großen Tal, aber eine Eisenbahn habe ich noch nie gesehen!" Das klang logisch und hatte auch schon andere Tiere verwundert.

Der Adler merkte, dass einige die Größenverhältnisse auf der Karte noch nicht ganz verstanden hatten und deshalb erklärte er die Sache mit der Bahnlinie noch einmal.

„Ihr müsst euch das so vorstellen: auf Jenny's Karte war eine Zugstrecke eingezeichnet, die aber nicht direkt durch unser Tal führte. Das ist auch einleuchtend. Hier auf dieser Karte sieht der Abstand zwischen den beiden hohen Bergen ziemlich klein aus. Ihr Wirklichkeit aber sind sie auch fast fünfzig Meilen voneinander entfernt. Demnach gibt es zwischen ihnen nicht nur unser Tal, sondern noch einige mehr. In einem dieser anderen Täler verläuft die Eisenbahn. Wir können also nichts von ihr wissen."

„Wir wissen also nur, das innerhalb dieser fünfzig Meilen

unser Land liegt, wo genau sehen wir auf dieser Karte nicht, stimmt es?", gab der Bär von sich.

Jenny schaute ihn an und erklärte: „Im Moment hast du Recht, Bär, aber die Indianerkarte ist in meinem Gehirn gespeichert, und wenn ich an Ort und Stelle bin, finde ich unser Land ganz sicher!"

Luna stellte sich auf ihre hinteren Pfötchen und blickte Jenny tief in ihre Pumaaugen. „Heißt das, du willst in unser Land zurückgehen, die ganzen vierhundert Meilen durchs Gebirge. Das ist doch nicht dein Ernst!"

„Und ich gehe mit ihr", rief Luke.

Auch der Grizzly blickte besorgt aus seinen kleinen Schweinsäuglein und sagte: „Haltet ihr das wirklich für eine gute Idee?" Jenny und auch der Adler wussten, dass es so das Beste war. Er hatte zwar auch Angst um die beiden, aber es war schließlich ihr freiwilliger Entschluss.

Jenny sprang jetzt auf einen kleinen Uferhang und ihr rötlichgelbes Fell glänzte in der untergehenden Sonne. Die anderen Tiere, vor allem die, die etwas abseits standen, sollten auch ihren Entschluss erfahren. Der Adler genoss die Pause von seiner stets alles organisierenden Tätigkeit und wartete gespannt auf Jenny's Rede.

„Hört alle her! Ich weiß, dem Adler vertraut ihr mehr als mir, ich bin schließlich erst ein paar Jahre bei euch. Aber trotzdem ist mir euer Wohl genauso wichtig wie ihm. Ich bin nur ein kleines Mädchen, ich habe nicht annähernd die Erfahrung, die der Adler besitzt. Aber in den Jahren, die ich jetzt schon bei euch bin, habe ich mehr gelernt als andere Menschen ihr ganzes Leben. Ich meine damit hauptsächlich die Liebe, die Hilfe in Not, das Überleben und das Meistern der verschiedensten Schwierigkeiten. Jedem ist klar, dass an unserer derzeitigen Schwierigkeit die Zigeunerin Schuld ist. Vielleicht sollte ihr Zauber nur mich treffen und ihr alle seid versehentlich da mit hinein geraten. Deshalb denke ich, ich sollte den vielleicht durch mich entstandenen Schaden auch wieder gutmachen. Luke und ich werden zurückgehen und euch alle wieder nach Hause zaubern."

Die Tiere waren sichtlich gerührt von so viel Aufopferung, aber einige hatten auch gerechtfertigte Bedenken.

So rief ein Waschbär: „Du brauchst dir keine Schuld an unserer Lage zu geben, das ist doch Quatsch. Aber gibt es keine andere Möglichkeit? Was ist, wenn euch zweien unterwegs etwas zustößt?"

Jenny schüttelte ihr Haupt: „Wir haben keine andere Wahl. Die einzige Alternative wäre, wenn wir alle aufbrechen würden. Natürlich, für die Vögel wäre das kein Problem, aber was ist mit den kleineren Tieren, wie den Lemmingen. Oder denken wir an die Biber, die an Land so schwerfällig sind. Sie könnten diese große Entfernung nicht schaffen."

„Sehr wahr, sehr wahr", meldete sich der Anführer der Biber. Mit einem Schlag seiner riesigen Schwingen hüpfte der Adler zu Jenny auf den Hügel und sprach: „Was Jenny gesagt hat ist vollkommen richtig. Für uns ist es das Beste, wenn wir alle beieinander bleiben. Nur so können wir uns gegenseitig vor all den uns bisher unbekannten Gefahren schützen. Das Jenny und der Junge diese Reise machen wollen, ängstigt mich auch ein wenig, aber gleichzeitig bin ich sehr stolz auf die beiden."

„Aber wie lange wird es dauern, bis ihr bei uns zu Hause ankommt?", wimmerte Luna.

„Ja, wie lange?", rief eine der Kanadagänse. „In drei Monaten wird es Winter, dann finden wir hier keine Nahrung mehr."

Luke blickte Jenny besorgt an und schüttelte leicht seinen Kopf, was soviel heißen sollte wie, das ist in drei Monaten unmöglich zu schaffen.

Jenny bemerkte seinen verneinenden Blick, wollte den Tieren aber nicht schon wieder eine schlechte Mitteilung machen und so antwortete sie nicht konkret. „Wir werden es schon irgendwie schaffen, vertraut mir. Es ist schon spät und ich schlage vor, wir setzen unsere Beratung morgen fort. Der Morgen ist klüger als der Abend."

„Sie hat Recht", fügte der Adler hinzu, „sucht euch in der Nähe ein Nachtquartier und kommt morgen früh wieder hierher. Passt auf euch auf und wenn euch ein fremdes Raubtier bedrohen sollte, denkt daran, der Bär, der Wolf und Jenny sind ganz in eurer Nähe, ihr müsst nur rufen und sie werden euch helfen."

Es war schon spät geworden, kein Sonnenstrahl drang mehr zum Fluss. Die Tiere hatten Hoffnung geschöpft und verließen in alle Richtungen den Ort der Versammlung um sich einen Schlafplatz zu suchen. Lang und voller Aufregung war der Tag für sie gewesen und jeder war sehr erschöpft. Was würde wohl der nächste Tag hier in der Fremde für sie bereithalten?

Nur der Adler, der Wolf, der Bär und die beiden Grau-hörnchen blieben noch bei Luke und Jenny am Fluss.

Der Adler atmete auf: „Bin ich froh, dass Luke diese Karte besitzt. Ich hätte wirklich nicht gewusst, was ich den Tieren für eine Lösung hätte anbieten können, wenn ihr nicht gekommen wärt."

„Freue dich nicht zu früh, wir sind noch lange nicht zu Hause", meinte Jenny, „ich kann nicht versprechen, ob und in welcher Zeit Luke und ich unser Land finden. Ich weiß ja nicht einmal genau, wie wir diese große Entfernung überwinden sollen. Es wird alles andere als einfach, für uns, wie auch für euch."

„Ist es wirklich so schlimm?", schluchzte Luna. Sie zitterte am ganzen Körper und Ted schmiegte sich an sie, um ihr Trost und Wärme zu spenden.

„Nein", redete Jenny dem verängstigten Grauhörnchen zu, „selbst wenn ihr länger hier ausharren müsst, so habt ihr doch große und starke Freunde, stimmt es, Bär?"

„Natürlich", versprach der Bär schnell, „euch geschieht nichts, solange ihr in meiner Nähe bleibt."

„Danke, lieber Bär", flüsterte Luna kaum hörbar. Ihr fielen vor Erschöpfung die Augen abwechselnd zu und jetzt gähnte sie.

„Ich sehe schon", bemerkte der Adler, „es hat keinen Sinn mehr hier noch unnötig herum zu sitzen. Heute sind wir zu erschöpft, um weiter zu grübeln. Wir sollten auch schlafen gehen."

„Das sehe ich genauso", stimmte ihm Luke zu, „das war ein verdammt langer und total verrückter Tag."

„Ich werde noch einen kleinen Flug machen, wir treffen uns dann morgen früh wieder hier", verabschiedete sich der Adler und entschwand mit ein paar kräftigen Flügelschlägen in der Dämmerung der heranziehenden Nacht.

„Bis morgen früh", sagte auch der Wolf und erhob sich, „ich habe dort unten am Hang ein schönes Plätzchen entdeckt. Dort werde ich mich niederlassen."

Langsam trottete er davon und Luke dachte sich, als er den Wolf im Halbdunkel verschwinden sah, dass er so einem schwarzen Wolf lieber nie als richtigen, wilden Wolf treffen wollte. Er sah wirklich Furcht einflößend und gefährlich aus. Da war ihm der Grizzly schon lieber. Dieser machte eher einen gemütlichen Eindruck, irgendwie Vertrauen erweckend. Aber Luke kannte den Grizzly nur in dieser Art und Weise. Wenn er ihn gesehen hätte, als er den Holzfäller Sam erschreckt hatte, würde er seine Meinung von einem harmlos aussehenden Bären sicher schnell ändern.

„Wo willst du schlafen?", fragte Jenny den immer noch hinter dem Wolf herschauenden Luke.

„Das ist egal. Die Nächte sind nicht kalt. Seit ich unterwegs bin, habe ich immer unter freiem Himmel geschlafen. Moos als Bett und ein paar Äste und Zweige als Decke genügen mir. Ich schlafe dort wo du schläfst!"

„Wir auch", pfiffen die Grauhörnchen und huschten zu Jenny.

„Und was ist mit dir, Bär? Willst du uns auch noch Gesellschaft leisten, oder ziehst du es vor, dich alleine irgendwo zusammen zu rollen?", fragte Jenny.

„Geht ihr nur", antwortete der Bär, „ich schlafe hier am Ufer. Ihr wisst doch, mein Schlaf ist nicht gerade geräuschlos. Ich will euch nicht stören."

Luke schmunzelte: „Schnarchst du etwa?"

Jenny schaute den leicht verlegenen Bären an und sagte: „ Für seine Körpergröße macht er eigentlich normale Atemgeräusche. Aber im Vergleich zu einem gewöhnlichen menschlichen Schnarchen sind sie doch verdammt laut."

„Schlaf gut, Bär", wünschten die Vier und gingen die Uferböschung hinauf. Vorneweg lief Jenny, dann kam Luke und zuletzt folgten Ted und Luna.

Gar nicht weit vom Fluss entfernt fanden sie eine vom Sturm entwurzelte Tanne. Das schien ein guter Schlafplatz zu sein.

Der riesige Wurzelteller, der senkrecht in die Luft ragte, schützte vor Wind und würde Luke gleichzeitig als Rückenlehne dienen. Genügend Moos und Laub war auch vorhanden und Jenny und die Grauhörnchen machten es sich gleich unter dem Stamm bequem. Luke warf seinen Rucksack unter den Stamm und ging zu der Baumkrone. Die Nadeln der vielen Äste und Zweige hatten ihre grüne Farbe schon verloren, aber bis jetzt kämpften sie noch verbissen gegen das Herabfallen. Nur wenn Luke's Hand einen Zweig berührte, rieselten sie wie brauner Schnee zu Boden.

„Wo willst du hin?", rief ihm Jenny nach.

„Nicht weg." Luke kletterte am Wipfel auf den Stamm und lief geschickt sich um die dicken Äste windend zum Wurzelteller. Als er direkt über den anderen war, setzte er sich rittlings auf den Stamm und schaute zum Fluss hinunter. Es war fast dunkel. Nur noch schemenhaft sah man die hohen Fichten und Tannen am Flussufer. Kein Laut war zu vernehmen, nur das Plätschern des Wassers machte ein wohlig einschläferndes Geräusch. Wie schön und friedlich war es doch hier im Gegensatz zu der Stadt, wo er herkam. Kein Autohupen, keine Sirene und kein menschliches Geschrei störte die nächtliche Ruhe. In seiner Hand hielt Luke die Mundharmonika, aber er brachte es nicht übers Herz, die natürliche Melodie der Wildnis durch seine Musik zu stören. Er steckte sie gerade wieder ein, als Jenny sich mit einem einzigen Sprung neben ihn auf den Stamm setzte.

„Woran denkst du?", fragte sie Luke.

„An alles, aber auch an nichts."

„Wie soll ich das verstehen?"

„Heute ist so viel geschehen, an das ich zurückdenke. Aber

gleichzeitig genieße ich diese wunderbare Stille und den Frieden hier im Wald. Ich bin einfach nur glücklich."

„Du träumst schon lange von so einem Leben, nicht, nur den Himmel als Dach und die Wälder als Wohnung?", erriet Jenny.

„Oh, ja, es gibt für mich nichts schöneres", schwärmte Luke. „All meine Wünsche, die ich je hatte, haben sich heute mit einem Schlag erfüllt. Ich fand das große Abenteuer, eine Menge Freunde und..."

„Was denn, was wolltest du sagen", drängte Jenny.

„Ach, nichts wichtiges, wir sollten jetzt wirklich schlafen gehen", und er sprang vom Stamm herunter.

Ted und Luna lagen wie letzte Nacht zu einem einzigen Knäuel zusammengerollt im Moos und schliefen. Langsam hob und senkte sich das pelzige Etwas unter dem Stamm. Luke suchte sich leise ein paar Reisigäste und legte sich ein Nachtlager zurecht. Seinen Rucksack verwendete er als Kissen und die Jacke als Decke. Wie die Tiere zog auch er die Beine an und rollte sich unter der Decke zusammen. Tausend Gedanken gingen ihm durch den Kopf, aber die Müdigkeit siegte schließlich über seinen Willen alles zu begreifen, was heute geschehen war. Er schlief ein und hörte nicht mehr, wie Jenny leise in das Nachtlager kam und sich zwischen ihn und die beiden Grauhörnchen legte. Ihr Rücken berührte Luke's Jacke und ihre Tatzen reichten fast bis zu den Hörnchen. Sie atmete noch einmal tief durch ihre Nase ein, legte ihren Kopf auf die Pfoten und schloss die Augen.

Jetzt schliefen alle. Die Tiere hatten nach diesem anstrengenden Tag ihre Ruhe gefunden. Was würde wohl der nächste Tag bringen? Welche neuen Überraschungen hielt er für jeden einzelnen bereit? Jeder hatte sich vor dem Einschlafen so seine Gedanken gemacht, aber alle übermannte mitten zwischen Sorgen und Hoffnungen der Schlaf, und alle, wirklich alle träumten von ihrer Heimat. Sie träumten von ihrem großen Tal, von dem See mit seiner kleinen Insel, von den schneebedeckten Bergen und den fischreichen Flüssen. Sie hörten die Schreie des Weißkopfseeadlers, wie er seine Kreise über dem See, der nie zufriert, zog, und die Trompetenrufe des Schwans, wenn er hoch aus der Luft seine Freunde grüßte. Die Biber träumten von ihren Wasserburgen, die Hirsche und Elche von den saftigen Wiesen und die Murmeltiere von ihren Aussichtsfelsen an den Steilhängen. Zwei Tage waren sie alle schon hier, aber wie groß die Sehnsucht nach ihrer Heimat war, zeigten nun ihre Träume. Sie vermissten die gewohnten Plätze und ihre seit Jahrhunderten garantierte Sicherheit im Zauberland.

Neue Gefahr

Der neue Tag brach an und für die meisten Tiere dieses Waldes war es ein Tag wie jeder andere. Sie gingen ihren gewohnten Beschäftigungen nach. Sie suchten Nahrung, sie spielten, aber sie jagten auch. Dennoch sollte es kein Tag wie jeder andere werden. Der Adler war einer der ersten, die den neuen Tag begrüßen wollten und so glitt er schon früh am Morgen durch die Lüfte. Im Gebiet um den oberen Flusslauf sah er einige seiner Freunde, die ebenfalls zu den Frühaufstehern zählten. Die Hirsche grasten bereits auf einer Lichtung und die Gänse nahmen an einer seichten Stelle des Flusses ihr Morgenbad. Er wollte sie nicht stören, deshalb flog er weiter flussaufwärts.

Nach der gestrigen Begegnung des Wolfes mit seinen Artgenossen erahnte der Adler noch andere Schwierigkeiten, die vom Oberlauf des Flusses kommen würden. Und er sollte Recht haben. Aufmerksam suchten seine scharfen Augen jeden Winkel des unter ihm vorbeiziehenden Waldes ab. Keine Bewegung entging ihm. Aufgeregt hoppelten ein paar ein-heimische Kaninchen in ihren Bau. Aber Kaninchen stellten wahrlich keine Gefahr für die Tiere aus dem Zauberland dar. Ein Wolfsrudel, das sich vielleicht nicht an sein Versprechen hielt, bedeutete schon eine wesentlich größere Gefahr. Aber auch von Wölfen fehlte hier jede Spur. Vielleicht hatten sie nach ihrer Zusammenkunft mit dem schwarzen Wolf ihr Stammrevier verlassen und sich ein anderes Jagdgebiet gesucht. Der Leitwolf ging einem erneuten Treffen mit dem Timberwolf anscheinend aus dem Weg. Aber es war auch möglich, dass das Rudel noch schlief, irgendwo in den Wäldern.

Der Wald schien hier oben nicht mehr so dicht, aber ein schlafendes Wolfsrudel, das sich nicht bewegt, war trotzdem schwer auszumachen, selbst für den Adler. Plötzlich sah er etwas anderes, und das gefiel ihm gar nicht. Unten am Fluss bewegte sich ein Tier, das einem guten Freund zum Verwechseln ähnlich sah. Wenn der Adler nicht vorhin gesehen hätte, dass sein Freund zehn Meilen flussabwärts noch friedlich schlief, dann hätte er sich täuschen lassen.

Nein, dort unten trottete ein fremder Grizzly, er lief flussaufwärts, aber allein seine Gegenwart so nah an den anderen Tieren beunruhigte den Adler sehr. Er entschied, den Bären noch eine Weile zu beobachten und dann zu seinem Freund zurück zu fliegen um ihm mitzuteilen, dass er einen ebenbürtigen Gegner bekommen hatte.

Der fremde Bär hob ab und zu seinen Kopf und schaute nach dem Adler, wenn dessen Schatten wieder einmal seinen Weg kreuzte. Dann lief er gemächlich weiter und wiegte seinen Schädel, wie es Bären taten, wenn sie satt waren und sich auf der Suche nach einem Ruheplatz befanden. Sicher würde dieser Bär bald ein längeres Nickerchen machen und so kehrte der Adler um. Zum leichten Schweben hatte er diesmal keine Zeit und so schlug er mit den Flügeln, um schnell bei seinem Grizzly zu sein.

Bevor der neue Tag richtig begonnen hatte, gab es ein neues Problem. Die Chance, dass der Bär sein Jagdrevier am oberen Flusslauf nicht verlassen würde, bestand, dennoch war die Gefahr zu groß. Was wäre, wenn dieser Koloss hierher kam und Hunger mitbrachte?

Der Aufbruch

Unter dem Baumstamm, den Jenny am Abend als Schlafplatz ausgesucht hatte, bot sich ein herzerwärmendes Bild. Drei Tiere und ein kleiner Junge, die sich gestern um die gleiche Zeit noch nicht kannten, lagen hier eng aneinandergepresst und schliefen. Luke's Kopf lag auf Jenny's Rücken und die beiden Grauhörnchen waren an Jenny's Wärme ausstrahlenden Bauch gekrochen.

Jenny erwachte zuerst. Langsam hob sie den Kopf und schaute mit verschlafenen Augen um sich. Liebevoll blickte sie auf Ted und Luna und auf Luke's Wuschelkopf. Es war Zeit, sich die Beine zu vertreten, aber sie wollte ihre Freunde nicht unsanft wegschubsen. Deshalb begann sie mit dem für Katzen typischen Brummen zu schnurren, nur entschieden lauter als eine gewöhnliche Hauskatze. Schließlich war sie ein Puma, kein Kätzchen.

Jenny's gesamter Körper sendete dieses Brummen aus und Luke, der mit seinem Ohr direkt an Jenny's Rücken lag, erwachte. Er öffnete die Augen und war einen Augenblick lang verwirrt, als er das gelbe Fell sah, aber gleich erinnerte er sich an den vergangenen Tag und setzte sich auf.

„Guten Morgen, Jenny!"

„Guten Morgen. Hast du gut geschlafen?"

„Ja, fantastisch. Habe ich die ganze Nacht mit dem Kopf auf deinem Rücken geschlafen?"

„Ich weiß nicht, ich war auch zu erschöpft um in der Nacht irgendetwas zu merken. Aber das ist doch egal, Hauptsache ist, dass du gut gelegen hast", meinte Jenny.

„Natürlich, du bist weicher als jedes Kopfkissen", stellte Luke fest.

„Aber wo sind die Grauhörnchen?"

„Hier liegen sie doch, meine zwei kleinen Babys", und Jenny drehte ihren Kopf auf die andere Seite.

Luke sah sie jetzt auch, sie schliefen immer noch. Nichts konnte ihre Träume stören.

„Wir müssen sie wecken, die zwei Langschläfer. Die Sonne geht schon auf und wir haben noch nichts gegessen. Mit leerem Magen will ich die Beratung am Fluss nicht fortsetzen", entschied Jenny.

„Darf ich?", fragte Luke und wollte die beiden mit dem Finger anstoßen.

Gerade noch rechtzeitig warnte ihn Jenny: „Pass auf, sie könnten erschrecken und dich in die Finger zwicken. Sie sind zwar klein, aber ihre Nagezähne sind rasiermesserscharf."

„Oh", Luke zog seine Hand zurück, „dann überlasse ich das Wecken lieber dir."

Der Puma schob sich langsam seitlich von den Grauhörnchen fort und erhob sich. Die plötzlich fehlende Wärme spürten die zwei sofort und es kam Bewegung in das graue Bündelchen. Ted zwinkerte mit den Augen, nur langsam passten sie sich der Helligkeit des Morgens an.

„Ist die Nacht schon vorüber? Ich bin noch soooo müde!", und Ted's Gähnen bewies das.

„Leider", antwortete ihm Luke, der sich auch noch verschlafen die Augen rieb.

Jenny war vor den Stamm ins Freie getreten und rief zurück: „Weck deine kleine Freundin, wir müssen los."

Ted stand auf und das genügte als Weckruf. Sofort spürte Luna, dass etwas fehlte und erwachte. Sie leckte sich über ihr

Näschen und kratzte sich hinter dem Ohr.

„Guten Morgen. Ich habe Hunger", waren ihre ersten Worte.

„Das haben wir auch", stimmte Luke zu.

„Komm, Jenny und Ted sind schon draußen auf der Lichtung. Ich glaube, sie haben Beeren- und Haselnusssträucher gefunden."

Als Luna Haselnüsse hörte, war ihre Müdigkeit wie weggeblasen. Sie huschte Luke durch die Beine und den anderen hinterher. Luke zog sich noch schnell seine Jacke über, denn ohne war es doch ein wenig frisch, schnappte sich seinen Rucksack und folgte der flinken Luna zu den Büschen.

Gemeinsam nahmen sie ihr Frühstück ein. Das Angebot hier mitten in der Wildnis war einfach fantastisch. Hier gab es Brombeeren, die die Größe einer Kirsche hatten und Walderdbeeren, die viel süßer waren, als jene, die Luke aus der Stadt kannte. Ted und Luna zogen Haselnüsse als Nahrung vor und zwischenzeitlich verschwanden sie auch mal in der Krone einer Tanne um ein paar Zapfen zu knacken. Die kleinen Samen in so einem Zapfen stellten einfach die Köstlichkeit Nummer eins der Grauhörnchen dar. Als sie alle ein sattes Gefühl verspürten, brachen sie zum Fluss auf.

Jenny hoffte insgeheim, dass der Bär noch einen köstlichen Lachs für sie gefangen hätte, denn ein Pumamagen war auf die Dauer mit Beeren nicht abzuspeisen. Wie sich am Fluss zeigte, konnte Jenny wirklich auf ein zweites Frühstück hoffen, denn der Bär stand in den Fluten und beförderte einen Lachs nach dem anderen mit mächtigen Prankenhieben ans Ufer.

„Du bist voll beschäftigt, wie ich sehe", rief ihm der Adler zu, der unbemerkt auf der großen Wurzel am Ufer gelandet war.

Gerade steckte der Bär mit der Schnauze unter Wasser, aber

den Ruf seines Freundes hatte er trotzdem vernommen. Einen fetten Lachs quer in der Schnauze haltend, watete er ans Ufer. Sein Pelz hing nass herunter und er triefte fürchterlich. Am Ufer angekommen schüttelte er die letzte Feuchtigkeit aus seinem Fell und sprach: „Sei gegrüßt, Adler. Hast du Hunger?"

„Nein, danke. Ich habe schon ein paar Meilen flussaufwärts Frühstück abgehalten. Hebe den Fisch für die anderen auf."

„Zum Beispiel für mich", schnaufte der Vielfraß schon von weitem, der nach dem Aufstehen noch nichts Richtiges gefunden hatte.

„Es scheint, die anderen trudeln jetzt auch alle ein", stellte der Adler fest.

„Ja", erwiderte der Bär, „aber dass der Vielfraß einer der ersten ist, war klar. Die anderen könnten ihm sonst etwas wegfressen."

„Lass ihn nur, wir brauchen jede verfügbare Kraft, wenn das Schlimmste eintreten sollte", sagte der Adler leise.

„Was meinst du?", fragte der Bär sich nach dem am Fluss fressenden Vielfraß umschauend.

„Zehn Meilen flussaufwärts habe ich ein Tier erspäht, das wirklich zu einem Problem für uns werden könnte."

„Was soll das denn sein?"

„Dein Ebenbild", schockte ihn der Adler.

„Mein was?", gab der Bär verblüfft von sich.

„Du hast richtig gehört. Ein riesiger Grizzly, so wie du, läuft dort oben herum. Als ich ihn sah, ging er nicht in unsere Richtung, aber man kann sich nicht sicher sein, ob er diese beibehält oder doch umkehrt. Du weißt, welche großen Entfernungen ein Grizzly am Tag zurücklegen kann."

Der Bär war auf sein Hinterteil gesunken und schaute nachdenklich. „Das ist wirklich eine große Gefahr. Ich könnte es mit ihm aufnehmen, aber er ist sicherlich viel kampferfahrener als ich. Und wenn er, wie du sagst, genauso groß ist wie ich, rechne ich mir keine guten Chancen aus, so Leid es mir tut", bedauerte der Bär.

„Das gleiche ging mir auch durch den Kopf. Aber heute wird er nicht mehr hier auftauchen. Er sah satt und müde aus. Deshalb schlage ich vor, wir sagen den anderen erst einmal nichts, um sie nicht unnötig zu beunruhigen."

„Einverstanden", entgegnete der Grizzly.

„Dort oben kommt schon der Junge mit Jenny und den Hörnchen", sagte jetzt der Adler, der sie zuerst erspäht hatte. „Dann können wir unsere Beratung bald fortsetzen", fügte er hinzu, „die anderen werden auch bald hier sein." Damit hatte der Adler Recht, denn wie abgesprochen kamen die Tiere plötzlich aus allen Himmelsrichtungen und strömten zum Adler und dem Bären.

„Da wären wir fast zu spät gekommen", rief Jenny dem Adler zu, „wenn ich mir diese eintreffenden Massen anschaue."

„Nein, nein, ihr seid genau richtig, ich bin auch erst kurze Zeit hier."

„Wie ist das möglich?", wollte Luke wissen.

„Was?", fragte Jenny.

„Dass alle Tiere fast zum gleichen Zeitpunkt hier erscheinen? Sie haben doch keine Uhr."

„Oh doch", antwortete ihm der Bär, „wir Tiere haben eine innere Uhr, die auf die Minute genau geht. Wir wissen genau, wann es Zeit ist aufzustehen, zu fressen und auch schlafen zu gehen. Es ist ein in Jahrtausenden antrainiertes Gefühl, immer zum richtigen Zeitpunkt genau das richtige zu tun."

„Wow", konnte Luke nur sagen.

Jenny freute sich, dass der Bär an sie gedacht hatte und ging zum Fluss, um noch einen Lachs zu verspeisen, bevor die Beratung begann. Der Bär hatte genügend Vorrat angehäuft und selbst ein Nimmersatt wie der Vielfraß vermochte es nicht, diesen aufzubrauchen. Er lag schon satt vor sich hin dösend neben den Fischen und begrüßte Jenny mit einem freundlichen Hallo. Jenny konnte auch fischen, aber wenn es sich vermeiden ließ, ins Wasser gehen zu müssen, nutzte sie die Gelegenheit. Eigentlich scheute sie sich nicht vor Wasser, aber seit sie ein Puma war, hatte sich diese für Katzen typische Wasserscheue auf sie übertragen. Sie genoss ihren Fisch und kehrte nach einem kurzen Morgenputz zu den anderen zurück.

Wie am vorigen Abend hatten sich wieder alle Tiere eingefunden und hofften auf ihre baldige Heimkehr. Nachdem sie gestern Abend alle auseinander gegangen waren, hatten sie noch lange untereinander diskutiert und waren zu dem Schluss gekommen, dass es wirklich die beste Lösung war, Jenny und den Jungen zurückgehen zu lassen.

„Ich hoffe, ihr habt die Nacht alle gut überstanden", begann der Adler. „Wir werden heute über das Vorhaben von Luke und Jenny sprechen und darüber, was diese Reise für diejenigen bedeutet, die solange hier ausharren müssen", fügte er hinzu.

Luke breitete wieder die Karte auf dem Boden aus und setzte sich im Schneidersitz vor sie. Mit seinen Händen stützte er den Kopf und studierte so die Karte. So schaute er eine ganze Weile vor sich hin, dann begann er in seinen Jackentaschen herumzukramen. Erst durchsuchte er die linke Seitentasche, dann die rechte. Aber erst in der Brusttasche wurde er fündig. Mit zwei Fingern förderte er ein winziges, total zerkautes Stückchen Holz hervor, das vor langer, langer Zeit einmal ein Bleistift war. Er legte seine linke Hand unter die Karte, damit er eine Auflage hatte und zeichnete zwei kleine Kreise ein, den einen im Norden und den anderen etwas südlicher.

„Was machst du da?", fragte Luna, die auf seine Schulter gesprungen war.

„Ich habe nur hervorgehoben, wo wir sind und wohin wir müssen."

„Ihr habt wirklich vor, diese weite Strecke zurückzugehen? Das ist doch Wahnsinn", redete ihm Luna zu.

Der Weißkopfseeadler hatte noch einmal alle wichtigen Erkenntnisse des gestrigen Tages aufgezählt und rechnete jetzt mit einer Menge Fragen.

Tatsächlich rief eine der Gänse, kaum dass er ausgesprochen hatte: „Ich habe gestern schon gefragt: Wie lange wird es dauern, bis die zwei unser Land erreichen. Wenn sie es nicht vor dem Winter schaffen, dann fliegen wir auf eigene Faust nach Hause. Hier gibt es im Winter kein bisschen Nahrung für uns. Wir können hier nicht überwintern. Also, wie lange wird es dauern?"

Ratlos blickte der Adler zu Jenny. Er verstand die Ängste der Gänse nur zu gut. Denn der Winter stellte wirklich eine tödliche Gefahr dar, nicht nur für die Gänse. Jenny überlegte lange, bevor sie antwortete. Diese Frage war entscheidend für das Überleben aller Tiere.

„Wir haben jetzt Ende Juli", begann sie, „der Winter beginnt also frühestens in drei Monaten. Wenn wir die ganze Sache rein rechnerisch betrachten, haben wir also neunzig Tage Zeit.

Gehen wir davon aus, dass die Strecke mit kleinen Umwegen fünfhundert Meilen beträgt, was großzügig gerechnet ist, bräuchten wir nur fünf Meilen jeden Tag zu schaffen."

Jenny wusste, dass sie viel mehr Meilen am Tag schaffen konnte, aber Luke bestimmt nicht. Sie war sich auch sicher, dass es Tage geben würde, wo das Gelände es nicht einmal zulassen würde, bloß drei Meilen zu überwinden. Berge konnten den Weg versperren und sie zu großen Umwegen zwingen. All das war möglich. Aber mit ihrer kühlen Rechnung beruhigte sie erst einmal die Gänse, die schon in Aufbruchstimmung waren.

Luke machte sich über die Entfernung und die Zeit, die dafür zur Verfügung stand, auch keine Gedanken. Er strahlte den puren Optimismus aus. Nur der Adler teilte Jenny's Befürchtungen. Er spürte, dass in ihrer Rechnung auch ein Funke Verzweiflung mitspielte. Aber es gab keine andere Möglichkeit, nur der Junge konnte den Zauber lösen und alle in die Heimat befördern. Er musste in das Zauberland gelangen. Auch, wenn es dabei Winter werden würde, mussten die Tiere trotzdem hier ausharren. Ein gemeinschaftlicher Marsch, ja selbst ein Flug der Gänse, wäre zu risikovoll. Viele, sehr viele würden ihr Leben verlieren.

Gerade wollte er den Tieren seine traurige Erkenntnis mitteilen, als Luke das Wort ergriff. Er hatte die Sorgen des Adlers erahnt, hatte aber eine Idee, die alle Zweifel vernichten würde.

„Wir brauchen niemals drei Monate bis in euer Land. Wenn ich mir hier die Karte betrachte, würde ich schätzen, dass wir innerhalb einer Woche dort sind."

„Eine Woche?", rief Jenny ungläubig aus. Sie kannte

mittlerweile Luke's Tatendrang, aber diesmal übertrieb er wirklich.

„Eine Woche, das ist unmöglich", redete sie ihm zu. "Kannst du mir verraten, wie du das schaffen willst?"

„Wir werden nicht laufen, wir werden fahren, ganz einfach!" Die Tiere schauten sich ratlos an. Sollten sie sich freuen oder betrübt sein, weil ihre einzige Hoffnung den Verstand verloren hatte. Was meinte er mit fahren?

„Du willst fahren?", entgegnete Jenny.

„Womit denn?"

Der Adler blickte neugierig auf die Karte und auch der etwas später eingetroffene Wolf drängelte sich durch die Menge um Luke's Vorschlag besser zu verstehen.

Luke erklärte: „Ich stelle mir das ganze so vor: Seht ihr hier die weißen Linien? Das sind Straßen, große Highways. Diese schwarzen Linien hier sind Bahnstrecken, wie ihr wisst. Warum also sollen Jenny und ich diese Wege nicht nutzen?"

„Wie stellst du dir das vor?", fragte Jenny im Namen aller verdutzten Gesichter.

„Nur langsam, ich erkläre schon alles, aber eins nach dem anderen." Luke drehte den kleinen Bleistift zwischen seinen Fingern und führte ihn nun auf einen seiner zuvor gezeichneten Kreise. Er sprach weiter.

„Hier sind wir", deutete er auf der Karte und fuhr dann langsam auf geradem Weg zu der oberen Markierung, „und hier müssen wir hin. Ich weiß, der Adler wollte eben etwas Ähnliches sagen, nun sag ich es eben. Auf diesem Weg gerade durch die Berge ist es in drei Monaten nicht zu schaffen. Natürlich bin ich optimistisch und voller Abenteuerlust, aber ich bin nicht leichtsinnig. Ich war noch nie im Hochgebirge, ich vermag nicht zu sagen, wie schnell ich dort gehen kann und nach wie viel Meilen ich erschöpft bin. Wenn es nur um mein Schicksal ginge, würde ich die Herausforderung annehmen, aber hier geht es nicht nur um mich, sondern um euch alle", und er zeigte mit der Hand in die Runde. „Und deshalb schlage ich etwas anderes vor. Wir müssen die Straßen oder die Eisenbahnstrecken nutzen. So geht es am schnellsten!"

Jenny bemerkte die Ratlosigkeit der anderen und sprach zu ihrer eigenen Verblüffung: „Das könnte gelingen! Luke hat Recht!"

Er strahlte übers ganze Gesicht und fuhr fort: „Zuerst müssen wir zur Straße zurückkehren."

Der Adler unterbrach ihn: „Bist du nicht von dort gekommen?"

„Ja. Ich kam hier den Highway entlang, der von Lethbridge nach Westen führt. Wo er einen Knick nach Norden macht", Luke zeigte auf die Karte, „bog ich auf einen Waldweg ab, der ebenfalls nach Westen führte. Auf ihm ging ich in Richtung der Berge, bis ich gestern auf Jenny traf. Den Rest bis hierher legten wir am Flussufer zurück."

„Wie weit ist es bis zur Straße?", fragte der Bär.

„Drei Tage habe ich gebraucht, aber rückwärts geht es bergab, somit könnte es auch in zwei Tagen zu schaffen sein."

„Und dann?", krächzte die bisher sehr zurückhaltende Krähe.

„Dann müssen wir die Straße entlang, bis uns jemand mitnimmt."

„Wer soll euch denn mitnehmen", keifte die Krähe spöttisch.

„Irgendein Lastwagen oder Truck wird schon halten. Aber das klappt schon", meinte Luke zuversichtlich.

„Meinst du?", zweifelte Jenny. „Bedenke, ich bin ein Puma. Und in Gegenwart anderer Personen darf ich nicht sprechen, sonst würde ich uns in sehr große Gefahr bringen."

„Wieso das denn?"

„Na überlege doch mal. Für einen Jungen wie dich ist ein sprechender Puma ein Abenteuer, aber für einen normalen Trucker bin ich mehr Geld wert, als seine gesamte Lkw-Ladung und sein Jahresgehalt. Er würde mich gefangen halten und wir würden unser Land nie wieder sehen."

Nachdenklich kaute Luke auf seinem Bleistift. „Dann sprichst du eben nicht, ist doch kein Beinbruch", entschied er sofort, „und das ich eine zahme Pumadame als Freundin und Weggefährtin habe, ist doch hier in Kanada gar nicht so unge-wöhnlich. Ich denke mir schon eine schöne Lügengeschichte aus, keine Sorge."

„Aber ihr könnt nicht bis in unser Land fahren, dort gibt es keine Straßen und auch keine Eisenbahn", folgerte der Wolf richtig.

„Das stimmt", bejahte Luke, „aber wenn wir es schaffen, irgendwie auf einen Zug zu kommen, können wir", und er zeigte mit dem abgenagten Bleistift auf den oberen Kreis, „bis hierher fahren, bis zu den beiden hohen Bergen."

„Aber dort hält der Zug bestimmt nicht", äußerte Jenny.

„Nein, sicher nicht, dort müssten wir abspringen. Von da ist es nur noch ein Katzensprung bis in euer Land, ein Tagesmarsch vielleicht, höchstens zwei", fügte Luke hinzu.

„Also, was jetzt, Truck oder Eisenbahn", schimpfte die Krähe ungeduldig.

„Beides", antwortete diesmal Jenny, die Luke's Reiseplan jetzt für eine ausgezeichnete Idee hielt.

„Zuerst versuchen wir mit einem Truck bis Calgary zu kommen und dann suchen wir uns einen Güterzug, der in Richtung Prince George fährt", Luke zeigte auf eine Stadt weiter im Norden. „Wenn wir die zwei hohen Gipfel erblicken und der Zug genau zwischen ihnen ist, springen wir ab."

Jenny sprach weiter: „Den Rest des Weges hoffe ich dank meiner Erinnerung an die alte Indianerkarte zu finden. Mit der Zigeunerin werden wir am Ende der Reise schon fertig."

Weitsichtig wie der Adler war, erkannte er trotz allem noch ein kleines Risiko: „Was ist, wenn der Zug nachts diese Stelle zwischen den Bergen passiert oder ihr gerade dort in einem tiefen Tal fahrt, sodass ihr die Gipfel nicht sehen könnt?"

Das war ziemlich schlau und eine Sache, die Luke noch nicht bedacht hatte. Aber er war gewitzt und so wusste er schon nach kurzem Überlegen eine Lösung.

„Wir suchen uns einen Zug, der spät abends oder sehr früh losfährt, damit er hundertprozentig am hellen Tage dort vorbei fährt. Außerdem werde ich mir während der Fahrt Flüsse und andere Merkmale, die auf der Karte eingezeichnet sind, merken und damit ungefähr abschätzen, wie weit wir in einer Stunde kommen", er zog seinen Jackenärmel zurück und deutete auf eine Armbanduhr. „Falls wir dann wirklich in ein langes tiefes Tal fahren sollten, von wo aus man die Berge nicht sieht, kann ich so mit meiner Uhr und der Karte abschätzen, wo wir abspringen müssen."

Der Adler und alle anderen zeigten sich begeistert, dieser Junge war Spitze.

„Kannst du uns genau sagen, wie lange es dauert, bis wir uns wieder sehen?", fragte Luna, die immer noch auf seiner Schulter saß und ihren neuen Freund jetzt schon vermisste.

Selbst diese Frage konnte Luke nun genauer beantworten, nachdem er so viel über die Reiseroute nachgedacht hatte.

„Ich denke, wir brauchen ohne Zwischenfälle zwei Tage bis zur Straße, einen bis Calgary, dann noch einmal einen mit dem Zug und schließlich ein, maximal zwei bis in euer Tal."

„Sechs Tage", platzte die Krähe heraus, „in sechs Tagen sind wir wieder zu Hause."

„Nicht so voreilig", wies der Adler die aufgeregt umher flatternde Krähe in die Schranken. „Es kann jede Menge Unvorhergesehenes geschehen. Auch mit einer längeren Zeit müssen wir umgehen können. Übergroße Hysterie ist hier fehl am Platz. Einen Grund uns zu freuen haben wir, aber in Maßen."

Trotz der Warnung des Adlers, dass eine zu frühe Freude auch zu einer argen Enttäuschung werden könnte, jubelten jetzt alle Tiere. Sie hatten mit einer dreimonatigen Wartezeit gerechnet oder sogar noch länger. Die sechs Tage, die es vielleicht nur dauerte, erschreckten sie nicht mehr. Ihre Freude war riesengroß.

„Wann brecht ihr auf?", rief eines der Kaninchen.

„Am besten gleich", entschied Luke, „so schaffen wir heute noch die Hälfte bis zur Straße."

„Ich begleite euch bis dorthin, wenn ihr nichts dagegen habt", bot der Wolf an.

„Natürlich nicht, du kannst uns gerne ein Stück…"

„Moment, nicht so schnell", unterbrach der Adler Luke. Er hielt es für einen guten Zeitpunkt, das andere Problem anzusprechen, dass weiter flussaufwärts existierte.

„Deine Anwesenheit ist hier von Nöten, Wolf. Es kann sein, dass wir in den nächsten Tagen einen Angriff abwehren müssen."

Der Wolf und alle anderen wurden plötzlich ganz leise. Was sagte der Adler da von einem Angriff?

„Wer sollte uns denn angreifen?", durchbrach der Wolf die Stille.

„Ja, wer?", pfiff auch der kleine Ted.

„Ich habe heute Morgen weiter oben am Fluss einen Grizzly gesehen, der unserem Bären auf's Haar gleicht. Und ich glaube kaum, dass dieser sich ebenfalls nur von Fisch ernährt."

Luna fuhr bei dem Gedanken an einen fremden Grizzly zusammen und krallte sich in Luke's Jacke fest.

Jenny zuckte nervös mit der Schwanzspitze, als sie diese Neuigkeit hörte.

„Er war doch nicht etwa auf dem Weg hierher, oder?", fragte sie den Adler.

„Nein, er ging flussaufwärts und sah sehr satt und schläfrig aus. Es ist nicht anzunehmen, dass er heute hier aufkreuzt", beruhigte er alle.

„Aber", fuhr er fort, „ich weiß nicht, was er an den noch folgenden Tagen vorhat. Möglich wäre es, dass er hierher kommt. Wenn dies geschieht, müssen wir vorbereitet sein. Und dazu brauchen wir jede verfügbare Kraft. Ich hoffe, du verstehst das, Wolf!"

„Ich bleibe", war die kurze Antwort.

„Aber Jenny und Luke können doch trotzdem aufbrechen?", kam ein Ruf aus der Menge.

„Ja, je früher, desto besser", stimmte der Adler zu, „solange der andere Grizzly schläft, müssen sie so viele Meilen wie möglich schaffen. Deshalb schlage ich vor, ihr macht euch auf den Weg."

Der Weißkopfseeadler trat von einem Bein auf das andere und blickte die beiden an.

„Komm Luna, du musst hier bleiben", sagte er zum Grauhörnchen, dass eher widerwillig die Jacke herunterkletterte.

„Passt gut auf euch auf und riskiert nicht zuviel auf eurer Reise. Wir können auch ein paar Tage länger warten. Hauptsache ist, dass ihr es schafft. Unser aller Leben liegt in eurer Hand. Vergesst das nie. Wir bleiben alle hier am oberen Flusslauf und warten auf das befreiende Licht der Heimreise."

Luna sprang zu Jenny, die ihren Kopf zu ihr hinab beugte. Zärtlich rieb Luna ihr Köpfchen an Jenny's Wange und schluchzte: „Wir sehen uns wieder, ja, versprichst du mir das?"

„Ich verspreche es dir. Schneller als du denken kannst, sind wir wieder zusammen und tollen durch unser Tal", tröstete Jenny das Hörnchen.

„Aber jetzt müssen wir los", und sie leckte ein letztes Mal über das Schnäuzchen ihrer kleinen Freundin.

„Viel Glück", brummte der Bär lustig seinen Schädel umher schlendernd.

„Das wünsche ich euch auch", pfiff Ted, der zu seiner Luna geeilt war. Von allen Seiten kamen jetzt die Abschiedsrufe, es war ein einziges Schnattern, Kreischen, Brüllen und Keckern. Aber es machte den beiden unheimlich viel Mut.

„Wir lassen euch nicht im Stich", versuchte Luke die Tiere zu übertönen. Dann packte er die Karte zusammen, verstaute sie im Rucksack, schulterte diesen und schritt hinter Jenny durch die Menge. Der Adler hatte sich vom Boden wieder auf seine

Wurzel geschwungen und sah den beiden nach. Hoffentlich gelang ihr Vorhaben, dachte er sich.

Luke passierte die Murmeltiere, die alle in Reih und Glied auf ihren Hinterbeinen standen und sich mit dem Schwanz abstützten. Dann kam er an den gewaltigen Elchen vorbei, die ehrfurchtsvoll ihre Geweihschaufeln senkten. Zuletzt liefen Jenny und er durch die Gruppe von Stinktieren, die gar nicht so sehr rochen, wie alle Welt dachte. Auch sie wünschten den beiden viel Glück auf ihrer Reise. Sie gingen den gleichen Weg zurück, den sie gestern gekommen waren. Jenny freute sich auf diese Reise ins Ungewisse und Luke ebenfalls. Gestern wurde ein Traum für ihn wahr und heute stürzte er sich ins nächste Abenteuer.

Die anderen Tiere blieben noch am Fluss, denn der Adler hatte noch einiges mitzuteilen. So beauftragte er die Krähe, noch nach anderen möglichen Gefahren Ausschau zu halten. Diese hielt das für eine eher langweilige Aufgabe, aber dennoch flog sie auf Patrouille. Sie erlaubte sich viel tagein, tagaus, aber dem Adler zu widersprechen, das traute sie sich nicht.

Der Wolf erhielt die Aufgabe, zu dem versteckten See zu gehen, um ein Auge auf die Gänse und den Trompeterschwan zu werfen. Diese sollten sich dort aufhalten, bis es Luke und Jenny gelang sie alle zurück zu zaubern. Der Wolf hatte nichts dagegen und lief gleich in die vom Adler beschriebene Richtung los.

Auch der Schwan und die Gänse starteten mit wilden Flügelpeitschen und Gekreische. Der Bär fragte, was ihm für eine Aufgabe zuteil würde. Darauf sagte der Adler, dass er im Moment nur hier am Fluss bleiben und auf die beiden Grauhörnchen aufpassen sollte. Allen anderen Tieren stellte er es frei, am Fluss zu verweilen. Aber er riet ihnen dringend, sich auf gar keinen Fall zu weit zu entfernen.

Ted und Luna waren nach dem Erlebnis mit dem Baummarder froh, einen so großen Beschützer zu haben. Sie verspürten nicht den geringsten Drang, den Fluss zu verlassen und im Wald herumzutollen. Eine Verfolgungsjagd auf Leben und Tod genügte ihnen. Und so blieben sie beim Grizzly.

Der Vielfraß und der Luchs wollten ein wenig durch den Wald streifen. Sie konnten nicht an ein und demselben Ort verweilen. Jedoch versprach der Vielfraß immer abends auf einen oder zwei Lachse vorbeizukommen, was niemanden verwunderte.

So löste sich die Versammlung allmählich auf und bis auf den Bären und die beiden Grauhörnchen verschwanden alle Tiere im nahen Wald. Auch der Adler flog davon, um nach dem anderen Grizzly Ausschau zu halten. Falls dieser tatsächlich hierher kam, sollten seine Freunde rechtzeitig gewarnt werden. Jeden Abend wollten sie sich wieder hier treffen, damit neue Probleme und Gefahren sofort besprochen und behoben werden konnten. Das hatte der Adler noch jedem auf den Weg gegeben, bevor sie den Fluss verließen.

Ted und Luna blickten dem flach über dem Fluss hinweg fliegenden Weißkopfseeadler hinterher und legten sich, wie der Bär, ans Ufer auf einen warmen Stein und dösten vor sich hin. Luna dachte an Jenny und Luke, Ted träumte von den unzähligen Spielplätzen im Heimattal und der Bär kämpfte in Gedanken schon mit dem anderen Grizzly.

Die folgenden Tage konnten sie nichts anderes tun als warten und sich gegenseitig beschützen. Ihr Schicksal lag nun in Luke's Händen und Jenny's Pfoten.

Wer ist Luke?

Der Junge und der Puma waren auf dem Weg in ihr gemeinsames Abenteuer. Sie hatten schon ein gutes Stück flussabwärts zurückgelegt und suchten nach einem Gesprächsthema. Natürlich bot sich die weitere Planung der Heimreise an, aber dazu fehlte ihnen die Lust. Zwei Tage hatte es kein anderes Thema gegeben. Jede Einzelheit war zur Genüge ausdiskutiert. Etwas anderes musste her.

Und Jenny fiel es ein. Gerade sprang sie über einen Ast, als sie sich erinnerte. „Kann es sein, dass du mir noch etwas schuldest?", fragte sie heimtückisch.

Luke überlegte. Er wusste nicht, worauf sie hinaus wollte.

„Was soll das denn sein?"

„Erst meine, dann deine...", gab Jenny ihm einen Hinweis.

Da fiel es Luke ein und es freute ihn nicht sonderlich, seine Vergangenheit nun preisgeben zu müssen.

„Du kommst nicht drum herum, und jetzt ist doch ein guter Zeitpunkt für deine Geschichte, oder?", stichelte sie weiter.

„Jaaaa...", brummelte er.

„Wir haben noch ein paar Tage vor uns, aber mir wäre es lieber, wenn ich deine Geschichte jetzt erfahren könnte, um dich noch besser kennen zu lernen", bat Jenny.

„Ist gut, du bist seit gestern meine beste Freundin, du sollst sie hören!" Luke räusperte sich und begann zu erzählen. „Ich fange von ganz vorn an, ja?"

„Nur zu."

„Ich bin in Medicin Hat geboren. Du kennst die Stadt bestimmt, sie liegt etwas östlicher als Calgary. Man sagte mir, meine Mutter wäre bei der Geburt gestorben und wer mein

Vater ist, weiß niemand. Ich besitze nicht einmal eine Fotografie meiner Mutter. Also wuchs ich in einem Heim auf." „Hattest du keine Großeltern?"

„Sicher werde ich Großeltern haben, aber ich denke, wenn sie vom Tod ihrer Tochter gewusst hätten, dann hätten sie mich auch zu sich geholt. Aber mich besuchte nie jemand, keine Freunde und keine Verwandten, erst recht keine Großeltern. Entweder sind meine Großeltern doch schon tot oder sie hatten ihre Tochter verstoßen und ich war ihnen egal. Aber das ist unwichtig. Entscheidend ist, ich war ein Waisenkind und verlebte meine bisherige Kindheit im Waisenhaus von Medicin Hat. Es war die Hölle."

Jenny bedauerte Luke und sagte: „Du musst mir das nicht erzählen, wenn es so schlechte Erinnerungen in dir weckt!"

„Nein, nein, ich will auch nicht jeden Tag aufzählen, den ich in diesem Gefängnis verbrachte. Ich will mich nicht daran erinnern. Nur soviel, alles dort, die Erzieherinnen, das Essen, die anderen Kinder und noch vieles mehr war der Horror für mich. Das einzig Gute im Waisenhaus war die Bücherei. Dort verbrachte ich in den letzten Jahren, nachdem ich Lesen und Schreiben gelernt hatte, die meiste Zeit. Ich verschlang regelrecht alle möglichen Bücher über ferne Länder, über alles was draußen vor sich ging, was ich noch nie sah und natürlich über die Wildnis. Es gab da Bücher, die beschrieben, wie man in den Bergen überlebt, Bücher über die Pflanzen und Tiere der Rocky Mountains, Indianerromane und andere abenteuerliche Geschichten. Ich las sie alle. Und je mehr ich mich damit beschäftigte, desto mehr wuchs der Wunsch in mir, ein solches Leben zu führen."

Luke war stehen geblieben und holte ein paar dünne Bücher

aus seinem Rucksack.

„Das hier", und er hielt die Bücher in die Luft, „waren während meiner Zeit im Waisenhaus meine besten Freunde."

„Was sind das für Bücher?", fragte ihn Jenny.

„*Überleben in der Wildnis*- heißt dieses. Das hier ist ein dünnes Pflanzenbestimmungsbuch, und das ein indianisches Kochbuch", stellte er stolz die Bücher vor. Er legte sie wieder in den Rucksack zurück und sie gingen weiter.

„Ich bin mir sicher, die Bücher werden mir, ich meine natürlich uns, noch gute Hilfen sein. Aber nun weiter, dich interessiert bestimmt, wie ich dann hierher kam. Also, ungefähr vor vier Wochen bereitete ich meine Flucht vor. Mein Ziel war es, irgendwie in die Berge zu gelangen. Dort wollte ich mir eine alte Trapperhütte suchen, sie winterfest machen, mir Waffen bauen, jagen, mir Vorräte anlegen, alles genau so, wie es in den Büchern stand. Deshalb holte ich mir zuerst diese aus der Bibliothek, die ich mitnehmen wollte und wartete auf die Nachricht unserer Erzieherin, dass wieder einmal ein Kinobesuch auf dem Programm stand. Am Vortag unseres Ausfluges plünderte ich die Speisekammer des Waisenhauses, indem ich ausreichend Brot und Wurstbüchsen einpackte. Da es bei unseren Unternehmungen mit der Erzieherin üblich war, den Rucksack mitzunehmen, würde meine geplante Flucht gar nicht auffallen. In der Kleiderkammer stibitzte ich mir noch ein paar neue feste Schuhe und beschmutzte sie mit Dreck, sodass es nicht auffiel, dass ich Neue trug. Die letzte Nacht im Heim schlief ich schlecht, ich war zu aufgeregt.

Am nächsten Tag verlief alles so, wie ich es mir ausgedacht hatte. Als wir das Kino betraten, versteckte ich meinen

Rucksack unbemerkt auf der Toilette. Dann während der Vorführung schlich ich mich leise hinaus, holte meinen Rucksack und verschwand durch die Hintertür. Ich war dem Waisenhaus entflohen. Ich fühlte mich fantastisch."

Auch jetzt fühlte Luke eine Art Erleichterung. Endlich kannte jemand seine Geschichte, denn er hatte befürchtet, niemanden in der Wildnis zu treffen, dem er sie hätte erzählen können. Anfangs hatte er sich aus Schamgefühl geweigert, seine Herkunft preiszugeben, aber nun spürte er Zufriedenheit.

„Und wie ging es weiter. Wie bist du von Medicine Hat hierher gelangt?"

Luke kickte einen Stein beiseite und fuhr fort: „Im kleinen Flusshafen von Medicine Hat schlich ich mich an Bord eines klapprigen Fischkutters, der den Seitenarm des mächtigen Saskatchewan River hinauf fahren wollte. Der Kapitän dieses alten Kahns war nicht sonderlich erfreut über seinen blinden Passagier, aber er nahm mich fast bis nach Lethbridge mit. Um die Stadt machte ich einen großen Bogen, denn ich wollte nicht gleich wieder von der Polizei aufgegriffen werden. Zwölf Jahre Waisenhaus genügten mir. Nördlich von Lethbridge stieß ich auf ein paar Farmen, die auch Obstplantagen besaßen. Ich sage dir, die Äpfel und Birnen schmeckten ausgezeichnet nach meinen ständigen Wurstbroten. Einen Tag ging ich dann den Highway entlang, aber ich behielt immer die Autos misstrauisch im Auge. Es kam kein Streifenwagen vorbei und die anderen Autofahrer kümmerten sich nicht um mich. Für die war ich ein Landstreicher, mit dem sie nichts zu tun haben wollten. Vor drei Tagen erreichte ich den Waldweg, auf dem du mich gestern getroffen hast. Ich bog auf ihn ein und ging nach

Westen auf die hohen Berge zu. Und den Rest kennst du!"
Jenny war richtig betroffen von Luke's Geschichte. Was
konnte einen Jungen von zwölf Jahren nur soweit bringen,
dass er ein Leben in den Bergen dem normalen Leben vorzog.
Im Waisenhaus aufzuwachsen musste wirklich grauenvoll
sein. Sie dachte daran, wenn sie nicht im Zauberland
abgestürzt wäre, sondern woanders und man sie als einzige
Überlebende des Flugzeugabsturzes gefunden hätte, dann
würde auch sie jetzt im Waisenhaus leben. So gesehen zog sie
das Leben bei den Tieren im großen Tal doch vor, aber das
war auch etwas ganz anderes, als alleine irgendwo in den
Bergen dem Winter zu trotzen, wie es Luke vor hatte. Er
vertraute auf seine Bücher, aber reichte das?
„Denkst du, du hättest es geschafft, ganz allein in den
Bergen?", fragte ihn Jenny deshalb.
„Anfangs dachte ich das schon", gestand Luke, „alles verlief
nach Plan. Aber als meine mitgenommenen Nahrungsmittel
langsam zur Neige gingen, kamen bei mir erste Zweifel auf.
Ich schaute in meine Bücher, um nach essbaren Pflanzen zu
suchen. Doch um dabei erfolgreich zu sein, fehlte mir
anscheinend die Erfahrung eines alten Indianers. Was in den
Büchern stand, war schön und gut, aber es in der Praxis
anzuwenden stand auf einem anderen Blatt. Trotzdem ging ich
weiter, auf den Rest meiner Wurstvorräte vertrauend.
Optimistisch sagte ich mir, wenn ich erst tief in den Rocky
Mountains bin, würde ich schon andere Nahrung finden. Aber
auch andere Probleme stellten sich ein. So schaffte ich es
nicht, mir ein Feuer zu machen, obwohl ich alles so machte,
wie es in den Büchern stand. Die Feuersteine sprühten bei mir
keine Funken und mit dem Aneinanderreiben von Stöcken

holte ich mir nur Blasen an den Händen. Deshalb fror ich vor ein paar Tagen, als es eine sehr kalte Nacht gegeben hatte, ganz erbärmlich. Ich stellte mir jetzt Fragen, an die ich im warmen Zimmer der Heimbibliothek nie dachte. Was wäre, wenn ich krank würde, wenn ich mir etwas brechen würde oder wie sollte ich einem wilden Tier entkommen? Was würde es für mich bedeuten, wenn ich keine Hütte fand? Würde ich jemals wieder Menschen sehen, wenn ich mich in den Weiten der Berge verlief?

Solche Gedanken gingen mir durch den Kopf und allmählich hielt ich meine Flucht aus dem Heim für unüberlegt und dumm. Ich sah nun die Wildnis, wie sie wirklich war. Sie war wunderschön aber gleichzeitig Angst einflößend. Ich erkannte mit Erschrecken, dass ein kleiner Junge wie ich, sehr, sehr viel Glück haben musste, um hier überleben zu können. Aber trotzdem ging ich weiter. Irgendetwas zog mich regelrecht an. Und so traf ich dich. Mehr Glück konnte ich nicht haben."

„Hast du nie an Umkehren gedacht?"

„Doch, die letzten Tage quälten mich derartige Gedanken, aber irgendeine innere Kraft sträubte sich dagegen. Und jetzt können wir froh sein, dass ich weitergegangen bin. Was hättet ihr ohne mich machen sollen?"

Jenny blickte zu Luke auf und bewunderte dessen Optimismus, der ihn bis hierher geführt hatte und ohne den ihre Freunde und sie verloren gewesen wären.

„Das stimmt, ohne dich müssten wir hier bleiben. Nur du kannst den Zauber aussprechen!", stimmte sie zu.

„Ja", meinte Luke. Er stellte sich gerade vor, was sie noch alles erleben würden auf der Reise ins große Tal. Die Last seiner Vergangenheit hatte er sich zumindest von der Seele geredet. Jetzt kannten sich die beiden noch besser und ihre Freundschaft wurde immer tiefer.

„So jetzt sind wir quitt", sagte Jenny zufrieden, „du kennst mich und ich dich."

„Genau", sagte Luke.

„Müssten wir nicht bald die Stelle erreichen, an der wir gestern auf den Fluss gestoßen sind? Wenn wir dem Fluss bis zur Straße folgen, ist das laut Karte nämlich ein Umweg. Wir müssen wieder auf den Weg", riet Luke.

„Keine Angst, ich finde den Weg schon wieder. Meine empfindliche Nase kann deine Spur von gestern noch wittern. Wir gehen haargenau den gleichen Weg zurück", beruhigte sie ihn. Und wie auf ein Stichwort sagte sie plötzlich: „Genau hier kamen wir aus dem Wald. Dort oben muss der Weg sein. Folge mir!"

Jenny sprang einen kleinen Hang hinauf und wartete auf Luke, der nur zwei Beine hatte und ein wenig länger brauchte als seine Freundin. Er erreichte sie und durch die Tannen sah er den Pfad. Er lag genau vor ihnen. Luke führte die Daumen unter die Riemen des Rucksackes und machte größere Schritte: „Also los, wir haben noch einen weiten Weg!"

Wieder konnte Jenny nur staunen über so viel Tatendrang. Wurde er denn niemals müde? Mit einem Sprung war sie wieder neben ihm und gemeinsam liefen sie in Richtung Straße.

Des Adler's Gefährtin

Mit kräftigen Flügelschlägen flog der Adler flussaufwärts. Gerne hätte er Jenny und den Jungen noch ein Stück begleitet, aber den einheimischen Bären zu finden war wichtiger. Bald schon erreichte er die Stelle, wo er ihn vor ein paar Stunden zum ersten Mal sah. Er stieg höher in den Himmel um einen besseren Überblick zu haben. Angestrengt suchten seine Adleraugen jeden Winkel des Waldes unter ihm ab. Sogar die Bewegung einer Maus konnte er aus so großer Höhe noch erkennen. Aber vom Bären fehlte jede Spur. Ein solcher Riese löste sich doch nicht in Luft auf, dachte er sich.

Der Adler entschied sich noch weiter oben zu suchen. Er folgte weiter dem Fluss, der immer schmaler wurde. Noch immer glänzten die Rücken der Lachse im Wasser, obwohl der Fluss an manchen Stellen nur eine Hand breit hoch Wasser führte. Die Gegend wurde felsiger und die Vegetation nahm ab. Vereinzelt erblickte der Adler alte verkrüppelte Kiefern, die hier schon seit vielen Jahren den peitschenden Winden und langen Wintern des Hochlandes trotzten. Jetzt ging das vereinzelt liegende Geröll in einen felsigen Hang über, der zahlreiche kleine Einbuchtungen zeigte. Höhlen, dachte sich der Adler sofort und stieß im Sturzflug hinab. Das wollte er sich genauer ansehen.

Langsam glitt er in geringer Entfernung an den Nischen im Fels vorbei und bohrte seine stechenden Augen in jede Vertiefung des Gesteins. Schon beim dritten Anlauf hatte er Glück. Er fand, wonach er suchte. Am Eingang einer solchen kleinen Höhle lag der Grizzly und rührte sich nicht. Seine Augen waren geschlossen und er schlief tief und fest. Diese

Höhle war fast zehn Meilen von der Stelle entfernt, wo sich die anderen aufhielten. Das beruhigte den Adler vorerst. Im Moment stellte der friedlich schlafende Bär keine allzu große Gefahr dar. Um sicher zu gehen entschloss sich der Adler zurückzufliegen, und der Krähe diesen Ort zu zeigen. Sie sollte den Bären dann beobachten und, sobald er sich flussabwärts in Bewegung setzte, die anderen warnen. Das war eine gute Idee und der Adler kehrte sofort um.

Sein schwarzes Federkleid und der weiße Schwanz und Kopf glänzten in der Mittagssonne, als er ab und zu einen Flügelschlag machend den Fluss hinunter flog. Er war nachdenklich und so bemerkte er nicht den schwarzen Schatten, der sich neben seinen eigenen im Wasser spiegelte. Dieser Schatten war etwas kleiner und umkreiste den des Adlers. Mit einem Male wurde er größer. Durch Zufall blickte der Adler auf das Wasser und bemerkte den schnell größer werdenden dunklen Fleck. Er hatte jetzt fast dieselbe Größe. Völlig überrascht erkannte der Adler, dass da ein Artgenosse im Anflug war. Wenn er jetzt angegriffen wurde, stand es schlecht für ihn. Er flog zu niedrig um sich im Luftkampf zu wehren. Der andere war im Vorteil. In seiner Situation blieb dem Adler nur übrig, rechtzeitig dem Sturzflug des Gegners auszuweichen. Also tat er so, als ob er den anderen noch gar nicht gesehen hätte und flog weiter, machte sich aber für ein schnelles Ausweichmanöver bereit. Doch der andere griff nicht an.

Etwa zwanzig Meter über dem Adler bremste der andere seinen Sturzflug und glitt im leichten Sinkflug an des Adler's Schnabelspitze vorbei. Der andere Adler stieß einen kleinen Schrei aus, als er vorbei flog. Total verwirrt erkannte der

Adler diesen in Adlersprache geschrienen Ruf als ‚Hallo'. Es war ein Adlerweibchen, das ihn grüßte. Das Weibchen flog einen Bogen und kam dann zurück und passierte den Adler wieder nur um eine Flügelspitze. Kurz vor ihm vollführte sie seitlich eine neunzig Grad Drehung und schaute dem Adler tief in die Augen. Nun war er restlos verwirrt. Sie war eine Schönheit und der Adler verspürte ein Gefühl, dass er in seinem langen Leben noch nie erfuhr. Zu Hause gab es nur ihn, kein anderer Weißkopfseeadler konnte das Zauberland seine Heimat nennen.

Seit seine Eltern vor vielen, vielen Jahren gestorben waren, war dies der erste Adler seiner Art, den er sah. In den vergangenen Jahren hatte er oftmals gehofft, dass sich eine Partnerin für ihn über die hohen Berge in sein Land verirren würde, aber das blieb nur ein Wunschtraum. So lebte er sein einsames Dasein. Da er nie dieses aufreibende Gefühl der Zuneigung verspüren durfte, hatte er die Einsamkeit all die Jahre ertragen können. Er sah das Glück der anderen, aber eigentlich war er zufrieden. Er vermisste nichts. Diese Einstellung sollte sich nun schlagartig ändern.

Erneut schlug die Adlerdame einen Haken und kehrte zu ihm zurück. Es war offensichtlich. Sie interessierte sich für ihn. So pflichtbewusst und zuverlässig der Adler sonst auch war, im Moment vergaß er alles um sich herum. Vergessen waren Luke und Jenny, seine Freunde am Fluss und selbst der fremde Bär, den er vor einigen Minuten gefunden hatte. Die Schönheit des Adlerweibchens und die Perfektion ihrer Flugkünste unterzogen den Adler einer kompletten Gehirnwäsche. Keinen klaren Gedanken konnte er mehr fassen. Er konnte nur noch ihr Flirten erwidern.

So schlug er nun kräftig mit seinen Schwingen um an Höhe zu gewinnen und schrie in der Sprache der Adler: *„Folge mir, wenn du kannst!"*

Das ließ sie sich nicht zweimal sagen und folgte ihm sofort. Sie schien um einiges jünger zu sein, denn ihre Flügelschläge sahen viel kräftiger aus als seine. Das konnte aber auch daran liegen, dass die Flügelspanne nicht so groß war und sie einen geringeren Luftwiderstand hatte. Jedenfalls holte sie den Adler schnell ein, kniff ihn im Vorbeiflug leicht in den Rücken und rief: *„Ich finde dich sehr attraktiv!"*

Das gefiel dem Adler außerordentlich und er erwiderte das Kompliment auf die gleiche Weise. Denn nun verfolgte er sie und kniff sie in den Rücken: *„Du bist atemberaubend schön!"*

Das er seit seinem Zusammentreffen mit ihr nur noch in der Adlersprache kommunizierte und seine menschliche Ausdrucksfähigkeit ganz und gar vergaß, geschah wie von selbst. Alles was er tat und sagte, wurde von einer Stelle im Gehirn gesteuert, die zum ersten Mal in seinem Leben arbeitete. Er, der weise Adler Weißkopf, war verliebt!

Höher und höher stiegen die beiden in den Himmel und ständig jagte einer den anderen. Auf ihre ganz besondere Weise spielten und gaukelten sie durch die Lüfte. Mal verschmolzen sie zu einem einzigen Punkt am Himmel, ein anderes Mal entfernten sie sich weit voneinander nur um dann wieder in rasanter Geschwindigkeit aufeinander zuzurasen. Sie waren glücklich einander gefunden zu haben und feierten diese Tatsache in dem Element, dass ihr Zuhause war, im Blau des Himmels.

Aber auch sie wurden nach einiger Zeit müde. Als das Adlerweibchen ihre wilden Attacken allmählich beendete, folgerte der Adler, dass sie eine Pause brauchte und rief ihr wieder zu: *„Folge mir!"* Im Sturzflug sausten die beiden wieder zum Fluss hinunter und ließen sich, unten angekommen, auf einem großen Stein mitten im Flussbett nieder.

„Warte hier", sagte er zu ihr, *„ich bin gleich zurück."* Daraufhin breitete er seine Schwingen aus und flog mit seiner Brust fast die Wasseroberfläche berührend den Fluss entlang. Mitten im Flug spreizte er plötzlich die Krallen nach vorne in die Gischt, versank mit der Brust im Wasser und peitschte mit den Flügeln auf die Wasseroberfläche.

Als er sich wieder aus dem Fluss erhob, hing ein riesiger Lachs leblos in seinen Fängen. Die dolchartigen Klauen seiner Füße hatten den Lachs mehrmals durchbohrt. Es sollte ein Mittagessen für seine Liebste sein, und dass er sich den allergrößten Lachs ausgesucht hatte, den er im Fluss sah, war durchaus verständlich. Der Adler wollte ihr mit allem, was er tat, imponieren. Mit dem Fisch kehrte er zu dem Stein zurück und landete trotz der großen Last in seinen Fängen haargenau neben ihr.

„Hast du Hunger?", fragte er und gab dem Fisch mit dem Schnabel einen kleinen Schubs in ihre Richtung.

„So einen großen Lachs habe ich noch nie gesehen", staunte sie, *„du hast sicher schwer mit ihm kämpfen müssen?"*

„Es ging", prahlte er, *„aber friss ruhig, ich warte bis du fertig bist."* Er wusste schließlich, was sich gehörte.

„Nein, nein, ich bestehe darauf dass wir gemeinsam fressen. Du hattest schließlich auch die Arbeit damit."

„Nur für dich!", schwärmte er wieder. Gemeinsam hackten sie nun mit den Schnäbeln auf den Lachs ein und verzehrten

große Brocken des köstlich schmeckenden Fisches. Nach einer Weile waren beide gesättigt, obwohl fast die Hälfte des Lachses noch übrig war. Der Adler entschied die Reste hier liegen zu lassen, entweder ein anderer Vogel fand sie oder sie selbst konnten noch einmal davon zehren. Aber jetzt wollte er den unappetitlichen Platz der Lachszerlegung verlassen.

„Komm, wir machen dort auf dem Fels eine Verdauungs-pause", schlug er ihr vor und flog zu einem hohen Gesteinsbrocken am Ufer. Sie folgte ihm und nahm neben dem Adler Platz. Gegenseitig entfernten sie sich die letzten Reste ihrer Mahlzeit aus dem Federkleid und plusterten sich dann auf, damit wieder jede Feder an der richtigen Stelle lag. Wie hypnotisiert starrte sie der Adler an. Er fühlte sich einfach fantastisch in ihrer Nähe. Alles würde er für sie tun, sie hatte ihm total den Kopf verdreht.

„Ich beobachte dich schon, seit du am oberen Fluss an den Felsen vorbei geflogen bist", durchbrach sie das Schweigen. *„Hast du dort irgendetwas gesucht, es sah fast so aus?"*

Ganz nebenbei antwortete der Adler: *„Ich habe den Grizzly gesucht!"*

„Grizzly?", staunte das Adlerweibchen. *„Meinst du nicht, dass ein Grizzly doch eine Nummer zu groß für dich ist? Gut der Lachs war auch schon ein schwerer Brocken, aber ein Grizzly?"* Sie lachte.

„Ich wollte ihn nicht fressen", lachte jetzt auch der Adler selbst, *„ich wollte nur genau wissen, wo er sich im Moment aufhält."* Noch immer erinnerte sich der Adler nicht an das, was vor seinem Treffen mit dem einheimischen Adler-weibchen geschehen war. Aber langsam wurde er stutzig. Weshalb interessierte es ihn, wo sich irgendein Bär aufhielt.

Das war seltsam.

Genau diese Frage stellte sie ihm jetzt und wieder antwortete er automatisch: *„Dieser Grizzly stellt eine Gefahr für all meine Freunde dar. Ich wollte die Krähe"*, plötzlich hielt er inne und schaute das Adlerweibchen verwundert an, *„die... Krähe... beauftragen...., den ... Bären... im Auge zu behalten"*, sprach er langsam weiter. Mit einem Schlag fiel ihm alles wieder ein. Er war wieder der weise Adler Weißkopf, dem alle Tiere vertrauten und der hier und jetzt ein kleines Problem hatte. Das Adlerweibchen dachte sich, als sie das hörte, dass ihm entweder die Liebe auf den Verstand drückte oder er tatsächlich verrückt geworden war. Was redete er da?

„Du wolltest waaas?", entgegnete sie verwirrt.

Der Adler schaute ratlos in den Himmel und trat von einem Fuß auf den anderen. Wie nur sollte er ihr das alles erklären?

„Du wirst mir das wahrscheinlich nicht glauben", begann er, *„aber es ist die volle Wahrheit. Ich bin kein normaler Adler."*

„Doch das glaube ich dir", stimmte sie zu.

„Warte ab, du hast noch nicht alles gehört", mahnte er sie zur Geduld. *„Ich bin der Anführer einer bunt gemischten Gruppe von Tieren, die sich gegenseitig helfen, sich untereinander nichts antun und"*, er machte eine kleine Pause, *„die Fähigkeit besitzen, wie Menschen zu sprechen!"*

„Das ist nicht dein Ernst, oder?", sagte das Adlerweibchen.

„Ich habe schon einmal Menschen reden gehört, du aber verständigst dich doch in einer für Adler ganz normalen Art", widersprach sie ihm jetzt.

„Ja, ich weiß, aber pass einmal auf", er blickte ihr tief in die Augen und sagte in Menschensprache: „Ich liebe dich, du bist

das Hübscheste, was ich je sah!"

Das verfehlte nicht seine Wirkung, sie war steif vor Verwunderung. Bildete sie sich das alles nur ein?

„Das war, das war", stotterte sie, *„wirklich die Sprache der Menschen. Wie hast du das gemacht? Was hast du gesagt?"*

„Ich sagte, dass ich dich liebe und dass du das Hübscheste bist, was ich je in meinem Leben sah."

Verlegen aber überglücklich schaute sie weg. Sie konnte seinem Blick nicht standhalten.

„Du sagst immer gleich, was du denkst, stimmt es?", fragte sie ihn.

„Ja, das ist meine Art."

„Wieso aber kannst du in dieser Weise sprechen?", fragte sie erneut.

„Das ist eine lange Geschichte, die ich dir gern unterwegs erzählen möchte, wenn du mich begleiten willst", sagte er mit einem Bitten in der Stimme.

„Ich begleite dich natürlich, du wirst mich nicht mehr los. Einen so stolzen und starken Adler wie dich finde ich nie wieder. Ich habe mich auch in dich verliebt", sagte sie zu seiner Beruhigung. *„Wo fliegen wir hin?"*

„Den Fluss hinunter, ich muss die Krähe finden", sagte darauf der Adler und breitete die Flügel aus und glitt vom Felsen.

Rasch hatte sie ihn eingeholt und sie flogen nebeneinander entlang des Flussbettes. Sie kannten sich jetzt etwas länger als eine Stunde, aber beiden war klar, dass sie immer zusammenbleiben würden, egal welche Schwierigkeiten sich ihnen in den Weg stellten. So war es bei vielen Tierarten, dem einmal gewählten Partner blieb man ein Leben lang treu. Dazu gehörten die Schwäne, auch die Pumas und natürlich die

Adler. Um sich und seine Liebe machte sich der Adler vorerst keine Sorgen, der fremde Grizzly war wieder wichtiger.

Auf dem Weg flussabwärts erzählte der Adler von seiner Heimat, von dem bösen Zauber, der ihn und seine Freunde hierher verbannt hatte, von der gestrigen Versammlung und von Luke und Jenny. Es klang alles ziemlich fantastisch, aber das Adlerweibchen glaubte ihm. Seit knapp einer Stunde würde sie ihm überall hin folgen.

Gegen Nachmittag erreichten sie die Stelle, wo er den Bären und die Grauhörnchen zurückgelassen hatte. Aber als sie dort ankamen, waren diese noch tief im Mittagsschlaf versunken. Ted und Luna hatten sich ins dichte Fell des Bären gekuschelt und schliefen tief und fest. Spätestens bei diesem Anblick glaubte das Adlerweibchen die seltsame Geschichte. Der Adler ließ die drei schlafen, obwohl er gar zu gerne seine neue Freundin vorgestellt hätte. Aber dazu war nachher auch noch Zeit.

Er drehte in den Wald ab und empfahl: *„Am besten, wir fliegen nicht so dicht nebeneinander, dann können wir mehr überschauen. Wenn du eine Krähe entdeckst, ruf mich, ich schaue dann, ob sie es ist.“*

„In Ordnung“, stimmte sie ihm zu und flog ein Stück nach links. Vier Adleraugen durchsuchten jetzt den Wald unter sich und ihnen entging wirklich nichts.

Schon bald hörte der Adler den Schrei seiner Freundin: *„Hier drüben, ich sehe eine Krähe!“*

Sofort flog er zu ihr und spähte in den Wald.

„Dort unten auf dem Baumstumpf sitzt eine Krähe. Sie scheint sich mit einem Luchs zu unterhalten.“

„Ja, das ist sie. Komm mit!“, rief der Adler, der sich schon im

Sturzflug befand. Er glitt zwischen den Wipfeln der Tannen hindurch und landete genau zwischen Krähe und Luchs. Er schaute sich um, aber das Adlerweibchen folgte ihm nicht bis auf den Boden, sondern ließ sich auf einer Tanne nieder.

„Komm doch herunter, ich möchte dich vorstellen", rief er ihr zu. *„Wovor hast du Angst?"*

„Der Luchs", antwortete sie.

„Er wird dir nichts tun, er ist unser Freund!"

Kurze Zeit zögerte sie noch, aber dann schwebte sie doch zu den anderen, die nur ungläubig auf die zwei Adler schauten. Ganz normal sagte die Krähe zuerst etwas. „Ich habe dich erkannt Adler, aber wieso gibst du so merkwürdige Laute von dir? Bist du krank?"

„Nein", freute er sich, „mir geht es so gut wie nie zuvor."

„Liege ich richtig", fragte der Luchs, „wenn ich annehme, dass sie", und er deutete auf das Adlerweibchen, „der Grund dafür ist?"

„Dumme Frage", krächzte die Krähe dazwischen, „natürlich ist sie der Grund. Das habe ich gleich gesehen."

Das Adlerweibchen saß da und verstand kein Wort, aber aus den Gesten erriet sie, dass es sich in dem Gespräch um sie drehte.

Der Adler lief mit zwei watschelnden Schritten zu seiner Angebeteten und sagte stolz: „Ja, sie ist der Grund für mein Wohlbefinden. Sie fand mich und ich fand sie und seit ein paar Stunden sind wir unzertrennlich!"

„Ach, wie romantisch", lästerte die Krähe, „zwei frisch Verliebte!"

„Du bist nur neidisch", rügte sie der Luchs, „ich gönne den zweien ihr Glück."

„Danke Luchs", sagte der Adler.

„Aber weshalb wir eigentlich hier sind", fügte er hinzu, „ich habe eine Aufgabe für dich, Krähe!"

„So, so", keckerte diese.

„Ja, ich habe den fremden Grizzly gefunden. Er schläft ungefähr zehn Meilen flussaufwärts in einer kleinen Höhle im Fels. Wenn du nichts dagegen hast, würde ich dich bitten, ihn im Auge zu behalten und wenn er erwacht jeden seiner Schritte zu folgen. Sobald er unseren Freunden zu nahe kommt, musst du uns warnen. Würdest du das tun?"

„Natürlich macht sie es", fauchte der Luchs.

„Das entscheide immer noch ich", sagte die Krähe wichtigtuerisch zum Luchs, aber gleich im Anschluss kam ein kleinlautes ‚Ich mache es' aus ihrem Schnabel.

„Gut", meinte der Adler, „dann musst du uns jetzt begleiten. Ich werde mit dir zurückfliegen und dir seine Schlafstätte zeigen."

Zu seiner Adlerfreundin sagte er nun in ihrer Sprache: *„Ich muss mit der Krähe noch einmal ins Hochland am oberen Flusslauf. Willst du solange am Fluss beim Bären und den Grauhörnchen auf mich warten?"*

Sie überlegte und hielt den Vorschlag für eine gute Idee, da sie von den Unterhaltungen sowieso nichts verstehen würde. *„Ich bin einverstanden, wenn ich dich auch ungern verlasse. Aber du musst erst mit hin fliegen, zu deinem Freund, dem Bären, alleine traue ich mir das nicht zu! Sie verstehen mich ja auch nicht"*, gab sie zu Bedenken.

„Natürlich fliegen wir zuerst noch mal zum Fluss", beruhigte er sie.

„Kommt sie auch mit?", fragte jetzt die Krähe, die wiederum

von den Lauten der Adler keine Silbe verstanden hatte.

„Nein, wir fliegen erst zu unserem Bären, dort bleibt sie solange", sagte der momentan zweisprachige Adler. Er erhob sich in die Lüfte und seine Freundin und die Krähe folgten ihm.

„Bis bald. Wir sehen uns.", rief er noch zum Luchs zurück, aber auch der war schon im Gehölz verschwunden. Gemeinsam flogen sie zum Fluss. Die Krähe wurde bald wahnsinnig, da sie nichts von dem verstand, das die zwei Adler beredeten.

„Die Krähe ist ein wenig merkwürdig, habe ich den Eindruck", sagte das Adlerweibchen.

„Nun ja, hin und wieder ist sie ziemlich zickig, manchmal auch fast unausstehlich, aber im Grunde genommen ist auf sie Verlass. Sie ist nun mal eine Krähe. So wie wir ruhig und ausgeglichen sind ist sie halt neugierig, rechthaberisch und merkwürdig. Aber böse kann man ihr nicht sein, es liegt in ihrer Art."

„Denken alle so wie du?"

„Das muss ich mit einem klaren Nein beantworten. Es gibt einige Tiere, die ihr besser heute als morgen den Hals brechen würden!"

„Das dachte ich mir", stimmte sie zu.

„Wir sind da", entgegnete der Adler, *„diesmal kommst du aber gleich mit hinunter ans Ufer!"*

„Ja, ich habe keine Angst mehr", versprach sie.

Die drei Freunde am Fluss schliefen nun nicht mehr.

Der Bär stand mit dem Rücken an der großen Wurzel und scheuerte seinen Pelz. Kleine schnaufende Laute verrieten, wie gut ihm diese Massage tat. Ted und Luna hingegen spielten wieder in der Nähe, es sah fast so aus, als wenn sie sich richtig balgten. Schrille Pfiffe und kleine Schreie stießen sie vor Freude aus, aber am lautesten war Luna's Schrei, als sie die zwei Adler kommen sah.

„Ted, wir werden angegriffen", schrie sie aus vollem Halse.

„Was? Wo?", erschreckten Ted und der Bär fast zur gleichen Zeit.

„Da, zwei Adler", schrie Luna immer noch und hatte sich unter dem Bauch des Bären versteckt. Um sicher zu gehen, tat Ted das gleiche, aber der Bär gab kurz darauf Entwarnung.

„Das ist unser Adler, die Krähe ist auch dabei."

Luna lugte unter dem Fell hervor und sagte: „Aber es sind doch immer noch zwei Adler, ich sehe doch nicht doppelt."

„Ja, es ist noch ein anderer Adler bei ihnen", stellte der Bär fest, „wir werden schon erfahren, wieso."

Die drei Vögel gingen auf der Wurzel nieder und als Luna ihren Adler Weißkopf erkannte, fasste auch sie wieder Mut und kam unter dem Bären hervor. „Du hast uns wohl nicht erkannt, Luna?", fragte der Adler.

„Ich war nur vorsichtig, man weiß nie!", sagte sie.

Der Bär blickte gespannt auf den zweiten Adler und die Krähe hüpfte vor Vergnügen, als sie seine neugierigen Blicke sah.

„Du bist doch nicht etwa neugierig, wer das ist, oder?", krächzte sie höhnisch.

„Im Gegensatz zu dir ist meine Neugierde normal", blaffte der Bär zurück.

„Ich sehe, auch hier ist die Krähe überaus beliebt", meinte das Adlerweibchen zum Adler.

„Das ist nirgends anders, aber nun will ich dich erstmal meinen Freunden vorstellen."

„Bär, Ted, Luna, das ist..., das ist...", er überlegte angestrengt, „meine Partnerin!"

Der Bär erkannte des Adler's Dilemma bei der Vorstellung sofort und sprach: „Ich glaube, dass wir unbedingt einen Namen für deine Partnerin brauchen, wir können sie schlecht auch mit Adler ansprechen."

„Du hast Recht", nickte der Adler, „aber lass mich erst erzählen, wie wir uns kennen gelernt haben."

„Wir sind sehr gespannt", kicherten die Grauhörnchen, die ihren Adler noch nie so fröhlich gesehen hatten.

„Wir trafen uns am oberen Flusslauf, als ich nach dem anderen Grizzly suchte, und wir verliebten uns auf der Stelle. Noch nie in meinen Leben war ich so glücklich. Wie ihr zwei, Ted und Luna, euch in den Bäumen jagt und neckt, genauso taten wir es in den Lüften. Wir kennen uns jetzt gerade ein paar Stunden, aber wir werden uns nie mehr trennen."

„Hui", entfuhr dem Bär ein Laut der Bewunderung.

„Gibt es sie also doch, diese Liebe auf den ersten Blick", fügte der Bär seinem ‚Hui' hinzu.

„Ja, und uns hat sie getroffen", meinte der Adler stolz und rückte näher zu seiner Partnerin.

„Trotzdem brauchen wir einen Namen", wiederholte der Bär. Der Adler fragte sie, ob sie so etwas wie einen Namen hätte, aber sie entgegnete nur, dass sie dergleichen nicht kennen würde. Hier in diesem Wald war ein Adler ein Adler.

„Sie spricht nicht unsere Sprache?", bemerkte Ted.

„Natürlich nicht", keckerte die Krähe.

„Nein", antwortete der Adler, „wir können uns nur in unserer Adlersprache verständigen."

„Aber dann kann sie nicht mit uns gehen", bemerkte jetzt

Luna nachdenklich.

Auch der Bär erkannte das Problem, das Luna gefunden hatte, und fragte den Adler: „Kann es sein, dass du vor lauter Liebe unser derzeitiges Problem vergessen hast?"

Der Adler war stutzig geworden, hatte er wirklich etwas übersehen? „Ja, ich hatte einen kleinen Blackout, aber ich kenne unsere Probleme noch, deswegen bin ich eigentlich hier. Ich fand nämlich den Schlafplatz des fremden Grizzlys und will den Ort der Krähe zeigen, damit sie ihn überwachen und uns gegebenenfalls rechtzeitig warnen kann. Meine Freundin soll solange hier auf meine Rückkehr warten."

„Das ist gut, aber wir meinen etwas anderes", sagte daraufhin der besorgt dreinblickende Bär. „Wenn Luke und Jenny es schaffen, unser Land zu erreichen und den Zauber, der uns zurückbringt, aussprechen, dann bleibt sie hier", und er wiegte den schweren Kopf in Richtung des Adlerweibchens.

„Weil sie kein sprechendes Tier ist, und der Zauber sie nicht berühren wird", ergänzte Luna.

Das traf den Adler wie ein Schlag. So weise und klug er war, daran hatte er noch nicht gedacht. In seiner Freude über die gefundene Liebe vergaß er den Zauber voll und ganz.

„Ihr habt Recht", sagte er mit trauriger Miene. Das Adlerweibchen bemerkte die plötzliche Veränderung und wollte wissen was los sei. Aber der Adler wollte und konnte es ihr nicht sagen und meinte: *„Nichts von Bedeutung."*

„Das darf nicht sein", sprach er nun wieder in der für sie unverständlichen Sprache. „Was können wir tun?" Er war verzweifelt wie noch nie. Alle saßen sie nun da und überlegten. Der Kummer des Adlers ging ihnen sehr nahe, sogar der Krähe.

„Wenn wir zurück sind, könntest du doch wieder hierher fliegen und sie abholen, ginge das nicht?", fragte Ted.

„Nein, daran habe ich schon gedacht, ich finde vielleicht den Weg zu unserem Land, weil ich die beiden hohen Berge als Orientierung nehmen kann, aber von zu Hause hierher wäre das nichts anderes als ein Blindflug. Ich glaube nicht, dass ich hierher zurückfinden würde."

„Dann muss sie unser Land selbst suchen", meinte die Krähe, „wir sagen ihr in welche Richtung sie fliegen muss, dann kann sie uns folgen, wenn uns der Zauber zurückgeholt hat."

Das klang eigentlich gar nicht so schlecht, aber auch das gefiel dem Adler wenig.

„Nein, das ist mir zu unsicher. Was ist, wenn ihr etwas zustößt, was, wenn sie den Weg nicht findet? Soll ich den Rest meines Lebens mit Warten verbringen? Nein, das ist keine gute Idee", und der Adler schwang den Schnabel hin und her.

„Was ist?", fragte erneut das Adlerweibchen.

„Ich merke doch, dass etwas nicht in Ordnung ist. Ihr verhaltet euch sehr merkwürdig."

Der Adler täuschte wieder falsche Tatsachen vor und beruhigte sie. *„Es ist wirklich nicht wichtig, einer meiner Freunde ist in Schwierigkeiten"*, log er.

Wenn er mit dem Freund sich meinte, sagte er sogar die Wahrheit. Denn er hatte ein Problem! Der Bär wusste auch keinen Rat mehr. Die Ideen von Ted und der Krähe galten als unmöglich, also richteten sich alle Blicke auf die noch nachdenkende Luna.

„Luke und Jenny!", sagte Luna plötzlich.

„Was ist mit ihnen?", brummte der Bär. „Sie können den Adlern auch nicht mehr helfen."

„Wir haben jetzt späten Nachmittag und die beiden sind heute morgen aufgebrochen", ließ die Krähe verlauten, „sie sind bestimmt schon meilenweit entfernt."

„Na und", erwiderte Luna, „das macht doch nichts."

Der Adler verstand noch nicht, was Luna eingefallen war und fragte deshalb: „Worauf willst du hinaus?"

„Es wäre doch am einfachsten, wenn deine Freundin die zwei begleiten würde. Dann wäre sie schon dort, wenn wir ankommen."

Alle Anwesenden schauten verblüfft auf das sonst so schüchterne Grauhörnchen. Die Idee war so einfach, aber doch so genial, dass kein anderer darauf gekommen war.

„Genau, das ist es", rief der Adler. „Luna, wie kann ich dir danken?"

„Indem du bei uns bleibst bis wir wieder zu Hause sind und uns vor allen Gefahren schützt, die hier noch auf uns lauern!"

„Nur keine Angst, ich verlasse euch nicht. Wer außer mir soll denn die Leitung übernehmen? Ihr braucht mich doch!"

Der Bär, der auch sehr stolz auf Luna war, hatte eine Frage: „Adler, was sagten Luke und Jenny, wie lange sie bis zur Straße bräuchten?"

„Zwei Tage", mischte sich die Krähe ein.

„Hmmm", überlegte der Bär, „wenn deine Freundin mit ihnen reisen soll, dann müsstest du mit ihr Luke und Jenny hinterher fliegen und ihnen die Situation erklären. Sie selbst ist dazu ja nicht in der Lage."

„Ja, das ist klar", meinte der Adler.

„Hmmm", machte wieder der Bär, „es könnte doch sein, dass sie eine Abkürzung genommen haben und die Straße schon heute Abend erreichen. Wenn sie in einem Truck mitgenommen werden, könnt ihr sie nicht mehr finden, dann sind sie weg."

Des Adlers Miene wurde wieder besorgter. Der Bär hatte Recht. Wenn er und seine Partnerin das Risiko eingingen, erst morgen den beiden nach zu fliegen, könnte es wirklich sein, dass Luke und Jenny schon unerreichbar wären. Das durfte nicht geschehen. In ein paar Stunden würde es schon dunkel werden, also mussten sie, wenn sie nichts riskieren wollten, sofort los fliegen. Den fremden Grizzly vergaß der Adler dennoch nicht. Und so erklärte er der Krähe, wo dieser geschlafen hatte und bat sie, falls er nicht mehr dort wäre, bis zum Dunkelwerden nach ihm zu suchen.

Ungewöhnlich für die Krähe machte sie sich gleich ohne jegliche Einwände auf den Weg. Dem Bär riet er zu größter Vorsicht, denn es konnte hier schließlich noch einen ganz anderen Bären geben, den sie bis jetzt noch gar nicht gesehen hatten. Alles war möglich.

„Ihr versteht doch, dass ich das tun muss?", fragte der Adler seine drei Freunde. „Ich will sie nicht verlieren!"

„Na klar, Adler", beruhigte ihn der Bär, „fliegt schon los, wir wünschen euch viel Glück."

„Wenn ich sie gefunden habe und ihnen alles erklärt habe, komme ich zurück. Aber das kann auch erst morgen früh sein."

„Wir kommen schon einmal ohne dich aus", pfiff Ted. „Fliegt los, sonst kommt ihr noch zu spät!"

Der Adler schüttelte sein Gefieder und breitete seine Flügel aus.

„Wieso ist die Krähe ohne dich weggeflogen", wollte das Adlerweibchen wissen, *„und wohin willst du jetzt?"*

„*Folge mir, ich erzähle es dir unterwegs.*" Noch einmal drehte sich der Adler zu ihr herum und fragte: „*Willst du mit in unser Land und dort mit mir leben?*"

„*Ja, natürlich. Ich folge dir überall hin. Ohne dich kann ich nicht mehr sein.*"

„*Gut, dann folge mir*", und er hob von der Wurzel ab und flog flussabwärts. Jetzt erst erfuhr sie seinen Plan und sie war einverstanden.

Frühes Wiedersehen

Luke und Jenny stellten fest, dass sie bergab sehr viel schneller vorankamen, als sie gedacht hatten. Die Stelle, an der sie sich gestern trafen, hatten sie schon längst passiert. Luke erinnerte sich noch an jede Wegbiegung und war dank der schon geschafften Meilen sehr zufrieden.

„Wenn wir diese Geschwindigkeit ohne Pause weitergehen, könnten wir bis zum Dunkelwerden schon die Straße erreichen", sagte er.

Jenny schaute überrascht und meinte: „Bist du sicher?"

„Ja, natürlich, wir haben schon weit über die Hälfte geschafft!"

„Wirst du nicht müde?" fragte sie ihn.

„Nein, im Moment bin ich zu begeistert von diesem Abenteuer, dass ich an Müdigkeit und Hunger gar nicht denke. Ich will nur so schnell wie möglich in euer Land!"

Jenny bewunderte Luke für seinen Tatendrang, aber gleichzeitig war sie auch ein wenig besorgt. Er war nur ein kleiner Junge, der jetzt schon seit Tagen ununterbrochen wanderte. Irgendwann würden seine Kräfte nachlassen und erst nach einigen Tagen würden sie sich wieder regenerieren. Das musste Jenny vermeiden.

„Komm, lass uns trotzdem eine Pause machen", forderte sie ihn auf, „wenn wir erst morgen früh die Straße erreichen, macht das auch nichts. Wir müssen unsere Kräfte einteilen."

Auf sie selbst traf das nicht zu, denn sie hätte auch zur Straße rennen können, ohne sonderlich erschöpft zu sein. Aber Luke war die Hauptperson. Nur er konnte den Zauber rückgängig machen und dazu musste er das Zauberland gesund und munter erreichen. Widerstrebend willigte Luke ein und setzte sich auf einen Stein am Wegesrand. Jetzt erst spürte er das Ziehen in den Beinen und das Brennen der Füße. War er doch zu schnell unterwegs?

Natürlich sagte er Jenny nichts von seinen schweren Beinen, aber das musste er auch nicht, denn sie sah ihm die Erschöpfung an, sagte aber auch nichts. Jenny taten nur die Pfoten von dem harten Weg weh, aber körperliche Erschöpfung verspürte sie nicht. Die Sonne, die zwischen den hohen Tannen hindurch schaute, hatte ihren höchsten Punkt am Himmel schon lange überschritten und war nun seit einigen Stunden auf dem Weg hinab zum Horizont, wo sie in ungefähr vier oder fünf Stunden versinken würde. Jenny saß neben Luke und kniff ihre Augen zu schmalen Schlitzen zusammen, da ab und zu ein Sonnenstrahl durch die Tannenzweige blinzelte und sie blendete. Sie dachte an ihre Freunde, die sie voller Hoffnung zurückließ. Auch Luke blinzelte in die Sonne und je länger er hier saß, desto weniger Lust verspürte er heute noch weiter zu gehen. Auf dem Stein wurde es immer unbequemer. Deshalb stand er auf, breitete seine Jacke vor dem Stein aus und setzte sich mit dem Rücken an den Stein gelehnt wieder hin. Genüsslich ließ er sich die Nachmittagssonne auf sein Gesicht scheinen und hätte einschlafen können, so müde war er plötzlich.

„Du kannst gerne ein bisschen schlafen", empfahl ihm Jenny, die seine schweren Augenlieder bemerkt hatte, „ich wecke dich schon nachher."

Luke wollte etwas erwidern, aber außer einem leisen Brummeln und einem erhobenen Arm, der gleich wieder zu Boden fiel, blieb jede Reaktion aus. Seine Augen waren geschlossen und Jenny beobachtete seinen Schlaf. Endlich ruhte er sich aus, es war höchste Zeit dafür. Ob ihre Reise nun einen Tag länger dauern würde oder nicht, war doch egal, sie mussten nur ankommen. Und deshalb ließ sie Luke schlafen, denn jede Minute Schlaf würde ihm neue Kraft geben, die nächsten Tage gut zu überstehen.

Sie selbst war nicht müde und so nutzte sie die Zeit, über Verschiedenes nachzudenken. Luke hatte ihr die Frage gestellt, ob sie gerne wieder ein Mädchen sein wollte. Diese Frage galt es genau zu bedenken. Was wäre, wenn Luke nicht im Zauberland bleiben wollte, dann müsste sich Jenny schnell entscheiden. Puma oder Mädchen? Sie hatte Luke sehr lieb gewonnen, aber als Puma konnte sie ihm ihre Liebe nicht so zeigen, wie sie sie fühlte. Das Mädchen in ihr wollte sich an ihn kuscheln und von ihm festgehalten werden. Sie wollte mit ihm herum tollen und im See, der nie zufriert nach Muscheln tauchen. Es gab so viel, dass sie vermisste und das sie mit Luke gemeinsam wieder entdecken wollte. Also kam sie zu dem Schluss, wenn Luke bei ihr im Zauberland bleiben würde, hätte sie nichts dagegen wieder ein Mädchen zu sein. Ja, sie wünschte es sich sogar.

Gleichzeitig musste sie aber auch an ihre kleine Freundin Luna denken, die so gerne mit ihr spielte. Wie würde diese reagieren, wenn sie erfuhr, dass ihre Jenny wieder ein Mädchen sein wollte? Jenny erinnerte sich an die vielen schönen Stunden, die sie mit Luna verbracht hatte und es stimmte sie traurig, dass sie darauf verzichten müsste. Sie würde noch mit Luna spielen können, aber nicht mehr so wie früher. Es gab Vor- und Nachteile, und je länger sie darüber nachsann, desto unschlüssiger wurde sie. Sie war verwirrter als zuvor und entschied erst zu Hause endgültig zu entscheiden, was sie in Zukunft sein wollte.

Luke schlief noch und Jenny leckte sich ihren Hals und die Pfoten, als sie über den Bäumen zwei Schatten bemerkte, die schnell näher kamen. Jenny war nicht übermäßig besorgt, denn es konnten schließlich nur zwei Vögel sein, aber dennoch weckte sie Luke.

Leicht stupste sie ihm ihre feuchte Nase ins Gesicht und sagte: „Luke, wach auf, wir bekommen Besuch!"

Wie Recht sie damit hatte, konnte sie noch nicht ahnen, die Vögel waren noch zu weit entfernt.

„Besuch?", fragte Luke mit kleinen verschlafenen Augen. Er rieb sich die Augen und schaute um sich. Aber wie immer, wenn Jenny etwas entdeckte, sah er es nicht sofort, seine menschlichen Augen waren einfach zu schwach.

„Wo?", fragte er deshalb und stand auf.

„Dort oben über dem Weg kommen zwei Vögel", jetzt erkannte Jenny die zwei Punkte am Himmel, „zwei Adler."

„Zwei Adler?", wiederholte Luke.

„Ja, sie kommen genau auf uns zu und sie sind verdammt schnell. Geh lieber hinter den Stein in Deckung, man weiß nie, was sie vorhaben", riet Jenny.

Luke schnappte sich die Jacke und verschwand hinter dem Felsen. Über die Spitze hinwegschielend meinte er: „Ist es unser Adler?"

„Kann sein", erwiderte Jenny, die sich auch duckte.

„Aber wer ist dann der andere Adler?"

Die Vögel waren nur noch einen Steinwurf entfernt, als Jenny den einen Adler als ihren weisen Adler Weißkopf erkannte.

„Du kannst wieder vorkommen, Luke, unser Adler ist dabei!"

Das ließ sich Luke nicht zweimal sagen, denn feige hinter einem Felsen zu stehen, war ganz und gar nicht seine Art. Schon lange bevor Jenny die zwei Punkte am Himmel sah, hatten die scharfen Augen der Adler Luke und Jenny erspäht. Glücklich, dass sie die beiden noch eingeholt hatten, ließen sie sich nun auf dem Fels nieder und schüttelten ihr Gefieder. Der Junge und der Puma musterten neugierig den fremden Adler. Was hatte das zu bedeuten? Jenny setzte sich und war gespannt, was der Adler zu berichten hatte. Unruhig zuckte ihre Schwanzspitze, aber der Adler begann schon.

Er erzählte, wo und wie er seine große Liebe fand und, dass sie von nun an unzertrennlich waren. Jenny begriff schnell, dass sich in des Adler's Geschichte irgendwo einen Haken verbarg. Dieses frisch verliebte Adlerpaar passte so ganz und gar nicht in ihre derzeitige Situation.

Kaum, dass sie dies dachte, kam der Adler auch zum Punkt. „Sie will mit mir leben, wir wollen uns nie mehr trennen", sagte der Adler, „aber der Zauber wird nur mich in unserer Zauberland bringen, nicht sie."

„Das stimmt", nickte Luke, der der Geschichte aufmerksam gelauscht hatte.

„Und was habt ihr nun vor?", fragt Jenny.

„Sie wird euch begleiten", überraschte er die beiden und gab seiner Liebe einen kleinen Schubs, so dass diese nickte.

Jenny's Stirn zog Falten. Diese Antwort hatte sie nicht erwartet. „Uns begleiten?", gab sie deshalb erstaunt von sich.

Luke fügte hinzu: „Aber sie spricht nicht unsere Sprache!"

„Genau", stimmte ihm Jenny zu, „wie stellst du dir das vor, Adler?"

Wie immer, wenn der Adler keinen Rat wusste, trippelte er

abwechselnd auf seinen Füßen herum: „Ich weiß, es ist eine schwierige Situation, aber wir haben lange darüber nachgesonnen, es gibt wirklich keine andere Möglichkeit. Sie muss euch begleiten, wenn sie ins Zauberland gelangen will."

„Was sagen sie?", wollte das Adlerweibchen wissen, das die besorgten Mienen sah.

„Sie halten es für sehr schwierig, dass du sie begleitest."

„Warum?"

„Weil du nicht unsere Menschensprache sprichst!", gab ihr der Adler zu verstehen.

Das Adlerweibchen überlegte, konnte aber von ihrer Seite keine Schwierigkeiten für die Reise erkennen. Deshalb fragte sie den Adler erneut: *„Frag die beiden, welche Probleme genau auftreten könnten, wenn ich mitkomme!"*

Der Adler tat, was ihm aufgetragen wurde und Luke und Jenny suchten nach passenden Antworten.

Luke sagte: „Solange wir hier auf dem Waldweg laufen, sehe ich keine Probleme, hier kann sie uns sogar vor Gefahren warnen. Aber wenn wir die Straße erreichen und unseren Weg als Anhalter fortsetzen, wird es schwierig."

Während Luke redete, übersetzte der Adler alles Gesagte.

„Ja, richtig", fügte Jenny hinzu, „ich weiß noch nicht einmal, wie es Luke anstellen will mich in so einen Truck mitreisen zu lassen. Und dann auch noch einen Adler! Ich glaube, da gehen auch Luke die Geschichten aus. So etwas kann man keinem Menschen einleuchtend erklären."

„Sie braucht doch nicht mit in den Truck", warf der Adler ein, „sie kann doch in der Luft folgen oder, wenn es die Ladung des Trucks zulässt, sich einfach auf dieser niederlassen."

„Ja genau", stimmte das Adlerweibchen zu, als ihr der Adler

seinen Vorschlag übersetzte.

Jenny war immer noch skeptisch: „Was ist, wenn es ein glatter Truck ist, ohne Möglichkeit, sich festzukrallen? Dann muss sie mit hoher Geschwindigkeit folgen, vielleicht einen ganzen Tag lang. Wird sie das schaffen?"

„Wir Adler sind schnell und ausdauernd", erklärte der Weißkopfseeadler, „ich glaube kaum, dass sie es nicht schaffen könnte."

„Gut", sagte Jenny, „lassen wir den Truck. Was ist mit dem Zug, wie will sie ihm folgen? Dieser fährt vielleicht noch schneller."

„Wenn das der Fall sein sollte", der Adler überlegte ebenso wie seine Freundin, „müsst ihr sie irgendwie in den Zug schleusen, es geht nicht anders."

Jenny wunderte sich über des Adlers Ideen. Noch nie schlug er solch unüberlegten Sachen vor. Wie die Wirkung der Liebe doch ein so klar denkendes Gehirn verwirren konnte.

Sie meinte: „Adler, wie sollen wir ein ausgewachsenes Adlerweibchen in einen Zug schleusen? Ich könnte zur Not ein zahmes Haustier sein, aber ein Adler? Ich weiß nicht."

Luke sah die Verzweiflung des Adlers, der seine Zukunft mit seiner gefundenen Liebe gefährdet sah und entschied: „Wir nehmen sie mit, wir schaffen das schon irgendwie!"

Total überrascht schauten jetzt alle auf Luke. Woher nur nahm dieser Junge seinen Optimismus? Die zwei Adler freuten sich, aber der Adler fragte trotzdem noch einmal nach: „Jenny, bist du auch einverstanden? Also, wenn du denkst, durch ihre Mitreise könnte das ganze Vorhaben scheitern, müssen wir uns dem fügen und eine andere Möglichkeit suchen."

Auch Jenny konnte ihren Freund nicht so leiden sehen und

deshalb beruhigte sie ihn: „Adler, ich bin auch einverstanden. Wir bringen sie gesund ins Zauberland und warten dort auf euch. Vielleicht dauert es so ein paar Tage länger, aber es wird gelingen!"

„Danke!", gab der Adler erleichtert von sich.

„Und die Verständigung?", fiel ihm noch ein. „Soll ich ihr noch irgendetwas sagen?"

Die beiden überlegten. „Nein, wir machen das schon irgendwie", winkte Luke ab.

„Höchstens", Jenny grübelte, „ja, du könntest ihr noch unsere Überlegungen hinsichtlich Truck und Zug mitteilen, dann versteht sie besser, was wir von ihr wollen, wenn es soweit ist."

„Gut." Der Adler tat, was ihm geheißen.

Luke hatte die Stunde Schlaf gut getan und mit neuer Kraft war er sich sicher, heute noch einige Meilen zu schaffen. So schulterte er den Rucksack und stand marschbereit auf der Waldstraße.

„Wir wollen uns noch verabschieden", meinte der Adler.

„Nur zu", erwiderte Luke.

„Auf unsere Art und Weise!", der Adler schaute gen Himmel.

„Ach so."

„Ihr könnt schon weiter gehen, sie holt euch dann ein. Ich aber möchte mich gleich verabschieden. Ich muss zurück zu den anderen. Ich komme nicht noch einmal zu euch. Ich wünsche euch viel Glück und danke euch von ganzem Herzen."

„Ist schon gut Adler", sagte Jenny, „flieg' und verabschiede dich von deiner Liebe, bald wirst du sie wiedersehen. Und grüße die anderen von uns."

„Bis bald", rief auch Luke den gen Himmel aufsteigenden

Adlern nach, doch sie hörten ihn nicht mehr.
Sie waren mit ihrer Abschiedszeremonie beschäftigt, die sie nach knapp einem Tag der Bekanntschaft wieder auseinander riss. Sie kreisten so eng aneinander, dass sich ihre Flügelspitzen beinahe berührten. Leise trug der Wind Worte des Versprechens und der Trauer zwischen ihnen hin und her. Beide waren völlig im Bann ihrer Gefühle. Urplötzlich entfernten sie sich voneinander, um gleich darauf ein letztes Mal aufeinander zu zufliegen. Sie trafen sich in der Luft und waren kurze Zeit ein einziger Punkt am Himmel. Dann trennten sie sich. Er flog zurück zu seinen Freunden und sie visierte im Sturzflug Luke und Jenny an, die schon weitergegangen waren. Es war eine schmerzliche Trennung und beide wussten, wenn sie sich nicht wieder sehen würden, könnte kein anderer Adler jemals wieder ihre Liebe gewinnen. Denn Adler waren sich treu bis zum Tod und darüber hinaus.

Der fremde Grizzly

Mittlerweile hatte die Krähe die vom Adler beschriebene Hochebene erreicht und suchte in den zahlreichen Höhlen und kleinen Vertiefungen im Fels nach dem einheimischen Grizzly. Doch so sehr sie auch nach ihm Ausschau hielt, sie konnte nichts entdecken. Noch einmal versuchte sie sich genau an die Wegbeschreibung des Adlers zu erinnern, aber wieder kam sie zu der Feststellung, dass er genau diese Felsen gemeint haben musste. Wo nur war dieser Bär?
Ein letztes Mal flog sie die kleine Felsenkette ab, aber ohne Erfolg. Er war nicht hier. Wie sollte sie das den anderen erklären? Sie, die Krähe, die immer so perfekt sein wollte, hatte versagt. Nein, das ließ sie nicht zu, sie musste ihn finden. Deshalb flog sie nun noch ein Stück flussaufwärts. Unter ihr teilte sich der Fluss in zwei kleinere Flüsschen. Große Felsbrocken lagen mitten im Wasser, denn hier oben reichte die Kraft der Strömung nicht mehr aus, sie zu bewegen. Die Krähe entschied sich, dem linken Nebenarm des Flusses zu folgen. Sie ging tiefer hinab um auch wirklich jede Bewegung im Uferbereich zu sehen. Aber sie entdeckte nichts. Sogar die Silberrücken der Lachse fehlten hier oben. Der ganze Wald, wenn man die einzelnen Baumgruppen noch Wald nennen konnte, war wie ausgestorben.
Noch weiter flussaufwärts erblickte die Krähe nur noch karge Landschaft, kaum Bäume, glatte Felsen und keinerlei Leben. Die Krähe war überzeugt, dass ein Bär hier oben nichts Fressbares mehr finden würde. Am anderen Nebenarm des Flusses sah es sicherlich ähnlich aus. Der Bär war also, wenn er nicht mehr schlief, auf gar keinen Fall hier hoch marschiert,

hier gab es nichts zu holen.

Plötzlich erkannte die Krähe ihren Fehler. Wieso dachte sie erst jetzt daran? Der Bär befand sich auf dem Weg flussabwärts und sie hatte ihn übersehen. Wie gewöhnlich, wenn sie einen Flusslauf entlang flog, hatte sie wieder an Flussbiegungen Abkürzungen durch den Wald genommen. Und in solch einer Kurve musste es geschehen sein. Der Bär war ungesehen an ihr vorbeigetrottet und nun auf dem Weg zum Treffpunkt der Tiere. Vielleicht fischte er auch irgendwo und ging nicht weiter, aber das war nur eine Wunschvorstellung. Die Krähe rechnete mit dem Schlimmsten. Der Ort, an dem sich ihr Grizzly und die beiden Grauhörnchen aufhielten, galt wahrscheinlich als bester Fischplatz und genau dorthin zog es den fremden Bären.

Sofort kehrte die Krähe um. Ihr ganzer Körper wippte durch die kräftigen Flügelschläge auf und nieder. Jetzt galt es den Bären so schnell wie möglich einzuholen, seine genaue Marschrichtung festzustellen und die anderen zu warnen. Wie ein Rennfahrer, der den kürzesten Weg durch die Kurven einer Strecke suchte, schnitt die Krähe nun jede Flussbiegung. Aber die Abkürzungen durch den Wald ließ sie bleiben. Wenn sie sich auch oft wichtigtuerisch und verletzend gegenüber den anderen verhielt, im Moment war sie besorgt wie nie.

In dieser Geschwindigkeit legte sie schnell einige Meilen zurück, und je näher sie ihren Freunden kam, desto unruhiger wurde sie. Nur noch drei Meilen trennten sie von dem Ort, an dem Ted, Luna und der Bär warteten.

Gerade dachte sie daran, dass der Grizzly auch ganz woanders hin gewandert sein konnte, sich überhaupt nicht am Fluss aufhalten würde, als sie plötzlich den braunen Koloss erblickte. Dieser Bär trottete tatsächlich flussabwärts und von da, wo er sich jetzt befand, waren es nur noch knapp zwei Meilen bis zu den anderen. Wenn er dieses Tempo beibehielt, würde er sie in ungefähr einer Stunde erreichen. Sie musste sie so schnell wie möglich warnen.

Zuvor versuchte die Krähe noch ein kleines Ablenkungsmanöver. Dieser riesige Grizzly fand es sicherlich merkwürdig, wenn er von einer Krähe angegriffen wurde. Vielleicht vergaß er dadurch seine Streifzugpläne. Also überholte ihn die Krähe und machte fünfzig Meter vor ihm ein Wende. Im Sturzflug ging die mutige kleine Krähe zum Angriff über. Der Bär ahnte nichts. Eine schwere Tatze vor die andere setzend wiegte er am Flussufer entlang und drehte ab und zu einen Stein mit dem Schädel um, um nach leckeren Würmern zu suchen. Erneut senkte er den Kopf um irgendeinen Geruch am Boden zu folgen, als ihn völlig unerwartet etwas Spitzes genau zwischen die Augen traf. Mehr vor Schreck als vor Schmerz brüllte er auf und kratzte sich mit der Pranke am Kopf. Welcher Narr wagte es ihn anzugreifen, mochte er sich denken. Frech wie die Krähe nun einmal war, startete sie schon den zweiten Angriff. Und der galt diesmal dem Hinterteil des Bären.

Obwohl der Bär wütend das Flussufer absuchte, sah er die Krähe wieder nicht kommen. Diese stürzte zwischen den Bäumen heraus, zwickte ihn gehörig ins fette Hinterteil und verschwand sofort wieder im ufernahen Wald. Zu sehr gedachte sie den Bären nicht zu reizen, deshalb hielt sie sich jetzt zurück und beobachtete, welche Wirkung ihre Angriffe haben würden. Nach der zweiten Attacke dieses unsichtbaren Gegners verwandelte sich der zuvor so friedlich daher trottende Bär in eine wild gewordene Bestie. Wie von einer Hornisse gestochen wirbelte er herum, um den vermeintlichen Widersacher zu packen. Aber außer einer gehörigen Menge angeschwemmten Sandes, die sein Prankenhieb in die Luft schleuderte, blieb seine Aktion ohne Wirkung.

Er kochte vor Wut. Das war ihm noch nie passiert. Er holte kurz mit den Vorderbeinen Schwung und stellte sich nun auf die Hintertatzen. Die Krähe sah nun mit Erschrecken, dass er nicht nur sehr viel dreckiger und verwahrloster als ihr wohl bekannter Grizzly sondern auch um einiges größer war. Dort am Ufer standen hoch aufgerichtet fast vier Meter geballte Wut und urwüchsige Kraft. Der Bär sog mit einem hässlich schniefenden Geräusch die Waldluft in seine Nase, doch den Geruch eines anderen Tieres witterte er nicht.

Das ließ ihn noch zorniger werden. Er brüllte nun wieder und dieser lang anhaltende Ton hätte jeden Gegner in die Flucht geschlagen. Die Krähe aber war lediglich beunruhigt. Was würde er jetzt tun? Setzte er seinen ursprünglichen Weg fort oder versuchte er den feigen Angreifer zu suchen. Tat er das Letztere, wäre die Absicht der Krähe ihn abzulenken, geglückt, ging er aber weiter, hatten sie und all ihre Freunde ein riesiges Problem. Jedoch schien des Bären Appetit auf leicht zu fangenden Lachs doch größer zu sein als sein Begehren dem frechen Gegner, der ihm ins Hinterteil gezwickt hatte, den Garaus zu machen. Er ließ sich wieder auf die Vorderbeine fallen und ging aufmerksam, seine Umgebung im Auge behaltend, weiter.

Die Krähe sah es mit Erschrecken und wusste sofort, was zu tun war. Sie glitt von ihrem Beobachtungsposten und flog unbemerkt am Bär vorbei. Jetzt zählte jede Minute. Eine

Stunde noch, vielleicht auch weniger würde der Bär benötigen, bis er das Gebiet erreichte, in dem sich die Tiere des Zauberlandes aufhielten. Die Krähe stieg höher und flog nicht mehr den Fluss entlang, sondern auf dem geraden und kürzesten Weg zurück.

Bald schon sah sie die Stromschnellen, in denen ihr Grizzly eifrig beim Fischen war. Wie vorhin auf den fremden Bären, so stieß sie jetzt auf ihn hinab. Auf einem Fels in seiner Nähe ging sie laut krächzend nieder und ihre Worte überschlugen sich. „Der Bär! Noch zwei Meilen! Der Adler! Wir müssen eine Stunde...“

„Langsam, langsam, Krähe“, beruhigte er sie mit seiner unzerstörbaren Gemütsruhe, „ich komme erst einmal ans Ufer und dann kannst du mir eins nach dem anderen erzählen.“

„Gut, gut, mach schnell! Der Bär!“, krächzte sie, während sie ans Ufer flatterte.

Ted und Luna waren am Waldrand und suchten Zapfen. Verspielt stießen sie sich die Zapfen zu und hatten die Ankunft der Krähe gar nicht mitbekommen. Erst als sie das Tosen des vom Bären aufgepeitschten Wassers hörten, spitzten sie die Ohren. Ted hielt Ausschau und gewahrte sofort die Krähe. Da war etwas geschehen, das spürte er. Er piff nach Luna und huschte mit ihr zum Fluss hinunter.

„Was ist los?“, rief er von weitem dem Bären und der Krähe entgegen.

„Der einheimische Grizzly ist hierher unterwegs“, sagte darauf die Krähe zur Überraschung aller.

„Oje!“, entfuhr es Luna als erster.

„Wo ist er?“, fragte der Bär mit ernster Miene.

„Ungefähr zwei Meilen flussaufwärts und er kommt genau auf

uns zu. In einer Stunde ist er hier."

„Wir müssen alle anderen warnen", entschied der Bär schnell. „Ist der Adler noch nicht zurück?", fragte die Krähe.

„Nein, wir müssen es, wenn nötig, auch ohne ihn schaffen", meinte der Bär, „wir können nicht auf ihn warten."

„Krähe, du fliegst auf der Stelle zu dem kleinen See, sagst dem Trompeterschwan, dass er alle warnen soll und schickst den Wolf hierher. Wenn du unterwegs den Vielfraß oder den Luchs siehst: sie sollen auch hierher kommen. Aber nicht direkt zum Fluss, sondern dort drüben in das kleine Wald-stück. Dorthin ziehen wir uns zurück. Dort haben wir Gegen-wind und er wird uns nicht wittern, wenn er kommt."

Die Krähe wollte schon aufbrechen als der Bär sie noch einmal stoppte. „Warte, der Trompeterschwan soll aus-posaunen, dass sich alle in den Wald links vom Fluss zurückziehen sollen. Falls er vorhat, hier zu jagen, wird er die rechte Seite wählen, da dort der Wind günstiger steht", fügte der Bär hinzu, „und dann fliegst du zu dem Bären zurück, lässt ihn nicht aus den Augen und meldest mir jede Veränderung!"

Ein Artgenosse von ihm konnte zu einer großen Bedrohung für all seine Freunde werden. Deshalb gab es im Moment keinen, der den Gegner besser einschätzen konnte als er.

„Verwechsle es auf keinen Fall", rief er der Krähe nach, „in Blickrichtung flussaufwärts die linke Uferseite, verstanden? Links!" Die Krähe verschwand im Wald.

„Was wollen wir tun, wenn wir dort im Wald sind", wimmerte Luna, „auf ihn warten?"

„Das weiß ich noch nicht genau, fliehen wäre auf jeden Fall die falsche Lösung. Lass uns zuerst hinüber gehen", sagte der Bär und watete wieder in den Fluss.

„Ich gehe noch eine halbe Meile flussabwärts im Fluss entlang, um meine frischen Spuren zu verwischen. Ihr folgt mir besser am Ufer, falls der Baummarder doch noch in der Nähe ist. Dann gehen wir in einem Bogen hierher zurück und erwarten seine Ankunft."

„Ja, wir folgen dir", rief ihm Ted zu.

Schneeweiß schäumte das Wasser, als der Bär den Fluss entlang rannte. Ziemlich laut war es außerdem. Entweder leise oder schnell. Beides zusammen ging nicht. Nachdem sie einige hundert Meter zurückgelegt hatten und ihren alten Ort nicht mehr sahen, entschied der Bär, dass das als Verwischung seines Geruches genügte. Er wusste, der fremde Bär würde seinen Geruch am Ufer wahrnehmen, aber er würde nicht wissen in welche Richtung er davongegangen war. Gerade schüttelte er sich das restliche Wasser aus dem Bauchfell, als er mit Erleichterung die Schwingen seines Freundes vom unteren Fluss her auftauchen sah. Der Adler war zurück.

Der Grizzly und die Grauhörnchen warteten am Ufer, denn der Adler rechnete schließlich nicht damit, hier auf sie zu treffen. Und das Risiko, dass er sie übersah, wollten sie ausschließen. Aber er hatte sie schon eher gesehen als sie ihn und rechnete mit einer schlimmen Botschaft.

Er landete vor dem Bären auf einem kleinen Hügel und fragte gleich: „Es ist der andere Grizzly, stimmt es?"

Ted schaute ganz verwundert: „Woher weißt du das?"

„Ich kenne doch meinen Freund, den Bären. Ohne wichtigen Grund verlässt er kein Lachsparadies. Aber der fremde Grizzly wäre solch ein Grund."

„Du hast Recht", nickte der Bär und erzählte alles.

Der Adler hörte aufmerksam zu und war sehr zufrieden mit

dem Bären. Zustimmend nickte er einige Male mit seinem weißen Haupt, denn er hätte genauso gehandelt. Mit Genugtuung stellte er fest, dass sich seine Freunde auch ohne ihn zu helfen wussten. Besonders dem aufopferungsvollen Einsatz der Krähe galt seine Bewunderung. Bis zu dem Zeitpunkt, als der Adler zurückkehrte, hatte der Bär nun alles berichtet. Jetzt rechnete er mit einem Verbesserungsvorschlag des Adlers, aber der blieb aus.

„Was sollen wir tun?", fragte hingegen Luna ängstlich.

„Nun", sagte der Adler, „der Bär hat alles richtig gemacht, wie wir nun weitermachen, weiß ich noch nicht genau. Wir sollten uns zuerst in das vom Bären vorgeschlagene Waldstück zurückbegeben und die Ankunft von Wolf und Trompeter-schwan abwarten. Dann beraten wir. Einverstanden? Und, Luna", fügte er hinzu, „ du brauchst dir keine all zu großen Sorgen machen, euch kann der riesige Grizzly am wenigsten schaden. Ihr seid schließlich Baumbewohner und er nicht."

Das war einleuchtend, aber beruhigen konnte es Luna keineswegs. Wie vom Adler vorgeschlagen gingen sie nun durch den Wald zurück und er selbst flog schon einmal voraus. Seine Absicht war, sich selbst ein Bild von der Situation zu machen. Ihn interessierte es, wie weit der fremde Bär noch entfernt war. Dank seiner mächtigen Schwingen legte er die Strecke in kurzer Zeit zurück und sah den Bären wenige Minuten später. Seit die Krähe ihn verlassen hatte, musste dieser sich irgendwo länger aufgehalten haben, denn er war nicht sehr viel weiter gekommen. Aber er trottete immer noch flussabwärts und das genügte dem Adler als besorgniserregende Tatsache. Er kehrte um und als er das Wäldchen erreichte, sah er mit Freude nicht nur den Bären und die Hörnchen, sondern auch den Wolf, den Vielfraß und den Luchs. Die Krähe hatte gute Arbeit geleistet.

„Hat euch der Bär schon alles erzählt?", rief ihnen der Adler zu.

„Ja", antwortete der schwarze Wolf, „auch die Krähe hat schon einiges berichtet."

„Wo ist sie jetzt?", fragte der Bär.

„Sie wollte zum fremden Grizzly zurück", meinte der Luchs, der sie zuletzt gesehen hatte.

„Dann habe ich sie knapp verpasst, ich war auch gerade dort."

„Und?", kam es darauf von allen Seiten.

„Er hat anscheinend die letzte halbe Stunde ziemlich gebummelt, aber er ist trotzdem noch hierher unterwegs."

Der Wolf bemerkte: „ Aber in ein paar Stunden wird es doch dunkel, wo will er denn hin?"

„Genau das ist es, was mich so beunruhigt", erklärte der Adler, „ich nehme an, das ganze Gebiet gehört zu seinem Jagdrevier, und heute morgen entschloss er sich, wieder einmal ein paar Tage hier zu verbringen. Wenn er nur auf der Durchreise wäre, könnten sich die gefährdeten Tiere kurzzeitig verstecken, aber wenn er hier bleibt, wird er früher oder später bemerken, dass hier ein Überangebot an Hirschen, Elchen, Kaninchen und anderen Kleingetier herrscht. Und er wird jagen!"

Der Adler unterbrach kurz seine Rede, denn der Trompeterschwan gesellte sich zu ihnen.

„So, ich habe alle mit meinem Ruf gewarnt", sagte er im Anschluss an seine Landung, „wenn sie meine Botschaft befolgen, sind sie jetzt alle flussabwärts unterwegs und wechseln auf das rechte Ufer und warten auf eine

Entwarnung."

„Fantastisch", freute sich der Bär, „das klappt ja hervorragend."

Der Adler bedankte sich beim Trompeterschwan und sprach weiter: „Der Grizzly ist nicht für jeden von uns eine unmittelbare Gefahr, aber da wir zusammenhalten, muss uns das Wohl der anderen genauso am Herzen liegen wie unser eigenes. Wir können nicht vor dem Grizzly fliehen, weil wir dieses Gebiet hier nicht verlassen dürfen, bis uns der Zauber in unsere Heimat zurückholt. Wir haben keine andere Wahl, wir müssen ihn von hier vertreiben."

„Ihn vertreiben?", fragten alle überrascht.

„Ja, genau, ihr habt richtig gehört. Wir werden ihn einfach mit geballter Kraft zurück in die Berge jagen."

Der Wolf war nicht der Typ, der sich vor einem Kampf drückte, dennoch meldete er Bedenken an: „Stellst du dir das nicht alles ein wenig zu einfach vor?

Die Krähe sagte, er wäre riesig, noch ein ganzes Stück größer als unser Freund."

„Ja, in dem Punkt hast du Recht", erwiderte der Adler, „aber wir haben einige Trümpfe in der Hand."

„Und die wären?", fragte der Vielfraß.

„Erstens sind wir in der Überzahl, zweitens rechnet der Grizzly nicht damit, von einer so bunt gemischten Gruppe von Tieren angegriffen zu werden und drittens können wir ihn vom Boden und aus der Luft gleichzeitig attackieren."

„Und wir werden euch außerdem noch tatkräftig unterstützen", rief der Anführer einer Gruppe von Tieren, die sich von hinten aus dem Wald näherte.

Ein leichtes Schmunzeln zog über die Gesichter der

Anwesenden. Alle hatten die gleichen schadenfrohen Gedanken, als sie diese Truppe sahen. Der Grizzly tat ihnen jetzt schon leid, denn die Waffe dieser Tiere war nicht ihr Gebiss, sondern eine unscheinbare Drüse. Die Stinktiere waren im Anmarsch und nicht einmal der allergrößte Grizzly würde sich auf einen Kampf mit ihnen einlassen. Der Gestank war einfach unerträglich.

„Oh, Adler", sprach er zu sich selbst, „dass uns die Stinktiere eine große Hilfe sein könnten, darauf hätte ich selbst kommen können." Er dachte an das Adlerweibchen und wusste wieder, wer sein logisches Denken behindert hatte. Aber nun begleitete sie Luke und Jenny, und das war gut so.

„Wir nehmen eure Hilfe gerne an", begrüßte er nun die Stinktiere, „mit eurer Unterstützung werden wir sicher erfolgreich sein."

Der Vielfraß zog als Einziger die Nase in Falten, als er die Stinktiere kommen sah. Seine Erfahrungen mit diesen Tieren waren nicht gerade die besten, denn sie verfügten als einzige über ein geeignetes Mittel, mit dem sie hin und wieder dem Vielfraß eine Lektion erteilt hatten, wenn er auf seine Art und Weise an ihrem Futter interessiert war. Seit diesem Zeitpunkt machte er um sie einen Bogen. Und jetzt sollte er mit ihnen zusammen kämpfen! Er drehte sich grollend weg.

Der Adler registrierte diese Reaktion und bat die Stinktiere deshalb: „Aber setzt eure Stinkdrüsen nur im äußersten Notfall ein. Nehmt ein bisschen Rücksicht auf uns! Ihr wisst, was ich meine."

„Geht klar", versprach der Anführer.

„Wollen wir hier warten oder ihm entgegen gehen?", fragte der Wolf, der angesichts der momentanen Übermacht sehr kampflustig schien.

„Er hat Recht", pflichtete ihm der Bär bei, „warum sollen wir hier warten? Bringen wir es hinter uns. Desto schneller sind wir ihn los."

Der Adler überlegte kurz und sagte dann: „Einverstanden, wir warten nicht, wir greifen an. Ted und Luna, ihr haltet euch zurück und wenn wir auf ihn treffen, wartet ihr auf einem Baum, bis alles vorüber ist."

„Aber…", pfiff der übermütige Ted.

„Keine Widerrede, verstanden?"

„Ja", kam kleinlaut als Antwort.

„Trompeterschwan, du hältst dich auch lieber im Kampf zurück, es genügt, wenn du einen gehörigen Lärm machst."

„Du kannst auf mich zählen", versicherte dieser.

„Ihr anderen", und der Adler wand sich an Bär, Wolf, Luchs, Vielfraß und die Stinktiere, „werdet den Fluss hinauf gehen, und wenn ihr den fremden Grizzly seht, nebeneinander und Furcht erregend wie nie zuvor auf ihn zugehen. Vielleicht genügt dieser Anblick schon, um ihn in die Flucht zu schlagen. Wenn nicht, greifen wir an. Aber nicht blindlings. Lasst ihm immer den Rückweg offen, dann wird er früher oder später flüchten. Oder was ist deine Meinung, Bär?"

Der Bär erwiderte bloß: „Wenn ich er wäre, ich würde ganz gewiss Reißaus nehmen, das könnt ihr mir glauben."

„Also los, ich werde den Grizzly aus der Luft bearbeiten, wenn es erforderlich wird", schrie der Adler während er sich in die Lüfte erhob, „und riskiert nicht zuviel, wir wollen alle wieder gesund nach Hause in unser Zauberland."

Die kleine Armee der aus der Heimat verbannten Tiere machte sich auf den Weg um der ersten, wirklich großen Gefahr entgegenzutreten und sie waren gut vorbereitet. Die Sonne würde bald untergehen. Viele einheimische Tiere bereiteten sich schon auf die Nacht vor, aber dieser Trupp hatte zuvor noch etwas zu erledigen.

Bis auf die beiden Grauhörnchen überquerten alle den Fluss, um dem Grizzly auch auf der richtigen Seite entgegenzutreten. Außer dem Bären benutzten dazu alle aus dem Wasser herausragende Steine als Brücke, nur er watete unbeeindruckt mitten durch die kleinen Stromschnellen und Strudel. Auf der anderen Seite angekommen, ließen sie nun den Bären voran gehen, und folgten ihm in einer pfeilartigen Anordnung um die nächste Flussbiegung. Keiner sagte etwas, sie alle waren äußerst konzentriert und aufmerksam.

Als sie die Kurve hinter sich hatten und wieder weitere vierhundert Meter überblicken konnten und dort keinen Grizzly sahen, waren sie für kurze Zeit beruhigt. Doch das sollte sich schnell ändern. Die Ruhe war vorbei.

Aufgeregt wie immer kam die Krähe angeflattert und krächzte aus vollem Halse: „Dort vorne ist er, dort vorne ist...“

Der Bär unterbrach sie: „Das kann doch gar nicht sein, vor einer halben Stunde soll er doch noch fast eine Meile entfernt gewesen sein.“

„Ja, ja, ich weiß“, zeterte die Krähe, die auf dem Bären gelandet war, „anscheinend hat der fremde Bär unterwegs einen kleinen Sprint eingelegt.“

„Nun gut“, sprach der Bär zu den anderen, „dann bringen wir es hinter uns. Ihr wisst noch, was der Adler gesagt hat, bloß nicht zu viel riskieren.“

Die Krähe sprang auf den Boden vor den Bären und meinte: „Der Adler hat mir von seinem Plan erzählt. Ich werde euch auch noch aus der Luft unterstützen. Und ich soll euch noch ausrichten, dass die Stinktiere zuerst in einer Linie vor den anderen laufen sollen um ihn abzuschrecken. Wenn das keine Wirkung erzielt, sollen sie zurückweichen und von den Seiten angreifen."

„Wird gemacht", rief eines der Stinktiere und sofort kam Bewegung in die schwarz-weiße Horde. Die Krähe flog wieder zum Adler zurück, als die Stinktiere sich aufstellten. Das Ufer war hier nicht besonders breit, deshalb trippelten sie noch zu einem großen Haufen vereinigt vor den anderen her. Aber weiter vorne traten die Bäume allmählich vom Ufer zurück und die Stinktiere nutzten die ganze Breite.

Auch Bär, Wolf, Vielfraß und Luchs liefen jetzt nebeneinander und rechneten damit, dass ihr Widersacher jeden Moment hinter der nächsten Biegung auftauchte.

Der Wind hatte gedreht und kam nun von vorne. Zum einen war das gut, denn so würde der andere sie erst spät bemerken, aber zum anderen trug der Wind nun den Geruch der Stinktiere in die empfindlichen Nasen der anderen. Das war weniger gut, aber auszuhalten. Nur der Vielfraß verzog sein Gesicht zu einer angewiderten Grimasse. Der ekelhaft süßliche Geruch der Stinktiere beeinträchtigte den Geruchssinn, dennoch witterte der Bär einen zweiten, ihm vertrauten Geruch. Es roch nach Grizzly. Der Wind hatte ihm den Geruch zugetragen und die anderen nahmen ihn jetzt auch wahr. Da der Luchs unter den Anwesenden die schärfsten Augen hatte, sah er die Bewegung zuerst. Dreihundert Meter vor ihnen sah er den wiegenden Gang eines gewaltigen Grizzlys. Gleich darauf entdeckte er auch den Adler am Himmel.

„Dort ist er!", machte er die anderen auf den Bären aufmerksam. Jetzt sahen sie ihn auch. Er war wirklich riesig, dachten sie sich, aber zum Umkehren war es nun zu spät. Gleich würde er sie ebenfalls entdecken.

Wie es der Adler ihnen aufgetragen hatte, legten die Tiere nun ihre furchterregendste Miene auf und schlichen geduckt dem Grizzly entgegen. Noch verhielten sie sich still, aber sobald der Bär sie entdeckte, würden sie ihre Stimmen erklingen lassen. Der Adler und die Krähe warteten ebenfalls kampfbereit auf ein Zeichen des fremden Bären, dass er die Tiere entdeckt hatte. Dann wollten auch sie losschlagen.

Der fremde Bär trottete unbekümmert den Fluss hinunter, er ahnte noch nicht, welch sonderbarer Anblick ihm sich gleich bieten würde. Sein Haupt war gesenkt und er schnaufte, eine ganze Ladung Sand aufwirbelnd, unter einer Wurzel, wo er ein Mäusenest vermutete. Als sich nichts tat und kein leckeres Nagetier voller Panik direkt in sein Maul rannte, ließ er von der Wurzel ab. Langsam hob er den Kopf und schaute sich um. Er hatte irgendetwas gehört. An den Ufern auf beiden Seiten sah er nichts, hinter sich konnte er auch keinerlei Bewegung ausmachen, aber als er flussabwärts blickte, erstarrte er.

Was war das denn? So etwas gab es doch nicht! Er glaubte nicht, was er da sah. Majestätisch erhob er sich auf die Hinterbeine um zu prüfen, ob dieses Bild vor ihm auch einen Geruch hatte. Und tatsächlich, es schien keine Sinnestäuschung zu sein, es roch wirklich nach Stinktieren vermischt mit der Witterung eines anderen Bären. Die Tiere, die er da sah, kamen wirklich auf ihn zu. Er ließ sich wieder auf alle Viere fallen und wich schon ein paar Schritte zurück. Unruhig und gereizt wiegte er auf seinen vorderen Beinen hin und her. Sein Nackenhaar stellte sich auf und er scharrte mit der rechten Tatze im angespülten Flusssand. Das war das Zeichen für Adler und Krähe. Sie stießen herab und flogen dicht über seinen Kopf hinweg. Um ihn nicht noch mehr zu reizen, griffen sie ihn noch nicht an. Sie versuchten ihm nur klarzumachen, dass sich in der Luft auch noch Gegner aufhielten. Und der Bär verstand die Botschaft.

Erneut ging er einige Schritte rückwärts, denn das alles war ihm nicht ganz geheuer. Er war kein Feigling, er scheute sich vor keinem Kampf. Nicht umsonst war er deshalb schon seit Jahren alleiniger Herr dieses Berges. Aber der Gegner, der sich ihm diesmal entgegenstellte, war einfach zu mächtig. Er wich weiter zurück. Auf der anderen Seite sahen die Tiere mit Freude diese kleinen Anzeichen eines Rückzuges. Mit einem Kampf rechneten sie nicht mehr. Nur der Bär war noch skeptisch, was das Verhalten des anderen anging.

„Ich weiß nicht, ich traue diesem Bären nicht. Dies ist sein Revier und bei seiner Größe wären wir ihm kräftemäßig nur wenig überlegen. Ich denke, er wird nicht kampflos den Platz verlassen."

„Aber er weicht doch zurück?", meinte der Vielfraß.

„Ja, aber selbst wenn er jetzt im Wald verschwindet, ist die Angelegenheit für ihn noch nicht erledigt. Er wird zurückkommen. Das sehe ich ihm an. Ich kann mich täuschen, aber ich kenne einen Weg, seine Gedanken zu ergründen."

Mit diesen Worten schritt der Bär durch die Linie der Stinktiere und lief direkt auf den Bären zu. Seine Freunde schauten ihm fassungslos hinterher. Was hatte er vor? Auch der Adler sah es und flog sofort zum Bären.

„Bist du wahnsinnig, was hast du vor?"

„Ich werde mit ihm reden", erwiderte der Bär.

„Mit ihm reden?"

„Ja, natürlich in der Sprache der Bären. Wir können nicht mit ihm kämpfen. Er ist zu riesig. Wir würden einige unserer Freunde verlieren. Und wenn wir ihn nur verjagen, wird er zurückkommen und uns einzeln jagen. Ich muss erst sein Wesen kennen, um zu wissen, was richtig ist."

„Ich verstehe dich", sagte der Adler, „aber es ist ein großes Risiko, ihm alleine entgegenzutreten. Sei vorsichtig."

„Keine Sorge, ganz hilflos bin ich auch nicht. Und ich verlasse mich schließlich auf eure schnelle Hilfe, falls er angreifen sollte."

Der Adler nickte und sah dem Bären nach. Noch gut dreißig Meter trennten die beiden Bären voneinander. Der Fremde sah den etwas kleineren Grizzly auf sich zukommen und rechnete mit einem Angriff. Doch dieser Bär zeigte keinerlei Drohgebärden. Das schien unlogisch.

Aufmerksam folgten seine kleinen Augen jeder Bewegung des Bären, bis dieser etwa zehn Meter vor ihm stehen blieb.

Der Grizzly zeigte nun seine Gebietsansprüche und brüllte mit weit aufgerissenen Schlund: *„Was wollt ihr hier, dies ist mein Revier?"*

Um bei dem Fremden Vertrauen zu erwecken, setzte sich der Bär auf sein Hinterteil und sprach: *„Wir alle sind eine Gruppe von Tieren, die für kurze Zeit hier in diesem Wald gestrandet ist. Wir werden bald wieder verschwunden sein. Wir töten einander nicht, sondern helfen uns gegenseitig. In dir sahen wir eine ernstzunehmende Gefahr und deshalb sind wir hier."*

„Das hier ist mein Revier", wiederholte der Grizzly.

„Es soll auch deines bleiben", beruhigte ihn der Bär, *„wir*

verlangen nur, dass du dich von diesem kleinen Gebiet fern hältst, solange wir hier sind. Du könntest auch versprechen, nichts zu töten, aber wir trauen niemandem!"

Der Grizzly schaute nach oben zu dem Adler und dann auf die Armee der Stinktiere. Er war unschlüssig.

"Gehört der Adler auch zu euch?", fragte er.

"Ja, und egal wie das hier ausgeht, er wird, solange wir hier sind, jeden deiner Schritte überwachen."

"Ich habe also keine Wahl", stellte der Grizzly fest, *"ich kann nur verlieren, oder?"*

"Wenn du entscheidest nicht zu gehen, werden wir kämpfen müssen, wir sind dazu bereit. Wenn du aber auf die paar Lachse verzichtest, die du bestimmt fischen wolltest, gibt es auf beiden Seiten keine Verluste. Es liegt allein an dir."

Wieder blickte der Grizzly nachdenklich gen Himmel und zu der Truppe der kampfentschlossenen Tiere. Er war eine Kämpfernatur und wild, aber er wusste auch, wann eine Situation entschieden war und deshalb sagte er: *"Ich hasse Stinktiere. Ich werde mich wieder in die Berge zurückziehen. Aber beim nächsten Vollmond komme ich zurück. Und solltet ihr dann noch da sein, hole ich mir meine Lachse, so oder so."*

Er scharrte noch einmal vor Verdruss im Sand und wandte sich zum Gehen.

"Wir danken dir für dein Verständnis", rief ihm der Bär nach.

Der Grizzly erwiderte nichts und ging seinen eigenen Spuren folgend immer den Fluss entlang.

Alle anderen stürmten jetzt zum Bären und überhäuften ihn mit Fragen.

Aber der sagte nur: „Wir haben gewonnen, fürs erste."

„Wieso fürs erste?", fragte der zu ihnen gestoßene Adler.

„Er hat uns Aufschub gewährt, zum nächsten Vollmond kommt er jedoch wieder. Sind wir noch hier, glaube ich, hilft uns meine Diplomatie nicht mehr weiter."

„Der nächste Vollmond ist in knapp zwei Wochen", rief eines der Stinktiere, das sich offensichtlich gut an den letzten erinnerte.

Der Adler hüpfte auf einen Stein und sagte zu allen: „Also haben Luke und Jenny fast zwei Wochen Zeit. Wenn sie es bis dahin nicht schaffen, werden wir kämpfen müssen. Aber heute haben wir erst einmal gewonnen. Ich werde den Grizzly im Auge behalten. Ihr könnt zurück zu unserem Treffpunkt gehen und eure Schlafplätze aufsuchen. Es wird bald dunkel."

Auch Ted und Luna hatten ihr Versteck in den Bäumen verlassen und gingen nun mit den anderen zurück zum Fischplatz des Bären. Der Adler und die Krähe flogen dem Grizzly hinterher, damit er auf keine dummen Ideen kam und umkehrte. Er musste spüren, dass er ständig beobachtet wurde. Ein Tag voller Aufregung ging zur Neige, und wieder einmal hatte die gegenseitige Unterstützung der Tiere sie aus einer schwierigen Situation befreit. Auch den dritten Tag in einem fremden, von vielen Gefahren beherrschten Wald überstanden sie ohne Verluste. Aber welche Überraschungen würde ihnen wohl der nächste Tag bringen? Sie würden es bald erfahren.

Die Jäger

Der Horizont färbte sich allmählich rosa und ging dann in ein kräftiges Orange über. Ganz langsam schob sich die Sonne im Osten über die Berge und weckte mit ihren Strahlen die Bewohner des Waldes. Wie schon gestern hatte Luke's Kopf wieder Jenny's weiche Schulter gesucht und so eng aneinander geschmiegt hatten sie die Nacht verbracht. Sie waren ein wenig abseits des Weges bei der Suche nach einem geeigneten Schlafplatz auf eine Höhle gestoßen, die sich vor langer Zeit einmal ein Bär angelegt haben musste. Ein Abhang war fast vier Meter tief unterhöhlt worden. Da es keine natürlichen Spuren für eine derartige Unterhöhlung gab, wie zum Beispiel das Wasser eines Flusses, konnte es nur ein Bär gewesen sein. Aber das war den beiden egal. Die Höhle sah nicht so aus, als dass sie in den letzten Jahren benutzt worden wäre und so hatten die beiden hier ihre zweite Nacht verbracht.

Nachdem der Adler sie gestern verlassen hatte, waren sie noch ein gutes Stück vorangekommen. Soweit sich Luke erinnern konnte, waren es nur noch zwei bis drei Meilen bis zur Straße. Deshalb hatten sie entschieden, den Rest des Weges am nächsten Morgen zurückzulegen, da es schnell dunkel geworden war. Dem Adlerweibchen, das immer ein Stück voraus geflogen war, um dann wieder auf die beiden zu warten, hatte dieser Tag auch einen erheblichen Teil ihrer Kräfte geraubt. Aus diesem Grund waren auch ihr, nachdem sie sich ein gemütliches Plätzchen in einer Baumkrone gesucht hatte, schnell die Augen zugefallen.

Nun aber begann ein neuer Tag und die drei waren ausgeruht und frisch um eine neue Etappe ihrer Reise in Angriff zu nehmen. Nach einem weiteren Beerenfrühstück brachen sie auf, um so früh wie möglich die Straße zu erreichen. Das Adlerweibchen war während Luke's und Jenny's Beerenmahlzeit für kurze Zeit verschwunden. Anstatt Beeren wollte sie lieber ein paar einheimische Mäuse verzehren. Als sie zurück kam, machte sie einen satten und zufriedenen Eindruck. Das beruhigte Luke und Jenny, denn wenn des Adler's Freundin einem Truck folgen musste, wären ein paar Beeren zu wenig gewesen. Aber wie es schien, hatte sie ja etwas Handfesteres gefunden.

Luke hielt seine Karte in der Hand und studierte im Gehen die Stationen ihrer Reise. Zwar stand vieles fest, aber er fügte nun die Tatsache hinzu, dass sie von einem Adler begleitet würden. Vielleicht würde sich etwas ändern, woran er bis jetzt noch nicht gedacht hatte.

„Sie hat es sicher schwer", meinte Jenny nachdenklich, als sie wieder einmal zum Himmel schaute und den Adler kreisen sah. „Ganz alleine auf einer Reise ins Ungewisse."

„Aber sie hat doch uns", widersprach ihr Luke von seiner Karte ablassend.

„Ja, aber sie kann sich doch nicht verständlich machen und wir können auch nicht mit ihr sprechen. Das ist ein Umstand, an den man sich erst gewöhnen muss."

„Bevor sie den Adler traf, war sie sicher auch allein", sagte Luke, „sie kommt schon zurecht, glaube mir."

„Du hast Recht", meinte Jenny, „viel hat sich für sie nicht geändert. Sie fliegt wie jeden Tag über den Wäldern, nur ihr Herz ist jetzt woanders."

Jenny war ganz im Träumen versunken und so bemerkte sie nicht, dass das Adlerweibchen ganz plötzlich zu ihnen herabstürzte. Auch Luke, der sich noch mit der Landkarte beschäftigte, sah sie nicht kommen. Erst als sie dicht vor den Nasen der beiden vorbei flog, wurden sie aufmerksam.

„Was hat sie vor?", fragte Luke verwundert.

Jenny folgte dem Adler mit ihren scharfen Pumaaugen, war aber ebenso ratlos wie Luke. Erneut segelte das Adlerweibchen kreischend an den beiden vorbei, die nun stehen geblieben waren.

„Sie will uns etwas sagen", vermutete Luke richtig.

„Und das scheint ihr ziemlich wichtig zu sein", fügte Jenny hinzu.

Das Adlerweibchen ging ungefähr zehn Meter neben dem Weg auf den Boden nieder und schrie aus vollem Halse. Luke und Jenny blieb nichts anderes übrig, als zu ihr zu gehen. Doch kaum hatten sie sie erreicht, hüpfte diese noch ein Stück weiter in den Wald und schrie abermals.

„Ich hab's", fiel Luke ein, „sie will uns vom Weg weglocken. Das hat ihr Verhalten zu bedeuten."

„Weshalb sollte sie das tun?", fragte Jenny überrascht.

„Ganz einfach", erklärte Luke, „ anscheinend hat sie aus der Luft etwas gesehen und will uns warnen."

Jenny begriff: „Stimmt, auf dem Weg ist etwas, das uns gefährlich werden könnte. Und deshalb lockt sie uns weg."

„Genau. Und wenn sie sprechen könnte, wüssten wir auch, was uns erwartet."

Sie waren dem Adler nun fast fünfzig Meter in den Wald gefolgt, bis dieser sich beruhigte und mit dem Schreien aufhörte. Das Adlerweibchen saß nun da und schaute durch den Wald zur Straße hinunter. Was hatte sie gesehen?

Jenny wunderte sich immer noch, als sie ein seltsames

Brummen hörte. Es schien aus der Richtung zu kommen, in die der Vogel blickte.

„Ich höre etwas", teilte sie Luke mit, der wie immer vergebens lauschte.

„Was ist es?", flüsterte er, „ich kann noch nichts hören."

Jenny konzentrierte all ihre Sinneskräfte auf das Gehör und versuchte dieses Geräusch zu bestimmen. Sie verglich es mit allem, was sie je als Mädchen oder als Puma gehört hatte und einen Augenblick später glaubte sie zu wissen, was es war.

„Es kommt näher und ich glaube, es ist das Geräusch eines Autos. Du müsstest es auch gleich hören."

Luke hielt die Luft an, damit ihn sein eigener Atem nicht beim lauschen störte. Und wirklich, jetzt hörte er es auch. Da es bei ihm noch nicht so lange her war wie bei Jenny, dass er ein Autogeräusch vernahm, erkannte er es sofort als solches.

„Ja, du hast Recht, da kommt wirklich ein Auto", sagte er deshalb. „Es ist vielleicht besser, wenn wir uns eine Kuhle suchen, in der wir in Deckung gehen. Man weiß nie, wer in so einem Auto sitzt und vor allem, warum es hier mitten im Wald umherfährt", schlug Luke vor.

Jenny war ihm jedoch zuvor gekommen. Ihre Augen hatten, schon bevor Luke seine Worte aussprach, einen geeigneten Ort gefunden.

„Dort!", sagte sie nur und sprang hinter eine mannshohe Bodenwelle. Luke folgte ihr. Das Adlerweibchen merkte, dass die beiden ihre Warnung verstanden hatten und erhob sich wieder in die Luft. Am Boden fühlte sie sich einfach nicht wohl. Luke und Jenny lagen hinter der Bodenwelle und warteten. Von hier konnten sie die Straße gut einsehen und waren gespannt, wer sich da näherte. Das Brummen wurde lauter und gleich musste das Auto um die Kurve biegen, an deren Ausgang sich Luke und der Puma versteckt hatten.

„Wenn hier ein Auto entlang kommt, dann fährt es in Richtung unserer Freunde", sagte Jenny besorgt.

„Das kann sein", nickte Luke, ließ dabei aber nicht die Kurve aus den Augen.

„Vielleicht sind es wieder diese beiden Holzfäller, von denen uns der Adler erzählt hat?"

„Sagte er nicht, sie hätten ein rotes Auto gehabt?", fragte Luke.

„Ja, ich glaube er sagte rot."

„Gut, warten wir ab. Dann wissen wir es", sagte Luke.

Luke hatte zwar im Heim gelebt, aber trotz allem wusste er über Autos wie jeder Junge seines Alters viel mehr als man ihm zutraute. Und so erkannte er auch am Geräusch, dass es sich um einen größeren Geländewagen handeln musste.

„Dort ist er", zeigte er nun den Weg hinunter.

„Ich sehe ihn", erwiderte Jenny, „die beiden Holzfäller sind es nicht. Dieser Wagen ist nicht rot."

„Nein, er ist grün, das heißt, er sieht aus als ob er...", Luke wunderte sich.

Jenny vollendete seinen Satz: „...angemalt ist?"

Sie traf voll ins Schwarze. Dort kam ein grün-braun-schwarz lackierter Pickup den Berg herauf gefahren. Und beide beunruhigte dieses Auto sehr. Es roch nach Ärger. Schnell kam es nun näher und man konnte das Johlen einiger Männer hören, die offensichtlich guter Laune waren. Aber wieso? Wohin wollten sie so früh am Morgen? Jenny entdeckte auf der Ladefläche einige Kisten und an der Rückwand des Fahrerhauses sah sie merkwürdig aussehende Geräte. Fragend blickte sie in Luke's Gesicht, der diese auch soeben erblickt hatte. Doch er erkannte sie. Er biss sich auf die Unterlippe und Jenny wusste sofort, dass ihn irgendetwas große Sorgen machte.

„Was ist, weißt du etwa, wer das ist?", fragte sie ihn.

„Ja und nein, ich kenne sie nicht, aber ich kann mir denken, was sie hier wollen."

„Und was ist das?"

„Das wird dir gar nicht gefallen, wenn ich es sage."

„Nun sag schon", drängelte Jenny.

Luke warf noch einmal einen Blick auf den im Staub verschwindenden Jeep und sagte mit besorgter Miene: „Das waren Jäger, anscheinend ist Jagdsaison. Das was du auf der Ladefläche gesehen hast, waren ihre Gewehre und Campingausrüstung. Sie fahren in die Berge, um dort zu jagen."

„Oh, Gott", entfuhr es Jenny, „all unsere Freunde sind da oben, wir müssen sie warnen."

„Wie willst du das machen, noch dazu, wo ich mir gar nicht so sicher bin, ob es wirklich Jäger waren."

„Aber auf ihrem Auto standen Waffen, nicht?"

„Ja", gab Luke zu, „Gewehre waren es."

„Also sind unsere Freunde in Gefahr?"

„Ja", nickte Luke erneut, „aber wir können nichts tun, wir sind schon zu weit weg. Wir schaffen es nicht mehr, sie zu warnen."

Jenny wollte das nicht wahr haben. „Ich könnte doch zurück rennen, du müsstest eben solange hier warten."

Jetzt war Jenny wirklich unvernünftig. Luke redete ihr diese Idee schnell wieder aus: „Wir sind fast an der Straße, das würde uns bald zwei Tage kosten, bis du wieder hier wärst. Und außerdem darfst du dich keiner noch so kleinen Gefahr aussetzen. Wenn dir etwas zustößt, sind alle verloren. Ich muss zwar die erlösende Formel aussprechen, aber nur du kennst den Weg ins Zauberland. Wir dürfen nichts riskieren."

„Und wenn wir die Freundin des Adlers zurückschicken?", schlug Jenny in ihrer Sorge nun vor.

„Das wäre eine gute Idee, wenn sie unsere Sprache verstehen würde. Aber so wie es nun einmal ist, sehe ich keine Möglichkeit ihr klarzumachen, was wir von ihr verlangen." Jenny sah es ein und war froh, dass Luke so gut mitdachte.

„Wir können nichts tun", sagte sie nun leise.

„Keine Sorge", machte ihr Luke Mut, „der Adler wird das Auto schon rechtzeitig entdecken und alle warnen. Auf ihn ist doch Verlass. Das einzige, das wir tun können, ist so schnell wie möglich das Zauberland zu finden."

„Ja, lass uns weitergehen, du hast Recht, unsere Aufgabe ist zu wichtig. Die Tiere müssen sich alleine helfen, so leid es mir auch tut."

Eine neue Freundin

Kaum, dass Jenny diesen Satz gesagt hatte, war sie mit ein paar Sprüngen wieder auf dem Weg und wartete auf Luke.

„Ich hoffe nur, es waren die einzigen, die die Wälder mit ihren Gewehren unsicher machen wollen", rief sie den über einige kleine Wurzeln kletternden Luke zu. Luke erreichte den Weg und klopfte sich den Schmutz und die Tannennadeln von der Kleidung. In der Ferne hörte man noch das immer leiser werdende Geräusch des Autos, bis es ganz verschwand.

„Mir ist nicht wohl dabei, dass wir nichts gegen die Jäger unternehmen können", bedauerte Jenny noch einmal. Aber sie sah es ein und folgte Luke, der schon wieder strammen Schrittes unterwegs war. Durch den Zwischenfall von eben war er von der Karte abgelenkt worden, aber nun zog er sie wieder aus der Innentasche seiner Cordjacke.

„Was schaust du nach?", wollte Jenny wissen.

„Ich überlege gerade, ob wir, wenn wir die Straße erreichen und uns jemand mitnimmt, bis Calgary oder bis Edmonton weiter im Norden mitfahren sollten."

„Wo liegt da der Unterschied?"

„Nun, wenn wir alleine wären, würde es keinen Unterschied machen, aber", und er deutete zum Himmel, „wir müssen unsere Begleiterin berücksichtigen. Bis Calgary sehe ich keine Probleme, das müssten wir in vier bis fünf Stunden schaffen, aber ich bin mir nicht sicher, ob wir vor Einbruch der Nacht bis Edmonton kommen."

„Ach so", wurde Jenny jetzt klar, „sie kann uns nur tagsüber folgen, es sei denn, sie kann auf der Ladung Platz nehmen."

„Genau."

„Hoffentlich hat ihr der Adler alles richtig erklärt", überlegte Jenny.

Wenn sie und Luke plötzlich in einen Truck stiegen, musste das Adlerweibchen von sich aus wissen, was zu tun war. Sie konnten es ihr nicht sagen.

„Es wird schon alles gut gehen", sagte Luke, „und falls sie uns wirklich verlieren sollte, kann sie immer noch zurück fliegen. Sie wird auf jeden Fall eher zurück bei den Tieren sein, als wir das Zauberland erreichen. Der Adler wird dann eine andere Lösung finden. Aber nun müssen wir uns auf die Fahrt mit dem Truck vorbereiten. Ich schätze, in einer halben Stunde werden wir an der Straße sein."

„Gut", meinte Jenny, „dann ist es jetzt an der Zeit mir zu erklären, wie du es anstellen willst, einen ausgewachsenen Puma wie mich in das Fahrerhaus eines Lasters zu bringen, ohne das der Fahrer durchdreht."

„Darüber habe ich noch nicht nachgedacht, aber es wird schon irgendwie klappen. Hauptsache ist, du sagst auf der ganzen Fahrt keinen Ton. Alles andere überlass meiner Erfindungs-gabe. Ich werde dem Fahrer schon irgendeine Geschichte auftischen. Aber solltest du sprechen, dann sitzen wir in der Klemme. Also gib auf gar keinen Fall einen menschlichen Laut von dir!"

„Das werde ich schon schaffen", versprach Jenny.

Der Weg wurde breiter und links und rechts lagen gefällte Bäume, die auf ihren Abtransport warteten. Es roch nach Harz und in der Ferne hörte man das Dröhnen der Trucks, die über den Highway donnerten. Dort vorne lag die Straße, die die beiden wieder ein Stück näher an ihr Ziel bringen würde.

Das erste Stück ihres Weges hatten Luke und seine Freundin

erfolgreich und vor allem schnell geschafft. Der Himmel war wolkenlos, und das Adlerweibchen genoss es sich von der warmen Luft des Vormittages tragen zu lassen. Luke und Jenny entschieden, den breiten Weg zu verlassen um nicht von anderen Jägern, die vielleicht noch folgen würden, überrascht zu werden. Denn außer den Baumstämmen gab es hier keinerlei Deckung. So liefen sie nun schräg durch das Unterholz in Richtung Straße. Sie brauchten sich keine Sorgen zu machen, dass das Adlerweibchen ihre Richtungsänderung nicht bemerkte. Kaum setzte Luke einen Fuß in den Wald, stieß sie zu den beiden hinab und schrie um ihnen zu zeigen, dass sie alles im Auge hatte.

Luke lief jetzt vor Jenny. Die Straße bedeutete: Menschen. Und Menschen waren die Angelegenheit für den Jungen. Bereitwillig überließ Jenny ihm ab jetzt die Führung. Durch die Bäume konnte man schon eine breite Lichtung sehen, dort musste die Straße sein. Die beiden erreichten den Waldrand und schauten sich um. Es war überwältigend. Hier hatte der Mensch eine fast einhundert Meter breite Schneise in den Wald geschlagen um seinen Highway zu bauen.

Gerade eben liefen sie noch durch tiefsten kanadischen Forst und nun standen sie am Rand einer Pulsader der Zivilisation. In beide Richtungen folgten ihre Augen der sich dahin schlängelnden Straße fast eine Meile ohne Probleme. Die gelbe Doppellinie in der Mitte des Highways wurde etwas weiter zu einem einzigen Strich und verlor sich dann ganz. „So, an der Straße wären wir", sagte Luke erleichtert, fast so, als ob der Rest der Reise von nun an ein Kinderspiel werden würde.

Er ließ seinen Rucksack zweimal auf dem Rücken hüpfen und

schritt den kleinen Abhang zum Straßenrand hinunter.

„Siehst du die Büsche dort vorne?", fragte er Jenny. „Dort wirst du dich vorerst versteckt halten, bis ein ordentlicher Laster kommt und ich den Fahrer überzeugt habe, dass ich einen zahmen Puma besitze, der auch gerne mitfahren würde." „Wenn du meinst", erwiderte Jenny, „ich vertraue dir ab jetzt ganz und gar, ich werde mich versteckt halten."

Wie gesagt, legte sich Jenny in den Schutz einiger Hecken, während Luke zur Fahrbahn ging, um den nächsten Truck abzuwarten. Die Straße war eine wichtige Verbindung zwischen Lethbridge, wo Luke aufgewachsen war, und Calgary, Jenny's ursprünglicher Heimat, aber trotzdem fuhren hier nur wenige Autos. Luke wartete fünf Minuten. Als er dann immer noch kein Motorengeräusch vernahm, warf er den Rucksack neben einen Stein, zog seine Jacke aus und verwendete sie als Sitzunterlage. Auf einem Baum auf der anderen Straßenseite hatte das Adlerweibchen Platz genommen und beobachtete ihn. Alles verlief bis jetzt nach Plan.

Luke stützte seinen Kopf auf die Hände und schaute nach rechts den Highway hinunter. Von dort erwartete er die Mitfahrgelegenheit. Er dachte daran, die Zeit mit einem kleinen Liedchen auf seiner Mundharmonika zu verkürzen, aber er war irgendwie zu faul. So pfiff er nur ab und zu einige Bruchstücke irgendeiner Melodie. Er dachte an das Zauberland. Wie würde es ihm dort gefallen? Würde er es je wieder verlassen? Und was wird mit Jenny? Würde sie zulassen, dass er sie in ein Mädchen zurückverwandelt?

An all das dachte er, als eine in der Ferne ertönende Truckerfanfare ihn aus den Träumen riss. Diese Fanfaren, die von ihrem Klang fast den großen Schiffssirenen entsprachen, waren meilenweit zu hören. Als sie noch mal erklang, war sich Luke sicher, dass sie aus der Richtung kam, die er sich erhoffte. Schnell zog er seine Jacke an und schulterte seinen Rucksack. Erwartungsvoll stellte er sich an den Straßenrand und lauschte dem schnell näher kommenden Brummen. Gleich müsste der Lastwagen nach der etwa tausend Meter entfernten Kurve zu sehen sein, verriet der stöhnende Motor. Luke grinste vor Freude, als er den Lastzug um die Biegung kommen sah. Es war ein Truck ganz nach seinem Geschmack. Das riesige Fahrerhaus mit der langen eckigen Schnauze war himmelblau und das Chrom der hochgelegten Auspuffrohre und des Kühlergrills blitzten in der Sonne. Aber noch mehr gefiel Luke die Ladung, denn diese bestand aus Baumstämmen und würde für den Adler einen hervorragenden Sitzplatz abgeben. Wenn dieser Truck hielt und sie mitnahm, waren sie bis Edmonton alle Sorgen los.

Luke stellte sich mutig mitten auf die Fahrbahn, als der Lastzug näher kam. Er winkte mit beiden Armen um den Fahrer auf sich aufmerksam zu machen. Doch der Truck verringerte die Geschwindigkeit nicht. Stur donnerte er die Straße herunter und Jenny, die alles beobachtete, dachte daran, dass es an der Zeit wäre, besser wieder an den Seitenstreifen zu gehen. Aber Luke, so eigensinnig wie er war, blieb stehen und winkte weiter. Nur noch zweihundert Meter und der Truck würde ihn überrollen. Doch Luke bewegte sich keinen Zentimeter von der Stelle. Plötzlich meldete sich wieder die Fanfare mit einem lang gezogenen Huuuuuup, Huuuuuup, und sämtliche Scheinwerfer gingen abwechselnd an und aus. Der Fahrer hatte ihn gesehen.

Jetzt, als Luke sah, wie der Truck allmählich langsamer wurde, ging er zufrieden ein paar Schritte zur Seite. Man hörte, wie der Fahrer einen Gang nach dem anderen herunterschaltete und langsam auf den Jungen zurollte. Luke sah, dass der Sattelzug die Straße verließ und auf dem breiten geschotterten Seitenstreifen ausrollte. Deshalb wich er noch einige Schritte zurück. Nun bremste der Truck ab und hielt mit schrillem Quietschen direkt neben dem Jungen. Ein lautes Zischen entlüftete die Bremsen und der Truck ruckelte noch ein wenig hin und her. Luke war in eine dichte Staubwolke eingehüllt und hustete. Als sich der Staub verzogen hatte, blickte er zu der Beifahrertür hinauf, die sich auch gleich darauf öffnete.

Zu Luke's völliger Überraschung schaute nicht ein wütender, dickbäuchiger, Zigaretten qualmender Trucker aus dem Führerhaus, sondern eine Frau.

„Verdammt…Was machst du denn hier mitten in der Wildnis?", fragte sie und sprang zu ihm hinunter.

Luke schaute sie an wie einen Geist. Sie trug eine enge Jeans, die in hohen Cowboystiefeln steckte, ein weißes T-Shirt mit einem Adler auf der Vorderseite und ein Basecap der Red Skins, aus dem hinten lange, braune Haare heraus hingen. Alles in allem total untypisch für einen Trucker.

„Fahren Sie diesen Truck?", fragte Luke daher ungläubig.

„Nein", meinte sie, als sie Luke's Zweifel sah, „mein zwei Meter großer, einäugiger Bruder fährt ihn. Stimmt es, Barney!", rief sie zur Tür hinauf.

Luke blickte ängstlich zum Truck.

„Das war ein Witz", amüsierte sich die Frau und stupste den Jungen an der Schulter, „ natürlich fahre ich dieses Baby. Und sprich mich nicht mit Sie an, ich bin Kate." Sie streckte ihm die Hand entgegen.

„Luke", sagte der Junge und ergriff ihre Hand.

„Du hast meine Frage noch nicht beantwortet. Was macht ein Junge wie du soweit von der nächsten Stadt entfernt?"

„Ich will nach Edmonton."

„Zu Fuß?"

„Nein, natürlich per Anhalter. Deswegen habe ich Sie …mmmh…..dich schließlich angehalten."

„Entschuldige", sagte sie, „ich scherze gerne." Sie lehnte sich mit dem Rücken an den Radkasten und musterte Luke von Kopf bis Fuß.

„So, so, nach Edmonton willst du also. Verrätst du mir auch, was du dort willst?"

„Meine Großeltern haben dort eine Farm", log er.

„Wissen deine Eltern von deiner Reise?"

„Keiner vermisst mich. Mein Vater ist Ranger in den Bergen und fast nie zu Hause. Meine Mutter ist tot. Letztes Jahr besuchte ich meine Großeltern auch auf diese Weise. Da unser Haus nahe am Highway steht", Luke zeigte irgendwo hinter sich, „ist dies die einfachste Lösung um nach Edmonton zu gelangen."

Kate kniff ein Auge zusammen. Diese Geschichte roch förmlich nach einer Lüge. Deshalb sie fragte weiter. „Hat denn dein Vater keine Angst um dich, wenn du bei den Truckern mitfährst?"

Das war ein guter Zeitpunkt, um Jenny ins Spiel zu bringen, dachte sich Luke und sagte: „Nein, ich reise ja nicht allein."

„So … so", tat Kate verwundert, „hast du etwa deinen Plüschteddy dabei?" Sie lachte.

„Nein, einen Puma", meinte Luke kühl.

Das genügte Kate. Sie legte ihre Hand auf seine Schulter und sagte: „Die Geschichte kauft dir keiner ab, Luke. Sag schon, wo bist du abgehauen?"

„Es stimmt alles, ich kann es beweisen", verteidigte er sich.

„Wenn du dazu in der Lage bist, nehme ich dich ohne mit der Wimper zu zucken bis Edmonton mit, das verspreche ich."

„Mich und meinen Puma!", ergänzte Luke.

Kate winkte lachend ab: „Von mir aus ein ganzes Rudel Wölfe." Dieser Junge war wirklich amüsant. Glaubte er, nur weil sie einen Truck fuhr, würde sie alles glauben? Sie stieg ein und wollte über Funk eine Polizeistreife rufen, als sie den Jungen draußen einen Namen rufen hörte.

„Jenny, Jenny", rief er in Richtung der Büsche am Straßenrand. Kate hatte gerade das Funkgerät in die Hand genommen, als sie den Puma auf den Truck zukommen sah. Wie versteinert saß sie auf dem Beifahrersitz und glaubte nicht, was sie da sah. Der Puma lief zu dem Jungen, lehnte sich an ihn und rieb den Kopf genüsslich an Luke's Körper. Luke graulte ihr den Kopf und wie man es von normalen Hauskatzen kannte, schnurrte Jenny sanft. Kate war sprachlos.

„Reicht dir das als Beweis?", fragte er sie.

Kate hatte sich ihr Basecap zurückgeschoben und rieb sich mit der flachen Hand Augen und Stirn. „Du hast wirklich einen ausgewachsenen Puma", sprach sie und schüttelte den Kopf, „der total zahm ist."

„Ja, das ist sie. Ihr Name ist Jenny. Sie tut niemandem etwas, der mir nichts tut. Meine Freunde sind auch ihre Freunde, wenn du verstehst?"

Kate kletterte vorsichtig aus dem Truck, denn ein Angsthase

war sie nicht. Sie ging auf die beiden zu und sah, wie der Puma sie beobachtete. Langsam hockte sie sich zwei Meter vor Jenny hin und streckte ihr die Hand aus.

Jenny wusste genau, was nun zu tun war. Sie spielte die zutrauliche Katze. Zuerst schnupperte sie in Kate's Richtung, Dann tat sie einen Schritt auf sie zu. Langsam näherte sie sich mit der Schnauze ihrer Hand und roch auch daran. Vorsichtig fuhr sie dann mit ihrer rauhen Zunge über den Handrücken.

„Sie mag dich", beurteilte Luke Jenny's gekonnt gespieltes Einschmeicheln, „du kannst sie ruhig streicheln."

Ähnlich wie gerade eben bei Luke schmiegte sich Jenny nun an die Truckfahrerin. Da diese hockte, wäre sie beinahe rücklings umgefallen, denn Jenny's Gewicht war ganz beträchtlich.

„Nicht so stürmisch, Jenny", lachte Kate, die den Puma auf Anhieb ins Herz geschlossen hatte.

„Was ist, nimmst du uns nun mit?"

„Es wird mir nichts anderes übrig bleiben", antwortete Kate fröhlich, „ihr seid ein zu lustiges Paar." Ihre anfänglichen Zweifel über Luke's Geschichte waren wie weggeweht, seine einmalige Lügengeschichte verbunden mit Jenny's Schauspiel hatten Kate überzeugt.

Jenny war stolz auf Luke. Mit überragender Leichtigkeit überlistete er diese Frau, die ihn beinahe entlarvt hätte. Einfach toll.

Kate erhob sich, schob ihre Mütze wieder in die Stirn und hangelte sich zurück in ihr Fahrerhaus.

„Dann los, wenn ihr mitwollt", rief sie hinunter.

„Du zuerst", flüsterte Luke, „ich will noch mal nach dem Adler schauen."

Daraufhin sprang Jenny mit einem einzigen Satz hoch auf den Beifahrersitz.

„Wow, du scheinst ganz schön Kraft in den Beinen zu haben", staunte Kate, „wenn du willst, kannst du dich in meine Koje legen, hier vorne ist es dir sicher zu unbequem."

Beinahe hätte sich Jenny nach hinten umgedreht, aber rechtzeitig fiel ihr wieder ein, dass sie momentan die Menschensprache nicht verstand, angeblich. So blieb sie reglos auf dem Beifahrerplatz sitzen und wartete auf Luke. Dieser hatte gerufen, er müsste noch mal austreten. In Wirklichkeit aber hielt er nach dem Adlerweibchen Ausschau. Dort wo sie vorhin gesessen hatte, war nur noch ein leerer Ast, der leicht auf und ab wippte. Wo war sie? Er hielt sich die Hand schützend vor die Augen und versuchte sie am Himmel zu entdecken. Aber die Mittagssonne blendete zu sehr um irgendetwas zu sehen. Plötzlich hörte er ganz in seiner Nähe ein klatschendes Geräusch. Es kam von den auf dem Lastzug liegenden Baumstämmen. Luke trat ein paar Schritte zurück und schaute hinauf. Nicht zu glauben, dort saß das Adlerweibchen. Während sich Luke vorhin unterhalten hatte, war sie unbemerkt zum Lastzug geflogen und hatte auf den Stämmen Platz genommen. Luke war wirklich angenehm überrascht. Der Adler hatte seiner Freundin anscheinend wirklich alles genau erklärt. Ohne ihr einen Hinweis zu geben, tat sie immer genau das, was gerade von ihr erwartet wurde.

Zufrieden ging Luke wieder nach vorne und kletterte hoch in den Truck.

„Alles an Bord?", fragte Kate mit der Hand am Zündschloss. „Dann los!" Die gewaltige Maschine heulte auf und der Truck setzte sich in Bewegung. Luke nutzte den Lärm um Jenny leise mitzuteilen, dass der Adler hinten auf den Baumstämmen saß. Also war alles in Ordnung und Jenny ging nun nach hinten in Kate's Schlafkoje, die sich ein wenig erhöht hinter den Sitzen befand.

„Das habe ich ihr vorhin vorgeschlagen, sie scheint es aber erst jetzt gesehen zu haben, dass es da hinten gemütlicher ist", sagte Kate.

„Mmmmh", erwiderte Luke nur und schaute sich im Innern des Trucks um. Er kannte diese Autos aus Filmen, die sie im Waisenhaus manchmal gesehen hatten, aber von innen sah er ein solches Gefährt noch nie.

„Mach es dir ruhig bequem, bis Edmonton fahren wir noch mindestens zehn Stunden!"

Zehn Stunden, dachte Luke, dann wären sie mit Einbruch der Nacht dort. Das war in Ordnung. Er zog seine Jacke aus und holte wieder seine Landkarte hervor.

„Wohin muss die Ladung?", wollte er wissen.

„Das ist gutes, teures Holz aus dem Süden, ich fahre es in ein großes Möbelwerk in Edson."

Luke suchte auf der Karte nach dieser Stadt und fand sie zu seiner Überraschung genau auf der Strecke, die er eigentlich mit dem Zug fahren wollte. Edson hatte auch einen kleinen Bahnhof und wenn sie bis dort mitfahren konnten, sparten sie sich das gefährliche Aufspringen im Hauptbahnhof von Edmonton. Aber wie sollte er das jetzt in seine Lüge einbauen. Er überlegte. Gewitzt wie er war, fiel ihm gleich etwas ein.

„Hast du Edson gesagt?", tat er ganz überrascht.

„Ja, Edson, westlich von Edmonton."

„Das ist ja hervorragend, genau dort wohnen meine Großeltern."

Kate musterte Luke argwöhnisch, das war aber nun wirklich eine Lüge.

„Sagtest du nicht vorhin, sie hätten eine Farm in Edmonton?"

„Nein, nein, das musst du falsch verstanden haben. Ich sagte nur, ich muss nach Edmonton, meine Großeltern haben dort eine Farm."

„Und wo liegt da der Unterschied?"

„Letztes Jahr fuhr ich auch bis Edmonton und nahm dann den Zug bis Edson. Ich muss mich versprochen haben, als ich sagte, sie würden in Edmonton leben." Luke schaute nun erwartungsvoll zu Kate hinüber, wie würde sie reagieren? Nahm sie ihm das ab? Auch Jenny war gespannt, die aufmerksam zugehört hatte.

„Die Geschichte stinkt", sagte Kate, „irgend etwas ist faul daran. Aber ich habe nun mal versprochen euch mitzunehmen. Und was Kate verspricht, das hält sie auch." Sie überlegte und trommelte mit den Fingern auf das Lenkrad. „Ich mach dir einen Vorschlag. Ich nehme euch bis Edson mit und lasse euch dort eurer Wege ziehen. Doch du musst mir die Wahrheit erzählen, die volle Wahrheit."

Beinahe wäre Jenny ein ‚oje' heraus gerutscht, aber sie beherrschte sich rechtzeitig. Das war jetzt wirklich eine schwere Entscheidung für Luke. Dieser schaute auf die Straße vor sich und folgte den gelben Mittelstreifen in die Ferne. Was sollte er tun?

„Ich denke darüber nach, okay?", sagte er schließlich.

„Okay, ich dränge dich nicht, wir haben viel Zeit." Kate hatte gewonnen. Der Junge war bereit die Wahrheit zu erzählen. Das galt als Erfolg. Wie sie mit den beiden weiter verfahren wollte, wenn sie die Wahrheit kannte, würde sich ergeben. Sie hatte ja nicht die leiseste Ahnung, wie diese Wahrheit aussehen würde, welche Märchenhaftigkeit sie besaß.

Um vom Thema abzulenken, fragte Kate: „Habt ihr Hunger?"

Diese Frage ließ Luke alles andere vergessen. Seine Augen funkelten und Kate ahnte, dass die beiden großen Hunger hatten.

„Ich habe hinten einen kleinen Kühlschrank und dort oben in dem Fach über dir sind auch allerlei Süßigkeiten. Such dir und deinem Puma etwas aus. Ich empfehle die Würstchen im Glas. Dort ist auch Brot", und sie zeigte auf einen großen Rucksack neben Jenny.

Sofort kletterte Luke in den Hinterraum des Fahrerhauses und genoss seit Tagen die erste richtige Mahlzeit. Sie verzehrten gemeinsam ein ganzes Glas Würstchen und Brot mit Erdnussbutter. Kate blickte ab und zu nach hinten und sah mit Freude, wie es den beiden schmeckte. Während sie aßen, flüsterten sie hin und wieder über Kate's Vorschlag, die Wahrheit zu sagen. Jenny setzte großes Vertrauen in Kate. Sie glaubte nicht, dass sie sie der Polizei übergeben würde. Spätestens, wenn Jenny begann zu sprechen, würde Kate alles glauben. Sie entschieden also, Kate die Wahrheit zu sagen, aber Luke sollte das in kleinen Happen tun.

Er kroch auf seinen Beifahrersitz zurück und bedankte sich zuerst für die Speisen. Dann meinte er: „Ich werde dir die Wahrheit erzählen, aber vorerst musst du mir noch einen Gefallen tun, ohne zu fragen, warum und wieso. Wirst du das tun?"

„Wenn es im Bereich des Möglichen liegt, gerne."

„Also", sprach Luke langsam, „hinten auf den Stämmen sitzt ein Weißkopfseeadler, er muss auch mit nach Edson."

Kate starrte Luke fassungslos an.

„Hättest du etwas dagegen, wenn er hier vorne mitreist, Platz ist doch genug?"

Kate öffnete den Mund, als wollte sie etwas sagen, schloss ihn aber gleich wieder. Sie bremste den Lastzug ab, viel schneller als vorhin und sprang auf ihrer Seite auf die Straße hinunter. Sie lief ein Stück weiter und ging in die Hocke.

„Das gibt es doch nicht", sie riss sich das Basecap vom Kopf, „da sitzt tatsächlich ein Adler."

Das Adlerweibchen war verwirrt. Was hatte das zu bedeuten? Sollte sie lieber davonfliegen oder drohte ihr keine Gefahr? Unruhig trippelte sie auf dem obersten Stamm entlang. Erst als sie Luke sah, der auch die Straße entlang gelaufen kam, entschied sie sitzen zu bleiben.

„Auf meinem Laster sitzt ein Adler! Während voller Fahrt saß auf meinem Laster ein Adler!", wiederholte sie.

„Richtig. Er gehört zu uns."

Kate stand auf, ohne den Blick von dem Vogel zu wenden.

„Weißt du, was ich bin?", fragte sie nun.

„Wütend?", sagte Luke leise.

„Nein, ich bin gespannt auf deine Geschichte. Du kommst hier mit der halben Arche Noah an und erzählst mir, du willst zu deinen Großeltern? Jetzt bin ich mir endgültig sicher, dass du gelogen hast. Schnapp' dir deinen Adler und dann will ich die Wahrheit wissen."

Sie klang jetzt wie eine Mutter, die ihren Sohn ausschimpfte, weil er wieder einmal irgendein Tier mit nach Hause geschleppt hatte. Sie setzte ihre Mütze verkehrt herum auf und stieg wieder in den Laster.

Luke hielt seinen Arm in die Luft und rief: „Komm runter, du kannst mit hinein." Er hoffte, sie würde verstehen, was er von ihr verlangte. Das Adlerweibchen hielt den Kopf schräg und musterte Luke neugierig. Nun schlug er mit seinem rechten Arm auf den ausgestreckten und rief erneut irgendetwas. Jetzt begriff sie und sie glitt zu ihm hinunter. Sacht landete sie auf seiner Schulter und ließ sich zum Truck tragen. Als er mit ihr die kleine Leiter empor kletterte, verstand sie, dass sie die Reise dort drinnen fortsetzen würde und hüpfte zu Jenny in die Schlafkoje.

Kate drehte sich zu den beiden Tieren um und schüttelte den Kopf: „Das glaubt mir kein Mensch."

Sie startete erneut ihren Lastzug und als sie wieder ihre alte Reisegeschwindigkeit von fünfzig Meilen die Stunde erreicht hatte, wand sie sich mit einem fordernden Blick zu Luke hinüber und sagte: „Ich höre!"

Luke konnte eigentlich zufrieden sein. Alle drei, er, Jenny und der Adler waren sicher unterwegs Richtung Zauberland. Sie würden sogar weiter kommen, als er gedacht hatte.

Auch er vertraute Kate. Er sah keinen Grund, warum sie die drei aufhalten sollte, wenn sie die Wahrheit erfuhr. Und so begann er zu erzählen. Einiges hob er sich jedoch bis zum Schluss auf, so zum Beispiel, dass Jenny und die anderen sprechen konnten. Luke erzählte nur soviel, dass die Geschichte verständlich blieb, auf ihre einzigartige Art und Weise. Und Kate hörte zu, ohne ihn einmal zu unterbrechen.

Jäger! Was nun?

Nachdem der fremde Grizzly am gestrigen Tag eingesehen hatte, dass ein Kampf nichts bringen würde, wanderte er zurück zu den Felsen zehn Meilen flussaufwärts. Um nicht ganz und gar auf seine erhoffte Lachsmahlzeit verzichten zu müssen, trat er unterwegs ab und zu in den Fluss und fing einen verirrten Lachs. Denn bis hier hoch kamen diese Wanderfische gewöhnlich nicht.

Diese Häppchen füllten natürlich nicht seinen knurrenden Magen und deshalb war er ziemlich schlecht gelaunt. Hinzu kam noch, dass ihn ständig der Schatten des Adlers streifte, welcher ihn, seit er umgedreht hatte, nicht aus den Augen ließ. Der Bär konnte machen was er wollte, er stand unter ständiger Beobachtung. Als er am nächsten Morgen das erste Mal durch die Augen blinzelte, erblickte er sofort den kleinen kreisenden Punkt am Himmel. Der Adler flog in großer Höhe, dennoch sah er den schlafenden Grizzly genau. Nur das erste Zwinkern des Bären in die morgendliche Sonne vermochte selbst er nicht zu erkennen.

Im Gedanken war der Adler bei Luke und Jenny und natürlich bei seiner Liebe. Hatten sie heute Morgen die Straße erreicht? Fuhren sie schon mit einem Truck gen Norden und folgte ihnen das Adlerweibchen? Er hoffte es. Beeinflussen konnte er es nicht. Für ihn und all seine Freunde hieß es jetzt nur noch Abwarten.

Unten im Tal schlängelte sich der Fluss zwischen Felsen und großen Geröllbrocken entlang. Die Sonne hatte noch nicht jede Ecke des Tals erreicht und so warf sie ein lustiges Muster auf den Wald unter ihm. Weiter im Norden konnte der Adler den Weg erkennen, dem gestern Luke und Jenny folgten, allerdings viele Meilen weiter unten. Er hielt sich auf einer Windböe balancierend unbeweglich in der Luft und folgte dem Weg, soweit es seine Augen zuließen. Irgendwo dort war seine Geliebte.

Doch was war das dort? Etwa in einer Entfernung von drei Meilen blinkte ab und zu etwas auf. Der Adler konnte aber nicht genau erkennen, um was es sich handelte. Aber seine Neugier, vor allem jedoch seine Sorge war geweckt. Er schielte noch einmal zum Bären hinunter, der sich immer noch nicht bewegte und flog dann auf das geheimnisvolle Blinken zu. Gelegentlich verschwand es für kurze Zeit, sobald es aber mit der Sonne zusammentraf, leuchtete es wieder. Der Adler war jetzt ein gutes Stück näher gekommen und wusste nun zumindest, dass es ein Objekt war, das dem Weg folgte und das irgendwie das Sonnenlicht reflektierte. An ein Auto dachte er vorerst nicht, obwohl er erst vor drei Tagen das von Sam und Charlie gesehen hatte.

Jetzt war er noch knapp eine Meile entfernt und der Adler verringerte seine Flughöhe um noch besser sehen zu können. Wieder verschwand dieses Blitzen hinter einer Wegkrümmung. Im leichten Sturzflug kam der Adler immer näher. Wenn dieses blinkende Etwas jetzt hinter der Krümmung auftauchen würde, müsste er es erkennen können. Er verlangsamte seinen Flug und wartete gespannt. Da war es wieder. Es blendete jetzt nur noch selten und der Adler erkannte es. Dort unten fuhr dasselbe Auto, das vor einer Stunde bei Luke und Jenny vorbeigekommen war. Dies konnte der Adler natürlich nicht wissen. Jetzt war er sehr beunruhigt. Deshalb flog er nun direkt darauf zu, um genau herauszufinden, wer diese Menschen waren und was sie hier oben wollten.

Eine Vermutung hatte er, hoffte aber, dass er sich täuschte. Das Auto fuhr, eine lange Staubwolke hinter sich herziehend, den Berg hinauf. Die verchromten Überrollbügel waren es, die den Adler geblendet hatten. Er flog nun direkt über dem Auto und musterte es. Auf der Ladefläche standen irgendwelche Kisten und im Inneren saßen drei oder vier Männer. Sam und Charlie waren es jedenfalls nicht, denn dieses Auto ähnelte ihrem keineswegs. Es war nicht rot sondern mit einer Farbmischung aus Schwarz, Grün und Braun lackiert.

Das Auto wurde plötzlich langsamer und verließ den befestigten Weg. Es kletterte wild hin und her wackelnd durch den Hochwald und hielt schließlich auf einer Lichtung an. Die Türen öffneten sich und vier Männer stiegen aus, deren Kleidung genauso merkwürdig aussah wie das Auto. Sie schlugen die Klappe ihrer Ladefläche auf und machten sich an den Kisten zu schaffen.

Der Adler glitt vorsichtig, so dass sie ihn nicht entdeckten, noch näher heran und setzte sich auf eine Tanne. Seinen weithin leuchtend weißen Kopf verbarg er hinter einem dicken Zweig. So war er für die Männer fast unsichtbar. Zwei der Kerle zerrten an einer großen Plane herum und hantierten mit merkwürdigen Stäben. Erst als sie ihr Zelt fast vollständig errichtet hatten, begriff der Adler, was sie da machten. Anscheinend hatten sie die Absicht, länger hier zu bleiben. Aber wozu?

Das Lager, das sie hier aufstellten, war nur fünf Meilen von seinen Freunden entfernt. Der Adler war sich noch nicht sicher, wozu sie hergekommen waren, aber eines wusste er:

egal warum, seine Freunde und ihn erwartete ein neues Problem. Argwöhnisch lugte der Adler hinter seinem Zweig hervor und beobachtete sie weiter. Zwei beschäftigten sich noch immer mit dem Zelt, während die anderen das Lager in westlicher Richtung verließen. Das beruhigte den Adler zunächst, denn seine Freunde hielten sich weiter östlich auf.

Die beiden Männer trugen je einen recht ungewöhnlich aussehenden Stock bei sich, den der Adler nicht sofort erkannte. Aber nach genauerer Betrachtung vermutete er, dass es sich hierbei um die von der Zauberin beschriebenen Waffen handelte. Zu Hause im Zauberland sprach die alte Zigeunerin ab und zu mit dem Adler, um mehr über die Ursprünge des Landes zu erfahren. Im Gegenzug hatte der Adler jedoch erwartet, auch etwas aus ihrer Welt erzählt zu bekommen. Und so erfuhr er unter anderem, was Waffen sind und wozu sie benutzt wurden. Dass er nun gerade hier mit ihnen in Berührung kommen sollte, gefiel ihm überhaupt nicht. Dennoch entschied er, noch abzuwarten, ehe er die anderen informierte. Erst wollte er noch mehr Erkenntnisse erlangen und folgte deshalb den beiden Männern.

Er glitt wie ein Schatten von Baum zu Baum, was bei seiner Größe gar nicht einfach war. Aber er wollte unbedingt unentdeckt bleiben. Von Zeit zu Zeit blieben die Männer stehen und schauten sich um. Sie sagten kein Wort, man hörte nur ihre leisen Schritte. Sie suchten nach Fährten und Spuren. Sie waren auf der Jagd. Schnell wurde dem Adler klar, dass sie zum Fluss unterwegs waren. Aber was hofften sie dort zu finden? Dank seiner hartnäckigen Verfolgung würde er es bald erfahren. Um den Fluss vor ihnen zu erreichen, flog der Adler eine Abkürzung und suchte sich einen günstigen

Beobachtungspunkt.

Er musste nicht lange warten. Trotz ihrer Tarnkleidung sah er sie schon von weitem. Die Männer trennten sich nun und schritten am Ufer entlang. Ihre Suche hatte Erfolg.

Der eine winkte lautlos mit den Armen und man hörte ein leises „Pssst. Pssst."

Auch der andere machte Gesten, die darauf schließen ließen, dass er etwas entdeckt hatte. Sie liefen aufeinander zu und trafen sich in der Mitte. Einer der beiden hockte sich hin und schien im Ufersand zu scharren. Dann blickte er auf und zeigte mit seinen Händen einen Abstand, der die Länge eines mittleren Lachses bedeuten konnte. Aber diese Vermutung ergab keinen Sinn. Der Adler grübelte. Als der andere mit einer Hand hoch über seinen Kopf irgendeine Größe deutete und flussaufwärts zeigte, fiel beim Adler der Groschen. Sie hatten die Fährte des einheimischen Grizzlys entdeckt.

Ihr kurz darauf folgender, froher Handschlag überzeugte den Adler endgültig. Ihr Interesse galt dem Bären, sie würden ihn jagen. Der eine lief ein Stück flussaufwärts bis er einen Haufen Bärenkot gefunden hatte und stocherte mit einem Zweig darin herum. Wenn es Profis waren, wussten sie jetzt auch, dass die Fährte erst eine Nacht alt war. Anscheinend ziemlich zufrieden verließen sie den Fluss wieder und schlugen die Richtung ein, aus der sie gekommen waren.

Der Adler dachte nach. Diese Jäger hatten Absicht, einen Bären zu jagen und zwar den, den er seit gestern beobachtete. Für seinen Freund, den Grizzly unten am Fluss, bestand zunächst keine Gefahr. Wenn die Jäger den fremden Bären töteten, hätten die Tiere auch gleichzeitig ein Problem weniger. Sie brauchten nicht mehr voller Bangen den nächsten

Vollmond abzuwarten.

Aber ob sich die Jäger mit dem einen Grizzly begnügen würden? Was, wenn sie außerdem noch gerne eine Hirsch- oder Elchtrophäe mitnehmen wollten und sie diese Tiere am unteren Flusslauf suchten? Dann wäre der Tod des fremden Bären umsonst gewesen. Es würde die Jagd auf seine Freunde beginnen. Das durfte nicht geschehen. Eine andere Lösung musste her und er hatte da so eine wage Idee. Geschickt ließ sich der Adler von der Tanne gleiten und flog nahe über dem Erdboden flussaufwärts.

Er wusste noch nicht wie, aber was sprach dagegen, dem anderen Bär zu helfen. Die anderen würden seine Meinung nicht sonderlich begrüßen, aber widersprechen würde auch niemand. Und so flog er zunächst zu dem Platz zurück, an dem er den Bären zuletzt sah. Das Glück war auf seiner Seite, oder man konnte eher sagen: auf der Seite des Bären. Hätte er ihn erst wieder suchen müssen, wäre kostbare Zeit verstrichen. Und die lief ihm jetzt davon. Aber der Bär war anscheinend ein Langschläfer oder ziemlich faul. Er lag noch an der gleichen Stelle wie vorhin. Das genügte dem Adler und er drehte sofort wieder ab, um seinen allmählich Gestalt annehmenden Plan in die Tat umzusetzen.

Noch einmal suchte er das Lager der Jäger auf und beobachtete sie aus größerer Höhe. Sie wirkten nicht hektisch, da sie genau wussten, dass ihnen der Bär nicht mehr entkommen konnte. Gemütlich saßen sie an einem kleinen Feuer und genossen ein verspätetes Frühstück. Danach jedoch würden sie aufbrechen. Deshalb erhöhte der Adler die Frequenz seiner Flügelschläge. Sein nächstes Ziel war der Fluss, war sein Freund, der Grizzly. Wenn ihn das Glück weiterhin begünstigte, würde vielleicht auch der Wolf am Fluss sein. Aber in erster Linie war jetzt der Bär wichtig. Ohne ihn würde der Plan des Adlers nicht funktionieren. Nach zehn Minuten größter Anstrengung sah er schon von weitem den Treffpunkt der Tiere. Als er noch ein Stück näher kam, erblickte er auch den Bären, der faul in der Sonne lag. Der Adler legte seine Flügel pfeilförmig nach hinten und schoss so zu ihm hinab. Er hatte es wirklich eilig. Der Wolf war nicht zu entdecken, dafür lagen Ted und Luna in der Nähe und sonnten sich. Ted sah den Adler zuerst und weckte die anderen aus ihren Tagträumen. Luna kniff er in die Seite und den Bären pfiff er ins Ohr.

„Was ist?", knurrte dieser.

„Der Adler kommt und er scheint es eilig zu haben."

Er schaute in die von Ted angezeigte Richtung und sah den Adler, wie dieser zur Landung ansetzte.

„Guten Morgen Adler", rief er ihm in seiner bärentypischen Gemütlichkeit zu. „Was hast du auf dem Herzen?"

„Guten Morgen, ihr drei", sagte er hastig, „wir haben ein neues Problem. Bär, ich brauche deine Hilfe!"

„Nun hol' erst einmal Luft, du bist ganz außer Atem", riet ihm sein Freund.

„Das wirst du auch bald sein", entgegnete der Adler, „ich hoffe, du hast noch nicht allzu viel gefrühstückt, denn du musst gleich ziemlich schnell rennen."

„Worum geht es denn überhaupt?"

„Bär, ein paar Meilen flussaufwärts sind Jäger und sie wollen den Grizzly töten!"

Luna zuckte zusammen. Kleinlaut fragte sie: „Sind es die Art Jäger, von denen du uns einmal erzählt hast, die töten, weil es ihnen Spaß macht?"

„Ja, genau."

„Sie werden sich mit einem Grizzly nicht zufrieden geben, stimmt es?", fragte der Bär ernst.

„Genau diese Befürchtung habe ich auch und deshalb bin ich hier. Wir müssen dem Grizzly helfen und die Jäger loswerden."

„Hast du einen Plan?"

„Ja, aber lass uns nachher darüber reden, jetzt ist es wichtiger, dass du, Bär, so schnell du nur kannst, flussaufwärts rennst. Ich überwache alles aus der Luft. Und wenn du in die Nähe der Jäger kommst, sage ich dir Bescheid und eröffne dir meinen Plan."

„Und wir?", rief Ted.

„Ach, stimmt", rügte sich der Adler, „euch habe ich ganz vergessen, ihr könnt natürlich nicht alleine hier bleiben. Am besten ist, ihr kommt einfach mit. Schließlich seid ihr sowieso viel schneller als der Bär. Mithalten könnt ihr daher ohne Probleme, oder?"

„Klar, wir kommen mit", ereiferte sich Ted. Endlich gab es wieder etwas zu erleben. Er konnte es kaum erwarten.

Der Bär hatte sich erhoben und schüttelte sich die Trägheit aus den Gliedern.

„Kann ich auf dich zählen, Bär?"

„Aber sicher, flieg ruhig los, ich komme so schnell wie möglich nach." Langsam trottete der Bär um die Wurzel, unter der er gelegen hatte und schaute flussaufwärts. Noch ahnte er nicht, zu was ihn der Adler brauchte, aber er würde schon wissen, was er tut. Deshalb verfiel er nun in einen leichten Trab und erhöhte seine Geschwindigkeit immer mehr. Ted und

Luna folgten ihm.

Unglaublich, zu welchen Leistungen so ein Koloss fähig war. Natürlich konnte er sich nicht mit dem Wolf, dem Luchs und schon gar nicht mit den Grauhörnchen messen, aber ein Mensch hätte keine Chance gegen ihn gehabt. Seine Fettpolster, die direkt unter dem Fell lagen, schwabbelten während dieses Sprints hin und her. Es sah aus, als ob bei jeder Bodenberührung einer seiner Tatzen der gesamte Körper erzitterte. Aber egal wie es aussah, er kam gut voran.

Der Adler zog es vor, noch einmal zurückzufliegen, um sicherzustellen, dass die Jäger noch an Ort und Stelle waren. Der Bär würde sowieso fast eine halbe Stunde benötigen, bis er dort oben ankam. Unermüdlich flog er wieder flussaufwärts, bis er das Lager entdeckte. Und wieder war das Glück auf seiner Seite. Sie saßen immer noch beim Frühstück. Die Sonne hatte mit ihren wärmenden Strahlen nun auch den letzten Zipfel des Waldes erreicht und der wolkenlose Himmel verriet, dass es wieder ein schöner Sommertag werden würde. Eigentlich genoss der Adler die beeindruckenden Bilder und Momente, die die Natur bot, aber heute blieb dafür nicht eine Sekunde Zeit.

Kaum dass er das Lager erreicht hatte, war er auch schon wieder auf dem Rückweg. Auf halber Strecke entdeckte er zu seiner Überraschung schon den Bären, der schneller unterwegs war, als er gedacht hatte. Jetzt durfte der Adler keinen Fehler machen. Er überlegte kurz und schätzte die Entfernungen Bär - Jäger und Bär - Grizzly ein und entschied, dass es vorteilhafter wäre, schon hier seinen Plan zu besprechen.

Also flog er zu den dreien hinab und stoppte sie.

„Wartet, macht mal Pause!", schrie er und landete direkt vor ihnen. „Ihr seid schon bald da. Ruht euch erst einmal aus und ich erkläre euch meinen Plan."

Froh über diese Rast setzte sich der Bär auf sein Hinterteil und hechelte wie ein Hund. Er war ziemlich fertig.

„Warst du etwa schon wieder bei den Jägern?", fragte Luna erstaunt.

„Ja, sie sitzen noch im Lager."

Luna blickte den Adler bewundernd an. Er kannte kein Rasten und kein Ruhen, wenn es um das Wohl seiner Freunde ging. Ihr weiser Adler Weißkopf war einzigartig.

„Also", begann der Adler, „es nützt uns nichts, wenn sie den anderen Grizzly töten, da sie bestimmt noch weiter jagen werden. Deshalb müssen wir ihn warnen. Die Jäger werden bald aufbrechen und seiner Spur am Fluss folgen. Das ist unser großer Vorteil. Ich kenne den Ort, wo sich der Bär aufhält. Da der Fluss einen großen Bogen macht, kürzt ihr den Weg durch den Wald ab und seid dadurch vor den Jägern dort. Du Bär, musst dem Grizzly dann in eurer Sprache erklären, was wir vorhaben."

„Und was haben wir vor?", fragte Ted ganz aufgeregt.

„Wir werden die Jäger in die Irre führen, sie voneinander trennen, ihnen die Gewehre wegnehmen und sie aus dem Wald vertreiben!"

„Das…hört sich…gut an", meinte der immer noch schnell atmende Bär. „Aber wie stellst du dir das vor, es sind doch bestimmt mehrere?"

„Es sind vier!"

„Siehst du, vier Jäger mit Gewehren gegen zwei Bären, einen Adler und zwei Grauhörnchen", gab der Bär zu Bedenken.

„Ich weiß, es klingt gefährlich, aber mir ist vorhin noch eine

Idee gekommen. Jetzt bin ich mir hundertprozentig sicher, dass mein Plan gelingen wird."

„Was für eine Idee denn?", fragte Ted.

„Genau dich und Luna betrifft sie. Ihr sollt mithelfen, die Männer zu entwaffnen. Wenn die Grizzlys ihren Auftritt haben, können die Männer sie damit nicht mehr verletzen." Ted wollte gar nicht wissen, wie und warum. Der Adler brauchte ihre Hilfe, das war einfach fantastisch.

Der Bär war immer noch skeptisch, dennoch vertraute er seinem Freund.

„Also gut", sagte er nun, „dann lass uns meinen Artgenossen suchen!" Er setzte sich wieder in Bewegung und der Adler flog voraus. Wie vorgeschlagen nahmen sie die Abkürzung durch den Wald und erreichten schon bald die ersten kleinen Felsen. Der Wald lichtete sich. Dem Bären war gar nicht wohl in seiner Haut. Denn irgendwo hier in der Nähe waren Jäger, die ihm an den Kragen wollten. Aber der Adler würde ihn schon rechtzeitig warnen.

Für Ted und Luna stellte diese Wanderung eine willkommene Abwechslung dar. Luna hatte ihren anfänglichen Schreck überwunden. Sie wusste genau, dass ihr und ihrem Ted von den Jägern keine Gefahr drohte, da sie ein viel zu kleines Ziel für deren Gewehre darstellten. Deshalb tollten sie nun auch ausgelassen auf den kleinen Felsen herum, wohl wissend, dass auch der Adler ein Auge auf sie und die Umgebung warf.

Wahrlich entging dem Adler nichts, was am Boden geschah. Hier auf dieser Abkürzung konnte er nichts Besorgnis erregendes entdecken. Aus diesem Grund flog er nun ein Stück voraus, um den Grizzly ausfindig zu machen, der sicherlich nicht mehr dort lag, wo er ihn zuletzt gesehen hatte.

Als er dort ankam, bestätigte sich seine Befürchtung. Der Grizzly war weg. Nun konnte er nur hoffen, dass dieser weiter bergan gewandert war, anderenfalls würde er den Jägern direkt vor die Flinten laufen.

Von der warmen Luft des Vormittags getragen, schraubte sich der Adler wieder höher und höher in die Lüfte. Die Felsen wurden immer winziger, dennoch fehlte von dem Bären auch aus dieser Höhe jede Spur. Den einzigen Bären, den er von hier ausmachen konnte, war sein Freund, den er im Süden entdeckte. Wohin war der andere Grizzly bloß gegangen? Natürlich bestand auch die Möglichkeit, dass er sich wieder in eine der vielen Felsgrotten zum Faullenzen niedergelegt hatte. Dann war es unmöglich, ihn von hier oben zu orten. In diesem Fall konnte ihn nur noch einer finden. Und dieser jemand näherte sich der Stelle, an der der Grizzly zuletzt ein Nickerchen gehalten hatte. Es war der Bär mit seinen kleinen Begleitern. Aus diesem Grund begann der Adler seine Höhe zu verringern, ohne aber die Landschaft unter sich aus dem Auge zu lassen. Jedoch einen anderen braunen Rücken als den seines Freundes erblickte er nicht.

„Ich kann ihn nicht finden", rief er dem Bären schon aus der Luft zu, „er muss hier irgendwo liegen und schlafen."

Der Bär blieb kurz stehen und meinte : „Zeig mir den Ort, an dem er heute früh lag. Mein Spürsinn und die empfindlichen Näschen der Grauhörnchen werden ihn schon aufspüren."

Und so machten sie es auch. Der Adler zeigte ihnen die Stelle und sofort nahm der Bär die Fährte auf. Zum Glück führte sie weiter bergan und nicht in die Richtung der Jäger. Auch Ted und Luna nahmen den Geruch des anderen Grizzlys wahr und teilten dem Adler mit, als dieser wieder einmal nahe an ihnen vorbeiflog, dass die Fährte noch ganz frisch sei. Weit dürfte sich der Bär also nicht entfernt haben.

Der Adler kannte nun die Richtung, daher suchte er weiter. Doch auch jetzt konnte er den Bären nicht finden. Die Grauhörnchen erreichten ein kleines Felsmassiv und warteten an dessen Rand auf ihren Freund. Als er sie einholte, blieb er unvermittelt stehen und hob seine Nase hoch in die Luft. Er roch nicht mehr nur die Fährte des Bären, er roch den Bären selbst.

„Ted, Luna", sagte er befehlend, „ihr bleibt jetzt hinter mir! Irgendwo dort oben ist er."

Die beiden befolgten seine Anordnung. Er selbst erhob sich auf die Hinterbeine um die Luft noch einmal in drei Metern Höhe zu filtern. Aber der moderige, säuerliche Geruch eines nicht gerade reinlichen Bären blieb und mit jeder Brise Wind verstärkte er sich. Das felsige Gelände erschwerte ein vorsichtiges Anpirschen sehr. Dennoch stand der Wind günstig, er wehte ihnen entgegen. Das war ein großer Vorteil. Der Bär würde sie erst bemerken, wenn sie direkt vor ihm ständen.

Ted war ganz und gar nicht glücklich, nun hinter dem Grizzly laufen zu müssen. Eigentlich wollte er den Bären finden. Doch dazu war es zu spät. Sein Freund hatte ihn vor ihm entdeckt. Er lag zusammengerollt in einer kleinen Felsnische und schlief. Der Adler, der ihn jetzt auch gesehen hatte, stieß wieder zu den Dreien. Er erklärte dem Bären noch einmal, was er sagen sollte und flog dann zu dem Grizzly und setzte sich ganz in dessen Nähe auf einen Felsvorsprung und schrie.

Tief hatte der Grizzly nicht geschlafen und daher hörte er dieses störende Geräusch des Adlers sofort. Was wollte der schon wieder? Genügte es nicht, dass er ihn Tag und Nacht beobachtete? Nun ging er ihm schon auf die Nerven, wenn er nur da lag und schlief. Das war wirklich des Guten zuviel. Er hob seinen schweren Schädel und brüllte den Adler an. Dieser hüpfte nur frech auf seinem Fels hin und her und lenkte ihn damit ab. Auf diese Art übersah der Grizzly den anderen Bären, der sich ihm von rechts näherte.

„Hallo", rief der Bär in der Bärensprache. „Gut geschlafen?" Der Grizzly fuhr herum um sich den plötzlichen Widersacher entgegenzustellen. Er erkannte ihn gleich wieder. Diesmal jedoch war er allein: ohne Wolf, ohne Stinktiere.

„Du bist in mein Revier eingedrungen", blaffte er ihn überaus wütend an, „ich habe euch gesagt, ihr könnt dort unten bleiben, aber hier ist mein Revier. Diese Missachtung meiner Grenzen wirst du mit dem Leben bezahlen."

Der Grizzly legte die kleinen Ohren an und war im Begriff den Bären anzugreifen.

Doch dieser behielt die Ruhe. „Willst du nicht den wahren Grund wissen, warum ich, der Adler und die Grauhörnchen hier sind? Es könnte dir das Leben retten."

„Mach dir keine Sorgen um mein Leben, sorge dich lieber um das Deinige", brüllte der Grizzly erneut.

„Gut, ich mache dir einen Vorschlag. Wenn die Nachricht, die ich dir bringe, für dich unbedeutend ist, kannst du mich töten. Aber du musst mich reden lassen."

Der Grizzly überlegte. Doch seine Neugier siegte und er sagte: „Dann rede!"

„Wir sind gekommen um dich zu warnen, denn du und auch wir sind in großer Gefahr. Ein paar Meilen flussabwärts haben Jäger ihr Lager aufgeschlagen. Der Adler hat gesehen, *wie sie sich über deine Fährte am Fluss maßlos freuten. Sie wollen dich jagen!"*

Diese Nachricht erschreckte und erstaunte den Grizzly zugleich. Diese Tiere wollten ihm helfen? Das verstand er nicht.

"Wieso wollt ihr mir helfen? So etwas kenne ich nicht", gab er sich zu Recht erstaunt. *"Jedes Tier ist doch auf sich alleine gestellt."*

"Bei uns ist das anders", widersprach der Bär, *"wir halten in der Not zusammen und bekämpfen unsere Feinde mit vereinter Kraft, wie du gestern selbst erfahren hast."*

"Ja", brummte der Grizzly, dessen Angriffslustigkeit großer Ratlosigkeit gewichen war. Was sollte er tun?

"Willst du mich noch immer töten?"

Der Grizzly überlegte, blickte zum Adler, dann zu den Grauhörnchen, die unter anderen Umständen eine köstliche Mahlzeit abgegeben hätten, und wieder zum Bären.

"Nein, nein", sprach er leise, *"natürlich nicht. Die Jäger sind wegen mir da"*, fuhr er fort, *"sie wollen nur mich. Ihr braucht keine Angst zu haben, sie werden kein anderes Tier töten. Letztes Jahr waren sie auch schon hinter mir her. Sie haben mich verwundet, aber ich entkam ihnen in den Felsen."*

Seine Stimme klang irgendwie müde, so als ob er schon aufgegeben hätte.

"Dieses Jahr werden sie schlauer sein und mir eine Falle stellen. Ich kann ihnen nicht entkommen."

"Doch, du wirst entkommen, mit unserer Hilfe wirst du es schaffen", versicherte ihm der Bär.

"Aber das ist doch nicht eure Angelegenheit, euch wollen die Jäger nicht."

„*Ich weiß*", entgegnete der Bär, „*aber wenn sie wüssten, dass es hier noch einen Grizzly gibt, würden sie auch mich jagen. Wir werden dir helfen, ob es dir nun passt oder nicht!*"

Immer noch war sich der Grizzly unschlüssig, was er tun sollte, aber dann sagte er: „*Einverstanden. Was habt ihr vor?*"

In irgendeiner Ecke seines riesigen Körpers gab es anscheinend doch noch einen Funken Überlebenswillen, der ihm riet, auf das Angebot einzugehen. Nun erzählte der Bär den Plan des Adlers und welche Rolle sie darin spielen sollten. Ausdrücklich betonte er, dass sie die Jäger nur erschrecken wollen. Wenn der Grizzly nur einen ernsthaft verletzen würde, kämen viele zurück, um ihn zu töten. Und dann könnte niemand mehr helfen. Das sah der Grizzly auch ein und versprach nichts Unüberlegtes zu tun.

Ihr erstes Ziel sollte es sein, die Jäger wieder in die Nähe ihres Lagers zu locken, um sie dort zu erschrecken. Natürlich nur, wenn sie das Lager verlassen hatten. Um dies zu kontrollieren, brach der Adler sofort auf. Da ihr Camp nicht all zu weit entfernt war, sollten sie seine Rückkehr abwarten, bevor sie aufbrachen. Das Zusammentreffen mit den Jägern und deren Irreführung musste ab jetzt genau überwacht werden, damit der Plan nicht misslang. In der Zwischenzeit nutzte der Grizzly die Chance, mehr über diese geheimnisvollen Tiere, die sich einander halfen, zu erfahren. Der Bär war auch gerne bereit, ihm alles zu erzählen. Für den fremden Grizzly bedeutete es große Überwindung, sich ohne Feindseligkeit mit einem Artgenossen zu unterhalten. Aber er war neugierig auf ihre Geschichte, die er seltsamerweise auch in fast allen Details glaubte. Lediglich die Aussage, dass sie wie Menschen sprechen konnten, verlangte nach einem Beweis. Der Bär ließ

sich nicht lange bitten und sagte etwas in der Menschensprache. Die völlige Verblüffung des Grizzlys war die Folge.
Doch es blieb keine Zeit, sich lange zu wundern, denn der
Adler kam zurück und berichtete, dass die Jäger aufgebrochen
waren. Bald würden sie hier sein. Einen friedlich schlafenden
Grizzly würden sie hier jedoch vergebens suchen. Dieser war
nämlich mit vier neuen Freunden unterwegs, ihnen die Suppe
zu versalzen.

Der Adler flog immer ein Stück voraus, um sie so nahe wie
möglich an die Jäger heranzubringen. Als sie nur noch wenige
hundert Meter von ihnen entfernt waren, trug er den beiden
Bären auf, ein wenig auf der alten Fährte des Grizzlys, die
jener gestern am Fluss hinterlassen hatte, herum zu laufen.
Dann sollten sie in einem seitlichen Abstand von einhundert
Metern in den Wald hinein laufen. Der Adler zeigte den Bären
die Richtung, in der sich das Lager befand und schickte sie
los. Dort wollte er sich wieder mit ihnen treffen.

„Alles andere überlasst mir und den Grauhörnchen", rief er
den Bären hinterher.

Doch das interessierte sie nicht mehr. Beide hielten es jetzt für
besser, schleunigst von hier zu verschwinden. Jetzt hieß es
abwarten, bis die Jäger kamen, und beobachten, wie sie auf die
frischen Fährten reagieren würden.

Der Adler suchte sich wieder einen geschützt liegenden
Sitzplatz auf einer abgestorbenen, vermoosten Tanne und Ted
und Luna gesellten sich zu ihm.

„Was nun?", fragte Ted.

„Wir warten."

„Und dann?", Ted zappelte herum. Die Spannung zerrte an
seinen Nerven. Welche Aufgabe hatte der Adler ihnen

zugedacht? Er verriet es noch nicht, seine gelben Augen waren starr auf den Fluss gerichtet, wo die Jäger jeden Augenblick erscheinen mussten.

Tatsächlich, schon nach kurzer Zeit sah er sie. Sie kamen am Flussufer entlang und folgten haargenau der alten Fährte des Grizzlys. Für Ted und Luna war es das erste Mal, dass sie Jäger zu Gesicht bekamen und instinktiv versteckten sie sich hinter ihrem Anführer. Zu des Adler's Freude trugen nur zwei der Männer ein Gewehr bei sich, während die anderen schwere Rucksäcke schleppten. Gleich kamen sie zu der Stelle, wo die Bären neue, frische Spuren gelegt hatten. Einer der Männer entdeckte sie schon von weitem und lief voraus. Aufgeregt fuchtelte er mit den Armen. Die anderen eilten zu ihm. Sie standen im Kreis und berieten leise.

Der Adler konnte nicht hören, worüber sie sich unterhielten. Dennoch erriet er den Inhalt ihres Gespräches, als er sah, dass sie sich plötzlich trennten und zwei Gruppen bildeten. Perfekt, dachte er bei sich. Sein Plan ging auf. Je ein Mann mit Gewehr und einer mit Rucksack verfolgten nun getrennt die Spuren der beiden Bären. Endlich konnte der Adler den nervösen Ted aufklären. Er teilte ihm und Luna sein geplantes Manöver mit. Ted pfiff vor Vergnügen, als er seine Aufgabe erfuhr. Noch einmal ging der Adler jede Einzelheit mit den Hörnchen durch, um auf keinen Fall einen Fehler zu machen. Sollte sein Plan gelingen, musste alles sehr schnell gehen, nur so hatten sie eine Chance. Sie brachen auf.

Ted und Luna huschten leise von Baum zu Baum und folgten den Männern. Der Adler flog ebenfalls im Schutz der Bäume hinter ihnen her, ohne dass sie ihn bemerkten. Bevor er und die Grauhörnchen in das Geschehen eingreifen konnten, mussten die Jäger erkennen, dass die Spuren der Bären zu ihrem Lager führten. Die Grizzlys müssten eigentlich schon dort sein. Auch zum Auto war es nicht mehr weit. Dennoch wartete der Adler noch ab. Die Jäger sollten sich in Sicherheit wähnen, bevor sie plötzlich überrascht wurden.

Einige Minuten später hielt der Adler den Zeitpunkt für gekommen. Er vergewisserte sich noch einmal, dass Ted und Luna bereit waren und ließ den unverkennbaren Ruf des Weißkopfseeadlers erklingen. Das war das Signal. Ted und Luna flitzten los. In Windeseile huschten sie die Tanne hinunter und näherten sich von hinten einem der ahnungslosen Jäger. Zur gleichen Zeit befand sich der Adler schon im Sturzflug. Jetzt erreichten sie ihr Opfer, das ein Gewehr trug und sprangen es von beiden Seiten an. Mit einem Satz flogen sie auf dessen Hände zu und bissen mit ihren scharfen Zähnchen kräftig zu. Vor Schreck und Schmerz schrie der Jäger auf und ließ sein Gewehr fallen. Er drückte die kleinen blutenden Bisse an seine Jacke und fluchte.

Genau in diesem Augenblick sauste der Adler herab, ergriff wie sonst einen Lachs das Gewehr mit seinen Klauen und flog eiligst davon. Die zwei Männer standen fassungslos da und schauten dem Greifvogel hinterher. Das eben war doch nicht wirklich geschehen, oder? Sie zweifelten an sich selbst. Die augenblickliche Starrheit der beiden nutzten die Hörnchen und rannten so schnell sie nur konnten zu den anderen beiden Jägern. Sie mussten dort sein, bevor sie von den anderen gewarnt werden konnten.

Der Adler flog nur soweit, bis er außer Sichtweite war und legte seine seltene Beute in der Krone einer Tanne ab, unsichtbar und unerreichbar für die Jäger. Im Anschluss flog er schleunigst zu den anderen beiden, wo sie dieses Spiel zu wiederholen gedachten. Auf die Sekunde genau kam er dort an, denn die Grauhörnchen waren nur noch wenige Meter entfernt. Jetzt hing alles davon ab, wie weit sich die anderen gefangen hatten. Würden sie rufen und die beiden warnen? Das war ein Risiko, das der Adler eingehen musste. Er ging in den Sturzflug. Gerade wollten die Hörnchen den Jäger anspringen, als die anderen riefen:

„Passt auf, zwei Marder! Der Adler! Passt auf!"

Luna stutzte und verharrte. Auch Ted war unschlüssig und wartete.

„Was ist?", rief einer zurück, überrascht dass seine Gefährten während der Jagd einen solchen Lärm veranstalteten.

„Ich kann euch nicht verstehen", fügte er noch an.

Ted schaute nach oben und sah den Adler, der herabstürzte und handelte blitzschnell. Allein sprang er den Jäger an und biss in sein das Gewehr haltende Handgelenk. Auch dieser schrie entsetzt auf und schleuderte die Waffe weit von sich. Der Adler krallte es und verschwand. Der gemeine Diebstahl der beiden Gewehre hatte weniger als fünf Minuten gedauert, aber die Situation entscheidend verändert. Nun standen die Jäger hilflos da, falls sie nicht noch andere Waffen besaßen. Um das herauszufinden, versteckten sich der Adler und die Hörnchen wieder und beobachteten sie. Was würden sie nun tun?

Total geschockt liefen die Männer aufeinander zu. Zwei von ihnen besaßen ziemlich schmerzende Wunden an ihren Händen. Wilde Gesten, in die Luft zeigende Arme erzählten dasselbe Erlebnis. Man hatte sie getäuscht. Und sie waren darauf hereingefallen. Jedoch waren sie davon überzeugt, dass dahinter ein Mensch stecken musste, der all die Tiere trainiert hatte. Wahrscheinlich so ein fanatischer Tierschützer. Doch dass es die Tiere selbst gewesen waren, die diesen Überfall geplant hatten, daran wagte keiner der Jäger zu denken. Das war zu fantastisch.

Dennoch gab es noch diese Bärenspuren. Dressiert oder nicht dressiert, hier liefen zwei riesige Grizzlys umher. Daher holten sie alles hervor, was noch als Waffe zu gebrauchen war. Aber bis auf zwei Dolche und ein Messer blieb ihre Suche in den Taschen erfolglos. Zu wenig, um sich gegen zwei Grizzlys zu verteidigen. Deshalb zogen sie es vor, auf kürzestem Wege zum Auto zurückzukehren. Der erste Teil des Planes hatte reibungslos geklappt. Jetzt waren die Bären an der Reihe.

Die drei brachen auf, ihnen den Erfolg mitzuteilen. Auf dem Weg zum Lager ließ der Adler die Hörnchen nicht aus den Augen, denn sie waren momentan ohne Schutz. Aber bald darauf waren sie wieder in der Obhut des Bären, der wie vereinbart mit dem Grizzly am Lager verweilte. Gemeinsam warteten sie jetzt auf die Jäger, um ihnen endgültig die Lust am Jagen zu verderben.

Der Adler sprach sich noch einmal mit den Bären ab und ging wieder in die Lüfte. Der Wind stand günstig. Deshalb witterten die Bären bereits die nahenden Menschen. Einer ging nach links, der andere nach rechts. Von zwei Seiten wollten sie sie überraschen und ihnen vorerst keinen Ausweg lassen.

Noch glaubten die Jäger an eine Welt, in der es für fast alles eine logische Erklärung gab, aber das würde sich gleich ändern.

Schon sahen die Männer ihr Auto und das Zelt und dachten nicht mehr an eine nahende Gefahr, als sie plötzlich ein schauriges Brüllen vernahmen. Es schien von allen Seiten zu kommen. Ängstlich bildeten sie einen Kreis und erstarrten. Sie kannten dieses Brüllen. Oft genug hatten sie es von wütenden, in die enge getriebenen Bären gehört. Aber diesmal hatte sich das Blatt gewendet. Diesmal wurden sie in die Enge getrieben. Von zwei Seiten stürmten die Grizzlys auf sie zu, zerbrachen jeden Ast und jeden morschen Stamm, der im Weg lag. Es war ein ohrenbetäubender Lärm, der gesamte Wald schien zu erzittern.

Die Männer dachten an Flucht. Doch nichts geschah, sie konnten sich nicht rühren, all ihre Muskeln verweigerten den Dienst. Die Bären stoppten. Noch einmal brüllten sie, um keinen Zweifel daran zu lassen, dass sie jetzt die Jäger waren. Die Männer boten ein erbärmliches Bild. Sie waren aschfahl, klammerten sich aneinander und wimmerten irgendein unverständliches Zeug. Jetzt landete der Adler neben seinem Freund, dem Bären. Auch Ted und Luna kamen aus ihrem Versteck. Es war Zeit, den letzten großen Trumpf auszuspielen.

„Ihr wolltet doch nicht etwa hier jagen?", sagte der Adler in gut verständlicher Menschensprache. Das raubte zweien der Jäger ganz den Verstand.

Unkontrolliert riefen sie: „Nein, nein, nein, das ist nicht wahr, wir träumen, nein!"

„Bekomme ich nun eine Antwort?", sagte der Adler ungehalten.

Ein etwas kleinerer Mann, der einen Rucksack trug, erlangte als erster die Fassung wieder und antwortete: „Wir sind Jäger..., wir jagen", stammelte er.

„Und warum jagt ihr? Braucht ihr vielleicht Nahrung?"

„Nein, es macht uns Spaß."

„So, so, es macht euch also Spaß. Dann endet nun euer Vergnügen, hier und jetzt."

„Wollt ihr uns töten?", rief der Mann hastig.

„Nein", beruhigte ihn der Adler, „aber wir könnten es."

„Nein, bitte, lasst uns leben", flehten die Männer, „wir tun auch alles, was ihr von uns verlangt."

„Darüber lässt sich nachdenken", entgegnete der Adler, der die Männer noch ein wenig zappeln lassen wollte.

„Du bist ein Gott oder so etwas, stimmt es?", fragte einer der Männer.

„Wieso?"

„Na, sonst könntest du nicht sprechen. Jawohl, du bist ein Gott. Alle anderen Tiere sind dir Untertan!"

„Nein, wir können alle sprechen", verblüffte der Adler ihn erneut. „Das hier ist heiliges Land. Und wir verteidigen es mit allen Mitteln, wenn ihr versteht, was ich meine."

Das mit dem geheiligten Land war zwar frei erfunden, aber seine Wirkung verfehlte es nicht. Die Männer schauten sich ängstlich um und erwarteten noch mehr Tiere.

„Wir lassen euch gehen, wenn ihr all euere Sachen einpackt und von hier verschwindet, ohne jemals wieder zu kommen. Glaubt mir, beim nächsten Mal überlebt keiner von euch."

„Dafür werden wir sorgen", sagte nun der Bär, um den Rat des Adlers zu bekräftigen.

„Wir tun es, wir verschwinden, es gibt schließlich noch andere Wälder, wir verschwinden."

„Und", fügte der Adler noch hinzu, „wagt es nicht, irgendetwas, das ihr hier erlebt hat, herum zu erzählen. Es würde euch sowieso niemand glauben. Verstanden?"

„Verstanden?", brüllte der Bär.

„Ja, ja, wir werden nichts erzählen."

Die Bären gaben den Weg frei und die Männer stolperten zu ihrem Wagen. Mit ein paar hastigen Handgriffen zerlegten sie ihr Zelt und warfen alles auf die Ladefläche. Dann sprangen sie ins Auto und setzten es in der Hektik noch rückwärts gegen einen Baum, dass es krachte. Endlich hatten sie den Ausgang aus dem Wald gefunden und fuhren davon.

„Meinst du, die kommen wieder?", fragte Ted.

„Ich glaube kaum", entgegnete der Adler, der mit seinen Freunden einen weiteren Sieg hier in der Fremde errungen hatte. „Das, was sie hier erlebt haben, wird sie noch lange, sehr lange beschäftigen", redete er weiter.

„Und vielleicht werden sie ihre Jagdleidenschaft samt Gewehr an den Nagel hängen."

Der Bär unterbrach den Adler und meinte.

„Der Grizzly sagte mir gerade, dass er uns sehr dankbar ist. Ohne uns wäre er jetzt vielleicht tot", übersetzte der Bär.

„Er sagt, wir und all unsere Freunde können so lange im Tal bleiben, wie wir wollen. Wir hätten uns unseren Aufenthalt jetzt redlich verdient. Er hegt keinen Groll mehr gegen uns. Wir sind ab heute seine Freunde."

„Sag ihm, wir sind auch seine Freunde. Und bedanke dich bei ihm, dass er uns geholfen hat, die Jäger zu vertreiben", trug der Adler dem Bären auf.

Kaum, dass der Bär diese Botschaft übersetzt hatte, brach der Grizzly auf, um wieder in seine Felslandschaft zurückzukehren. Ab und zu blickte er noch zurück und verschwand mit wiegendem Kopf im Wald. Der Adler wollte noch einmal dem Auto hinterher fliegen, um sich zu vergewissern, dass sie sich auch wirklich aus dem Staub machten. Danach würde er zum Fluss zurückkehren. Der Bär und die Grauhörnchen waren schon dorthin unterwegs. Sie würden den anderen viel zu erzählen haben, wenn sie ankamen. Vor allem Ted freute sich darauf, einmal richtig prahlen zu können. Für heute hatten sie genug erlebt. Aber was würde noch alles auf sie zu kommen, bis sie endlich erlöst wurden und der Zauber sie zurückbrachte? Sie wussten es nicht, aber sie würden es erfahren, wenn ein neuer Tag anbrach.

Jenny spricht!

Das gleichmäßige Brummen des Dieselmotors begleitete Luke's Geschichte. Kate's Mütze lag jetzt vorne an der Frontscheibe. Jenny hinten in der Schlafkoje war sehr gespannt auf Kate's Reaktion, wenn sie die Wahrheit erfuhr. Aber da sie alles, was Luke erzählte, schon kannte, fielen ihr nach einiger Zeit die Augen zu. Dem Adlerweibchen ging es nicht anders. Das Vibrieren des Trucks hatte eine ungemein einschläfernde Wirkung. Luke schien verwundert, dass Kate während seiner ganzen Erzählung keine Fragen stellte. Nur ab und zu schüttelte sie leicht den Kopf und lächelte zu Luke herüber. Was hatte das zu bedeuten? Hielt sie ihn weiterhin für einen Schwindler? Doch die Gewissheit, alles was er sagte, beweisen zu können, gab dem Jungen neuen Antrieb und er berichtete weiter.

So erfuhr Kate von der Versammlung der Tiere und dem Plan, wie Luke und Jenny ihren Freunden helfen wollten. Weiter erwähnte der Junge den Zug und auch die zwei hohen Berge, zwischen denen sich das Zauberland befinden sollte. Kate's Blick war starr auf die Straße gerichtet, als Luke das Ende seiner Wahrheit erreichte. Das alles hatte sich so fantastisch angehört. Sie hielt es für unmöglich, dass sich ein zwölfjähriger Junge eine solche Geschichte ausdenken konnte. Aber sie zu glauben, dazu war sie auch nicht bereit, noch nicht.

Natürlich hatte auch sie als kleines Mädchen die Geschichten von Alice im Wunderland gelesen. Damals glaubte sie auch daran. Aber heute? Irgendetwas hinderte sie, dem Jungen dieses Abenteuer abzunehmen. Vielleicht verbarg sich auch tief in ihr der Wunsch, ein solches Zauberland kennen zu lernen und sie hatte nur Angst, dass alles eine Lüge sein könnte.

Als sie lange genug über alles nachgedacht hatte, entschied sie, ihre Zweifel mit einer einfachen Frage zu beenden:

„Wenn deine Geschichte stimmt, kann Jenny sprechen, oder?"

„Natürlich kann sie sprechen", und Luke schaute sich nach Jenny um.

„Soll ich sie wecken?"

„Nein, nein, lass sie ruhig noch schlafen. Das hat Zeit, wir sind noch lange genug unterwegs."

Luke spürte eine innere Unruhe, weil er Kate noch nicht ganz überzeugt hatte. Zu gerne hätte er Jenny wach gerüttelt. Er schaute sich im Truck um. Er war peinlich sauber gehalten. Nirgends hingen die für Trucks so üblichen Aufkleber. Auch Fotos entdeckte er keine. Kate schien keine Familie zu haben, keinen Mann und auch keine Kinder, vermutete er richtig. Auf dem Armaturenbrett lagen nur ein paar Zettel, die anscheinend zu der Ladung gehörten und ein Straßenkarte.

„Darf ich?", fragte er und beugte sich zu dem Atlas vor.

„Na klar, nimm nur!", forderte sie ihn auf.

„Du kannst deine Beine auch auf das Armaturenbrett legen, wenn dir das bequemer sein sollte", fügte sie hinzu. „Fühl dich wie zu Hause."

„Ich habe kein Zuhause", erwiderte Luke auf Kate's ungeschickten Satz.

Kate biss sich auf die Lippe und sagte: „Entschuldige, ich vergaß!"

„Schon gut", winkte Luke ab und blätterte in dem Atlas. Er fand die richtige Seite und sah, dass diese Karten viel mehr

Einzelheiten zeigten als seine. Er blickte auf die Seen und auf die vielen Flüsse und merkte gar nicht, wie auch ihm immer öfter die Augen zufielen. Kate wollte ihn etwas fragen und drehte sich zu ihm, aber er hätte sie nicht mehr gehört, er schlief. Der Atlas war auf den Sitz gefallen. Eine Hand hielt ihn noch fest. Kate beugte sich zu ihm hinüber und legte behutsam seine Hand auf seinen Bauch und das Buch wieder auf die Ablage. Dann konzentrierte sie sich wieder auf die Strecke vor sich. All ihre Fahrgäste schliefen und so war sie nun ganz allein mit ihren Überlegungen.

War es Schicksal, dass sie diesen Jungen getroffen hatte? Was sollte sie tun? Sie dachte über ihr Leben nach. Vor zwei Jahren hatte sie so viel Geld gespart, dass sie sich diesen Truck kaufen konnte. Er war nicht neu, aber nachdem sie viel Arbeit hinein gesteckt hatte, erstrahlte er in neuer Pracht. Von diesem Zeitpunkt an war er ihr Zuhause. Als Mädchen hätte sie sich eine Zukunft als Truckerin nicht vorstellen können. Sie hatte andere Träume. Aber irgendwie war sie ständig auf der Suche nach Abenteuern und Freiheit. Und nur hier auf den endlosen Highways der Rocky Mountains fand sie ein derartiges Freiheitsgefühl. So kam sie irgendwann zu diesem Beruf. Er machte ihr Spaß und sie besaß das nötige Durchsetzungs-vermögen, um sich gegen ihre männlichen Kollegen zu behaupten. Seit einiger Zeit jedoch überkam sie hin und wieder ein Gefühl, dass überhaupt nicht zu diesem Beruf passte. Sie sehnte sich plötzlich nach einem festen Zuhause, einer Familie und Kindern. Und nun, als sie Luke neben sich liegen sah, war das Gefühl so stark wie nie zuvor. Nichts war mehr so wie es gestern war, Luke hatte Kate's sehnlichsten Wunsch von neuen geweckt. Sie versuchte ihre Gedanken zu

ordnen, als sie ein leises Schnurren aus der Koje hörte.
Jenny war aufgewacht. Sie streckte ihre Pfoten und gähnte zufrieden. Das Nickerchen hatte ihr gut getan, sie fühlte sich wieder frisch. Jenny bemerkte, dass auch Luke eingeschlafen war. Deshalb schien sie verunsichert zu sein. Wie viel hatte Luke erzählt? Worüber wusste Kate Bescheid? Auch Kate selbst war aufgeregt. Sie wollte nicht warten, bis Luke ausgeschlafen hatte, sie wollte es gleich wissen. Also stand sie kurz davor, den alles entscheidenden Schritt zu wagen. Langsam drosselte sie das Tempo und fuhr nun mit dreißig Meilen die Stunde den Highway entlang. Fest klammerte sie sich an das Lenkrad und ihre Lippen formten das J von Jenny.
Kate zögerte, dann sagte sie leise:
„Jenny? Kannst du sprechen?"
Stille.
Jenny war unschlüssig. Sie schaute zu Luke, doch der schlief tief und fest. Konnte sie es riskieren zu antworten?
„Luke hat alles erzählt. Sag, dass er kein Lügner ist.", flüsterte Kate mit zitternder Stimme.
Jenny erhob sich und trat einen Schritt vor. Kate spürte die Bewegung und ihr Herz schlug wie wild vor Aufregung.
„Luke sagt die Wahrheit", sprach Jenny den erlösenden Satz.
Für Kate brach in diesem Moment eine Welt zusammen, doch nur ein Augenzwinkern verriet ihren Schock. All das, was Luke erzählt hatte, all das, woran kein vernünftig denkender Mensch zu glauben wagte, entsprach der Wahrheit. Das war ein ziemlicher Brocken, den Kate jetzt zu verdauen hatte, aber sie fuhr weiter.
„Geht es dir gut?", fragte Jenny besorgt.
Kate nickte. Jenny setzte sich und schaute nach vorne. Es

wurde langsam dunkel und in der Ferne entdeckte sie Lichter am Horizont.

„Ist das dort schon Edmonton?", versuchte sie abzulenken.

Kate überwand ihren Schock und antwortete: „Ja, in einer Stunde werden wir dort sein."

Im gleichen Atemzug fügte sie hinzu: „Wie ist so etwas möglich, verdammt?"

„Was meinst du?"

„Du kannst sprechen wie ein Mensch!"

„Ich bin ein Mensch, gewissermaßen", erwiderte Jenny.

„Ja, ich weiß, Luke hat mir deine Geschichte erzählt, aber ich...ich…", Kate fand keine Worte. So viele Fragen wollte sie stellen, aber alle blieben ihr im Halse stecken. Sie brauchte Zeit, um über alles nachzudenken. Zehn Minuten fuhren sie, ohne ein einziges Wort zu wechseln, erst danach hatte sich Kate mit der Wahrheit abgefunden.

„Deine Freunde sprechen alle und das Zauberland gibt es wirklich?", fragte sie nun.

„Ja."

„Und ein Adler wie dieser", Kate zeigte nach hinten, „ist euer Anführer?"

„Ja."

„Die Zigeunerin, die Zauberei und deine Verwandlung – alles ist wirklich…?"

„Ja", antwortete Jenny abermals.

Kate griff nach ihrer Mütze und stülpte sie sich über.

„Gut", sagte sie mit fester Stimme, „es ist total verrückt, aber ich werde es tun."

„Was?", fragte Jenny verwundert. „Was wirst du tun?"

„Ich werde euch helfen."

„Aber du hilfst uns doch schon, indem du uns bis Edson mitnimmst!"

„Nein, ich werde euch noch ein ganzes Stück weiter helfen." Mehr verriet sie nicht.

Der Truck fuhr auf Edmonton zu und die Scheinwerfer der entgegenkommenden Lastwagen weckten Luke. Verschlafen blinzelte er und versuchte zu ergründen, wo sie sich befanden. Draußen war es jetzt fast Nacht und auch im Innern des Trucks gab es außer den beleuchteten Armaturen kein Licht.

„Wo sind wir?", fragte er.

„Wir fahren jetzt durch Edmonton. Du hast fast drei Stunden geschlafen", antwortete Kate freundlich. Sie hatte diesen Jungen ins Herz geschlossen, wie er so da saß und verschlafen dreinblickte, einfach niedlich.

„Übrigens", sie drehte sich zu Jenny um, „ich weiß jetzt, dass du nicht gelogen hast."

Luke blickte sofort in die Schlafkoje hinter sich.

„Sie hat es ganz gut verkraftet", sagte Jenny, „und sie will uns helfen."

Luke schaute zu Kate, die ihm lächelnd zunickte.

„Du glaubst uns?"

„Bleibt mir nichts anderes übrig, oder?"

„Wie willst du uns helfen?", fragte Luke nun interessiert.

„Das bereden wir morgen", vertröstete sie ihn, „wir fahren jetzt erst durch diese Stadt und außerhalb Richtung Edson suche ich einen Platz, an dem wir übernachten können. Morgen früh bereden wir alles. Ich helfe euch auf jeden Fall, sicher in euer Zauberland zu gelangen."

Damit musste sich Luke vorerst zufrieden geben. Er sah die Lichter der Stadt am Fenster vorbeiziehen und dachte an die

Tiere, die sie zurückgelassen hatten. Ging es ihnen allen noch gut? Oder waren sie in Gefahr?

Jenny plagten ähnliche Befürchtungen. Auch wenn sie jetzt mit hoher Sicherheit ihre Heimat erreichen würden, ging es ihr trotzdem nicht schnell genug. Sie sorgte sich sehr.

Auch das Adlerweibchen war erwacht und wusste im ersten Moment nicht, wo sie sich befand. Kurz erschrak sie, als sie den Puma sah, aber dann fiel ihr alles wieder ein. Sie erinnerte sich an den Adler und daran, wie sie sich gefunden hatten. Sie vermisste ihn.

Der Truck bog jetzt nach links ab und nach wenigen Kilometern nahmen die Lichter am Straßenrand wieder ab. Sie ließen Edmonton hinter sich und rollten wieder auf dem scheinbar endlosen Highway Richtung Rocky Mountains. Der Mond war zunehmend und so erhellte sein Licht die Gletscher der Berge in der Ferne. Irgendwo dort musste das Zauberland liegen, dachte sich Luke. Und wahrscheinlich würde es keine zwei Tage mehr dauern, bis sie es erreichten. Das hatten sie Kate zu verdanken, wenn er auch noch nicht wusste, wie genau sie ihnen weiterhelfen wollte.

„So", sagte sie jetzt, „wir sind da. Dort vorne bei der Raststätte werden wir übernachten. Dort gibt es auch ein Motel."

Rechts neben der Straße erblickte Luke einige hell erleuchtete Gebäude, von denen ihm eins besonders ins Auge fiel. Zur Straße hin waren an dem Haus riesige Werbetafeln angebracht. In der Mitte lachte ihnen ein Mann mit Cowboyhut entgegen und rechts und links davon hingen kleinere Schilder mit einem köstlich dampfenden Steak und einem Bett darauf. Über der Eingangstür hing ein Schild, worauf „Raststätte zum müden Cowboy" stand. Das alles sah für Luke sehr einladend aus.

Kate ließ den Truck auf den großen Parkplatz rollen und stellte den Motor ab. Sie pustete erleichtert aus. Dieser Tag hatte sie geschafft. Kein Wunder.

„Schlafen wir im Auto?", wollte Luke wissen.

„Für Jenny und den Adler ist es vielleicht besser, sie bleiben in der Koje. Wir zwei allerdings schlafen im Motel", antwortete sie ihm.

„Oder möchtest du hier bleiben?"

Luke schielte erneut auf die Bilder von dem Steak und dem Bett und fragte Jenny: „Kann ich mitgehen?"

„Geh nur, wir kommen schon zurecht, hier drin kann uns doch nichts geschehen!"

Kate drehte sich zu den beiden um und versprach: „Ich komm nachher noch einmal wieder und bringe euch ein paar Fleischreste aus der Küche und Wasser. Wenn ihr wollt, könnt ihr euch dann noch mal die Beine vertreten…oder…auch die Flügel." Kate lächelte.

„Jenny", fügte sie schon beim Aussteigen hinzu, „siehst du diesen kleinen Hebel neben der Tür?" Sie zeigte auf einen Griff unterhalb des Fensters.

„Wenn du daran ziehst, öffnet sich die Tür. Auch, nachdem ich den Truck abgeschlossen habe. Nur für den Fall, dass..."

„Alles klar, ich weiß Bescheid", entgegnete Jenny.

„Bis nachher", rief Kate und klatschte die Tür zu. Ein lautes Klacken verriet, dass der Truck nun verschlossen war.

Jenny war auf Luke's Platz geklettert und schaute den beiden hinterher. Diese verschwanden kurz darauf in der Eingangstür des bunt beleuchteten Hauses. Luke hoffte insgeheim auf eine Mahlzeit, wie sie draußen abgebildet war. Noch mehr aber freute er sich auf ein richtiges Bett. Seit Tagen schlief er nun schon unter Bäumen und Wurzeln und auf Reisighaufen. Diese Nacht würde er genießen.

Kate gab sich spendabel und sie aßen jeder einen großen Teller mit zwei Schnitzeln, Pommes frites und Salat. Selten war Luke so satt gewesen. Kate zeigte Luke das Zimmer, dass sie für diese Nacht bezahlt hatte und ging danach in die Küche des Restaurants, um nach Fleischresten zu fragen. Natürlich war es nur ein großer Hund, der angeblich im Truck saß und Hunger hatte. Sie bekam einen ganzen Beutel Knochen und nahm auch noch eine Schüssel Wasser mit, als sie zum Truck zurückging.

Kein anderer Truck stand auf dem Parkplatz und so würde es niemanden wundern, wenn plötzlich ein Puma und ein Adler aus dem Inneren des Lastwagens erschienen. Als Kate die Tür öffnete, ließ sich Jenny auch nicht lange bitten. Sie sprang sofort ins Freie und streckte genüsslich ihre Glieder. Auch das Adlerweibchen hüpfte zuerst auf den Fahrersitz und dann vor Kate's Füße. Es breitete seine Schwingen auf ihre volle Breite von fast zwei Metern aus und schlug fünfmal kräftig in die Luft. Dann legte sie zuerst den rechten, dann den linken ihrer Flügel wieder an den Körper und korrigierte zuletzt mit dem Schnabel einige unordentlich liegende Federn.

Jenny und der Adler genossen die Fleischbrocken, wobei der Adler nur das lose hängende Fleisch abzupfte, Jenny hingegen die Knochen zermalmte. Kate sah ihnen dabei interessiert zu. Sie reichte ihnen die Schüssel mit Wasser. Als sie sich gestärkt hatten, musste sie nichts sagen. Jenny und das Adlerweibchen hüpften ohne Aufforderung zurück ins Fahrerhaus. Oben vom Sitz aus bedankte sich Jenny noch einmal und wünschte Kate eine gute Nacht.

„Euch auch", rief ihnen Kate zu, „bis morgen früh."

Die Tür fiel ins Schloss und Jenny schaute der ebenfalls ziemlich müde wirkenden Kate nach. Ihr Bauch war voll und deshalb schnurrte sie behaglich. Gerne hätte sie noch ein kleines Schwätzchen gehalten, aber das ging mit dem Adlerweibchen nun einmal nicht. Und so hatte Jenny nur ihre Gedanken. Sie dachte an Luke und versuchte zu ergründen, welch seltsames Gefühl sie seit geraumer Zeit beherrschte. Vermisste sie ihn schon, mochte sie ihn so sehr? Oder war Luke gar nicht der Grund für ihre Betrübtheit?

Kurz vor der Eingangstür drehte sich Kate noch einmal um und warf ihre braunen Haare zurück. In diesem Moment wusste Jenny, was sie bedrückte. Kate erinnerte sie an ihre Mutter, die bei dem Flugzeugabsturz ums Leben gekommen war. Fast auf dieselbe Weise hatte ihre Mutter die langen Haare immer in den Nacken geworfen. Jenny blickte ins Leere. Sie dachte jetzt an die anderen Tiere, all die Erlebnisse, die sie in den vergangenen Jahren im Zauberland gehabt hatte, kamen ihr in den Sinn. Es war ein Traumland für sie. All ihre Wünsche konnte sie sich dort erfüllen. Sie hatte immer gedacht, dass ihr nichts fehlen würde zum Glück, bis jetzt!

Kate weckte in Jenny die Sehnsucht nach einer Familie, nach einer Mutter. In den letzten Jahren war Jenny sehr selbstständig geworden, aber trotz allem war sie auch noch ein kleines Mädchen, das eine Mutter brauchte. Dass sie im Körper eines ausgewachsenen Pumas steckte, änderte daran nichts. Ihr Geist sehnte sich nach der Sorge und Liebe einer Mutter. Und Kate würde sie sich als neue Mama wünschen. Aber das war nur ein Traum, den sich Jenny nicht erfüllen konnte. Sie ahnte nicht, dass Kate ebenfalls mit offenen Augen im Bett lag und über haargenau dasselbe Thema nachsann.

Und bei Luke war es nicht anders. Seine Kindheit im Waisenhaus hatte ihm nie die Liebe richtiger Eltern ersetzen können. Deshalb träumte er von etwas, dessen Einzigartigkeit er gar nicht kannte. Aber er wusste, dass es diese Liebe gab. Mit der Hoffnung auf eine neue Familie schliefen bald alle ein.

Der Überfall

Nachdem Jenny noch eine Weile über ihre Gefühle für Luke
und Kate nachgedacht hatte, war sie wieder nach hinten in die
Schlafkoje gegangen und hatte sich neben dem schon
schlafenden Adlerweibchen zusammengerollt.
Es war kurz vor Mitternacht, als irgendein Geräusch Jenny
erwachen ließ. Sie stellte ihre runden Ohren auf und lauschte.
Nichts. Dennoch wurde sie unruhig. Langsam erhob sie sich
und schielte über den Fahrersitz nach vorne. Doch außer den
immer noch hell erleuchteten Werbetafeln entdeckte sie nichts.
Alle anderen Lichter waren erloschen. Kein Laut war zu hören
und keine Bewegung zu entdecken. Wahrscheinlich hatte sie
nur ein vorbeifahrendes Auto geweckt. Sie setzte sich wieder
und leckte sich beruhigt die Pfote.
Jenny schaute auf den Adler und wollte sich gerade wieder
zusammenrollen, als sie erneut etwas hörte. Ein Mensch hätte
diesen Laut niemals vernommen, schon gar nicht aus dem
Inneren eines Trucks. Aber Jenny's Gehör erkannte das
Geräusch sofort als ein menschliches Husten. Blitzschnell war
sie wieder auf den Beinen und schaute hinaus. Aber sie konnte
niemanden entdecken. Wahrscheinlich kam es von der
Rückseite des Trucks, wohin sie von hier aus nicht schauen
konnte. Also schlich sie sich einem Schatten gleich auf den
Beifahrersitz und blickte in den großen Rückspiegel. Dort
stand ein weißer Lieferwagen, aus dessen Fenster
Zigarettenrauch stieg. Jenny ging auf die andere Seite und
schaute auch in diesen Spiegel. Doch von hier sah sie den
Lieferwagen nicht. Schnell wechselte sie wieder die Seite,
denn erneut hörte sie ein leises Husten. Doch das Bild war

dasselbe geblieben.

Es konnte total harmlos sein. Vielleicht machte der Lieferwagen nur eine Pause, dachte sich Jenny. Aber sie ließ ihn dennoch nicht aus den Augen. Warum gingen die Insassen des Kleinbusses nicht ins Motel, wenn sie eine Pause brauchten? Und warum parkten sie genau hinter dem Truck, wo doch die Parkplätze für die kleineren Autos neben dem Motel waren? Immer mehr Fragen schossen Jenny durch den Kopf und sie kam zu dem Schluss, dass diese Menschen irgendetwas im Schilde führten.

In ihr breitete sich ein allgemeines Unbehagen aus, sodass ihre Schwanzspitze nervös zuckte. Wachsam behielt sie das Auto im Auge. Das Adlerweibchen war nun auch aufgewacht und wunderte sich, dass Jenny vorne saß. Aber nach dem Grund konnte sie nicht fragen. Dennoch ahnte sie, dass Jenny etwas beunruhigte. Plötzlich rührte sich Jenny's Schwanzspitze nicht mehr. Sie war erstarrt. Was hatte sie gesehen?

Einen Augenblick später bewegte sie sich wieder und zwar langsam rückwärts. Eine Pfote behutsam hinter die andere setzend kam sie wieder zurück in die Koje. Dort legte sie sich hin, als wenn sie sich an ein Tier anpirschen würde und verharrte in dieser Position. Das Adlerweibchen sah es mit Verwunderung, tat es ihr aber gleich und duckte sich ebenfalls. Jenny vernahm wieder das Husten, das jetzt so nah war, dass es sogar der Adler hörte. Dem Husten folgten Schritte, die sich langsam näherten. Dann war einen Moment Stille. Jenny's gesamter Körper war angespannt. Wenn sie mit ihrer Vermutung richtig lag, standen da draußen Autodiebe, die es auf den Truck und seine Ladung abgesehen hatten. Und sie würden versuchen, das Fahrerhaus aufzubrechen und den

Truck zu stehlen. Doch wenn es so war, rechneten sie sicher nicht mit einem zum Sprung bereiten Puma. Das Führerhaus neigte sich kaum spürbar nach links und federte wieder zurück ins Gleichgewicht. Das bedeutete, jemand hing an der kleinen Leiter, die zur Tür herauf führte. Ein Lichtstrahl erhellte auf einmal den Innenraum des Trucks. Der Schein der Taschenlampe wanderte über das Armaturenbrett, dann über die Sitze und zuletzt in den hinteren Teil. Aber die Sitzlehnen versperrten die Sicht und so blieben die zwei Tiere unentdeckt. An der Tür knackte es nun zweimal und sie wurde langsam geöffnet. Jenny legte die Ohren an und schielte aus dem Dunkel der Koje zur Tür. Noch sah sie niemanden. Doch dann erschien der Schatten eines Mannes in der Tür, der sich gleich auf den Fahrersitz schwang. Er schaute nicht nach hinten, sondern beschäftigte sich mit dem Auto. Anscheinend versuchte er, es zu starten.

Doch dazu sollte er nicht mehr kommen. Mit einem Satz und grauenvollem Fauchen stürzte sich Jenny auf ihn. Ihre Vorderpfoten standen dicht neben ihm auf dem Fahrersitz. Die Reißzähne und ihren heißen Atem konnte der Mann in seinem Nacken spüren. Doch nur den Bruchteil einer Sekunde verweilte der Dieb auf dem Fahrersitz. Der Angriff kam so unerwartet und überraschend, dass ihn der Schreck regelrecht aus dem Fahrerhaus katapultierte. Mit vor Todesangst weit aufgerissenen Augen starrte er Jenny kurz an. Dann spielten seine Gliedmaßen verrückt. Die Arme flogen in die Höhe, die Beine drückten ihn aus dem Sitz und er begann, wie ein Wahnsinniger zu schreien. In seiner Hektik verfing er sich am Kupplungspedal und stürzte so fast kopfüber hinaus. Er musste diesen Sturz aus zwei Meter Höhe aber gut überstanden haben, denn man hörte ihn immer noch schreien, als er zum Lieferwagen zurück rannte. Mit quietschenden Reifen fuhren die erfolglosen Diebe davon.

Jenny war zufrieden. Sie hatte die Übeltäter in die Flucht geschlagen und rechnete nicht mit deren Rückkehr, nachdem einer von ihnen so viel Lärm gemacht hatte. Ihr Blick ging hinüber zum Motel. Aber dort schien niemand etwas gehört zu haben, alle Fenster blieben dunkel. Mit einer Pfote griff Jenny nach dem Türgriff. Als ihre Krallen diesen umschlossen, zog sie die Tür zu sich heran. Mit einem leisen Klicken fiel die Tür in das Schloss, welches der Einbrecher ruiniert hatte. Den Truck aber hatte er nicht bekommen.

Jenny schaute noch geraume Zeit in die Richtung, wo die Nacht den Lieferwagen verschlungen hatte und legte sich dann wieder nach hinten, um die verbleibenden Stunden noch ein wenig zu schlafen. Ein aufregender Tag stand ihr bevor. Doch das konnte sie noch nicht erahnen.

Die Reise mit Kate

Als Kate am nächsten Morgen den Parkplatz betrat, war das kaputte Schloss am Truck das erste, was sie bemerkte. Schnell riss sie die Tür auf. Als ihr jedoch der Puma unversehrt entgegen kam, beruhigte sie sich wieder. Den Tieren war nichts geschehen. Nun musste Jenny die Ereignisse der vergangenen Nacht haarklein erzählen. Luke hörte gespannt zu, denn im Motel hatte er keine Abenteuer erlebt. Vielleicht hätte er doch lieber im Truck bleiben sollen. Kate blickte stolz auf ihre neue Freundin. Dieses kleine Mädchen im Körper einer Großkatze hatte letzte Nacht für den Truck ihr Leben riskiert, denn diese Autodiebe waren gewöhnlich bewaffnet. Kate war ihr unendlich dankbar und überglücklich, dass Jenny nichts passiert war.

Schließlich warf sie die Maschine an und der Truck bewegte sich langsam vom Parkplatz. Luke fröstelte noch ein wenig, denn es war noch früh am Morgen. Als Kate sein Zittern bemerkte, schaltete sie sofort die Heizung an, die bald darauf eine wohlige Warmluft in den Innenraum strömen ließ. „Besser?", fragte sie Luke.

„Oh ja", antwortete dieser zufrieden. Jenny saß zwischen den beiden und Luke graulte sie an der Kehle, worauf sie behaglich schnurrte.

„Musst du das Schloss reparieren lassen?", erkundigte sich Jenny, die sich Vorwürfe machte, weil sie die Diebe überhaupt so weit hat kommen lassen.

„Ja", sagte Kate, „das heißt", sie überlegte, „eigentlich brauche ich das Schloss nicht mehr."

Damit stellte sie Luke und Jenny vor ein Rätsel.

„Wieso?", fragten die beiden gleichzeitig.

„Willst du den Truck in der Nacht offen lassen, nachdem was heute geschehen ist?", wunderte sich Jenny.

„Nein, so meine ich das nicht", sagte Kate schnell, weil sie vorerst nicht zuviel verraten wollte, „ich dachte nur bei mir, dass das Schloss ruhig defekt sein kann, solange du hier bist!"

„Aber wir fahren doch nur bis Edson mit?", bemerkte Luke.

„Richtig", log Kate, „in Edson werde ich eine Werkstatt aufsuchen müssen."

Kate hatte ein Geheimnis. Und es sollte noch eine Weile ihr Geheimnis bleiben. Doch eben waren diese beiden ihr beinahe auf die Schliche gekommen. Sie konnte sie gerade noch mal auf eine falsche Fährte locken. Sie ahnten nichts. Um noch mehr vom Thema abzulenken drückte Kate nun einen gelben Knopf hinter dem Lenkrad und die Truckerfanfare ertönte. Das gefiel den beiden, besonders Luke.

„Darf ich auch mal?", bettelte er.

„Klar, nur zu!" Luke beugte sich hinüber und drückte gleich dreimal den gelben Knopf. Er hüpfte auf seinen Platz zurück und lachte spitzbübisch, als die Sirene dreimal schmetterte.

Kate ließ nun einige Kilometer verstreichen, bis sie den beiden ihre Absicht langsam und Stück für Stück mitteilen wollte. Sie begann mit Luke, der wieder in dem Atlas herumblätterte.

„Luke, du hast doch gestern erzählt, dass ihr von Edson aus mit dem Zug fahren wollt. Kannst du mir erklären, wie ihr das anstellen wollt? Du, ein ausgewachsener Puma und der Adler?" Kate zeigte auf die beiden Tiere.

Luke schöpfte keinerlei Verdacht, auf was Kate hinaus wollte. Und so erklärte er seine Absichten noch einmal.

„Also, wenn wir in Edson ankommen, werde ich mit Jenny

losgehen und den Bahnhof suchen."

„Einfach so?", warf Kate ein. „ihr marschiert einfach so durch die Stadt, du und der Puma?"

„Wir werden Nebenstraßen und Gassen benutzen", verteidigte sich Luke.

„Und der Adler?"

„Der fliegt über uns", gab Luke schon leicht trotzig von sich.

„Ach, ja klar", entschuldigte sie sich.

„Und am Bahnhof angekommen, wie kommt ihr in den Zug?"

Luke schaute sich Hilfe suchend nach Jenny um. Warum fragte Kate dies alles, und warum in einem so argwöhnischen Ton?

„Ist das ein Verhör?", sagte er wütend.

„Nein, nein, ich mache mir nur Sorgen um euch und will sicher gehen, dass du alles genau geplant hast", sagte sie listig.

„Wir werden eine halbe Meile nach dem Bahnhof versuchen, auf den Zug aufzuspringen und uns in einem Güterwagon verstecken."

Kate unterbrach ihn nicht mehr, obwohl sie am liebsten mit ihm hätte schimpfen wollen wegen seiner gefährlichen Ideen.

„Wir werden so lange im Zug bleiben, bis wir die beiden hohen Berge sehen. Der Adler wird uns währenddessen ständig im Auge behalten. Wenn wir zwischen den beiden Gipfeln hindurch fahren, springen wir in einer Kurve, in der der Zug nicht so schnell fährt, ab und setzen unsere Reise zu Fuß fort."

Kate schaute nach vorne auf den Mittelstreifen und holte tief Luft. Jenny ahnte, was sie gleich sagen würde.

„Sagtest du nicht, du wärst im Waisenhaus aufgewachsen?", begann Kate ihre Standpauke.

„Ja", zögerte Luke.

„Woher willst du dann die geringste Ahnung haben, wie es auf Bahnhöfen zugeht?"

Kate machte einen wirklich wütenden Eindruck. „Auf einen Zug aufspringen willst du? Ich weiß nicht, in welchen alten Western du das gesehen hast, aber glaube mir, in unserer jetzigen Zeit ist das purer Selbstmord. Selbst vor vielen, vielen Jahren, als es noch üblich war, auf Züge aufzuspringen, verloren hunderte Schwarzfahrer Arme und Beine oder ihr Leben. Damals schon war solch ein Versuch ein waghalsiges Unterfangen, obwohl die Züge langsamer fuhren als heute. Und das waren Männer, kräftige Männer! Und was bist du?"

Luke schaute zu Boden.

„Du bist ein zwölfjähriger Junge. Ein abenteuerlustiger Junge, der sich alles viel leichter vorstellt, als es in Wirklichkeit ist."

Luke wollte sich das nicht gefallen lassen. Andererseits erkannte er, dass sie Recht hatte und so schwieg er.

„Woher willst du wissen, wie schnell die Züge fahren und ob sie in Kurven langsamer sind? Wenn du es wirklich schaffen solltest, in den Zug zu kommen, dann würdest du dir spätestens beim Abspringen sämtliche Knochen brechen. Denn die Züge fahren schneller als wir gerade, auch in Kurven. Schlagt euch die Idee mit der Bahn aus dem Kopf!"

Damit endete sie und schien sichtlich erleichtert.

Luke schaute nach rechts aus dem Fenster. Er konnte Kate im Moment nicht in die Augen sehen.

Jenny bewegte ihren Kopf von einer Seite zur anderen. Erst beobachtete sie Kate, dann Luke und dachte über die gehörten Worte nach.

„Sie hat Recht", sagte sie überraschend.

Luke drehte sich zu Jenny um und blickte sie mit glasigen Augen an. Er war den Tränen nahe. Jetzt, nachdem Kate ihre Bedenken geäußert hatte und nun auch Jenny an seinem Plan zweifelte, kam er sich völlig nutzlos vor. Er hatte versagt. Wenn nicht ein Wunder geschah, würde die Reise in Edson enden. Ohne den Zug gab es keine Chance, dass Zauberland zu finden und den Tieren zu helfen.

Jenny konnte sich gut in ihn hineinversetzen und versuchte ihn zu trösten: „Der Zug ist zu gefährlich. Aber wir werden schon eine Möglichkeit finden. Wir haben es so weit geschafft, dann schaffen wir den Rest auch noch!"

„Wie denn?", sagte Luke mit weinerlicher Stimme.

Jenny schaute beschämt zur Seite, sie wusste auf die Schnelle auch keinen Rat.

Kate räusperte sich und lächelnd sagte sie: „Ich wüsste eine Möglichkeit, wie ihr sicher und schnell ins Zauberland gelangt."

Jenny ging noch einen Schritt näher an das Armaturenbrett heran und schaute Kate mit schräg liegendem Kopf an. Auch Luke wurde hellhörig.

„Welche?"

„Ich werde euch begleiten."

Stille.

Luke hatte den Mund geöffnet vor lauter Erstaunen. „Du willst mit ins Zauberland?", entfuhr es ihm dann.

„Ja, ich bringe euch hin, und wenn es mir dort gefällt, bleibe ich dort!"

„Und dein Truck?"

„Den verkaufe ich. Die Tür ist sowieso kaputt", lachte sie.

Jenny's Gefühle überschlugen sich. Wäre sie nicht ein Puma

gewesen, sie wäre Kate um den Hals gefallen, so glücklich war sie.

Nachdem Jenny ihre grenzenlose Freude verarbeitet hatte, stellte sie die einzig logische Frage auf Kate's Entscheidung: „Warum willst du das tun?"

Kate blickte ihre gespannt wartenden Zuhörer an und erklärte schließlich:

„Mein Gefühl sagt mir, ich tue das Richtige, wenn ich euch begleite. Niemand wartet auf mich, ich habe keine Familie und meine Eltern sind auch schon lange tot. Im Grunde genommen bin ich euch sehr ähnlich."

„Aber du bist doch erwachsen!", erwiderte Luke.

„Na und!! Glaubt ihr etwa, Erwachsene haben keine Träume mehr? Sie sehen nur ein wenig anders aus. Natürlich fehlen in den Träumen der Erwachsenen solche Dinge, wie ihr sie erlebt habt. Sie glauben nur an reale Sachen. Aber trotzdem träumen sie", sagte Kate nachdenklich.

Jenny verstand und fragte sie: „Wovon träumst du?"

Eine zeitlang hörte man nur das gleichmäßige Brummen des Motors, doch dann antwortete Kate auf diese kluge Frage. „Wovon träume ich?", wiederholte sie und ihr Blick schweifte in die Ferne. „Ich träume von einem anderen Leben. Das soll nicht heißen, dass ich meinen Beruf nicht liebe. Er bedeutet mir sehr viel. Seit ich ein kleines Mädchen war, liebte ich die Natur und die Freiheit. Und diese Liebe fand ich auch hier, auf den endlosen Highways Kanadas. Doch mit der Zeit habe ich mich verändert. Nicht nur meine Gesundheit verschlechterte sich durch die vielen Kaffees und das stundenlange Sitzen, nein, auch meine Träume veränderten sich. Wie so manche Frau in meinem Alter, ich bin übrigens 32, begann ich mich nach Kindern, nach einer Familie und einem Heim zu sehnen. Doch ich verdrängte diese Sehnsüchte immer wieder und schob die Entscheidung, das Truck fahren aufzugeben, ständig vor mir her, bis ich euch traf!

Ihr braucht meine Hilfe. Ich weiß nicht, wie es euch geht, aber ich habe euch in mein Herz geschlossen.

So jetzt ist es raus."

Jenny war zu Tränen gerührt, denn sie fühlte schließlich genauso. Und wenn es Luke ebenso ging, gab es keinen Grund, warum Kate nicht mitkommen sollte.

„Sofern Luke nichts dagegen hat: Ich würde mich freuen, wenn du uns begleitest", sagte Jenny. „Ich mag dich sehr und möchte, dass du meine Freundin wirst", fügte sie noch hinzu. Dass sie eigentlich Mutter sagen wollte, blieb ihr Geheimnis.

„Sind wir das noch nicht?", fragte Kate und hielt Jenny die offene Hand hin. Jenny ließ sich nicht lange bitten und legte zum Freundschaftspakt ihre Pfote in Kates Hand:

„Doch sind wir!"

„Mit Sicherheit!", bekräftigte Luke und schlug seine Hand dazu.

„Jetzt kann uns nichts mehr aufhalten."

Jenny freute sich: „So gefällst du mir wieder besser! Das ist der Luke, den ich mir wünsche."

„Auf ins Zauberland!", rief Kate und drückte die Fanfare.

„Auf nach Hause!", fauchte Jenny.

Und Luke ließ es sich nicht nehmen, ebenfalls noch dreimal die Hupe ertönen zu lassen. Sein Trübsal war wie weggeblasen und voller Eifer stürzte er sich nun wieder über Kate's Landkarte.

„Wo willst du deinen Lastwagen verkaufen? In Edson?",

fragte er.

„Nein, in Edson liefere ich nur die Ladung Holz samt Hänger ab und dann fahren wir weiter bis Jasper. Dort werde ich den Truck verkaufen."

„Jasper ist gar nicht weit vom Zauberland entfernt", meinte Luke zu Jenny.

„Um so besser. Jede Stunde, die wir früher ankommen, kann für unsere Freunde lebenswichtig sein."

Das Adlerweibchen saß hinten in der Koje und versuchte vergeblich, aus dem Gespräch der drei schlau zu werden. Doch die Tatsache, dass sie sich freuten und guter Dinge waren, genügte ihr. Das konnte nur Gutes bedeuten.

„Wo sind wir jetzt ungefähr?", setzte Luke seine Fragen fort.

„Ungefähr achtzig Meilen vor Edson. In anderthalb Stunden sind wir dort."

„Und wann sind wir in Jasper?"

„Wenn alles gut geht, müssten wir am frühen Nachmittag dort ankommen", sagte Kate voraus.

„Wie geht es dort weiter?", wollte nun Jenny wissen. „Hast du einen Plan?"

„Noch nichts Konkretes", erwiderte Kate, „aber mir wird schon etwas einfallen. Am besten ist, wir reden darüber, wenn wir angekommen sind. Genießt jetzt die Fahrt, es ist für lange Zeit oder für immer die Letzte, die ihr und ich in so einem Truck verbringt!"

Kate hatte Recht. Da Luke im Moment nichts mehr tun konnte, legte er den Atlas beiseite und folgte Kate's Ratschlag. Er betrachtete mit verschränkten Armen die Landschaft, die an ihm vorbeizog. Jenny kannte die Gegend. Deshalb genoss sie das Brummen des Motors, das ihr einen wohligen Schauer über den Rücken laufen ließ. Wie es Katzen machen, wenn sie sich wohl fühlen, schloss sie hin und wieder die Augen und schnurrte. Nur ab und zu folgte ihr Blick der Straße und all dem, was am Rande vorbei glitt.

Wie die letzten Tage war auch heute die Landschaft von Sonne überflutet. Der Himmel strahlte leuchtend blau ohne eine einzige Wolke. Am Straßenrand erstreckten sich links und rechts die riesigen Waldgebiete, die nicht vermuten ließen, dass hier noch Städte kommen würden. Ab und zu überquerte der Truck eine Brücke, unter der sich ein Fluss in der Farbe des Himmels spiegelte. Diese azurblauen Ströme inmitten der dunkelgrünen Wälder stellten einen einzigartigen Anblick dar. Doch all diese Naturschönheiten konnten Luke nicht davor bewahren, wie gestern einzunicken. Die letzte Stunde bis Edson verschlief er vollkommen und auch Jenny und der Adler dösten vor sich hin. Erst das Ertönen der Truckerfanfare weckte sie aus ihrem Vormittagsschlaf.

„Sind wir schon da?", tat Luke überrascht.

„Dort vorne links liegt Edson", zeigte Kate über die Hügel, „und dort vorne rechts seht ihr das Sägewerk, wo meine Fracht abgeliefert werden muss."

Luke erblickte riesige Hallen und haushohe Stapel mit Bäumen. Kate bog auf das unüberschaubare Gelände ein und passierte eine einhundert Meter lange Front von aufgeschichteten Stämmen, die auf ihren Zuschnitt warteten. Rechts sah Luke gewaltige Förderbänder, auf denen die Stämme in den Hallen verschwanden.

„Wahnsinn, nicht?", fragte Kate.

Luke nickte nur vor Erstaunen mit dem Kopf. So etwas hatte er noch nie zuvor gesehen.

Kate erreichte jetzt einen Platz, an dem noch einige andere Trucks standen, und stoppte den Lastzug. „So, da wären wir. Ich trenne jetzt den Hänger ab und hole mir meinen Frachtlohn ab. Ihr wartet so lange, ja!"

„Wir bewegen uns nicht vom Fleck", rief ihr Luke nach.

Jenny sah, wie Kate in einem niedrigen Haus verschwand und behielt die Umgebung im Auge. Man wusste ja nie, ob es nicht sogar hier Ganoven gab, denen der Truck gefiel. Aber kurze Zeit später kam Kate zurück und Jenny entspannte sich.

Mit einem lauten Zischen löste Kate die Bremsschläuche des Anhängers und die Verankerung mit der Zugmaschine. Nun kurbelte sie noch die Füße des Hängers herunter und ihr Truck war frei.

„Alles erledigt", sagte sie, als sie ins Fahrerhaus zurückkletterte und die Papiere auf das Armaturenbrett warf, „es geht weiter!"

Kate fuhr noch eine Runde auf dem Gelände des Sägewerks, um den beiden alles zu zeigen. Dann kehrte sie auf den Highway zurück und trat ordentlich auf das Gaspedal.

„Jetzt sind wir leicht, jetzt sind wir…", sie blickte auffordernd zu Luke.

„…schnell?", fügte dieser hinzu.

„Genau!"

Die Nadel des Tachometers näherte sich der Sechzig-Meilen-Markierung, als Kate über ihre linke Schulter zeigte.

„Luke, gleich überholt uns der Zug, von dem du abspringen wolltest, schau!"

Etwas höher über dem Highway verliefen die Gleise, auf denen nun wirklich ein Güterzug vorbeizog. Er war nicht sehr viel schneller, dennoch überholte er sie. Luke verstand, was

Kate ihm sagen wollte. Er selbst wusste nun, dass seine Idee mit dem Zug töricht gewesen war. Aber auf die Bahn waren sie nicht mehr angewiesen. Sie reisten dank Kate viel bequemer und gefahrloser.

Es ging auf ein Uhr mittags zu, als sie ihre Reise Richtung Jasper, Richtung Zauberland fortgesetzt hatten. Kate ahnte, dass den Tieren und auch Luke etwas frische Luft gut tun würde. Und so machte sie einige Meilen nach Edson einen kleinen Zwischenstop. Auf einem einsamen Parkplatz machten sie ein kleines Picknick und bewegten ihre von der langen Fahrt steif gewordenen Glieder, ehe sie die Fahrt fortsetzten. Besonders dem Adlerweibchen tat die Rast gut. Endlich konnte sie wieder einmal ein Stück fliegen und sich den Wind um den Schnabel wehen lassen. Das tat gut. Dennoch zog sie es vor, die Reise im Truck fortzusetzen, als hinterher zu fliegen.

Kurz nachdem sie weitergefahren waren, schlief Luke schon wieder. Den sonst so aufgeweckten Jungen musste das Geräusch des Motors irgendwie entspannen, denn müde dürfte er eigentlich nicht schon wieder sein. Doch vielleicht war es so am besten, schließlich konnte Kate nun einiges mit Jenny besprechen, was Luke nicht unbedingt zu hören brauchte.

„Jenny, kann ich dich etwas fragen?", durchbrach sie die Stille.

„Natürlich. Was du willst!"

„Hast du schon einmal über deine Zukunft im Zauberland nachgedacht, bevor der Zauber euch alle verbannt hat?"

„Was meinst du damit?", fragte Jenny verwirrt.

„Ich meine, hast du jemals daran gedacht, das Zauberland zu verlassen, wenn du größer bist?"

„Als Puma?"

„Nein, als du noch ein Mädchen warst?"

„Wieso sollte ich? Im Zauberland hatte ich doch alles. Ich war glücklich. Mir mangelte es an nichts und ich besaß viele Freunde. Also warum sollte ich das Land verlassen wollen? Wo sollte ich auch hin? Hier würde mich nur das Schicksal erwarten, dass auch Luke erfuhr, das Kinderheim!"

„Hast du denn wirklich keine Verwandten mehr, Großeltern oder Onkel und Tanten?"

„Nein, meine Eltern hatten keine Geschwister und meine Großeltern sind auch schon lange tot."

„Du bist also ganz alleine", bedauerte Kate.

„Nein, ich habe doch meine Freunde und das schönste Zuhause, was sich ein Kind meines Alters wünschen kann!"

„Aber weshalb hast du dich dann in einen Puma verwandelt? Warst du vielleicht doch einsam?"

Jenny schaute Kate vorwurfsvoll an: „Worauf willst du hinaus? Was sollen all diese Fragen?"

„Ich will nur wissen, ob du nie Zweifel hattest, dass das Zauberland vielleicht nicht die richtige Umgebung ist, um erwachsen zu werden."

Plötzlich herrschte totale Stille im Innern des Trucks.

Jenny zögerte, eine solche Frage hatte sie nicht erwartet.

„Bedeutet dein Zögern, dass du Zweifel hattest?"

„Das Zauberland ist meine Heimat", sagte Jenny leise, „ich kann nirgends woanders hin, auch wenn es vielleicht besser wäre."

„Jenny, ich weiß, dass das, was ich jetzt sage, vielleicht ein wenig zu früh ist. Aber höre es dir trotzdem an! Wenn wir das Zauberland gefunden haben, deine Freunde gerettet sind und du vielleicht wieder ein Mädchen bist, könntest du dir dann vorstellen, mit Luke zusammen bei mir zu leben, zum Beispiel in Jasper? Das ist doch nicht weit entfernt vom Zauberland."

Jenny schluckte und schaute auf den schlafenden Luke.

„Du willst uns adoptieren?"

„So könnte man es nennen", antwortete Kate.

„Darauf kann ich dir nicht antworten. Jetzt noch nicht. Ich bin mir nicht einmal sicher, ob ich gleich wieder ein Mädchen sein will, wenn es überhaupt möglich ist, mich zurück zu verwandeln. Du musst mir noch Zeit geben. Und was Luke betrifft, das muss er ganz allein entscheiden. Es ist schließlich sein Leben."

„Keine Angst, ich will euch nicht aus dem Zauberland entführen, ihr sollt nur einmal darüber nachdenken. Ich lasse euch natürlich alle Zeit der Welt. Ich will auch erst das Land mit all seinem Wundern kennen lernen. Und vielleicht gefällt es mir dort so gut, dass ich ebenfalls nie wieder fort gehen möchte. Alles ist möglich!"

„Wir werden über dein Angebot nachdenken", sagte plötzlich Luke, der die ganze Zeit nur vorgetäuscht hatte zu schlafen. Er blinzelte die beiden spitzbübisch an und freute sich.

„Du kleiner Schelm", lachte Kate und beugte sich zu ihm hinüber um ihn zu kitzeln, „du hast alles mitgehört!"

„Jaaa", kicherte er, „und ich denke wie Jenny. Gib uns Zeit."

„Kein Problem", erwiderte Kate. „Die Hauptsache ist, dass ihr glücklich seid und ich in Zukunft ein kleiner Teil dieses Glücks sein kann."

„Das bist du schon!", gestand Jenny und schmiegte sich an ihren Arm, der das Lenkrad hielt.

Luke lächelte Kate an und biss sich auf die Unterlippe. Er

mochte sie auch, mehr als alles, dass er in seinem Leben bisher gekannt hatte.

Der Truck überquerte eine Anhöhe und unten im Tal leuchtete das Blau eines großen Sees, das bis an den Horizont reichte.

„Seht ihr den See dort unten?", wies Kate auf ihn hin.

„Ja, er ist ziemlich groß", antwortete Luke und suchte ihn sogleich auf der Karte.

„Er erstreckt sich bis nach Jasper", sagte Kate.

„Stimmt, ich habe ihn gefunden", deutete Luke mit den Zeigefinger in den Atlas, „er verläuft parallel zum Highway und an seinem Ende liegt Jasper."

„Wir sind also fast da?", fragte Jenny nach.

„Eine Stunde noch, wenn wir so weiterfahren", schätzte Luke.

Doch Kate schien es nicht all zu eilig zu haben. Sachte betätigte sie die Bremse und ließ den Truck auf dem Randstreifen ausrollen.

„Ich schlage vor, wir machen noch eine Pause", sagte sie, „die frische Luft wird uns gut tun und ich muss mich näher mit dem Atlas beschäftigen."

„Dürfen wir dir helfen?", fragte Luke gleich.

„Na klar, ohne euch nützt mir der Atlas gar nichts, ihr wisst schließlich, wo wir hin müssen, ich bin nur für das Wie zuständig."

Die Vier verließen den Truck und bis auf den Adler, der es vorzog, auf einem Baum Platz zu nehmen, setzten sie sich alle in den Schatten einer großen Tanne.

„Hier, der Atlas", Luke reichte Kate das schon reichlich vergilbte Buch.

Kate suchte den See auf der schon aufgeschlagenen Seite und sagte dann: „Gut! Ich nehme an, dass diese zwei

Höhenangaben hier links zu euren zwei hohen Berge gehören, zwischen denen sich das Zauberland befinden soll."

„Ja, genau", bestätigte Luke.

„Hm", überlegte sie, „zu Fuß wären das einige Tage Marsch!"

„Das werden wir doch schaffen, oder", gab sich Luke zuversichtlich, „ich war auch einige Tage unterwegs, als ich aus dem Heim in Lethbridge ausgerissen bin!"

„Natürlich würden wir es schaffen", stimmte ihm Kate zu, „aber wenn es schneller ginge, wäre es für eure Freunde doch besser, oder?"

Jenny fragte darauf sofort: „Hast du eine Idee, wie wir schneller dorthin gelangen können?"

„Nun ja, ich sehe da eine Möglichkeit", erwiderte Kate geheimnisvoll, „aber ich befürchte, sie gefällt euch nicht besonders, vor allem dir nicht, Jenny."

„Welche, sag schon", drängte nun der Puma.

„Wir könnten fliegen!"

„Fliegen?", fragten die beiden fast gleichzeitig.

„Du willst ins Zauberland fliegen?"

„Nun, vielleicht nicht bis ins Zauberland, aber zumindest bis zu diesem See", und sie zeigte auf einen blauen Streifen unterhalb der beiden Berge. „So würden wir bestimmt drei Tage einsparen!"

Jenny hatte ein ungutes Gefühl, als sie das Wort fliegen hörte, aber Luke war schnell von Kate's Idee begeistert.

„Warum fliegen wir nicht gleich bis zu dem See, der nie zufriert? Schließlich werden wir ein Wasserflugzeug nehmen, oder?", ereiferte er sich.

„Du hast Recht, das wäre die einfachste Lösung, wenn wir gleich bis ins Zauberland fliegen könnten, aber ich halte das für keine gute Idee", widersprach ihm Kate.

„Warum?"

„Nun, ich selbst kann nicht fliegen, wir müssten also ein Flugzeug samt Pilot mieten. Und da nur Jenny genau weiß, wo sich das Tal befindet, müssten wir im Flugzeug Ausschau halten und uns mit Jenny absprechen. Ich glaube nicht, dass der Pilot einen Puma und einen Adler befördert und keine Fragen stellt, wenn der Puma auch noch zu reden beginnt. Es ist besser, er denkt, er wäre zum Beispiel eine Biologin, die mit ihrem Sohn und zahmen Haustieren einen Wanderurlaub machen will. Den Ort des Tals braucht er auch nicht zu kennen, oder?"

„Ich glaube, du hast Recht", entgegnete Luke.

Beide wandten sich jetzt Jenny zu, die in den vergangenen Minuten nichts dazu gesagt hatte. Was hielt sie von der Idee?

„Was meinst du?", fragte Luke, der ganz vergaß, welch schreckliche Erfahrung sie mit einem Flugzeug gemacht hatte. Jenny dachte die ganze Zeit über Kate's Vorschlag nach und gab eine überraschende Antwort:

„Wir werden fliegen!"

Kate blickte sie verwundert aber zugleich stolz an. Um ihren Freunden zu helfen, überwand Jenny sogar ihre Angst vor einem erneut möglichen Flugzeugabsturz. Wie sehr musste sie ihre Freunde lieben, um ein solches Opfer zu bringen?

„Fantastisch", freute sich Luke, „dann lasst uns weiterfahren, um so eher sind wir in Jasper. Vielleicht können wir heute noch ein Flugzeug mieten?"

Kate bremste seinen Übereifer: „Das werden wir nicht mehr schaffen, ich muss den Truck verkaufen und noch verschiedene Sachen kaufen, die ich mitnehmen muss!"

„Was willst du mitnehmen?", klinkte sich Jenny ins Gespräch ein. „Wenn wir wieder zu Hause sind, können wir alles, was wir benötigen, herbeizaubern. Hast du das vergessen?"

„Ach so", fasste sich Kate an die Stirn, „ja dann, versuchen wir es. Vielleicht ist heute noch eine Pilot frei."

Die Vier gingen zurück zum Truck und setzten ihre Reise fort. Wenn nichts mehr dazwischen kam, würden sie gegen drei Uhr nachmittags in Jasper ankommen. Der Truck donnerte jetzt mit hoher Geschwindigkeit den Highway entlang und nach einer halben Stunde Fahrt sahen sie die ersten Gebäude. Kleine Holzhäuser säumten den Straßenrand und weiter unten am See lagen verschiedene kleine Fischerboote. Luke und Jenny wussten nicht recht, wie es jetzt weitergehen sollte, aber sie vertrauten Kate. Sie würde schon alles organisieren. Die erste Tankstelle, die in Sicht kam, steuerte Kate an und stieg aus um zu fragen, wo sie am besten ihren Truck verkaufen könnte. Mit froher Miene kam sie zurück, denn der Tankwart kannte eine Firma, die einen neuen Lastwagen suchte. Dorthin machten sie sich gleich auf den Weg und fanden es auch recht schnell. Kate schärfte Jenny ein, von nun an keinen menschlichen Ton mehr von sich zu geben, da sie sonst große Probleme bekommen würden. Der Chef der Firma schien interessiert und stellte auch keine weiteren Fragen, als Jenny und der Adler zum Vorschein kamen. Kate erhielt eine gehörige Summe an Geld und bekam sogar noch einen alten Lieferwagen hinzu, in dem sie ihre ganzen persönlichen Sachen aus dem Truck verstaute.

Luke, Jenny und der Adler waren schon abfahrbereit, als Kate noch einmal zum Truck zurückging und sich ein letztes Mal hinter das Steuer setzte. Viele Stunden ihres Lebens hatte sie hier zugebracht und obwohl der Truck nur ein lebloser Gegenstand war, fiel ihr der Abschied ebenso schwer wie von einem geliebten Menschen. Noch einmal drückte sie die Fanfare und sagte auf diese Weise ihrer Vergangenheit Lebewohl. Sie ging zurück zu dem weißen, verrosteten Lieferwagen und verließ ohne ein Wort zu sagen den Hof der Firma. Ihr Truck blieb zurück. Sie durchquerten Jasper und hielten nur einmal kurz an. Kate kaufte sich einen großen Rucksack und in einem Lebensmittelladen noch einiges an Verpflegung. Jetzt war sie reisefertig und steuerte mit dem Auto den kleinen Hafen am See an.

Luke schaute auf seine Armbanduhr, deren großer Zeiger auf die halbe Stunde nach drei Uhr vorrückte. Würden sie heute noch ein Flugzeug bekommen? Jenny schaute aus dem Fenster. Hier am Hafen liefen eine Menge Menschen herum. Da sie ein Puma war, fühlte sie sich hier irgendwie unbehaglich. Sie duckte sich lieber, sodass sie von außen keiner entdecken konnte.

„Da hinten liegen zwei Wasserflugzeuge!", rief Luke und zeigte in eine kleine Bucht.

„Murphy's Lufttaxi", las Kate auf einem Schild neben der Straße, dessen Pfeil auf die Bucht zeigte.

„Versuchen wir unser Glück", fügte sie hinzu und bog auf die Nebenstraße ein.

„Ihr wartet hier", forderte sie die anderen auf, stieg aus und ging auf einen Mann zu, der gerade am Bootssteg die Leinen des einen Wasserflugzeuges löste.

„Guten Tag, sind sie Murphy?"

„Wer will das wissen?", entgegnete der Mann und drehte sich um. Beide waren aufgrund des Gegenübers angenehm überrascht. Sogleich wischte er sich die Hände an seiner Hose ab und streckte sie Kate entgegen:

„Joe Murphy, Luftfracht jeder Art! Womit kann ich ihnen dienen, Lady?"

Kate entschwand seinem kräftigen Händedruck und blätterte in dem Atlas, den sie vom Auto mitgenommen hatte.

„Wir bräuchten ein Flugzeug, das uns an diesen See bringt", sagte Kate und zeigte auf die Karte. „Sind sie heute noch frei?"

Der Mann vertäute sein Flugzeug und blickte zuerst argwöhnisch auf die Karte, dann zum Lieferwagen.

„Wer ist *wir*?"

„Oh, meine Kinder, ähm, ich meine mein Sohn, ein zahmer Puma und ein Adler. Wir wollen dort Urlaub machen und ich möchte gleichzeitig etwas arbeiten", log sie.

Der Mann schien ihr die Geschichte nicht abkaufen zu wollen, so sehr legte sich seine Stirn in Falten.

„Was wollen sie mitten in dieser Wildnis? Dort gibt es fünfzig Meilen weit und breit keine Menschenseele. Und was um Gottes Willen will eine Frau wie sie dort arbeiten?"

„Ich bin Biologin", antwortete sie selbstsicher, „und ich arbeite an einem Projekt über den Weißkopfseeadler!"

Das schien das Misstrauen des Mannes ein wenig zu entkräften, dennoch blieb er skeptisch.

„Wo genau an diesem See wollen sie hin, er erstreckt sich fast einhundert Meilen durch das Land?"

Da sich das Zauberland am nördlichen Ende befinden musste, sagte sie: „An den nördlichsten Teil, wenn das geht!"

Joe Murphy fuhr sich mit einer Hand über seinen Drei-Tage-Bart und schaute in den Atlas.

„Ich war gerade im Begriff, zu einem Indianerreservat zu fliegen. Das befindet sich ungefähr am mittleren Ufer dieses Sees. Ich müsste einen kleinen Umweg fliegen, aber..."

„Ich bezahle gut", unterbrach ihn Kate.

Das Gesicht des Mannes hellte sich auf und er ergänzte: „.Also gut, ob ich nun eine Stunde früher oder später zu den Indianern komme, macht keinen Unterschied."

„Sie fliegen uns also?", rief Kate aufgeregt.

„Ja, holen sie ihre Kinder, Tiere oder was auch immer und ab geht die Post!"

„Fantastisch, ich danke ihnen", rief sie schon im Umdrehen.

„Kann ich den Lieferwagen hier stehen lassen?", rief sie noch einmal zurück.

Joe Murphy folgte ihr zum Wagen und fragte sie: „Wie haben sie eigentlich gedacht zurückzukommen?"

„Oh, darüber habe ich mir noch keine Gedanken gemacht. Vielleicht gehen wir nach McBride zur nächsten Bahnstation oder wir gehen zu den von ihnen erwähnten Indianerstamm und kaufen ein Kanu, mit dem wir runter nach Golden fahren. Den Lieferwagen holen wir auf alle Fälle vorm Winter ab."

„Wenn sie meinen", entgegnete Joe Murphy, „dann stellen sie den Wagen hinter die Scheune dort drüben."

Luke hielt es nicht mehr auf seinen Sitz und er stieg aus.

„Hallo, ich bin Luke, fliegen sie uns?"

„Nun", musterte Joe ihn, „du kannst mich Joe nennen. Ich bin zwar wenig begeistert von der Idee, euch in der abgelegenen Wildnis abzusetzen, aber ich tue es."

„Spitze, wir fliegen", jubelte er.

Er ging zurück zum Auto und nahm Jacke und Rucksack an sich. Dann sagte er: „Jenny, komm!", und Jenny verließ, natürlich ohne ein Wort das Auto. Der Adler hüpfte hinterher und auf Luke's Schulter.

Joe Murphy machte große Augen angesichts dieses Schauspiels. Noch größer wurden sie, als Jenny auf ihn zuging.

„Hat eure Katze heute schon gefrühstückt?", meinte er und wich einen Schritt zurück.

„Keine Angst, sie tut nichts, sie will sich nur mit ihnen bekannt machen", beruhigte ihn Kate.

Murphy stand stocksteif da, als Jenny an seiner Hand schnupperte.

„Sie dürfen keine Angst zeigen", riet ihm Luke.

„Ha, ha", lachte Murphy und bewegte vorsichtig seine Hand. Er legte sie sachte auf Jenny's Kopf und sie belohnte ihn mit lieblichen Schnurren.

„Ihr seid eine sehr merkwürdige Truppe", sagte er, und ging langsam an Jenny vorbei, um Kate beim Tragen ihrer Sachen zu helfen. Luke, Jenny, der Adler und Murphy gingen schon zum Bootssteg hinunter, als Kate noch schnell den Lieferwagen wegfuhr. Ängstlich bestieg Jenny das kleine Wasserflugzeug und verkroch sich gleich in dem hinteren Teil. Das Adlerweibchen hüpfte auch in dieses komische Gerät, das wie ein übergroßer Vogel aussah und wartete auf die Dinge, die kommen würden. Murphy löste die Leinen und als Kate ebenfalls eingestiegen war, stieß er das Flugzeug vom Steg ab. Er kletterte hinter seinen Steuerknüppel und warf den Propeller an. Langsam drehte sich das Flugzeug vom Ufer weg und zeigte nun mit dem Propeller auf den See.

„Auf geht's!", sagte Murphy und drückte den Gashebel nach vorne. Das Flugzeug legte an Geschwindigkeit zu, so dass die

Luftpolster über das Wasser hüpften.

Luke war im Gegensatz zu Jenny völlig aus dem Häuschen. Welch ein Abenteuer! Er beobachtete jeden Handgriff, den Murphy machte und wartete gespannt auf den Augenblick, in dem sie abheben würden.

„Da drüben kommt schon das Ufer auf uns zu", bemerkte Kate besorgt. Sie flog auch zum ersten Mal.

„Nur keine Angst, das ist noch weit weg", antwortete er und zog nun den Steuerknüppel an sich. Das andere Ufer verschwand und sie sahen nur noch den blauen Himmel vor sich. Sie hatten abgehoben.

Sie flogen noch eine Schleife über den See und erblickten unter sich die immer kleiner werdenden Häuser von Jasper. Dann schlug Murphy die richtige Route ein, sein Bordkompass zeigte jetzt Westen an, zeigte auf die Rocky Mountains. Das Adlerweibchen glaubte ihren Augen nicht zu trauen, als sie aus dem kleinen, runden Fenster äugte. Sie flog hoch oben über dem Erdboden, ohne nur eine Feder zu rühren. Wozu die Menschen doch im Stande waren? Verblüffend. Luke erblickte in der Ferne die schneebedeckten Gipfel der Berge und hielt schon Ausschau, ob irgendein Gipfel die anderen überragte. Doch sie waren noch zu weit entfernt, um einen Höhenunterschied mit bloßem Auge zu erkennen. Die Berge schienen alle gleich hoch zu sein.

„Wie lange werden wir fliegen", fragte Kate laut, um das Motorengeräusch zu übertönen.

„Höchstens zwei Stunden, in der Luft geht alles ein bisschen schneller!"

Zwei Stunden nur! Luke war überrascht und schaute auf seine Uhr. Es war kurz nach vier Uhr, also würden sie ungefähr um sechs Uhr landen. Da hatten sie ja noch fast vier Stunden, bis es dunkel wurde. Vielleicht…?

Nein, er verwarf den Gedanken sofort wieder! Er war zu optimistisch. Er schaute wieder nach vorne und suchte nach den zwei hohen Bergen, die irgendwo im Nordwesten liegen mussten.

Jenny nahm all ihren Mut zusammen und kam auch wieder nach vorne gekrochen, wo Luke und der Adler saßen und blickte zaghaft aus dem Fenster. Sie versuchte, sich an die Karte der Zigeunerin zu erinnern und hielt nach Gemeinsamkeiten Ausschau. Doch dazu war es noch zu früh, das einzige, was ihre scharfen Pumaaugen entdeckten, war die Schneise der Eisenbahnlinie, die irgendwo in der Ferne die Täler zwischen den beiden Bergen durchqueren musste. Und eines dieser Täler war ihre Heimat, das Zauberland. Jenny war froh, dass sie bald am Ziel ihrer abenteuerlichen Reise anlangen würden. Bald konnten sie ihre Freunde erlösen.

Joe Murphy drehte an den Knöpfen seines Funkgerätes und bemerkte nicht, dass Kate ihn schon die ganze Zeit anschaute. Dieser Mann hatte irgendetwas Geheimnisvolles. Er schien etwas älter als sie zu sein, aber trotzdem trug er seine blonden Haare noch schulterlang. Recht ungewöhnlich, aber Kate gefiel es sehr gut. Selbst seine große Nase verlieh ihm auf sonderbare Weise Charme, den sein tiefer, alles durchbohrender Blick noch verstärkte. Kurzum, Kate gefiel dieser Mann. Nur, sie hatte keine Zeit ihn kennen zu lernen, was sie ein wenig bedauerte. Aber sie wusste, wo er wohnte, falls sie doch eines Tages aus dem Zauberland zurückkehren würden.

Merkwürdigerweise stellte Murphy keine weiteren Fragen, die

die Tiere oder ihr Reiseziel betrafen. Kate hätte sich zwar gerne mit ihm unterhalten, dennoch war es so besser. Wer nicht fragte, dem brauchte man auch keine Lügen zu erzählen. So blieb auch Kate stumm und genoss den Flug über die herrlichen Wälder Kanadas.

„Dort vorne rechts kann man jetzt den Gipfel des Mount Robson sehen", meinte Murphy plötzlich und zeigte nach Nordwesten. Luke und Kate kannten nicht den Namen des Berges, aber sie vermuteten, dass es einer der hohen Berge sein musste.

Luke reagierte am schnellsten und hielt Murphy den Atlas vor die Nase: „Ist das einer von denen?", und deutete auf die Höhenangaben auf seiner Karte.

„Stimmt genau", nickte der Pilot, „hier an dieser Stelle, an der 3.954 steht, befindet er sich. Das ist der höchste Berg Kanadas. Man sagt, auf ihm wären die Götter der alten Indianerstämme zu Hause. Aber wer glaubt schon an so etwas? In dieser Gegend fliege ich schon viele Jahre, einen Gott mit Federschmuck habe ich allerdings noch nie gesehen. Das ist nur alter Aberglaube!"

Luke und Jenny schauten sich schmunzelnd an und dachten sich: ‚Wenn der wüsste!'

Je näher sie dem Berg kamen, desto mehr ergriff Jenny eine seltsame Unruhe. Das Zauberland verbarg sich irgendwo dort hinter den Bergen, das spürte sie förmlich. Kate bemerkte Jenny's wachsende Aufmerksamkeit und versuchte Murphy zu einem kleinen Umweg zu überreden.

„Wenn sie einen Umweg am Mt. Robson vorbei fliegen würden, kämen sie dann noch rechtzeitig zu den Indianern? Ich zahle natürlich dafür", bat ihn Kate.

„Das ist kein Umweg", erwiderte Murphy, „ich fliege sowieso gleich nach Norden durch das Tal am Fuße des Berges, da ich die Gebirgskette vor uns umfliegen muss. Dann schlagen wir wieder südliche Richtung ein und ich setze euch am See ab. Sie sehen, der Umweg ist gratis."

„Sie können mich Kate nennen", bot sie ihm das Du an.

„In Ordnung", streckte er ihr die Hand entgegen, „ich bin Joe."

„Nicht erschrecken!", warnte er, „ich drehe jetzt ab."

Das Flugzeug neigte sich mit einem Aufheulen des Motors nach rechts und ging etwas tiefer. Hinter der Gebirgskette, die sie nun umflogen, lag mit aller Wahrscheinlichkeit der See, wo sie landen würden. Demnach flogen sie nun genau auf die Täler zu, die zwischen den hohen Bergen liegen. Und eins davon musste das Zauberland sein. Da Luke seit Beginn der Reise täglich die Karte studiert hatte, war er sich der Bedeutung dieses Umweges bewusst. Auch Jenny lief ein Schauer über ihren Rücken, so aufgeregt war sie. Nur Kate verhielt sich weiterhin normal, sie konnte schließlich nichts weiter tun, denn nur Jenny würde das Zauberland erkennen.

Luke ging es zwar ähnlich, dennoch klebte er mit der Nase an der Fensterscheibe und starrte hinunter ins Tal. Unter ihnen verlief die Bahnschiene und ungefähr eine halbe Meile rechts von ihr schimmerte das Blau eines Flusses. Direkt vor ihnen erhob sich der gewaltige Mt. Robson, nur den anderen hohen Berg, der sich westlich befinden musste, sahen sie noch nicht. Da sie momentan tiefer als die Berge flogen, verdeckte die Gebirgskette die Sicht auf ihn. Doch dieses Stück der mächtigen Rocky Mountains, die vor Jahrmillionen entstanden waren, wurde immer flacher und ging ins Tal über. Gleich würden sie ungehindert nach Westen schauen können. Wieder neigte sich das Flugzeug, aber diesmal nach links. Jenny grub ihre Krallen in die Matten am Boden des Flugzeuges, um nicht gegen die Wand zu rutschen. Aber gleichzeitig schaute sie hinaus und entdeckte als erste den anderen Gipfel. Genau wie sie vermutet hatten, ragte er im Westen über die anderen Gletscher hinaus und bildete gemeinsam mit dem Mt. Robson eine fantastische Orientierungshilfe. Sie waren noch nicht auf der geraden Linie zwischen den Gipfeln, jedoch die Kurve, die Murphy flog, hatte einen großen Radius und sie kamen ihr immer näher.

Jenny schloss die Augen und konzentrierte sich. Sie rief die Karte der Zigeunerin in ihr Gedächtnis zurück und suchte auf ihr nach markanten Punkten. Vor ihrem Geist erschien die Karte. Sie sah die beiden Pfeile, die nach Osten und Westen auf die Berge zeigten und sie sah auch die Eisenbahnlinie und den Fluss. Das Zauberland lag etwas über der Verbindungslinie zwischen den Bergen und links neben der Bahnlinie. Es war von Bergen umringt. Diese waren zwar keine dreitausend Meter hoch, dennoch trugen sie weiße Spitzen, also Gletscher. Die Größe des Zauberlandes war ungefähr gleich der Entfernung zur Bahnlinie. Jenny schätzte die Breite ihrer Heimat auf vier Meilen. Also lag das Zauberland nah an den Gleisen. An mehr erinnerte sie sich nicht. Sie öffnete die Augen wieder. Noch immer driftete das Flugzeug ein wenig nach Norden, aber die Berge unter ihr sahen für Jenny alle gleich aus. Wie sollten sie da das Zauberland finden? Sie war ratlos.

Jetzt konnte nur noch helfen, wenn sie den See, der nie zufriert, irgendwo entdeckte. Die kleine Insel, die er besaß, würde ihn von anderen Seen unterscheiden. Sie äugte nach rechts aus dem Fenster und suchte nach dem Blau irgendeines Sees. Doch nichts, nur Berge mit schneebedeckten Spitzen und Wald, wohin das Auge reichte. Mit Erschrecken stellte Jenny fest, dass das Flugzeug den nördlichsten Punkt seiner Wende erreicht hatte und nun wieder nach Süden flog. Jenny konnte das Zauberland nicht entdecken, sie waren noch zu weit südlich gewesen. Sie war enttäuscht und betrübt. Schon ging das Flugzeug zum Sinkflug über, denn vorne tauchte der See auf, wo sie landen wollten. Luke blickte neugierig zu Jenny und seine Augen fragten, ob sie etwas Bekanntes entdeckt hätte. Doch seine Enttäuschung war groß, als sie nur langsam den Kopf schüttelte. Was nun?

„Gut festhalten", rief Murphy, „wir landen gleich. Luke, es ist besser, du hältst die Tiere ein wenig fest, damit sie sich nicht stoßen, wenn ich auf das Wasser aufsetze!"

Luke war noch verträumt, aber er befolgte den Rat von Joe Murphy. Das Flugzeug glitt knapp über den Baumwipfeln und erreichte das Ufer des Sees. Joe drosselte den Motor und flog eine enge Kurve, um zum Ufer zurückzukehren. Dann setzte er ganz vorsichtig auf dem Wasser auf und ließ das Flugzeug zum Ufer gleiten.

„So, wir sind da", sagte er, „hier ist zwar kein Steg, aber das Wasser ist nur kniehoch."

Sie stiegen alle aus und Joe half Kate beim Tragen ihres schweren Rucksacks.

„Was hast du da denn alles drin, der wiegt ja eine Tonne", übertrieb Joe.

„Nun, ein Zelt und Proviant, ein Gewehr und verschiedene andere Sachen, die man hier draußen zum Überleben braucht."

„Ich verstehe es immer noch nicht, wie man allein in diese Wildnis gehen kann. Aber das ist deine Entscheidung."

„Sie ist doch nicht allein", widersprach ihm Luke.

Joe gab Luke einen Stups: „Ja richtig, sie hat ja einen Einzelkämpfer dabei." Sie lachten.

Joe schärfte Kate noch einmal ein, dass sich der Indianerstamm nur vierzig Meilen weiter unten am See befind, falls irgendetwas geschehen sollte. Dort würde es auch ein Funkgerät geben. Dann gab Kate ihm das Geld und sie verabschiedeten sich. Joe startete wieder seinen Propeller und hob kurze Zeit später Richtung Süden ab. Nun waren sie allein, Kate, Luke, Jenny und der Adler.

Endlich durfte Jenny wieder reden und der erste Satz, den sie sprach, lautete: „Es sieht schlecht aus, verdammt schlecht!"

„Was meinst du?", fragte Kate.

„Sie hat das Zauberland nicht entdecken können und auch nichts anderes, was uns auf der Suche behilflich sein könnte", antwortete Luke.

Kate blickte auf den See hinaus: „Gar nichts?"

„Gar nichts!", sprach Jenny leise.

Das war natürlich ein Rückschlag. Kate dachte nach. „Weißt du wenigstens noch, in welcher Richtung es ungefähr liegen müsste?"

„Doch, die Richtung weiß ich, aber es gibt viele Täler. Wir könnten direkt daran vorbeilaufen ohne es zu bemerken."

Alle blickten ratlos auf den See und folgten den Flug des Adlerweibchens, das sich auf Fischfang begeben hatte. Wer konnte ihnen jetzt weiterhelfen?

„Ich hab es", schrie Luke plötzlich auf, „ich weiß, wie wir das Zauberland finden!"

„Wie?"

„Die Lösung ist genau vor unseren Augen, wir haben sie nur nicht erkannt." Luke hüpfte vor Vergnügen.

„Nun sag schon, was ist es", drängte ihn Jenny.

Luke hob den Zeigefinger und deutete in die Luft: „Der Adler, der Adler wird es finden und uns hinführen."

Kate und Jenny schauten Luke ungläubig an und Jenny sagte: „Wie soll das gehen? Er kann uns doch nicht verstehen. Luke, ich glaube, diesmal war deine Idee nicht so toll."

Auch Kate nickte, sie sah ebenfalls keine Chance.

Luke winkte energisch ab: „Ich weiß selbst, dass sie uns nicht versteht, aber das ist auch das einzige Hindernis. Wir dürfen nicht vergessen, dass sie ein Weißkopfseeadler ist und was sind diese Adler? Verdammt schlau! Nicht umsonst ist der Adler der Anführer deiner Freunde, oder?"

Jenny verstand. „Du meinst, mit dem, was ihr unser Adler erzählt hat und dem, was wir ihr zeigen, könnte sie verstehen, was wir von ihr wollen?"

„Genau", meinte Luke, „mit Hilfe ihres Gedächtnisses und ein wenig Überlegung wird sie uns helfen können."

Kate war immer noch skeptisch: „Und was wollt ihr dem Adler zeigen?"

„Eine Karte", sagte Luke. Er kramte aus seinem Rucksack das indianische Kochbuch hervor und riss die letzte Seite, die nicht bedruckt war, heraus. In der Jackentasche fand er seinen Bleistift. Schließlich forderte er Jenny auf, ihm jede Einzelheit des Zauberlandes zu sagen. Er würde es aufzeichnen. Die Skizze war schnell fertig und nun kam der schwierigere Teil seiner Aktion. Sie mussten dem Adler alles erklären. Und das nur mit Hilfe der Zeichensprache.

Das Adlerweibchen hatte den Fischfang beendet und saß auf einer nahen Fichte als Luke seinen Arm hob. Dieses Zeichen kannte sie und sie glitt vom Ast herab auf seine Schulter. Kate setzte sich auf den großen Rucksack und wartete gespannt auf das nun folgende Schauspiel. Luke ging mit dem Adler auf der Schulter zu dem Schwemmsand am Ufer des Sees und zog eine längliche Furche hinein. Er setzte das Adlerweibchen neben diesen Graben ab und ging zum See um Wasser zu schöpfen, welches er in die Furche ließ, bis diese randvoll war. Das Adlerweibchen begriff sofort, dass er ihr etwas zeigen wollte, da die anderen einige Meter entfernt waren und Luke nur zu ihr blickte.

Aufmerksam verfolgte sie jede seiner Bewegungen. Doch sie verstand noch nicht. Jetzt nahm Luke einen Stein aus dem flachen Wasser und hielt ihn hoch über die von ihm geschaffene Pfütze. Er kreiste über ihr und zeigte dann auf den Adler. Dann zeigte er wieder auf den Stein, und wieder auf den Adler, bis sie begriff, dass sie mit dem kreisenden Stein gemeint war und nickte. Luke nahm nun drei weitere Steine und legte sie an den Rand der Wasserfurche. Er nahm jeden einzeln hoch und deutete bei dem ersten auf sich und bei den anderen auf Kate und Jenny. Auch das verstand das Adlerweibchen. Jetzt fuhr Luke mit der Hand durch seine Pfütze und zeigte gleich darauf auf den See. Sofort nickte sie. Luke war sehr zufrieden. Bis jetzt verlief alles so, wie er es sich gedacht hatte. Auch Kate und Jenny konnten über Luke's Erklärungstalent nur staunen.

Nun zog Luke die vorhin gezeichnete Karte vom Zauberland aus der Tasche und zeigte sie dem Adler. Darauf waren der Umriss des Sees, der nie zufriert, und die ihn umgebenden

Berge zu sehen. Den See hatte Luke mit Wellenlinien versehen und die Berge als Kreise dargestellt. Nur die vielen Flüsse und Bäche waren mit allen, von Jenny aufgezählten Windungen aufgezeichnet. Auffällig und gleichzeitig charakteristisch für das Zauberland war die Landzunge, die bis fast in die Mitte des Sees hineinreichte. So also sah das Zauberland von oben aus.

Luke griff wieder in das Wasser des Sees und zeigte gleichzeitig auf den See seiner Karte. Dann deutete er mit dem Arm nach Norden. Doch diesmal starrte das Adlerweibchen nur auf die Karte, das erwartete Nicken als Zeichen des Verstehens blieb aus. Erneut plätscherte Luke im Wasser des Sees und zeigte auf den See der Karte. Mit dem Finger fuhr er jede Biegung des gezeichneten Uferstrichs ab und griff hinter sich ins Wasser und ließ es durch seine Finger rinnen. Langsam begriff sie, dass das auf dem Blatt Papier ein See darstellen sollte, aber warum zeigte Luke ständig in die entgegengesetzte Richtung des Sees. Und was bedeuteten die vielen anderen Zeichen? So sehr sie auch nachdachte, sie konnte es sich nicht erklären.

Luke hatte sich entmutigt hingesetzt und überlegte, suchte nach einer Idee, damit der Adler ihn verstand. Doch jede seiner Einfälle scheiterten schon im Ansatz.

Kate und Jenny waren näher gekommen, um Luke zu unterstützen, vielleicht hatten sie den rettenden Geistesblitz.

So saßen sie geraume Zeit beieinander, während das Adlerweibchen immer noch die Karte musterte, als Jenny plötzlich aufsprang.

„Ich hab es", rief sie, „ich glaube ich weiß, wie wir es machen."

Luke sah vom Erdboden hoch und sprühte vor neu entfachtem Eifer: „Wie? Wie?"

„Schaffst du es, einen Adler mitten auf die Karte des Zauberlandes zu zeichnen? Ich meine so, dass man es als einen Adler erkennt?"

„Kein Problem", antwortete Luke und grübelte gleichzeitig, was Jenny vorhatte. Doch er vertraute ihr und führte aus, was sie ihm vorgeschlagen hatte.

Jenny war mit seiner Skizze eines Adlers mehr als zufrieden und fuhr fort: „Zeig es ihr! Mach ihr klar, dass sie da zwar einen Adler sieht, aber dass nicht sie es ist!"

Ohne Fragen zu stellen tat Luke wie ihm geheißen.

Das Adlerweibchen wiegte mit dem Kopf, was soviel bedeutete wie: Das kenn ich, das ist ein Adler wie ich. Doch Luke zeigte sofort wieder auf den Stein, der ihr vorhin zugeordnet worden war, bei dem Adler auf dem Papier schüttelte er den Kopf. Erleichtert sahen nun alle ihr Nicken, das hatte sie verstanden.

„Nun leg die Karte ungefähr drei Meter nördlich in den Sand, halt sie aber noch fest", wies Jenny Luke an.

Gespannt folgte der Adler Luke's Bewegungen und schaute zwischen dem kleinen geschaffenen See mit den vier Steinen und Lukes gezeichneten See mit dem anderen Adler hin und her. Jenny war zuversichtlich. Es konnte sich nur noch um Sekunden handeln, bis das Adlerweibchen begriff. Ein Zucken ging plötzlich durch den gefiederten Körper. Das war für Jenny das Zeichen.

„Schnell Luke, sie hat verstanden, bewege das Blatt jetzt nach allen Richtungen über den Boden und verweile an verschiedenen Stellen. Sie muss es so verstehen, dass wir nicht wissen, wohin es gehört."

Als Luke dies tat, trippelte das Adlerweibchen wild mit den Kopf wippend auf ihn zu und zog ihm die Karte mit dem Schnabel aus den Händen. Der Adler hatte ihr viel über das Zauberland erzählt, und an all das versuchte sie sich jetzt zu erinnern und es mit dieser Zeichnung zu einem logischen Bild zu verknüpfen.

„Ich glaube, ihr habt Erfolg gehabt", beglückwünschte Kate die beiden, „sie prägt sie sich tatsächlich ein. Nicht zu glauben", fügte Kate noch hinzu, „das hätte ich nie für möglich gehalten."

Jenny war auch erleichtert, dass ihr Plan geklappt hatte, aber es fehlte noch eine Kleinigkeit.

„Luke, du musst ihr noch zeigen, dass wir nach Norden aufbrechen, während sie das Zauberland sucht. Nicht dass sie uns hier am See sucht, wenn sie zurückkommt."

Luke hatte auch schon daran gedacht und deshalb kam ihm schnell die entsprechende Idee. Er stupste das Adlerweibchen leicht an und ging zurück zu den vier Steinen, griff sich ihren und kreist erneut über den See. Dann führte er den Stein zu der Karte und kreiste über ihr. Er legte den Stein neben die Karte und griff sich die drei restlichen Steine. Auf der Erde entlang bewegte er sie auf die Karte zu und ließ sie auf halber Stecke liegen. Er kehrte zu dem Adlerstein zurück und führte ihn nach einigen Kreisen zu den anderen Steinen zurück. Doch das hätte er sich auch sparen können, das Adlerweibchen verstand jetzt alles. Sie schaute noch einmal zu Jenny, ein letztes Mal auf die Karte, dann flog sie los. Der Luftzug ihrer kräftigen Flügelschläge blies Kate in die Haare, als sie vorbei flog. Das Adlerweibchen drehte auf dem See eine Schleife und entschwand im Norden über den Bäumen.

„Geschafft", atmete Jenny auf und setzte sich.

„Wann gehen wir weiter", drängte Luke, „in drei Stunden wird es schon dunkel."

„Nur mit der Ruhe", beruhigte ihn Jenny, „wir sind heute weiter gekommen, als wir uns je hätten vorstellen können. Wir sind erst drei Tage unterwegs und haben das Zauberland schon fast erreicht. Wenn wir heute nicht mehr weit kommen, macht das nichts. Morgen werden wir auf alle Fälle meine Heimat erreichen, wenn das Adlerweibchen Glück hat."

Widerwillig gab ihr Luke Recht. Er hätte das Zauberland so gerne noch heute gefunden, aber er gab nach und setzte sich ebenfalls. Kate holte verschiedene Sachen aus dem Rucksack und so nahmen sie erst einmal ihre Abendmahlzeit ein. In der Aufregung der letzten Stunden hatten sie den Hunger ganz vergessen, aber als sie die ersten Gerüche von Wurst und Brot wahrnahmen, spürten sie ihn plötzlich sehr deutlich.

Jenny ließ sich die Wurst schmecken, aber im Geiste war sie bei ihren Freunden. Besonders vermisste sie die kleine Luna. Ging es ihr gut? Es musste wirklich schwierig sein, mit der Gewissheit zu leben, dass im nächsten Augenblick die Erlösung kommen konnte oder aber, sie auf lange Zeit, wenn nicht sogar für immer, dort bleiben mussten. Nachdem sie gegessen hatten, brachen die drei auf, um noch ein, zwei Meilen dem Adlerweibchen entgegenzugehen. Sie liefen durch ein schmales Tal, in dem ein Fluss zurück zum See führte. Im Moment führte er nicht mehr Wasser als ein Bach, doch im Frühjahr, wenn das Schmelzwasser aus den Bergen rann, würde er das Flussbett wieder voll ausfüllen.

Jenny ging voran, dann folgte Luke und den Schluss bildete

Kate. Seit des Adlers Abflug nach Norden waren nun fast zwei Stunden vergangen. Jenny suchte den Horizont ab. Sie erwartete die Rückkehr des Adlerweibchens. Bald würden sie den Rand einiger Berge erreichen. Um später nicht in ein falsches Tal zu laufen oder einen unnötigen Pass zu erklimmen, benötigten sie eine Richtungsangabe ihres Spähers. Wo war ihre neue Freundin? Hoffentlich war ihr nichts zugestoßen.

So sehr Jenny ihre Augen auch anstrengte, nicht eine Federspitze war über den Bergen auszumachen.

„Lasst uns einen Platz zum Übernachten suchen", schlug sie daher vor, „es wäre dumm in die Berge zu gehen, ohne zu wissen, welche Route die richtige ist."

„Hängt unser Erfolg denn nur von dem Adler ab?", fragte Kate besorgt.

„Ich denke schon", antwortete Jenny, „ohne ihre Hilfe würden wir das Zauberland vielleicht auch finden, aber erst, nachdem wir tagelang durch die Berge geirrt wären!"

„Dann warten wir hier", sagte auch Luke, „sie wird schon bald auftauchen."

Er kletterte auf einen Hügel und sprang auf einen zwei Meter hohen Felsen. Von dort aus schaute er sich um. Im Westen ging gerade die Sonne unter. Wie Gold glänzten die Berge im Abendrot. Ab und zu wehte Luke ein kühler Wind ins Gesicht, der zuvor die Gletscher gestreift hatte und sich danach ins Tal verirrte. Das Klima hatte sich schon verändert. Es unterschied sich völlig von dem in Lethbridge. Hier begann das Hochgebirge. Da es bereits August war, spürte man schon eine gewisse Frische auf der Haut. Es tat gut, diese saubere Luft einzuatmen. Luke zwinkerte in den Sonnenuntergang und schloss die Augen. Er fing die letzte Wärme der Sonne auf seinen Lidern ein und hörte das leise Säuseln des Windes.

Nichts weiter, nicht ein Ton störte die Ruhe der Wildnis. Bis ein schriller Schrei diese Ruhe zerriss. Luke und die beiden anderen drehten sich erstaunt um und blickten flussabwärts. Wer schrie da? Sie alle hatten dieselbe Hoffnung und wieder war es Jenny, die zuerst erleichtert war.

Dort kam ein Adler auf sie zu geflogen und alles sprach dafür, dass es sich um ihre Gefährtin handelte. Luke sprang mit einem gewagten Satz von dem Felsen und lief zu Jenny: „Ist sie es?"

„Ja, ich bin mir ziemlich sicher", erwiderte Jenny.

Wieder ertönte ein Schrei und diesmal verriet er sie. Es war derselbe abgehackte Ton, mit dem sie sie gestern vor den Jägern gewarnt hatte. Wenige Augenblicke später erreichte der Adler die drei, flog über ihre Köpfe hinweg und schrie erneut. Anscheinend war sie aus großer Höhe zurück zum See geflogen und hatte sich von dort aus auf die Suche nach ihren drei Freunden gemacht. Doch viel wichtiger war: Hatte sie bei ihrer anderen Suche Erfolg gehabt? Hatte sie das Zauberland gefunden?

Das Adlerweibchen ging am Fluss auf einem Stein nieder und schlug noch einige Male mit den Flügeln. Luke wusste, was er zu tun hatte und ging zu ihr. In seiner Hand hielt er wieder die Karte vom Zauberland und mit dem rechten Arm zeigte er nach Norden. Und jetzt machte sie den dreien das größte Geschenk, was dieser zu Ende gehende Tag noch bringen konnte: sie nickte.

Luke sagte zuerst leise, dann immer lauter werdend: „Sie hat es, sie hat es gefunden, sie hat es tatsächlich gefunden!"

Alle freuten sich mit ihm und sahen zugleich, wie sich der Adler wieder in die Lüfte erhob und am anderen Ufer auf einem Baum landete und abermals schrie.

„Da hat es jemand eilig, ihren geliebten Adler wieder zu sehen", schmunzelte Kate.

„Ja, sie will, dass wir in diese Richtung gehen", sagte Jenny. „Was ist", fügte sie hinzu, „gehen wir noch ein Stück, bis es Nacht wird?"

„Klar doch", rief Luke und hüpfte schon von Stein zu Stein über den Fluss.

„Also dann", schloss sich Kate der allgemeinen Meinung an und schulterte den großen Rucksack, „nutzen wir das restliche Tageslicht!"

Und so setzten sie ihre Reise fort, wenn sie auch nur noch eine Meile schaffen würden, bis es finster wurde. Aber die Ankunft des Adlerweibchens hatte ihnen neue Energie gegeben. Luke meinte, die Magie des Zauberlandes schon spüren zu können und Jenny sah sich bereits mit ihren Freunden vereint, so nah fühlten sie sich ihrem Ziel. Für Jenny ging nun der fünfte Tag zu Ende, seit der Zauber sie verbannt hatte. Und jetzt war sie sich sicher, dass ihre Freunde auf gar keinen Fall einen Siebten warten müssten, bis sie wieder zu Hause waren. Morgen würden sie mit vereinter Kraft den Bann lösen, denn auch sie spürte, mit jedem Meter, den sie dem Adlerweibchen in die Berge folgte, dass das Zauberland immer näher rückte.

Eine böse Überraschung

Im Gegensatz zu den Abenteuern der letzten Tage verlief der fünfte Tag für die Tiere des Zauberlandes recht ruhig. Die Jäger waren vertrieben, der fremde Bär stellte keine Gefahr mehr dar und auch sonst gab es keinerlei Schwierigkeiten. Dem Adler war das Recht, denn auch er brauchte nach den Strapazen der letzten Tage eine kleine Verschnaufpause. Und so verbrachte er den fünften Tag mit Lachsfang und Dösen. Gegen Mittag suchte ihn der Wolf auf und berichtete, dass das Wolfsrudel gesichtet worden war, aber dass sie sich genau so verhielten, wie er es ihnen angeraten hatte. Also bestand keine Gefahr für das Wohl der anderen. Auch der Bär gesellte sich am Nachmittag zu ihnen, um irgendwelche Neuigkeiten zu erfahren. Doch es gab keine.

„So wie es aussieht, können wir jetzt nur noch abwarten", stellte der Bär völlig richtig fest.

„Aber diese Ungewissheit nervt", entgegnete der Wolf, „ich wünschte, wir wären endlich wieder zu Hause!"

„Habt Geduld, lange kann es nicht mehr dauern", sagte der Adler, „Jenny und der Junge werden es schon schaffen, wenn alles gut geht".

„Ja, wenn!", zweifelte der Wolf.

„Wir können wirklich nichts anderes tun als warten und hoffen, dass wenigstens wir in den nächsten Tagen von unvorhergesehenen Schwierigkeiten verschont bleiben", gab der Bär von sich.

Der Adler schüttelte seine Trägheit und Müdigkeit aus dem Gefieder und meinte: „Richtig, und damit wir Schwierigkeiten früh erkennen, mache ich noch einen kleinen Patrouilleflug.

Am besten ist, ihr wartet hier auf meine Rückkehr. Es wird nicht lange dauern." Schon erhob er sich in die Lüfte und verschwand in den Baumwipfeln.

Der Adler war guter Dinge. Sein Magen war gefüllt und er selbst gut ausgeruht. Schnell gewann er an Höhe und genoss die wärmende Nachmittagssonne auf seinen Flügeln. Aufmerksam äugte er hinunter ins Tal. Er sah seine Freunde am Fluss und auch sonst schien alles in Ordnung zu sein. Er konnte nichts Besorgniserregendes ausmachen und so entschied er, zu den anderen zurückzukehren.

Gerade wollte er abdrehen, als er weiter unten im Tal ein kurzes Aufblitzen wahrnahm. War es nur die Sonne gewesen, die sich in einer Stromschnelle spiegelte und ihn geblendet hatte oder etwas anderes?

Der Adler entschied, der Sache auf den Grund zu gehen und flog flussabwärts. Er äugte gespannt in die Richtung, aus der das Blitzen gekommen war, aber es wiederholte sich nicht. Schon glaubte er, sich geirrt zu haben, als er plötzlich die Ursache für die Erscheinung sah. Sofort löste größte Sorge seine gute Laune ab und er stieß hinab, um sich zu vergewissern, ob es auch wirklich das war, wofür er es hielt. Wenige Augenblicke später war er nahe genug, um das Objekt genau zu erkennen und zu wissen, dass es nun für ihn und die anderen mit der Ruhe vorbei war.

Sofort kehrte er zu den anderen zurück, um ihnen seine Entdeckung mitzuteilen. Der Bär sah ihn zuerst und schon von weitem erkannte er an des Adlers kräftigen Flügelschlag, dass etwas nicht in Ordnung war.

„Ich glaube, der Adler bringt schlechte Nachrichten", sagte er voraus. Und damit sollte er Recht behalten.

Mit grimmigem Blick näherte sich der Adler und schon im Landeanflug schrie er: „Die beiden Holzfäller kommen zurück! Ungefähr zehn Meilen flussabwärts habe ich ihr Auto gesehen und sie sind auf dem Weg hierher", sprach er mit sehr besorgter Miene. Er blickte in zwei völlig verdutzte Gesichter, die die Bedeutung dieser Nachricht anscheinend nicht sofort verstanden.

„Sie kommen wegen uns", versuchte der Adler ihnen klar zu machen, „nicht um Bäume zu fällen!"

Der Bär setzte sich auf sein Hinterteil und meinte: „Dann verjagen wir sie eben wieder, wie schon beim ersten Mal!"

„Nein, nein", schrie der Adler nun schon leicht erzürnt, „diesmal sind nicht wir im Vorteil, sondern sie. Sie rechnen mit uns, sie erwarten Tiere, die sprechen, und sie rechnen auch mit dir, Bär. Und glaube mir, nun stehen sie uns bestimmt nicht mit leeren Händen gegenüber."

„Du glaubst, sie haben Waffen?", fragte der Wolf.

„Da bin ich mir ziemlich sicher!"

„Und was nun?", brummte der Bär.

Der Adler jedoch schien ebenfalls ratlos.

„Wir haben nur noch einen kleinen Vorteil", und er schaute zur Sonne, „es wird bald Abend. Sie müssen also ein Nachtlager aufschlagen. Wir müssen herausfinden, was sie vorhaben und uns dann etwas einfallen lassen. Wolf, du benachrichtigst alle anderen und ermahnst sie zur Vorsicht. Bär, du rufst Ted und Luna zu dir, ihre Hilfe brauchen wir unbedingt. Und wenn ihr die Krähe seht, bringt sie auch mit. Ich selbst fliege noch einmal zurück und behalte die Holzfäller im Auge. In einer Stunde treffen wir uns hier wieder!"

Die drei verließen den Fluss in unterschiedliche Richtungen

und versuchten, die neue Schwierigkeit zu verarbeiten. Der Tag hätte so sorglos enden können, aber die Tiere blieben nicht von Unheil verschont.

Sam und Charlie, die Fallensteller

Vor fünf Tagen hatten Sam und Charlie diesen Wald verlassen. Und Dank des Zusammenstoßes mit dem einheimischen Elch hatten sie auch wirklich alles Geschehene vergessen. Sie erinnerten sich weder an den grellen Lichtblitz, noch an die sprechenden Tiere oder die Attacke des Grizzlys. Aber zum Unglück der Tiere verschwanden mit jedem folgenden Tag mehr Gedächtnislücken. Und Sam und Charlie erinnerten sich allmählich wieder an einen sehr merkwürdigen Tag. Sam's Erinnerung kam zuerst wieder, aber er sagte nicht sofort etwas zu Charlie, erschien ihm die Geschichte doch zu unglaublich. Er behielt es für sich und meinte, dass er es nur geträumt hätte. Doch als Charlie Andeutungen machte, etwas sehr seltsames geträumt zu haben, folgerte Sam, dass zwei Menschen nicht denselben Traum haben konnten und dass sie es wirklich erlebt haben mussten. So beratschlagten sie, was zu tun sei. Am Ende überzeugte Sam den etwas ängstlichen Charlie, noch einmal hoch in die Berge zu fahren.

Und nun standen sie hier, nur noch fünf Meilen von der Stelle entfernt, an der die Tiere ihre große Versammlung abgehalten hatten und errichteten ein Zelt für die Nacht. Sam hatte ein kleines Lagerfeuer entfacht und schaute sich immer wieder nach allen Seiten um. Doch er konnte kein einziges Tier ausmachen.

„Lass das Zelt!", rief er nun Charlie zu. „Wir essen erst etwas! Komm und setz dich!"

Charlie war froh dies zu hören, denn er hatte großen Kohldampf und das Zeltaufbauen hasste er wie die Pest. Schnell hockte er sich ans Feuer, aber nicht ohne vorher ängstlich in den Wald zu spähen.

Sam sah Charlie's Blicke und meinte: „Es ist niemand da, kein Tier, kein Mensch und auch kein Außerirdischer, ha, ha!"

„Meinst du wirklich, sie kommen?", fragte Charlie zögernd.

„Wenn du die sprechenden Tiere meinst", Sam schluckte einen großen Brocken Wurst hinunter, „ich glaube schon. Beim ersten Mal liefen sie uns auch ständig über den Weg."

„Und der Bär?", meinte Charlie sich erneut umschauend.

„Was soll mit ihm sein?"

„Ich meine, was ist, wenn er uns angreift?"

„Charlie!", Sam blickte auf. „Wozu habe ich wohl das hier mitgenommen?", und er deutete mit dem Messer in seiner Hand auf eine großkalibrige Doppelflinte, die an einem Stein lehnte.

„Damit jagen wir ihnen diesmal einen gehörigen Schrecken ein", und er schmierte die Wurstreste an seine tarnfarbene Hose.

„Glaube mir Charlie, wenn wir das alles wirklich erlebt haben und ich diesem Grizzly tatsächlich gegenüber stand, dann gehe ich auf gar keinen Fall mit leeren Händen zurück."

„Und was hast du vor?", wollte nun Charlie wissen.

„Eine schöne Trophäe wäre nicht schlecht, noch besser aber wäre ein lebendes Exemplar dieser redseligen Tiere. Wir haben nicht umsonst Fallen, Schlingen und Netze dabei. Stell dir nur einmal vor", Sam geriet ins Schwärmen, „wir würden heimkehren mit einem Tier, das spricht, ganz ohne Trick und faulen Zauber. Wir würden auf der ganzen Welt auftreten, wir wären in kürzester Zeit Multimillionäre, einfach so, wir..."

Sam hielt mitten im Satz inne und sagte nun wieder ernst: „Aber zuerst müssen wir eins fangen!", und nahm einen

Verdauungsschluck aus seiner kleinen Flasche Whiskey.
Das Feuer prasselte und die Sonne verschwand langsam hinter den Bergen. Hoch über den zwei Gestalten zog der Adler seine Kreise und war sich nun sicher, dass diese heute nichts mehr unternehmen würden. Schnell drehte er ab und kehrte zum Fluss zurück.

Guter Rat ist teuer

Die anderen erwarteten schon gespannt die Rückkehr des Adlers. Immer mehr Tiere versammelten sich am Ufer. Der Bär hatte Ted und Luna dabei und der Wolf war mit Vielfraß, Luchs und Trompeterschwan erschienen. Es ähnelte schon einer kleinen Versammlung.

Kaum, dass der Adler gelandet war, wurde er mit Fragen überschüttet.

„Wo sind sie?"

„Kommen sie hierher?"

„Was haben sie vor?"

„Wie können wir helfen?"

„Halt, halt, halt", rief der Adler, „einer nach dem anderen."

Sie beruhigten sich und warteten, was der Adler noch sagen würde. Nur der tatenhungrige Ted konnte nicht mehr abwarten. Er hüpfte zum Adler und fragte: „Der Bär sagte, du brauchst meine und Luna's Hilfe. Was sollen wir tun?"

Der Adler überlegte kurz und sprach: „Die Holzfäller machen etwa fünf Meilen flussabwärts Rast und werden dort auch die Nacht verbringen. Gefahr droht uns heute also nicht mehr."

Die anderen waren sichtlich erleichtert, dies zu hören.

„Aber um uns für morgen einen guten Plan auszudenken, wäre es vorteilhaft, wenn wir genau wüssten, was sie im Schilde führen."

Der Adler schaute sich um und fragte: „Wo ist die Krähe?"

Der Vielfraß schniefte kurz und antwortete: „Gegen Mittag habe ich sie etwas weiter flussabwärts getroffen. Sie hat genervt wie immer, und ich war froh, als sie weiterflog."

„Wohin?" blaffte der Bär.

Der Vielfraß schaute verwirrt in die Runde und sagte: „Na flussabwärts!"

„Verdammt", entfuhr es dem Adler. „Das hat uns gerade noch gefehlt, dass dieses Plappermaul womöglich auf die zwei trifft."

Ted hüpfte ungeduldig vor dem Adler auf und ab. „Was ist nun?"

„Ach ja", fuhr der Adler fort, „du und Luna werdet unsere Spione. Der Wolf wird euch zum Schutz vor einheimischen Raubtieren begleiten. Dort angekommen schleicht ihr euch vorsichtig an die beiden heran und belauscht sie. Aber, Ted", und der Adler senkte seinen mächtigen Schnabel zum kleinen Grauhörnchen hinunter, „keine ungeplanten Aktionen, keine Mutproben, verstanden!"

„Ja, verstanden", entgegnete Ted wenig überzeugend.

Der Adler blickte zu Luna und die verstand.

„Ich pass auf ihn auf.", versprach sie dem Adler.

„Also, los, ich fliege voran, die anderen warten hier!"

Der Adler erhob sich in die Lüfte und der Wolf und die beiden Grauhörnchen folgten ihm am Ufer in Richtung Holzfäller.

Krähe in Gefahr

Dort unten am Fluss hatte mittlerweile eine dritte Figur den Schauplatz betreten und würde der Situation eine unvorhergesehene Wende bereiten. Genau wie der Adler befürchtet hatte, stieß die Krähe auf ihrem abendlichen Rundflug genau auf die beiden Holzfäller. Sie war genauso überrascht wie der Adler, aber bei weitem nicht so besorgt. Sie dachte nicht weiter darüber nach, was die Rückkehr der beiden für sie und ihre Freunde bedeuten konnte und entschloss sich, sofort ein Schwätzchen zu halten. Vielleicht erfuhr sie etwas Neues und die anderen würden es ihr danken. Dass sie genau das Falsche tat, ahnte sie mit keiner Federspitze.

Sie flog auf einen niedrigen Ast in der Nähe des Feuers und wartete ab, was passieren würde. Charlie sah den Vogel zuerst und gab Sam mit den Augenbrauen ein auffälliges Zeichen, sich einmal umzudrehen. Sam ergriff sofort das Gewehr, legte es aber gleich wieder beiseite, als er die Krähe sah.

„Meinst du, das ist die gewisse Krähe?", flüsterte Charlie ihm über das Feuer zu.

Sam sagte nichts und gab Charlie zu erkennen, er solle still sein. Er überlegte. Sam versuchte, sich an sein erstes Treffen mit der sprechenden Krähe zu erinnern. Das half und er ersann eine List.

„Charlie, das ist eine stinknormale Krähe", sagte er laut, „die interessiert sich nur für unsere Brotreste! Sieht dieses Federvieh etwa so aus, als ob es sprechen könnte. Nein, auf gar keinen Fall."

Die List verfehlte ihre Wirkung nicht, denn so eine Beleidigung konnte sich die Krähe nun wirklich nicht gefallen lassen.

„Und ob ich spreche", krächzte sie von ihrem Ast herunter, „das hast du wohl schon wieder vergessen!"

Sam's Gesicht überzog ein breites Grinsen, als er dies hörte.

Alles entsprach der Realität. Sie hatten wirklich alles erlebt, an was sie sich erinnerten. Nun konnten sie ihren Plan in die Tat umsetzen. Und dieser Plan sah vor, eines oder mehrere dieser Tiere zu jagen und einzufangen. Was lag näher, als mit dieser sehr geschwätzigen Krähe zu beginnen? Sie mussten sie nur beschäftigen und ablenken.

„Scheint, dass ich mich getäuscht habe. Das ist doch diese überaus intelligente Krähe, die wir vor ein paar Tagen getroffen haben", übertrieb Sam.

Der Krähe gefiel das und sie sah keinerlei Gefahr.

„Was macht ihr schon wieder hier?", fragte sie neugierig.

„Der Grizzly hat euch wohl noch nicht gereicht? Welche Art Schrecken braucht ihr, um diesem Wald fern zu bleiben?"

Sam schielte zum Gewehr und überlegte kurz, um sich nicht zu verplappern.

„Doch, doch, die Begegnung mit dem Grizzly reicht mir völlig. Wir haben auch nicht die Absicht, noch weiter flussaufwärts zu fahren", log er.

„Wir wollen nur ein paar Lachse fangen und morgen Abend wieder verschwinden."

Das hörte die Krähe gerne. Sie ahnte nicht, dass sie gerade hinters Licht geführt wurde.

Charlie blickte verunsichert zu Sam. Was faselte er da von Lachsfang. Sie wollten doch Tiere fangen.

Die Krähe hakte noch einmal nach: „Meint ihr, ein Tag reicht euch zum Lachsfang?"

„Ganz sicher", nickte Sam.

„Charlie, du kannst ja schon einmal die Netze aus dem Auto holen und überprüfen, ob noch alle dicht sind."

Sam zwinkerte Charlie unauffällig zu und hoffte, Charlie verstand seine Absicht. Aber wenn nicht, war es auch nicht tragisch. Bis jetzt lief alles wie geschmiert.

Die Krähe blickte dem davon trottenden Charlie nach und sah ihn geraume Zeit später mit einigen grünen Netzen zurückkommen. Sie ahnte nicht, in welch großer Gefahr sie sich befand.

„Magst du?", Sam hielt ihr ein Stück Brotrinde hin.

„Oh, da sage ich nicht nein. Besser als die Fischreste, die mir die anderen immer übrig lassen".

Sam warf das Brot ein Stück neben das Feuer und die Krähe hüpfte vom Ast auf den Boden und zupfte daran herum.

Wie vermutet, raffte Charlie nicht, wozu er das Netz geholt hatte und so sagte Sam: „Das Netz ist in Ordnung, oder? Gib es mir, ich hänge es hier über den Ast, es ist bestimmt noch feucht vom letzten Ausflug."

Die Krähe pickte zufrieden an der Brotrinde, als Sam sich erhob und Charlie ihm das Netz reichte. Er ging einem Schritt auf die Krähe zu, die jedoch keinerlei Verdacht schöpfte. Blitzschnell hatte er das Netz über sie geworfen und brach in schallendes Gelächter aus.

Jetzt erst begriff die Krähe, was das alles bedeutete: das Gewehr, die angebliche Lachstour, das Netz. Aber nun war es zu spät. Sie war gefangen. Wie hatte sie nur so dumm sein können, sich in eine solche Lage zu bringen. Und wer sollte ihr da wieder heraushelfen?

„Charlie, hol doch mal den kleinen Käfig. Unser Vögelchen

soll es doch bequem haben!"

Charlie tat wie ihm geheißen und kam mit einem Vogelbauer zurück, in den sie die Krähe vorsichtig hineinsteckten.

„Nummer eins!", atmete Sam auf.

„Das hat ja fantastisch gut angefangen."

„Denkt ihr etwa, ihr könnt alle so einfach fangen wie mich?", krächzte die Krähe aus dem Käfig. „Ich werde sie alle warnen und dann werden sie kommen und mich befreien."

„Sollen sie ruhig", erwiderte Sam und griff zum Gewehr, „wir werden sie erwarten."

Die Krähe war verzweifelt. Sie hüpfte im Käfig hin und her und wusste sich keinen Rat. Sam und Charlie hatten sich wieder ans Feuer gesetzt und stießen auf den ersten Erfolg an. Sam hielt das Gewehr jetzt in der Hand. Das schien ihm sicherer, denn ein bisschen Angst hatte er schon, wenn er an den Grizzly dachte. Und so warteten sie die kommende Nacht ab, ohne den Käfig eine einzige Sekunde aus den Augen zu lassen.

Spione

Der Adler war ein Stück voraus geflogen. Er sah das Auto, das immer noch am selben Ort stand, und die Rauchsäule des Feuers. Daraufhin kehrte er zum Wolf und den Grauhörnchen zurück.

„An der nächsten Flussbiegung ist es", sagte er zu den dreien. „Wolf, geh' nicht so nahe heran! Wir wissen nicht, ob sie bewaffnet sind. Überlass' den Rest den Grauhörnchen, sie können sich besser verbergen als du."

Der Adler plusterte sich auf und meinte: „Ich wünsche euch viel Glück und riskiert ja nichts. Ich warte hier beim Wolf auf eure Rückkehr."

„Fliegst du nicht mit?", fragte Luna ängstlich.

„Nein, das ist zu riskant, sie erwarten uns schließlich. Nur so kleine Tiere, wie ihr es seid, können sich ihnen gefahrlos nähern. Viel Glück!"

Adler Weißkopf flog wieder davon und der Wolf begleitete die beiden noch ein Stück, bis er den Geruch des Feuers witterte, dann ließ auch er sie allein.

„Wahnsinn, mich erwartet eine richtig gefährliche Mission", pfiff Ted vor Vergnügen.

Luna hingegen bereitete Ted's Übermut erhebliche Sorgen. „Du weißt hoffentlich, dass das kein Spiel ist", ermahnte sie ihn, „es ist wirklich gefährlich."

„Ja, ich weiß", beruhigte er sie und gemeinsam schlichen die beiden weiter. Die Dämmerung hatte begonnen und so sahen sie das Flackern des Feuers etwa zweihundert Meter vor sich. Ted und Luna warfen sich noch einmal einen liebevollen Blick zu, dann huschten sie lautlos den nächsten Baum hinauf.

Geräuschlos wie Schatten sprangen sie nun von Wipfel zu Wipfel, immer wieder verharrend und horchend. So näherten sie sich Stück für Stück dem Feuer. Je geringer die Entfernung wurde, desto vorsichtiger bewegten sie sich.

Endlich erreichten sie den letzten Baum und befanden sich nun genau über Sam in einer riesigen Tanne. Ihre kleinen Herzen schlugen wie verrückt, als sie zeitlupenähnlich den Baum hinab kletterten. Ungefähr vier Meter über Sams Kopf hielten sie inne. Sehen konnte er sie nicht, selbst wenn er hinaufschauen würde, dazu war es schon zu dunkel und die Äste zu dicht.

Sam hatte den Vogelkäfig mit einem Tuch abgedeckt und so ahnten die Grauhörnchen noch nicht, was geschehen war.

„Schlafen die?", flüsterte Luna.

Ted äugte gespannt hinunter: „Ich weiß nicht", hauchte er als Antwort.

Sam und Charlie trugen beide Hüte und so konnte man nicht erkennen, ob ihre Augen offen oder geschlossen waren. Jedenfalls bewegten sie sich nicht.

„Tolle Spionage!", ärgerte sich Ted leise. „Wie sollen wir etwas in Erfahrung bringen, wenn die pennen?"

„Schauen wir uns erst einmal um", schlug ihm Luna vor. Aufmerksam musterten sie jeden Gegenstand in der näheren Umgebung. Sie sahen Sam's Gewehr, die Netze, das Auto und auch dieses eckige Ding, das mit einem Tuch zugedeckt war.

„Das könnte so eine Waffe sein, von der der Adler erzählt hat", meinte Ted zum Gewehr schauend.

„Aber was haben sie vor?", fügte er hinzu. Er überlegte. „Ich gehe doch nicht mit leeren Händen zum Adler zurück, ich muss etwas herausfinden, muss etwas unternehmen", und sein

Schwanz zuckte nervös.

„Was hast du vor?", fragte Luna besorgt.

„Nichts gefährliches", beruhigte er sie schnell, „ wir klettern wieder höher hinauf, so dass wir noch hören, wenn sie sich unterhalten und dann pfeife ich einfach richtig laut. Danach warten wir ab, was passiert. Sehen können sie uns sowieso nicht."

Das leuchtete sogar der ängstlichen Luna ein und sie nickte.

Genauso vorsichtig, wie sie herunter kamen, kletterten sie auch wieder empor und suchten sich einen guten Beobachtungspunkt in etwa fünfzehn Meter Höhe. Ted schaute noch einmal zu seiner Freundin und ließ einen schrillen Schrei los, um gleich darauf wieder zu verstummen. Der Pfiff verfehlte nicht seine Wirkung, denn Charlie und Sam sprangen sogleich auf und schauten aufgeregt in den Wald. Sam fuchtelte mit dem Gewehr vor Charlies Nase herum, so dass dieser wütend keifte: „Halte doch das blöde Gewehr nach unten, am Ende erschießt du noch mich, du Trottel!"

Sam senkte seine Flinte, behielt sie aber dennoch fest im Griff. Denn dieser Pfiff war ungewöhnlich zu einer solchen Zeit und er konnte ihn auch keiner Tierart so richtig zuordnen. Nur eine wusste, wer da gepfiffen hatte, und das war die Krähe, die nun ihre große Chance sah.

„Ich bin hier in dem abgedeckten Käfig eingesperrt. Sie wollen noch mehr von uns fangen und den Bär töten, wenn er sie angreift. Rettet euch! Denkt nicht an mich!", krächzte sie so laut sie nur konnte.

Ted und Luna gefror das Blut in den Adern, als sie dies hörten. Das war eindeutig ihre Krähe, die da rief. Und auch was sie da rief, traf die Grauhörnchen wie ein Schlag. Sie hörten die

Holzfäller fluchen und sahen, wie Charlie wütend gegen das viereckige Ding trat.

„Ja, hier drin bin ich", krächzte die Krähe erneut.

Ein zweites Mal holte Charlie zu einem Tritt aus, als ihn Sam stoppte.

„Hör auf, du demolierst noch den Käfig und der Vogel haut uns ab."

Charlie wollte sich nicht beruhigen: „Sie wissen jetzt Bescheid und sie werden kommen, um sie zu befreien. Heute Nacht, wenn wir schlafen, werden sie über uns herfallen!"

„Niemand wird über uns herfallen", herrschte Sam seinen Kumpanen an, „wir halten abwechselnd Wache! Vielleicht war es auch nur der Schrei eines Kaninchens, das einem Fuchs oder einer Eule in die Fänge geraten ist. Vielleicht machen wir uns ganz umsonst verrückt."

Die Krähe wusste zwar, dass das Ted oder Luna gewesen war, aber dieses Mal behielt sie es für sich. Es erschien ihr klüger zu schweigen. Die Grauhörnchen hatten genug gesehen und gehört und traten leise den Rückzug an. In Windeseile huschten sie durch die Baumwipfel, um Adler und Wolf das Erlebte zu berichten.

Als diese beiden den Pfiff gehört hatten, brauchte der Adler viel Überredungskunst, den Wolf davon abzuhalten, den Grauhörnchen nachzueilen.

„Ted weiß schon, was er tut", hatte er ihn beruhigt. Wenn er auch ein Draufgänger war, diesmal vertraute er ihm.

Die Situation war zu brenzlig für Spielchen. Das der Adler Recht hatte, sahen sie wenig später, als die beiden zurück kamen.

Schon im Rennen pfiff Ted: „Sie haben die Krähe, sie haben

die Krähe gefangen."

„Oh nein", rief der Adler, „so etwas habe ich mir gedacht. Was konntet ihr sonst noch in Erfahrung bringen?"

Ted und Luna schilderten jede Kleinigkeit, die sie in der letzten halben Stunde erlebt hatten und sahen dabei in zwei entsetzte und ratlose Gesichter. Jetzt war guter Rat teuer.

Nachdenklich schaute der Adler gen Himmel und entschied, zuerst zu den anderen Tieren am Fluss zurückzukehren. Gemeinsam mit allen würden sie beratschlagen, was nun zu tun sei.

„Aber wollen wir sie nicht befreien?", fragte Ted hastig.

„Natürlich können wir sie nicht in den Händen der Holzfäller lassen, aber ein Plan will gut überlegt sein. Nicht dass durch Leichtsinn und überschnelles Handeln noch mehr von uns in Gefangenschaft geraten oder sogar getötet werden.", erklärte der Adler.

Das sah Ted ein und sie machten sich auf den Rückweg. Die Zurückgelassenen warteten schon gespannt und waren geschockt, eine derartige Nachricht zu erhalten.

Der Vielfraß sagte scherzhaft: „Sie haben die Krähe gefangen? Von mir aus können sie diese Landplage ruhig behalten, dann nervt sie uns wenigstens nicht mehr!" Unter dem zornigen Blick des Adlers berichtigte er aber schnell: „War doch nur ein Spaß. Natürlich holen wir sie da raus."

„Habt ihr eine Idee, wie?", fragte der Adler in die versammelte Runde.

Stille! Alle dachten angestrengt nach.

„Wenn wir zusammen alle auf einmal das Lager stürmen und ihnen so den Käfig entreißen?", schlug der Bär zögernd vor.

Der Adler schüttelte: „Zu riskant. Wir hätten vielleicht Erfolg, aber bestimmt auch hohe Verluste. Vergesst nicht das Gewehr."

„Und wenn ich mich heranschleiche und versuche, den Käfig zu öffnen?", meinte Ted. „Sie würden mich gar nicht bemerken."

„Nein, nein", lehnte der Adler erneut ab, „sie könnten andere Fallen aufgestellt haben und so auch dich fangen. Nein, das geht auch nicht." Der Adler dachte weiter nach.

Ted's Vorschlag war gar nicht so schlecht, stellte er fest. Wenn sie die Krähe nicht mit Gewalt befreien konnten, dann nur mit List und Tücke. Und Ted's Idee schlug diese Richtung ein. Aber wer konnte sich dem Käfig nähern, ohne selbst aufzufallen und sich in Gefahr zu bringen?

Der Bär schien denselben Gedanken zu haben und er war es, der den rettenden Einfall hatte: „Was ist mit den Lemmingen? Könnten sie uns nicht helfen?"

Der Adler dachte laut: „Lemminge! Lemminge! Lemminge graben Gänge unter der Erde, und das sogar ziemlich schnell. Natürlich! Warum bin ich nicht selbst darauf gekommen? Wir brauchen die Lemminge. Weiß jemand, wo sie stecken?"

Der Wolf erwiderte: „Ich sah sie heute morgen oben am Felsen nicht weit von hier. Soll ich sie holen?"

„Ja, lauf! Sag ihnen, ihre Hilfe wird gebraucht und sie sollen so schnell wie möglich hereilen.", sprach der Adler und schon war der schwarze Wolf verschwunden.

Ted konnte sich nicht so recht vorstellen, wie die Lemminge die Krähe befreien sollten, aber er würde es noch erfahren. Die Nacht hatte sich vollständig über den Wald gelegt, als der Wolf mit einer ganzen Armee von Lemmingen zurückkehrte.

Der Adler machte sie mit der Lage vertraut und gemeinsam

ersonnen sie einen Plan, den sie sofort im Schutze der Dunkelheit ausführen wollten. Die Krähe würde Augen machen.

Die Armee der Lemminge

Wie sie es vereinbart hatten, hielten Sam und Charlie die Nacht über abwechselnd Wache. Den Käfig mit der Krähe hatten sie noch ein Stück näher ans Feuer gerückt, sodass der Lichtschein jede noch so kleine Bewegung um den Käfig erfassen würde.

Gerade hatte Charlie die Wache übernommen. Sam war sofort eingeschlafen. Er hatte Charlie recht unsanft aus den Träumen gerissen und ihm das Gewehr in die Hand gedrückt. Charlie fröstelte und legte noch ein paar Äste ins Feuer. Argwöhnisch schaute er unter dem Tuch nach, ob die Krähe auch noch da sei. Doch sie saß nach wie vor in der Mitte des Käfigs und starrte ihn an. Charlie war zufrieden. Er deckte den Käfig wieder ab und wickelte sich in eine Decke ein. Den Geräuschen der Nacht lauschend blickte Charlie in die Flammen. Etwas Verdächtiges konnte er nicht hören und so überkam ihn nach und nach auch wieder die Müdigkeit. Er döste leicht vor sich hin. Doch selbst wenn er putzmunter gewesen wäre, hätte er nichts von dem bemerkt, was sich in der nächsten Stunde abspielen würde.

Die Krähe saß in ihrem Käfig und lauschte ebenso gespannt in die Nacht. Zwar hatte sie gerufen, sie nicht zu befreien, dennoch hoffte sie, dass ihre Freunde kämen, um sie zu retten. Und so tat sie kein Auge zu und wartete auf irgendeinen Ruf oder ein Heulen, das sie kannte. Doch nichts geschah. Nach einer halben Stunde des Wartens hatte sie die Hoffnung fast aufgegeben, als sie plötzlich ein sonderbares, kaum hörbares Schaben vernahm.

Angestrengt lauschte sie hinaus in die Nacht, doch dieses

merkwürdige Geräusch kam nicht von draußen, es kam aus dem Boden unter dem Käfig. Was hatte das zu bedeuten? Es war jetzt ganz nah und schließlich genau unter ihr. Noch ein letztes Schaben war zu hören, dann hob sich plötzlich der Käfig um wenige Millimeter. Der Krähe blieb fast das Herz stehen, dennoch gab sie keinen Laut von sich. Sie nahm ihren ganzen Mut zusammen und wartete ab. Das Schaben begann auf's Neue. Kurz darauf bewegte sich das Tuch an der Seite, die Charlie vom Feuer aus nicht sehen konnte. Darunter hervor lugte das kleine niedliche Gesicht eines Lemmings, dann ein zweites und drittes, bis schließlich zehn Lemminge ins Innere des Käfigs schauten.

Der erste und größte piepste ein kaum hörbares: „Wir holen dich da raus."

Schon waren die kleinen Helfer wieder verschwunden und das Schaben begann erneut. Der Käfig hatte einen dünnen Holzfußboden und ein festes Gittergehäuse.

„Wie wollten diese Lemminge mich da herausholen?", fragte sich die Krähe. Plötzlich wurde das Schaben lauter und wandelte sich in ein Nagen um. Da wusste die Krähe, was die Lemminge vorhatten.

Charlie bemerkte von all dem nichts. Das Knacken der trockenen Äste im Feuer war wesentlich lauter als das Nagen. Schon sah die Krähe die ersten Erdkrümel zu ihren Füßen und bald darauf konnte sie zehn emsigen Nagern zusehen, wie sie den Fußboden fein säuberlich im Rechteck herausnagten. Als sie fertig waren, verschwanden neun von ihnen, nur ihr Anführer kletterte zur Krähe in den Käfig.

„Jetzt brauchst du nur noch Krach zu machen", riet er der Krähe leise. „Wenn er den Käfig ohne Boden hochhebt, bist du frei."

Die Krähe dankte dem Lemming für die Hilfe, und er verschwand. Schnell verwischte sie die Spuren des heraus getrennten Bodens. Um sicher zu gehen, dass Charlie den Betrug auch wirklich nicht sehen würde, breitete sie ihre Flügel aus und bedeckte so fast die gesamte Fläche ihres Gefängnisses. Jetzt war sie an der Reihe.

„Wollt ihr mich hier braten?", krächzte sie, „stell den verdammten Käfig vom Feuer weg!"

Sam wachte auf und blinzelte zu Charlie: „Was ist los? Was will sie?"

„Ihr ist es zu warm", entgegnete Charlie.

„Dann stell den Käfig einen Meter zurück. Denk immer daran: Sie ist pures Gold wert", brummte Sam, drehte sich um und versuchte wieder einzuschlafen.

Charlie erhob sich und griff nichts ahnend nach dem Käfig. Er hob ihn hoch und das nächste, was er hörte, war der Flügelschlag. Er sah eine davonfliegende Krähe, die im Dunkel der Nacht verschwand. Sofort war auch Sam hellwach und aufgesprungen.

„Was war denn das? Werden wir angegriffen, oder was?"

Vor Sam stand ein völlig verzweifelter Charlie. In der linken Hand hielt er das Tuch, in der rechten den leeren Käfig.

„Sie ist weg", kam langsam über seine Lippen, „einfach davongeflogen ist sie."

Sam wollte gerade ein gewaltiges Donnerwetter loslassen. Doch da fiel sein Blick auf den Boden des Käfigs, der noch im Dreck lag, wo ihn die Lemminge herausgenagt hatten. Sam kniete sich hin und ließ das Sägemehl durch seine Finger rinnen.

„Das gibt es doch nicht, das darf doch nicht wahr sein!" Er ergriff den Boden und schleuderte ihn in den Wald.

„Das zahle ich euch heim", brüllte er in die Nacht, „wartet nur, morgen werdet ihr das bereuen! Dann lernt ihr mich kennen!" Er griff sich das Gewehr und feuerte zweimal in die Luft, dass es nur so schallte. Danach setzte er sich mit hochrotem Kopf ans Feuer und nahm mit zittrigen Fingern einen Schluck aus der Whiskeyflasche.

„Nicht mit mir", brummelte er noch vor sich hin, „nicht mit mir."

Gleichzeitig stieß wenige hundert Meter entfernt eine überaus frohe Krähe zu ihren Freunden. Die Krähe war frei und niemand war verletzt worden. Der Adler zeigte sich zufrieden und für den morgigen Tag fand sich bestimmt auch eine Lösung. Sam und Charlie besaßen zwar ein Gewehr, dennoch schienen sie nicht eine so große Gefahr zu sein, wenn man sie so leicht täuschen konnte.

Im Mondschein ging der Wolf, der die Lemminge begleitet hatte, mit ihnen zurück zum Fluss, wo die anderen deren Rückkehr erwarteten. Als wieder alle beisammen waren, ordnete der Adler Nachtruhe an. Keiner sollte sich mehr an den morgigen Tag denken. Sie würden das schon schaffen. Die Freundschaft und Solidarität, die unter den Tieren herrschte, war einfach zu stark.

Fa-Fa

Das Zauberland begrüßte einen neuen Tag. Überall saßen Tautropfen und erwarteten die ersten Sonnenstrahlen, die in wenigen Augenblicken die Berge überwinden müssten. Der See lag ruhig, kein Windhauch kräuselte seine Oberfläche. Nichts deutete darauf hin, dass hier jemand lebte. Kein Geräusch, kein Flügelschlagen, nicht einmal das Quaken eines Frosches war zu hören. Nur ein paar verlassene Nester in Ufernähe und verblassende Abdrücke von Entenfüßen im Sand zeugten davon, dass hier noch vor kurzem reges Treiben herrschte. Was war geschehen? Wo waren all die Tiere?

„Jeennyyyy", schallte es plötzlich durch den Wald, „Jeennyyyy!" Die Stimme klang merkwürdig, irgendwie komisch.

„Jenny, w...w...wo steckst du de...denn? W...w...wo seid ihr nur alle?"

Schritte näherten sich dem Ufer des Sees und schließlich trat eine seltsame Gestalt aus dem Wald. Dieser kleine, gedrungene Mann Anfang zwanzig war schwer zu beschreiben. Wenn man seine Stimme hörte, die zwar tief und kräftig war, meinte man, im Gemüt wäre er ein Kind geblieben, so ängstlich und vorsichtig verließen die Worte seine Lippen. Doch seine Statur, die einen kräftigen Oberkörper auf kurzen, dicken Beinen zeigte und seine Halbglatze deuteten auf einen erwachsenen Mann hin. Er trug einen kurzärmligen Pullover, der von Löchern übersät war und eine grau-schwarze Latzhose, die sein lustiges Erscheinungsbild vervollständigte. Im Vergleich zu seiner geringen Größe von schätzungsweise einem Meter und sechzig hatte er riesige Füße, regelrechte Waldbrandaustreter. Er äugte auf den See, schaute unbeholfen nach links und rechts und rief erneut: „Jeennyyyy!"

Das war Fa-Fa, der etwas zurückgebliebene Sohn der Zigeunerin. Er war nicht sonderlich schlau, aber dennoch schien er bemerkt zu haben, dass irgendetwas im Zauberland nicht stimmte. Alle seine tierischen Freunde waren seit ein paar Tagen verschwunden und er konnte sich nicht erklären warum. Er traute sich nicht, seine Mutter zu fragen, da sie strikt gegen seine Freundschaft mit den Tieren war, vor allem gegen Jenny, diese kleine Hexe. Aber Fa-Fa machte sich mit jedem Tag größere Sorgen und so hatte er heute Morgen beschlossen, noch einmal zum See zu gehen und Jenny's Namen zu rufen. Wenn er wieder keine Antwort bekommen würde, wollte er heute seinen Mut zusammennehmen und seine Mutter fragen. Und so drehte er sich um und schlenderte zurück, woher er gekommen war. Natürlich nicht ohne zu stolpern, was seine große Stärke war. Seine großen Füße und die tollpatschige Art zu gehen, ließen ihn über jede Unebenheit straucheln. Er durchquerte einen kleinen Wald und folgte dann einer Lichtung bis auf eine große Wiese, welche ziemlich steil war, da an ihrem oberen Ende schon der Rand der Berge begann. Aber Fa-Fa musste diesen Weg, der von allerlei großem und kleinem Geröll übersät war, überqueren, um in das dahinter liegende Tal zu gelangen. Die vielen Steine ließen ihn mehr stolpern und stürzen als vorwärts kommen, aber schließlich hatte er auch dieses Hindernis überwunden. Unten im Tal stieg eine kleine Rauchsäule zwischen den Bäumen empor. Dort stand die Hütte.

Fa-Fa trottete weiter und nach einer Viertelstunde erreichte er die Talsohle, in der sich ein kleiner Fluss zum See wand. Er folgte dem Flusslauf und kurz darauf sah er sein Heim. In eine solch herrliche Landschaft mit den Bergen am Horizont und dem See im Vordergrund würde sich ein solides Holzhaus perfekt einfügen, aber diese Hütte erinnerte nicht im Entferntesten daran. Sie hatte zwar Dach und Fenster und war auch aus Holz, dennoch erweckte diese Wohnstatt eher den Eindruck, als hätte ein Wirbelsturm sie gebaut. Die Bretter waren kreuz und quer vernagelt, das Dach hing krumm und schief und der Schornstein qualmte aus mindestens sieben Löchern.

Die Zigeunerin und Fa-Fa hatten diese Hütte errichtet, sie half mit einigen Zaubersprüchen und Fa-Fa hatte gearbeitet. Dass dabei nicht viel herauskommen konnte, sah man am Ergebnis. Die Hütte war eine Bruchbude. Fa-Fa stapfte die drei Stufen zur Veranda empor und näherte sich der Eingangstür. Von drinnen war irgendein Klimpern zu hören, dass augenblicklich verstummte, als das Knarren der Dielenbretter Fa-Fa's Rückkehr verriet.

„Robert, bi… bi…bist du das?", keifte eine heisere Stimme von drinnen. Seine Mutter rief ihn bei seinem richtigen Namen, von seinem Spitznamen Fa-Fa wusste sie nichts.

„Ja, Mutter, w...w...wer d...d...denn sonst?", antwortete er und öffnete quietschend die Tür.

Im Inneren der Hütte sah es genauso chaotisch aus wie von außen. Nichts hatte seinen festen Platz, kurz um: ein heilloses Durcheinander. Und mittendrin stand Alexa, die Zigeunerin. Wenn man sie betrachtete, traute man ihr gar keine bösen Taten zu, so lustig war sie anzuschauen. Ebenso wie ihr Sohn war sie von kleinem Wuchs, sogar noch etwas kleiner als er.

Ihr Gesicht zierten dicke Pausbacken und eine rote Nase. Ihren Körper schmückten zahllose Ketten, Ohrringe und Armreifen, wie man es von Zigeunern kannte. Sie sah aus, als trüge sie alles, was sie an Kleidung besaß, auf einmal am Leib. Ihr Kleid bestand aus den verschiedensten Farben und Stoffen. Auf den Acker gestellt, hätte sie eine gute Vogelscheuche abgegeben.

Sie blinzelte Fa-Fa aus ihren kleinen Augen an und krähte: „Wo wa...wa...warst du? Dein F...F...Frühstück wird kalt!"

Fa-Fa setzte sich schnell an den dreibeinigen Tisch und stocherte mit dem Löffel in einer Art Grütze herum.

Noch wagte er es nicht, sein Anliegen vorzubringen und so fragte er etwas anderes, das ihn seit Tagen beschäftigte. „Warum st...st...stotterst du seit ein p...p...paar Tagen?"

„W...weiß nicht", erwiderte sie kurz und barsch.

„Hast du w...w...wieder gezaubert?", stocherte er weiter.

„Das g...g...geht dich gar nichts an. Iss deine Grü...Grü...Grütze!", blaffte sie zurück.

Doch so ängstlich wie Fa-Fa auch war, so hartnäckig konnte er auch sein.

„Was ha...ha...hast du gezaubert?"

„Du sollst...", fuhr sie ihn abermals an, dann unterbrach sie plötzlich ihr Gekreische, lief zum Fenster und starrte in den Himmel.

Prompt hallte es vom Tisch: „Was ist l...l...los?"

„Ich meinte, den Adler ge...ge...gehört zu ha...haben."

„Er ist weg", sah Fa-Fa nun seine Chance, „wie a...a...alle anderen auch, einfach w...w...weg!"

„Sie sind alle w...w...weg?", fragte Alexa sich vergewissernd.

„Ja, seit f...f...fünf Tagen", entgegnete Fa-Fa.

Alexa stand nachdenklich am Fenster und zupfte an ihrem spitzen Kinn herum.

„Was hast du de...de...denn nun gezaubert?", quengelte Fa-Fa wie ein kleines Kind.

Die Zigeunerin dachte noch nach, als sie antwortete: „Ich wo...wo...wollte erneut versuchen, dir das Sto...Sto...Stottern wegzuhexen. Doch es misslang. Das einzige Er...Er...Ergebnis war, dass nun a...a...auch ich stottere und die Tiere allesamt verschw...schw...schwunden sind, seit fünf Tagen."

„Wann hast du es v...v...versucht?", fragte Fa-Fa noch einmal.

Alexa nickte, als ob sie jetzt Bescheid wüsste: „Vor genau f...f...fünf Tagen!"

Robert fiel der Löffel aus der Hand und sein Gesicht färbte sich rot und blau. Wütend stand er auf und schrie wie ein Kind, dem man sein Spielzeug weggenommen hat: „D...d...du hast meine Freunde wegge...ge...gehext!"

Alexa zuckte nur mit den Schultern. „Ist das sch...schlimm? Ich konnte sie so...so...sowieso nicht leiden."

„Mach, dass sie w...w...wiederkommen!", rief er und stampfte mit dem Fuß auf die Dielenbretter.

Alexa blieb von Fa-Fa's Wut völlig unbeeindruckt und entgegnete kühl: „Selbst, wenn ich es ungeschehen machen könnte, wü…wü…würde ich es mir zweimal überlegen, all diese Plagegeister und Störenfriede wieder herzuzaubern. Aber es geht so...so...sowieso nicht. Tut mir leid f...f...für deine Freunde."

„Du kannst es nicht, w...w...wieso?", fragte Fa-Fa völlig entnervt.

Alexa werkelte in der Küche und beachtete ihn gar nicht mehr.

„Wieso?", schrie er.

„Weil ich wie du st...st...stottere, verdammt", krächzte sie nun, „und ein ge...ge...gestotterter Zauberspruch bewirkt g...g...gar nichts, verstanden Robert? Lass mich e...e...endlich in Ruhe!"
Robert sank auf seinen Stuhl und blickte in den Rest Grütze. Er mochte nicht sonderlich schlau sein, doch diesmal begriff er sofort, was ihre Worte bedeuteten. Er würde seine Freunde nie wieder sehen. Still und schluchzend verließ er das Haus und setzte sich am Fluss auf einen Stein. Den Kopf tief gesenkt und die Beine weit von sich gestreckt saß er da. Seine Schultern zuckten ab und zu in die Höhe und ein Schluchzen entwich ihm. Er weinte.
Was sollte er jetzt anfangen, ganz alleine, ohne Freunde? Mit wem sollte er spielen, mit wem sich raufen? Niemand rief ihm mehr zu, er soll nicht hinfallen und niemand lachte mehr mit ihm. Für Fa-Fa brach eine Welt zusammen. Wer holte ihm seine Freunde zurück? Wer nur? Und wie lange müsste er warten? Mit verweinten Augen blickte er zuerst auf den Fluss und dann auf den See weiter unten im Tal, dann in die Berge. Er war allein.

Ein alter Bekannter

Die Gletscher tauchten in ein helles Gelb, als die Sonne am Horizont emporstieg. Hoch oben kreiste ein Adler und ließ den Schrei der kanadischen Wildnis weit über das Land schallen. Es war der Schrei des Adlerweibchens, das sich nach ihrer Liebe, dem weisen Adler Weißkopf, sehnte. Schon lange flog sie dort oben, und erwartete das Erwachen der anderen.

Jenny, Luke und Kate hatten gestern noch ein gutes Stück Weg geschafft, bis die Nacht sie überraschte. Schnell hatte Kate ihr Zelt aufgeschlagen. Nach einer kurzen Mahlzeit waren sie ebenso rasch eingeschlafen. Erst als sie im Zelt lagen, merkten sie, wie geschafft sie waren, wie die Aufregungen der letzten Tage sie geschwächt hatten. Und so war es nicht verwunderlich, dass sie allesamt erst spät erwachten.

Jenny, die sich zwischen Kate und Luke zusammengerollt hatte, rührte sich als erste. Sanft rieb sie den Kopf an Luke's Schulter, der laut gähnte. Das weckte auch Kate. Verschlafen öffnete sie den Reißverschluss des Zeltes, und ließ Jenny ins Freie. Erschöpft sank sie in den Schlafsack zurück.

„Ich bin total kaputt", stöhnte sie, „du glaubst gar nicht, was für einen Muskelkater ich habe. Mir tut wirklich alles weh. Truckfahren und Bergsteigen scheinen doch zwei grundverschiedene Dinge zu sein."

Luke lachte, als er Kate beobachtete. Sie schleppte sich geradezu aus dem Zelt.

Jenny saß in der Morgensonne und putzte sich auf Katzenart. Kate trat zu ihr. Mit einer Hand hielt sie sich den schmerzenden Rücken, mit der anderen graulte sie Jenny hinter den Ohren.

Kate schaute zu den Bergen hinauf und sagte: „Heute müssen wir da hoch, stimmt's?"

„Ich glaube schon", gab ihr Jenny Recht, „aber es sieht steiler aus als es ist."

„Du hast gut reden! Du mit deinen vier Beinen!", klagte Kate. Noch einmal schaute sie zum Berg hinauf und machte sich kopfschüttelnd daran, das Zelt abzubauen, nachdem auch Luke es verlassen hatte.

Hoch oben kreiste noch immer das Adlerweibchen. Und nur sie wusste, wie weit das Zauberland noch entfernt war. Wüsste Kate, dass der Adler es von dort oben schon sehen konnte, wären ihre Schmerzen sicher wie weggeblasen. Aber leider sprach das Adlerweibchen nicht die Menschensprache. Und so brachen sie nach dem Frühstück auf. Luke übernahm die Spitze, dann folgte Jenny und den Schluss bildete Kate.

Wie schon am vorigen Tag zeigte der Adler wieder die Richtung und bald erreichten sie den ersten Bergkamm. Hier oben gab es keinerlei Bäume, nur Geröll und Felsen, wohin das Auge blickte. Jenny erklomm einen hohen Felsbrocken und blickte sich um. Die Richtung, in die sie der Adler führte, zeigte nichts als hohe Berge. Manche Gipfel waren sogar schneebedeckt. Jenny schloss die Augen und stellte sich vor, sie säße im Zauberland am See. Sie versuchte, sich jede Einzelheit vorzustellen. Vielleicht würde sie Gemeinsamkeiten entdecken?

Sie öffnete die Augen und verglich. Doch irgendwie sahen die Berge alle gleich aus. Gerade wollte sie sich den anderen wieder anschließen, als ihr Blick auf einen Berg fiel, dessen Spitze nur halb zu sehen war. Irgendetwas an dieser Bergspitze kam ihr bekannt vor. Sie lief den anderen nach, aber den Berg ließ sie nicht mehr aus den Augen.

„Luke, renn' doch nicht so!", fluchte Kate, die schon fast fünfzig Meter zurückgefallen war. Der Rucksack und der Muskelkater in den Beinen ließen kein höheres Tempo zu.

„Ich renne doch nicht", kam es von vorne, „ich laufe schon so langsam wie möglich."

„Das sehe ich", sagte Kate verärgert, als sie Luke wie einen jungen Steinbock von Fels zu Fels springen sah.

Jenny fand das lustig, dennoch tat ihr Kate leid. Sie ging zu ihr und fragte: „Soll ich dir tragen helfen?"

„Nett gemeint", antwortete diese, „aber wie stellst du dir das vor? Willst du vielleicht den Rucksack aufsetzen?" Kate lachte.

„Nein, aber den Sack mit dem Zelt könntest du mir um den Hals hängen, der wiegt doch auch einige Kilogramm, oder?" Kate hielt inne und schaute den Puma an. Kräftig genug war er. Also, warum nicht?

„Luke", rief sie, „Pause!"

„Was denn nun schon wieder?", brummelte dieser und drehte sich um. Er sah, wie Kate ihren Rucksack abnahm und den Beutel mit dem Zelt abknotete. Dann legte sie die Schlinge um Jenny's Hals, und verknotete sie so, dass der Sack dicht unter ihrem Kopf an der Brust anlag. Jenny merkte das Gewicht kaum, so stark waren ihre Nackenmuskeln. Kate schulterte den Rucksack und weiter ging es.

Sie schritten nun entlang einer kleinen Talsohle, auf deren beiden Seiten steile Felswände aufragten. Den Berg sah Jenny im Moment nicht mehr. Doch eine innere Unruhe erfasste sie und so erhöhte sie ihr Tempo. Kurz darauf hatte sie Luke eingeholt und auch prompt überholt. Er versuchte, mit ihr

Schritt zu halten, aber das schaffte selbst er nicht.

„Was ist los? Wohin willst du so schnell?", rief er ihr hinterher.

„Nur etwas schauen", war die Antwort.

Nur noch wenige Meter und das Tal öffnete sich wieder. Und da lag er vor ihr: der Berg, der eine fingerkuppenähnliche Spitze besaß. Jenny setzte sich und betrachtete ihn sorgfältig. Doch sie war sich nicht sicher. Wieder schloss sie die Augen.

Ein Schrei des Adlerweibchens riss sie aus ihrer Konzentration. Es kreiste genau vor diesem Berg und Jenny war sich plötzlich sicher. Sie kannte diesen Berg. Er befand sich am Rande des Zauberlandes. Und so wie es aussah, befanden sie sich auch auf der richtigen Seite. Jenny war überglücklich.

Sie schaute sich nach den beiden anderen um, konnte es aber nicht länger für sich behalten und rief: „Luke, Kate kommt schnell her! Schnell, los!", rief sie abermals.

Luke kam angerannt und Kate folgte ihm völlig außer Puste.

„Was ist?"

„Da", Jenny deutete mit dem Kopf auf den Berg und freute sich.

„Was ist da?", Luke schaute ungläubig auf den Berg.

„Dort ist das Zauberland!"

Luke starrte nun wie gebannt nach vorne, konnte aber weder einen See noch ein Zauberland entdecken.

„Wo?"

„Am Fuße dieses Berges dort, ich habe ihn wieder erkannt."

„Bist du sicher?", fragte Kate.

„Die sehen doch alle gleich aus."

„Absolut", bestätigte Jenny, „wir müssen nur noch um diesen

Hang herum gehen, dann müssten wir das Zauberland sehen."

„Also los", rief Luke, „worauf warten wir noch!" Er ging weiter.

Kate schüttelte nur den Kopf, aber Jenny beruhigte sie: „Wenn ich mich nicht geirrt habe, was ich nicht hoffe, geht es fortan nur noch bergab."

„Diese Nachricht gefällt mir", sagte Kate und folgte Jenny.

Im Zauberland

Fast vier Stunden waren seit ihrem Aufbruch verstrichen. Luke hatte gut zweihundert Meter Vorsprung, als er plötzlich etwas Blaues zwischen den Bäumen im Tal entdeckte. Er konnte nur einen Teil des Tals sehen, der Rest war noch vom Berghang verdeckt, den er gerade umschritt. Aufgeregt kletterte er ein Stück den Hang hinauf, um eine Abkürzung zu nehmen, ließ seinen Rucksack fallen und erklomm einen kleinen Felsen. Langsam hob er den Kopf über den oberen Rand des Gesteins und blickte nun in eine überwältigende Landschaft.

„Was machst du da oben?", rief Kate besorgt, als sie ihn entdeckte.

„Kommt hier herauf, schnell! Das müsst ihr gesehen haben!"

„Nimm mir den Zeltsack ab", sagte Jenny aufgeregt.

Während Kate den Knoten löste, trippelte Jenny ungeduldig von einem Fuß auf den anderen. Als der Sack endlich von ihr abfiel, rannte sie zu Luke auf den Felsen und Kate folgte ihr.

Jenny setzte sich neben Luke und schaute ins Tal. Wenig später genoss auch Kate diese atemberaubende Aussicht.

„Ist es das?", fragte Luke leise, obwohl er wusste, dass nur so ein Zauberland aussehen konnte.

Jenny kullerte eine kleine Träne der Freude aus den Augen und verfing sich in den Barthaaren, als sie antwortete: „Ja, das ist es! Wir sind da!"

Vor ihnen lag das Tal des Zauberlands in all seiner Pracht. Im See spiegelten sich die Gletscher und dünne Nebelschwaden lagen über dem Tal. Riesige Berge und Hänge umschlossen es, kein Weg schien hierher zu führen. Und doch hatten sie einen gefunden. Anscheinend hatte das Adlerweibchen nicht nur die Richtung angezeigt, sondern auch den einzig begehbaren Weg dorthin. Jetzt kreiste es über dem See und verlieh der Landschaft mit seinem Ruf Leben.

Luke bewunderte die Vielfalt der Farben: das Azurblau des Himmels, welches dem See seine blaue Farbe gab, das dunkle Grün der Wälder, das bis ans Ufer reichte, das Grau der Felsen und das Weiß der Gletscher. Alles zusammen ergab ein faszinierendes Bild, welches Luke und Kate sprachlos genossen. Jenny schaute zur Sonne hinauf und musste nun trotz allem zum Aufbruch drängen. Der Nachmittag hatte begonnen und bis zur Hütte der Zigeunerin würden sie sicherlich noch zwei Stunden unterwegs sein.

Gerade wollte Jenny etwas sagen, als sich Luke überraschend auf die Knie schlug und meinte: „Also dann, bringen wir die anderen in ihre Heimat zurück!"

Kate schaute ein letztes Mal ins Tal und folgte den beiden, die schon hinab gestiegen waren.

„Folgt mir", sagte Jenny, „ab hier kenne ich mich bestens aus." Und so schritten sie hinter ihr über einen Geröllhang talwärts.

Als sie die ersten Bäume erreichten fragte Luke: „Wie weit ist es denn bis zur Zigeunerin? Schaffen wir es heute?"

„Na klar", antwortete Jenny, „wenn alles klappt, sind unsere Freunde in drei oder vier Stunden wieder bei uns."

Das gab ihnen neue Kraft und obwohl sie seit dem Frühstück nichts gegessen hatten, verspürte keiner Hunger. Alle wollten die Strapazen der letzten Tage so schnell wie möglich beenden.

Sie durchquerten einen Wald und wateten durch einen flachen

Fluss. Nun ging es über unwegsames Gelände. Umgestürzte Bäume und Wurzeln versperrten oft den Weg. Doch Jenny sagte, dies sei die kürzeste Strecke. Und so folgten sie ihr ohne zu murren. Dem nächsten Fluss, auf den sie trafen, folgten sie, bis sie das Ufer des Sees erreichten. Dort machte die Gruppe eine kurze Rast. Kate nutzte die Pause, um ihre Füße im kühlen Wasser des Sees zu baden. Mit Kate's ausgeruhten Füßen und einem Luke, der vor Tatendrang fast überquoll, ging es bald darauf weiter.

Jenny führte sie nun am Ufer des Sees entlang, bis sie nach einer weiteren Stunde die Mündung eines anderen Flusses erreichten. Als Kate bemerkte, dass Jenny nun wieder in Richtung der Berge ging, konnte sie nur leise stöhnen.

Doch Jenny meinte nur lächelnd: „Wir haben es gleich geschafft. Seht ihr dort oben die Rauchsäule? Das ist die Hütte von Alexa und ihrem Sohn Robert."

„Fa-Fa", berichtigte sie Luke, der sich jede Kleinigkeit ihrer Geschichte über das Zauberland gemerkt hatte.

„Richtig, wir nennen ihn Fa-Fa", stimmte Jenny zu. „Kann durchaus sein, dass er uns über den Weg läuft. Er ist oft hier unten am See."

Luke war gespannt auf Fa-Fa und die Zigeunerin. Heute würde er noch richtig viel erleben. Das freute ihn. Er folgte Jenny und schaute dabei stetig nach rechts und links in den Wald. Wer würde Fa-Fa zuerst entdecken?

Falscher Zauber

Fa-Fa schlief. Da wo er sich heute Morgen niedergelassen hatte und seinen Freunden nachtrauerte, war er zusammengesunken und eingeschlafen. Es sah sehr merkwürdig aus, wie er da lag. Von dem Stein war er heruntergerutscht und lehnte nun mit dem Rücken dagegen. Ein Bein lag ausgestreckt vor ihm, das andere war angewinkelt. Sein Kopf stützte auf dem Stein und der Mund stand weit offen. Er schnarchte. Es war kein regelmäßiges Schnarchen, nein Fa-Fa stotterte sogar im Schlaf.

Er lag mitten in der Sonne, die hoch am Himmel stand, so dass sich auf seiner Stirn die ersten Schweißperlen bildeten. Noch ein paar letzte abgehackte Schnarchlaute verließen seinen Mund, dann räusperte er sich und blinzelte in den Himmel. Wie lange hatte er denn bloß geschlafen? Scheinbar hatte er sogar das Mittagessen verpasst. Er rappelte sich auf, klopfte sich den Staub aus den Kleidern und setzte sich erst einmal auf den Stein. Er schaute hinunter ins Tal und dann wanderte sein Blick erneut in den Himmel.

‚Was war das?' dachte er, als er den schwarzen Punkt über dem See kreisen sah. ‚War das sein Freund? War das der Adler? Waren sie wieder da?' Ein Lächeln huschte über sein Gesicht.

Er blickte sich nach der Hütte um, dann schaute er wieder hinunter zum See. Doch er entschloss sich, zuerst dorthin zu laufen, um seine Freunde zu begrüßen. Er stolperte los, kam aber nur bis zur nächsten Flussbiegung. Hier blieb er wie angewurzelt stehen. Dort kamen Menschen auf ihn zu und sie wurden von Jenny begleitet. Was hatte das zu bedeuten? Er rührte sich nicht. Sie mussten ihn schon gesehen haben, sich zu verstecken, hätte keinen Sinn mehr. Und so wartete er ab, was geschehen würde.

Jenny lief überglücklich auf ihn zu und begrüßte ihn: „Fa-Fa, wie froh bin ich, dich zu sehen!"

Fa-Fa streichelte sie zaghaft und zeigte auf die anderen: „We…We…Wer sind die?"

„Oh, natürlich", sprach Jenny, „der Junge heißt Luke und ihr Name ist Kate. Sie haben mich begleitet."

Fa-Fa verstand nicht recht. Woher kamen sie und wo waren die anderen Tiere?

Jenny blickte in sein verständnisloses Gesicht und sagte: „Ich weiß, das ist jetzt alles ziemlich verwirrend, aber im Moment haben wir keine Zeit, dir die ganze Geschichte zu erzählen. Du musst dich noch ein wenig gedulden! Aber du kannst uns helfen", fügte sie hinzu.

„Wie?", fragte der drollig dreinblickende Fa-Fa.

Luke hätte sich über diesen Fa-Fa totlachen können, aber er verkniff es sich. Jenny war nun die Hauptperson und er verfolgte gespannt, wie es weitergehen würde.

„Weißt du, ob deine Mutter vor fünf Tagen etwas gezaubert hat?"

„Ja, das ha…ha…hat sie. Sie wollte mich vom Sto…Sto…Stottern befreien, doch es misslang. Seither stottert sie a…a…auch und alle Tiere sind verschw…schw…schwunden."

„Gut, also lag ich mit meiner Vermutung richtig", nickte Jenny. „Die Zigeunerin hat uns die Sache eingebrockt."

„Na los", rief der eifrige Luke, „wollen wir ihr mal einen Besuch abstatten. Sie ist bestimmt ziemlich überrascht, dich zu sehen.“

Luke wollte schon wieder losstürmen, doch Kate hielt ihn am Rucksack fest.

„Halt, halt, kann sie uns nicht gefährlich werden?“, fragte sie Jenny.

Diese überlegte kurz. „Nein, wenn sie wirklich stottert, wie Fa-Fa sagt, kann sie mit Zaubersprüchen nicht einmal mehr einen Suppenlöffel bewegen. Außerdem sind wir in der Überzahl.“

„Das klingt doch gut!“ Kate gab Luke einen kleinen Schubs und die drei stiegen den Pfad zur Hütte hinauf. Fa-Fa stolperte ihnen hinterher. Je näher sie der Hütte kamen, desto langsamer wurde Luke. Der Anblick der Hütte schien ihn doch ein wenig zu verunsichern. Das war doch kein Wohnhaus, das war ein Schuppen übelster Sorte. Sein Übermut war wie weggeblasen, und er überließ gerne wieder Jenny die Führung der Gruppe. Nicht das er Angst hätte, aber der Anblick mahnte ihn zur Vorsicht.

„Wartet hier!“, sagte Jenny leise und schlich auf die Veranda. Lautlos sprang sie auf einen Tisch am Fenster und lugte ins Innere der Hütte. Wie sie vermutet hatte, befand sich Alexa im hinteren Teil des Raumes, den sie ihr magisches Labor nannte. Sie saß am Tisch und las in einem ihrer Zauberbücher. Von dem Besuch ahnte und bemerkte sie nichts. Jenny kehrte zu den anderen zurück.

„Sie ist da“, sagte sie, „das Beste ist, wir gehen einfach hinein und schocken sie mit unserem Erscheinen. Fa-Fa, du bist doch auf unserer Seite, oder?“

„Sie ha…ha…hat meine Freunde weggehext, sie war b…b…böse.“

Jenny nickte und ging zur Tür. Kate öffnete diese und die kleine Gruppe betrat mit unterschiedlichen Gefühlen das Zimmer.

Alexa sah gar nicht hoch und zeterte nur: „Wo hast du gesteckt? Ich ha…ha…habe extra gekocht und du treibst d…d…dich im Wald herum!"

Jenny stupste Fa-Fa an.

„Ich habe Be…Be…Besuch mitgebracht."

Sofort schaute Alexa auf, sagte aber kein Wort. Damit hatte sie nicht gerechnet. Dort standen Robert, ein Junge, eine Frau und Jenny, der Puma. Sie suchte nach einer Erklärung, fand jedoch keine.

„W…w…was", sie erhob sich langsam, „verschafft mir die Ehre d…d…d…dieses Besuches?"

Jenny sprang auf den Küchentisch und fauchte sie an. „Du hast mit deinen sinnlosen Zauberversuchen alle Tiere aus dem Zauberland verbannt und wir werden jetzt den Zauber rückgängig machen."

Alexa dachte schnell: „Wie bist du zu… zu … zurückgelangt?"

„Das hat dich nicht zu interessieren, gib uns nur das Buch, mit dem du das Übel angerichtet hast!", sagte Jenny zornig.

„Und w…w…was, wenn nicht?" Die Zigeunerin raffelte ihre Lumpen zusammen, setzte sich wieder und verschränkte die Arme.

„W…W…Was, wenn ich euch dieses Buch nicht gebe?", keifte sie spitzbübisch.

„Dann wirst du sicher nie wieder zaubern, so wie du stotterst! Oder ist dir in den letzten fünf Tagen irgendein Zauber gelungen?"

Alexa blinzelte aufgeregt. Diese Jenny war einfach zu schlau und ließ sich auf keine Spiele ein. Alexa überlegte. Sie wusste, dass Jenny Recht hatte, aber so schnell gab sie nicht auf.

„Was bekomme ich, w…w…wenn ich es dir gebe?", versuchte sie nun zu handeln.

Kate reichte es. Unbeeindruckt ging sie auf die Zigeunerin zu und griff nach dem Buch auf dem Tisch. Sie stützte sich darauf und fragte in barschen Ton: „Ist es das? Ja oder Nein?"

Erschrocken wich Alexa zurück.

„Bekomme ich eine Antwort? Ich frage nicht noch einmal!", erzürnte Kate noch mehr.

Kleinlaut gab Alexa ihren Widerstand auf und bejahte.

„Welche Seite, welcher Spruch?", drängelte Kate weiter und knallte das Buch wieder auf den Tisch. Luke war schwer beeindruckt von Kate's Auftreten. Auch Jenny wunderte sich sehr.

Zaghaft öffnete Alexa das Buch und blätterte darin. Auf einer Seite mit einem merkwürdig beschrifteten Kreuz hielt sie inne. Sie las und deutete auf einen Spruch in der Mitte der Seite:

„Das mü…mü…müsste er sein. Das war der letzte Spruch, bei dem etwas pa…pa…passierte, seither sto…sto…stottere ich."

„Na also", Kate gab Alexa einen freundschaftlichen Klaps auf die Schulter. „Warum denn nicht gleich so?"

„Was ist bei dem Spruch denn sonst noch passiert?", fragte Jenny.

„Ein heller Lichtblitz erhellte alles rings herum, w…w…weiter nichts."

Jenny freute sich. „Reich mir das Buch, Luke, halte es so, dass ich darin lesen kann. Es ist der richtige Spruch. Genau so ein Lichtblitz hat uns verbannt."

Luke hielt ihr das Buch und Jenny las den Zauberspruch:

„Contrere lunis dixi hac
lunis novum, dentes novum
hac foras lunis exitis!"

„Hm", überlegte sie nun, „das ist so eine Sache mit den alten Zaubersprüchen. Meist bewirken sie etwas völlig anderes, als sie bedeuten. Dieser wirkt eigentlich gegen Zahn- und Kopfschmerzen und Stottern, das ist schon richtig. Aber hier im Zauberland bewirkt er ganz andere Dinge."
„Und was machen wir jetzt?", fragte Luke.
„Nun, wir müssen versuchen, ihn rückgängig zu machen, deswegen sind wir schließlich hier. Wir können nur hoffen, dass es gelingt. Lasst uns nach draußen gehen", schlug Jenny vor, „auf der Veranda sehen wir besser, ob etwas passiert oder nicht."
Bis auf Alexa verließen alle die Hütte und beobachteten Jenny gespannt.
„Wir versuchen es erst einmal mit einer gewöhnlichen Umkehrung. Luke, jetzt bist du an der Reihe; oder Kate, du kannst natürlich auch vorlesen!"
„Nein, nein, lass Luke nur den Spaß", winkte sie ab.
Luke drehte das Buch zu sich und fragte: „Okay, was soll ich machen?"
„Beginne jede Zeile des Spruches mit ‚*Redux*' und beschließe jede Zeile mit ‚*Rezibro*'!"
„Wenn es nicht mehr ist." Luke räusperte sich und begann zu lesen:

„Redux contrere lunis dixi hac rezibro
redux lunis novum, dentes novum rezibro

redux hac foras lunis exitis rezibro!"

Alle warteten nun auf irgendeine Reaktion, doch nichts geschah, kein Lichtblitz, nichts. Jenny gab so schnell nicht auf. „Versuch es noch einmal und lies diesmal etwas langsamer!" Luke wiederholte den Spruch, aber wieder geschah nichts. Jenny überlegte angestrengt. Wieso war der Spruch unwirksam? Sie trug Luke auf, nach jedem Wort ‚rezibro' zu sagen: Nichts!
Anschließend sollte er es nur am Anfang und Ende des Spruches verwenden. Doch auch dieser Versuch schlug fehl. Momentan wusste sich Jenny keinen Rat, als plötzlich Alexa aus der Hütte trat.
„Ich sage das nur, w…w...weil ich mein Stottern wi…wi…wieder los sein will: Mit der no...no…normalen Umkehrung funktioniert der Spruch nicht. Ihr müsst es mit dem Ge…Ge…Gegenzauber versuchen!"
„Dem Gegenzauber", wunderte sich Luke, „ich denke, das war er?"
„Nein, das war kein Gegenzauber", klärte ihn Jenny auf, „das war nur eine Umkehrung, ein Gegenzauber ist etwas anderes."
„Gegenzauber, Umkehrung", Luke verdrehte die Augen, „das ist mir zu hoch!"
Jenny hingegen machte ein zuversichtliches Gesicht und meinte: „Alexa könnte Recht haben, wir brauchen nur den Gegenzauber zu suchen, dann müsste es klappen."
„Und wo finden wir den? Steht er auch in diesem Buch?", fragte Kate.
„Der steht in d…d...den Büchern, die sie mir ge…ge…gestohlen hat", schimpfte die Zigeunerin und deutete

mit ihren langen Fingernägeln auf Jenny.

„Ich habe sie nicht gestohlen, nur sicher verwahrt. In ihnen stehen Zaubersprüche, die anderen Schaden zufügen könnten. Und nur deshalb hielt ich es für richtig, sie woanders hin zu bringen. Ihr seht, was sie schon mit einem kleinem Spruch gegen Zahnweh anrichten konnte."

Alexa nuschelte noch einige Wortfetzen und verschwand wieder in der Hütte.

„Also hast du das Buch?", fragte Kate.

„Ja, aber in meiner Hütte!"

„Und wo ist die?"

„Etwa eine Stunde von hier. Entschuldigt, aber das konnte ich schließlich nicht ahnen."

„Macht doch nichts", Kate schulterte erneut den Rucksack, „auf die paar Meter kommt es nun auch nicht mehr an. Ich hoffe nur, in deiner Hütte gibt es ein richtiges Bett."

„Das gibt es zwar nicht, aber eins zu zaubern ist nicht schwer."

Luke klemmte sich das Buch unter den Arm, da es zu groß für seinen Rucksack war. Dann folgte er Kate und Jenny in Richtung See. Als letzter folgte Fa-Fa, den ein schlechtes Gewissen plagte, da er seine Mutter alleine ließ. Doch seine Freunde waren ihm wichtiger. Wenn es diesmal klappen würde, trennte ihn nur noch eine Stunde Fußmarsch von der Erlösung seiner Freunde.

Der Versammlungsplatz

Sam und Charlie verbrachten eine unruhige Nacht. Ständig weckte sie irgendein Geräusch. Andauernd sah Charlie irgendwelche Schatten durch den Wald huschen. Doch das war alles Einbildung, denn die Tiere des Zauberlandes schliefen tief und fest in sicherer Entfernung flussaufwärts.

Erst am Morgen, als es über den Bergen allmählich hell wurde, fielen Sam und Charlie noch einmal in einen tiefen, kurzen Schlaf. Das Feuer war erloschen und der Wald war erfüllt vom Duft des kalten Rauches. Den schmächtigeren Charlie fröstelte es zuerst und er wachte auf. Verschlafen rieb er sich die Augen. Als er den Käfig und das Tuch sah, erinnerte er sich an die Geschehnisse der Nacht. Er war von Anfang an dagegen gewesen, noch einmal hier herauf zu fahren und Jagd auf die sprechenden Tiere zu machen. Aber Sam hatte ihn mit seinen Versprechungen von Ruhm und Reichtum überzeugt.

„Sam, aufwachen, es wird Zeit", rief er und klimperte mit dem Geschirr vom Abendessen.

Sam schnaufte wie ein Walross und kroch aus seinem Schlafsack. Missgelaunt trat er nach dem Käfig, sodass dieser einige Meter über den Walboden rollte.

„Pack zusammen, wir fahren", blaffte er Charlie an.

Vorsichtig fragte Charlie: „Wohin?" Doch das hätte er sich lieber verkneifen sollen.

„Wohin?", brüllte ihn Sam an. „Natürlich flussaufwärts, du Vollidiot! Denkst du vielleicht, ich fahre mit leeren Händen nach Hause? In meiner Stammkneipe brauche ich mich sonst nie wieder blicken lassen."

Das interessierte Charlie: „Was hast du ihnen denn erzählt? Doch nicht etwa, dass du sprechende Tiere fangen willst, oder?"

„Nicht so direkt", stammelte Sam, aber Charlie durchschaute ihn.

„Du hast deinen Saufkumpeln davon erzählt, stimmt's?"

„J…J…Ja, vielleicht habe ich das."

„Ganz toll", grollte nun auch Charlie und schlug die Beifahrertür des Jeeps zu.

„Entweder wir fangen so ein Vieh, oder wir können den Rest unseres Lebens hier oben in den Bergen campieren. Denn unten in der Stadt sind wir dank deiner Redseligkeit nur noch Witzfiguren. Ich höre sie schon sagen: ‚Seht mal, da sind die zwei Holzfäller, die mit den Tieren sprechen, ha, ha, ha.'"

Sam stieg ins Auto und beruhigte Charlie: „Wir fangen so ein Exemplar und damit fertig, verstanden!"

Charlie nickte nur nervös vor sich hin, als sie losfuhren.

Doch Sam und Charlie waren nicht die einzigen Frühaufsteher. Hoch über ihnen kreiste schon lange der Adler und beobachtete jede ihrer Bewegungen. Auch alle anderen Tiere waren bereits wach und alarmiert. Sam und Charlie würden an ihrer Jagd keine Freude haben. Sie würden ganz einfach kein Tier zu Gesicht bekommen, jedenfalls keins, das spricht. Das war des Adlers Plan. Statt sich auf einen Konflikt einzulassen, würden sie sich einfach verstecken und ausweichen, bis die beiden aufgaben. Bei der Größe des Waldes und der Unwegsamkeit des Geländes dürfte das kein Problem sein. Noch dazu, weil jede ihrer Bewegungen überwacht wurden. Der Adler behielt sie von oben im Auge und die Krähe und die Grauhörnchen folgten ihnen im Schutz der Bäume. Sie sollten die anderen bei Gefahr sofort warnen.

Der rote Jeep fuhr dieselbe Strecke, wie schon vor sechs Tagen. Als der Weg endete, verließen die beiden das Auto. Sam nahm sein Gewehr und kontrollierte vorsichtshalber noch einmal, ob es auch geladen war. Charlie hängte sich ein paar Fallen und Schlingen um. So ausgestattet näherten sie sich zu Fuß der Stelle, an dem die Tiere seit Tagen ihren Versammlungspunkt hatten.

„Charlie komm her", rief Sam, „sieh dir das an! Hier ist alles mit Spuren und Fährten übersäht. Hier die Fährte des Grizzlys. Da eine Wolfsspur. Dort die eines Vielfraßes und eines Luchses."

Charlie stand einige Meter weiter und rief zurück: „Hier ist es nicht anders. Man weiß gar nicht, wo man zuerst hinschauen soll. Hier waren Murmeltiere, Stinktiere, Kaninchen, Waschbären, Gänse, sogar Elche und Hirsche."

„Und so verrückt wie es klingt, es sieht so aus, als wären sie alle gleichzeitig hier gewesen. Nicht eine Spur kreuzt eine andere", fügte Sam an.

Er kletterte auf einen Hügel gegenüber dem Felsen, auf dem der Adler immer gesessen hatte, und blickte auf Charlie hinunter, der noch immer zwischen den Spuren umherlief. Sam war sprachlos, so etwas hatte er noch nie zuvor gesehen. Er wollte Charlie zurufen, aber er brachte vor Verblüffung kein Wort über seine Lippen. Charlie kam von selbst zu Sam auf den Hügel und traute ebenfalls seinen Augen nicht.

„Das war eine Versammlung", schluckte Sam.

„Die Spuren sind alle kreisrund um den Felsen in der Mitte angeordnet. Dort muss ihr Anführer gestanden haben."

Charlie fand das nicht mehr interessant, er fand es gruselig.

„Sie sprechen nicht nur, sie organisieren sich sogar und haben einen Anführer", versuchte er Sam klarzumachen.

„Meinst du nicht, es wäre ein guter Zeitpunkt, um zurückzufahren?", schlug er Sam vor.

„Gegen diese Übermacht nützt uns auch dein Gewehr nichts."

„Ach, Quatsch", winkte Sam ab, „wenn sie uns angreifen wollten, hätten sie es heute Nacht getan. Ich will ihren Anführer!", und er ging zurück zu des Adlers Felsen und musterte ihn sorgfältig. Sogleich stach ihn die kleine weiße Feder ins Auge, die am Fels hing. Er drehte sie in seinen Fingern und wand sich an Charlie: „Was glaubst du, was das ist?"

„Keine Ahnung, eine gewöhnliche Feder."

„Das ist eine Feder ihres Anführers, eines Adlers, wenn ich mich nicht täusche. Und er beobachtet uns sicher gerade."

Sam starrte in den Himmel, doch einen Adler sah er nicht.

„Wie willst du einen Adler fangen?", fragte Charlie skeptisch. „Willst du etwa hinterher fliegen?", und er lachte und machte verrückte Flugbewegungen mit den Armen.

„Spinn nicht rum. Wir werden uns hier verstecken und auf ihn warten. Er kommt sicher hierher zurück."

Gesagt, getan. Sam verkroch sich ins Gebüsch und Charlie folgte ihm widerwillig. Sie ahnten nicht, dass sie die ganze Zeit vom Adler selbst und den Grauhörnchen beobachtet wurden. Er saß zusammen mit Ted und Luna in der Nähe in einer hohen Tanne und verbarg seinen weißen Kopf hinter einem dicken grünen Zweig.

Ted und Luna kicherten: „Da können sie hocken, bis sie schwarz werden."

Auch der Adler fand das lustig: „Vielleicht kommt in den

nächsten Tagen sogar ein Adler vorbei. Und vielleicht setzt er sich sogar auf den Felsen. Aber ich glaube, sie werden wenig Freude daran haben, ihm einen menschlichen Satz zu entlocken", und der Adler lachte leise.

So vergingen die Minuten. Und aus Minuten wurden Stunden. Ab und zu hörten sie ein Fluchen von Sam und ein Meckern von Charlie, sonst geschah nichts. Ted und Luna wurde es langsam langweilig und sie begannen, sich gegenseitig zu necken und zu zwicken. Der Adler rügte sie und zwang sie wieder zur Ruhe. Er und alle anderen Tiere ahnten nicht, dass ihre Erlösung und damit ihre Befreiung von diesen zwei Trotteln da unten im Gebüsch kurz bevor stand.

Exit, siterio contrere lunis, ...

Jenny stellte mit Erleichterung fest, dass ihre Hütte noch genauso da stand, wie sie sie vor sechs Tagen verlassen hatte. Es hätte durchaus sein können, dass sich die Zigeunerin aus Rache für die gestohlenen Bücher an Jenny's Hab und Gut vergriffen hätte. Aber da sie ihre Zauberfähigkeit verloren hatte, hätte sie höchstens Unordnung machen können. Doch niemand hatte die Hütte betreten, das spürte Jenny.

Luke und Kate waren von Jenny's Heim angenehm überrascht. Ähnlich wie bei der Zigeunerin hatten sie mit einer alten Bruchbude gerechnet. Aber dies hier war ein ordentliches, recht solides Blockhaus. Es war nicht sehr groß, aber für ein kleines Mädchen beziehungsweise einen einzelnen Puma reichte es vollkommen.

„Und das hast du ganz alleine gebaut?" fragte Kate erstaunt.

„Nun ja", antwortete Jenny, „die Zauberbücher halfen mir bei der Materialbeschaffung und beim Bau. Außerdem hatte ich eine Menge guter Freunde, die mir geholfen haben."

„Und die es jetzt gilt, wieder nach Hause zu holen", erinnerte sie Luke und öffnete die Tür.

„Richtig", Jenny folgte ihm in die Hütte.

„Wo sind die Bücher?", fragte er.

„Bevor ich mich zum Puma verwandelte, habe ich sie dort oben in der Wand versteckt."

Luke kletterte auf einen Stuhl und tastete die Wand ab: „Hast du seither nie mehr gezaubert?"

Jenny legte den Kopf zur Seite und blickte Luke argwöhnisch an.

„Ach ja", sagte dieser und schlug sich mit der flachen Hand an die Stirn, „das ging nicht mehr, ich vergaß." Luke spürte einen Spalt zwischen den Baumstämmen und griff hinein.

„Ich glaube, ich habe sie." Luke zog einen alten Lederumschlag aus dem Ritz.

„Ja, das ist eines! Da müssen aber noch drei oder vier andere sein. Hol alle heraus!", forderte Jenny ihn auf.

Luke krempelte sich den Hemdärmel hoch, um tiefer in den Spalt in der Wand hineinlangen zu können und fischte so eins nach dem anderen hervor. Er klatschte sich den Dreck und Staub von den Händen und sprang vom Stuhl.

„Das war's, mehr sind es nicht."

„So", sagte Jenny, „jetzt können wir nur hoffen, dass wir einen geeigneten Zauberspruch finden."

„Wonach soll ich denn suchen", drängelte Luke, und blätterte schon in einem der Bücher.

„Nun, der Spruch der Zigeunerin war in seiner ursprünglichen Bedeutung gegen Zahn- und Kopfschmerzen und gegen das Stottern. Wir brauchen also einen Spruch, mit dem man jemandem Zahn- oder Kopfschmerzen oder das Stottern anhext."

„Na prima", meinte Kate, „wenn wir Pech haben, bekommen wir Zahn- oder Kopfschmerzen oder wir stottern."

Jenny schaute zu Kate und entgegnete: „So leid es mir tut, aber dieses Risiko müssen wir eingehen."

Luke blätterte wahllos in den Büchern. „Ich komme hiermit überhaupt nicht klar. Hier sind nur komische Zeichen und Bilder, nirgends steht etwas von Zahnschmerzen oder so."

Jenny gab ihm Recht: „Ich weiß, ich weiß. Ich musste mich auch ziemlich lange damit beschäftigen, bis ich es verstand. Nimm einmal das schwarze dünne Buch und schlage ungefähr die Mitte auf. Dort müssten überall kleine Menschen gemalt sein."

„Ja richtig, ich habe sie gefunden!"

„So und jetzt suche nach einem Bild, auf dem ein Pfeil auf den Kopf eines Menschen zeigt."

Luke blätterte aufmerksam und tippte dann auf eine Zeichnung. „Hier, hier, das müsste es sein."

„Zeig her", forderte Jenny und er hielt ihr das Buch hin.

„...*siterio dentes novum*..."; las Jenny und überlegte.

„Dentes bedeutet auf alle Fälle Zähne, soviel ist sicher. Luke, schau noch einmal genau nach, ob es wirklich die einzige Zeichnung mit einem Pfeil zum Kopf ist!"

Luke blätterte das Buch noch einmal von vorne bis hinten durch, blieb jedoch dabei.

„Nun", Jenny blickte in die Runde, „gehen wir hinaus und versuchen unser Glück. Es muss klappen."

Alle verließen die Hütte und stellten sich um Luke auf.

„Hast du den richtigen Spruch?", vergewisserte sich noch einmal Kate, der ziemlich unwohl war.

„Ja. Soll ich anfangen?"

Jenny nickte: „Tue es, rede deutlich und langsam!"

Luke holte tief Luft und begann:

„*Exit, siterio contrere lunis,*
siterio dentes novum,
siterio redux creata,
hac foras,
hac exitis!"

Er verstummte und alle warteten gespannt. Nichts geschah.

Gerade wollte er den Spruch wiederholen, als Jenny leise sagte: „Warte! Es tut sich etwas."

Ein leichter Windhauch war zu hören, mehr nicht.

„Das ist nur der Wind", sagte Luke, „ich lese den Spruch noch einmal."

„Das ist kein Wind", tat Jenny geheimnisvoll, „hört genau hin!"

Das Geräusch wurde allmählich lauter, und da sich weder die Bäume noch die Grashalme direkt vor ihnen bewegten, glaubten sie ihr. Das war kein Wind. Das Geräusch nahm nun eine ohrenbetäubende Lautstärke an und die drei gingen zur Hütte zurück. Es folgte das gleißend helle Licht, das vor sechs Tagen Sam und Charlie den riesen Schrecken eingejagt hatte. Und kurz darauf war alles vorüber. Es schien geklappt zu haben.

Jenny sprang hinaus auf die Wiese und schaute sich um.

Luke gesellte sich zu ihr und fragte: „Was meinst du? Hatten wir Glück?"

„Ich weiß nicht. Aber der Sturm und das Licht waren dieselben, die uns auch weg brachten. Genau wissen wir es erst, wenn...", sie stockte und blickte zum See.

„Luke, siehst du dort unten auch zwei Adler oder bilde ich mir das nur ein?"

Luke und Kate schauten zum See und erblickten dort tatsächlich zwei Adler. Das konnte nur eins bedeuten.

Gleichzeitig rannten Luke und Jenny los. Kate zog es vor, hier mit Fa-Fa zu warten. Doch sie teilten die Freude der beiden. Auch Fa- Fa machte wieder ein fröhliches Gesicht.

Als das Licht den Adler und alle anderen erlöste, dachte er zuerst an Jenny und den Jungen, aber als er zurück war, und seine zukünftige Partnerin am Himmel kreisen sah, zog er es vor, zuerst sie zu begrüßen. Ähnlich wie bei ihrem ersten Kennenlernen vollführten sie wieder kühne Flugmanöver der Freude, bis der Adler Luke und Jenny am Ufer entdeckte. Schnell flog er zu ihnen.

„Hallo ihr zwei Helden!", rief er schon von weitem.

„Hallo, du Held", rief Jenny überglücklich zurück, „liebt sie dich noch?"

„Ich glaube schon.", erwiderte er und landete.

„Ihr habt es also geschafft!"

„Sieht ganz so aus", antwortete Luke, „aber es war nicht einfach."

„Das glaube ich euch gerne. Wir hatten auch so unsere kleinen Probleme. Höchst amüsiert fielen ihm Sam und Charlie ein, die wahrscheinlich immer noch im Gebüsch saßen."

„Aber das ist eine lange Geschichte", sagte er, „jetzt müssen wir zum Treffpunkt, es wird schon bald Abend und dunkel."

„Treffpunkt?" Luke runzelte die Stirn.

„Ja, wir haben vereinbart, wenn uns der Zauber zurückbringt, treffen wir uns alle bei Jenny's Hütte, um sicher zu gehen, dass es auch alle geschafft haben."

„Oh", entfuhr es Luke, „Kate!"

„Richtig, Kate ist bei der Hütte", fiel auch Jenny auf, „sie wird ziemlich überrascht sein, die Bekanntschaft so vieler Tiere zu machen."

„Wer ist Kate?", fragte der Adler.

„Eine gute Freundin", meinte Luke.

„Eine sehr gute", fügte Jenny hinzu, „aber das ist auch eine lange Geschichte. Am besten wir kehren erst einmal zur Hütte zurück. Dort haben wir noch genug Zeit, über alles zu reden."

Die Adler flogen voraus. Luke und Jenny durchquerten wieder das kleine Uferwäldchen und am Waldrand angekommen, erwartete sie ein Anblick, der sie für die Strapazen der letzten Tage belohnte.

Hier hatten sich schon fast alle Tiere eingefunden, die das Zauberland einst und jetzt wieder beherbergte: die Elche, der Grizzly, der Wolf, die Murmeltiere, die Stinktiere, die Lemminge, die Kaninchen und die Waschbären. Und mittendrin stand Kate und konnte es nicht fassen.

Das eigentliche Finale stand jedoch erst noch bevor, als die bunt gemischte Gruppe Jenny und den Jungen entdeckten. Ein wahnsinniger Lärm setzte ein. Da heulte es, bellte, schnatterte, brüllte, quietschte, pfiff und johlte es in allen Sprachen des Waldes. Viele riefen auch in der Menschensprache. Doch was sie sagten, verstand bei diesem Lärm niemand.

Sie alle feierten ihre Retter: Luke und Jenny!

Sam gibt auf

Das Gebüsch, in dem Sam und Charlie hockten, bestand aus wild wuchernden Beerensträuchern und einer hohen Farnart. Zum Verstecken war es ideal. Charlie dachte, dass es sich für ein Nickerchen eigentlich auch recht gut eignete. Er hatte in den letzten Stunden lange genug auf Sam eingeredet, er möge doch endlich aufgeben. Sein Adler käme sowieso nicht. Doch Sam blieb stur und wartete. Das war Charlie irgendwann zuviel und er bettete sich ins Gestrüpp. Seine Jacke diente als Kopfkissen.

„Weck mich, wenn etwas passiert", flüsterte er Sam zu.

Der brummte nur grimmig und wechselte bestimmt zum hundertsten Male den Fuß, auf dem er hockte. Im Geiste war er schon bei seinen Freunden in der Kneipe, die ihn sicherlich Jahre lang verspotten würden, als plötzlich der Sturm begann.

Diesmal ahnten Sam und Charlie, was geschehen würde, und im Gegensatz zum ersten Mal blieben sie aufrecht sitzen und beobachteten den Himmel. Doch außer dem Heulen und Tosen passierte nichts. Es wurde lauter und lauter und der helle Lichtblitz beendete das Spektakel. Die Holzfäller hatten geradewegs hinein geblickt und so waren sie für wenige Augenblicke geblendet. Sam rieb sich die Augen und trat aus dem Gebüsch. Er blickte sich um und setzte sich auf des Adlers Stein.

„Was ist", sagte Charlie, „gibst du die Jagd auf?"

„Weiß nicht…", erwiderte Sam kurz.

„Vielleicht kommen sie immer mit dem Licht?", mutmaßte Charlie.

„Kann sein."

„Was heißt: ‚Kann sein…'", nervte Charlie.

Sam stellte das Gewehr beiseite und sagte: „Ich habe so ein Gefühl und das sagt mir, sie sind weg. Ich habe keine Ahnung warum, es ist halt so. Und selbst wenn sie noch hier sind, dieses Licht und dieser Sturm, das ist höhere Gewalt, das ist irgendeine Magie. Ich halte es für besser, wir packen unseren Kram zusammen, und machen uns auf den Heimweg."

Charlie schien überrascht über Sam's plötzlichen Sinneswandel, aber er fragte nicht weiter. Ihm war es nur Recht. Er suchte die Netze und Schlingen zusammen und dann gingen sie zum Auto zurück. Sie überquerten den Versammlungsplatz der Tiere und blickten ein letztes Mal auf die Spuren im Sand. Danach verschwanden sie gemeinsam mit der untergehenden Sonne flussabwärts.

Sam und Charlie waren unfreiwillig Teil eines Abenteuers geworden, dass sie nie begreifen würden und nie beweisen konnten. Aber eines Tages würden sie die Begebenheiten, die sie im Wald erlebten, ihren Enkeln und Urenkeln erzählen. Und eins ist sicher, diese würden ihnen mit großen Augen aufmerksam lauschen und sie nicht auslachen. Denn was Sam und Charlie erlebten - mit Tieren sprechen zu können - ist der Traum eines jeden Kindes. Und über Träume lacht man nicht.

Nacht der Erzählungen

Luke und Jenny waren gefeierte Helden. Immer mehr Waldbewohner strömten herbei und schlossen sich dem Jubelgeschrei der Menge an. Kate war total überwältigt von diesem Aufmarsch der Tiere. Dies und die Anstrengungen der vergangenen Stunden und Tage ließen ihre Knie weich werden und sie setzte sich auf einen Stein vor der Hütte.

Jenny und der Junge genossen diesen Moment in vollen Zügen und bemerkten so nicht, dass Ted und Luna den Treffpunkt erreichten. Wie zwei geölte Blitze schossen sie aus dem Wald und stürmten auf den Puma und den Jungen zu. Jeder wollte sie zuerst begrüßen. Doch da Luna ein wenig leichter als Ted war, gewann sie dieses Wettrennen. Sie huschte zu Jenny und fand vor lauter Freude keine Worte. Ihr kleines Herz raste, teils vor Erschöpfung teils vor Glück.

Jenny beugte sich zu ihrer kleinen Freundin hinunter und leckte ihr zärtlich die Stirn. Luna rieb ihr Köpfchen an Jenny's Wange und Ted tat es ihr gleich. Endlich waren sie wieder vereint.

„Habt ihr mich so sehr vermisst?", flüsterte Jenny.

Ein schluchzendes ‚Ja' kam von Luna's Seite und sie drückte ihr Köpfchen noch tiefer in Jenny's Fell.

Ted hingegen sprang mit einem Satz auf Luke's Schulter, um auch ihn zu begrüßen: „Wir sind so froh, dass ihr es geschafft habt", und er leckte Luke das Gesicht.

Dieser streichelte Ted's samtweiches Fell und meinte: „Hätten wir gewusst, dass wir einen solchen Empfang bekommen würden, wären wir noch schneller gelaufen, um den Zauber rückgängig zu machen."

Während Luke dies sagte, bemerkte der stets aufmerksame Ted die im Hintergrund sitzende Kate.

„Wer ist das?"

Wie auf Kommando verstummten langsam alle Tiere und hier und da hörte man dieselbe Frage tuscheln:

„Wer ist sie?"

Auch Luna konnte sich nun von Jenny trennen und blickte ebenso neugierig zu Kate.

Jenny ging zu Kate und setzte sich neben sie. „Ich glaube, ich werde dich erst einmal vorstellen müssen. Die Freude scheint der allgemeinen Neugier gewichen zu sein", meinte Jenny.

„Nur zu, nur zu", forderte Kate sie auf.

Das Adlerpaar hatte sich auf dem Geländer vor der Hütte niedergelassen und auch die anderen Tiere rückten näher heran. Sie spürten, dass Jenny nun gleich das Geheimnis dieser Fremden lüften würde. Und vielleicht berichtete sie auch von dem Verlauf der zurückliegenden Reise. Sie alle waren sehr gespannt.

Und so begann Jenny zu erzählen. Sie berichtete, wie sie Kate kennen gelernt hatten, von ihrer Reise im Truck und wie Kate entschied, sie zu begleiten. Oft fiel Luke ihr ins Wort, wenn sie irgendeine Begebenheit vergaß. Ted hörte fasziniert zu und sein Mund stand ebenso wie der Fa-Fa's weit offen. Fa-Fa hatte sich zum Grizzly gesellt, um nicht alleine dazustehen. Und schließlich war der Bär sein bester Freund. Er kratzte dem Bär sein dickes Fell und dieser genoss das Schrubben sehr.

Die Tiere erfuhren von der Reise im Flugzeug, von der Suche nach dem Land und welche wichtige Rolle des Adler's Freundin dabei gespielt hatte. Stolz schaute der Adler seine

Gefährtin an.

Schließlich und endlich erzählte Jenny gemeinsam mit Luke von dem Zusammentreffen mit der Zigeunerin und den Zauberversuchen bis zum Erfolg. Mittlerweile war es dunkel geworden und die meisten Tiere verließen die Wiese, um endlich wieder an ihren gewohnten Schlafplätzen eine Nacht zu verbringen. Ihre Neugier war gestillt und für viele würde ab morgen wieder das ganz normale Leben beginnen. Nur einige blieben noch bei der Hütte und hofften, mehr zu erfahren.

Natürlich gehörten Ted und Luna zu ihnen. Und auch der Bär, der Wolf, die geschwätzige Krähe, natürlich die zwei Adler und der Vielfraß waren geblieben. Sie alle wollten auch von ihren Abenteuern berichten, die keinesfalls uninteressanter waren. Und so dehnte sich die anfängliche Begrüßung zu einer langen Erzählnacht aus.

Außer der sichtlich erschöpften Kate zeigte niemand eine Spur von Müdigkeit. Zu aufregend waren die Geschichten, die es zu erzählen gab und denen man unbedingt lauschen musste. Erst zur Mitternachtsstunde fiel niemandem mehr etwas ein, das noch erzählt werden müsste und so trennten sie sich. Die Adler flogen zu einem nahen Felsen. Bär, Wolf, Krähe und Vielfraß verschwanden im Unterholz und der Rest machte es sich in der Hütte gemütlich.

Auch Fa-Fa blieb, denn Jenny wollte nicht, dass er noch zurück ging und womöglich stürzte. Ein langer aufregender Tag ging zu Ende und es dauerte gar nicht lange, bis alle in tiefen Schlaf versanken.

Ein guter Dieb

Noch bevor die ersten Sonnenstrahlen die Nacht beendeten, hatte sich Fa-Fa leise aus der Hütte geschlichen und eilte zurück zur Hütte seiner Mutter. Was hatte er vor? Der Morgentau durchnässte seine Schuhe und die morgendliche Kühle ließ ihn frösteln. Doch er ging unbeirrt weiter und schon bald sah er die Hütte. Beruhigt stellte er fest, dass auch Alexa noch zu schlafen schien, denn aus dem Schornstein quoll noch kein Rauch.

Langsam näherte er sich der Hütte und hielt immer wieder inne und lauschte. Vorsichtig stieg er nun die Stufen zur Veranda empor und achtete darauf, kein Knarren zu verursachen. Auch auf den Fußbodenbrettern mied er die Stellen, von denen er wusste, dass sie knarzten. So erreichte er die Tür und öffnete sie einen Spalt breit. Erneut horchte er und vernahm sofort das eintönige Schnarchen seiner Mutter. Er war erleichtert. Sie schlief wirklich noch. Nun musste er seinen Plan in die Tat umsetzen. Schnell, aber dennoch leise betrat er die Hütte und ging zu der Ecke, die Alexa ihr magisches Labor nannte. Nie wieder sollte sie durch einen Zauberspruch einen seiner Freunde Schaden zufügen, das hatte er sich geschworen.

Er durchstöberte die Regale und legte alle Zauberbücher und Notizhefte auf einen Haufen. Als er sich sicher war, nichts Wichtiges vergessen zu haben, schnappte er sich den Stapel und verließ die Hütte wieder. Er brauchte wirklich all seine Konzentration, um mit dem Berg Papier nicht zu stolpern oder zu stürzen. Doch er schaffte es. Er ging um die Hütte herum und kletterte einen kleinen Hang hinauf. Oben angekommen überquerte er eine mit großen Geröllbrocken übersäte Wiese und ging in Richtung der Felsen. Dort oben hatte er ein Versteck, das nur er selbst und sein Freund der Bär kannten. Er schlängelte sich noch durch ein paar eng zusammen liegende Felsbrocken bis er das schwarze Loch in der Felswand erblickte.

Dort war die Höhle. Er rechnete nicht damit, dass der Grizzly letzte Nacht noch bis hierher gelaufen war, um zu schlafen. Sicherlich hatte dieser gleich bei der Hütte im Wald ein Nachtlager gesucht. Fa-Fa betrat die Höhle und schaute sich um. Wie vermutet, war sie leer. Er legte den Stapel Bücher ab und suchte nach einem geeigneten Versteck. Da entdeckte er eine kleine Nische am Fuße der Höhle und kniete sich hin, um hinein zu tasten. Sie machte hinter dem Fels einen Bogen nach links und würde die Bücher gut verbergen. Das genügte Fa-Fa und er schob eins nach den anderen hinein. Danach trat er einige Schritte zurück und war zufrieden. Alexa würde sie hier niemals suchen und finden.

Fa-Fa verließ die Höhle und blinzelte in die ersten Sonnenstrahlen. Bald würden sie auch das Tal und den See zum Leben erwecken und einen weiteren ereignisreichen Tag einläuten. Fa-Fa hielt es für besser, nicht gleich heute Morgen zu seiner Mutter zu gehen. Ihn plagte schon ein wenig das schlechte Gewissen. Sie wird bestimmt ziemlich zornig werden, wenn sie bemerkte, dass ihre Bücher alle verschwunden waren. Deshalb zog es Fa-Fa vor, auf einem kleinen Umweg zu seinen Freunden zurückzukehren. Um die Hütte seiner Mutter machte er lieber einen großen Bogen.

Jenny oder Jenny?

Jenny erwachte, kurz nachdem Fa-Fa die Hütte verlassen hatte. Sie blickte sich um und sah, dass er schon gegangen war. Doch das kannte sie von früher, wenn er hier übernachtet hatte. Fa-Fa war ein Frühaufsteher.

Direkt neben Jenny lag ein felliges Knäuel, das Ted und Luna hieß. Sie jedoch schliefen noch tief und fest. Kate und Luke nächtigten unter dem Fenster. Mit ihrem Schlafsack und ein paar Decken aus Jenny's Hütte hatten sie sich dort ein Nachtlager gebaut. Auch sie dachten noch lange nicht ans Erwachen und Jenny brachte es nicht über ihr Herz, sie zu wecken.

Leise, auf Katzenart verließ auch sie die Hütte und streckte sich ausgiebig. Dann ging sie zum See hinunter um auf ihren Lieblingsplatz den Tag zu begrüßen. Wenige Meter entfernt ragte eine kleine Landzunge ungefähr dreißig Meter in den See hinein. Auf ihr standen fünf Tannen und ein zwei Meter hoher Fels. Dorthin zog es Jenny. Sie ging auf die Landzunge und am vorderen Ende angekommen schaute sie hinaus auf den See. Wie jeden Tag hüllte sich dieser in dünne Nebelschwaden, die sich langsam in der Sonne auflösten.

Jenny beugte sich zum Wasser hinunter und stillte ihren morgendlichen Durst. Geschmeidig drehte sie sich um und sprang auf den Felsen. Erneut blickte sie auf den See und machte einen sehr nachdenklichen Eindruck. Sie überlegte.

Sie war zurück in ihrer Heimat, ihre Freunde waren gerettet, doch alles war anders und viel komplizierter als zuvor. So viele Fragen quälten sie, auf die sie sich keinen Rat wusste. Nur einer konnte ihr da weiter helfen, der Adler. Würde er sich auch heute zu ihr gesellen, wie er es oft getan hatte, wenn Jenny hier saß, oder war ihm seine neue Liebe wichtiger? Jenny hielt Ausschau nach ihm.

Sie rechnete nicht damit, dass der Adler und seine Partnerin noch schliefen und suchte deswegen den Himmel ab. Doch auch die Adler waren von den letzten Tagen ziemlich erschöpft und schliefen lange. In der Nähe von Jenny's Hütte hatten sie sich einen bequemen Felsen gesucht und übernachteten dort. Der Adlerin war das nicht ganz geheuer, war sie es doch nicht gewohnt, sich einfach irgendwo niederzulassen und zu schlafen. Jegliche Raubtiere könnten sie hier im Schlaf überraschen. Doch der Adler hatte sie beruhigt, im Zauberland würde sie bestimmt niemand überfallen.

Nachdem sie ausgeschlafen hatten, flogen sie hinunter zum See. Der Adler sah Jenny zuerst und sie näherten sich mit leisen Schwingen dem Felsen, auf dem Jenny saß. Sie konnte die Ankömmlinge nicht sehen, da sie sich ihr von hinten näherten. Erst als sich die zwei zum Landen mit den Flügeln gegen die Luft stellten, bemerkte sie sie und drehte sich um. Sie landeten auf einem Fels in ihrer Nähe und Jenny begrüßte sie freudig.

„Guten Morgen ihr zwei. Wohl auch länger geschlafen? Ich dachte, ihr würdet schon lange eure Kreise ziehen."

„Wollten wir gerade, als wir dich hier sitzen sahen", erwiderte der Adler. „Und aus der Vergangenheit weiß ich, wenn du hier sitzt und auf den See schaust, hast du etwas auf dem Herzen. Stimmt es?"

Jenny warf dem Adler einen liebevollen Blick zu. Auf ihn konnte sie sich verlassen, er war immer da, wenn sie ihn brauchte. Er hatte sie damals beim Flugzeug gefunden. Er war wie ein Vater für sie. Und alle anderen waren ihre Familie.

Der Adler war klug und weise genug, um zu erahnen, was Jenny beschäftigte, doch er stellte sich vorerst unwissend.

„Worüber grübelst du denn nach?", fragte er einfach.

„Ach, über so vieles. In den letzten Tagen ist einiges geschehen. So viele Gefühle habe ich erlebt, Gefühle, die ich bisher nicht kannte. Und ich weiß nicht, wie ich damit umgehen soll."

„Luke und Kate?", warf der Adler spitzbübisch ein.

Jenny zuckte nervös mit dem Schwanz und bejahte.

„Ich weiß nicht, wie es jetzt weiter gehen soll", sagte sie weiter. „Wenn sie hier bleiben wollen, was soll ich tun? Wie entscheide ich mich richtig?"

Der Adler wusste schon lange, was sie quälte, welche Entscheidung ihr solches Kopfzerbrechen bereitete. Doch er wollte es von ihr selbst hören. Deshalb fragte er nur:

„Welche Entscheidung fällt dir denn so schwer?"

„Nun, ob ich es tun soll", sagte sie kurz.

„Was tun?", stellte sich der Adler wieder dumm.

„Du weißt es so gut wie ich, was ich meine: Ob ich ein Puma bleibe oder nicht?"

Der Adler übersetzte seiner Partnerin ständig den Inhalt des Gespräches, so dass auch sie wusste, um was es hier ging. Leider gab es bisher keinerlei Anzeichen, dass auch sie die menschliche Sprache erlangen würde.

„Ertappt", meinte der Adler, „du hast Recht, ich habe so etwas geahnt. Aber wie kann ich dir da helfen?"

„Wie würdest du dich an meiner Stelle entscheiden?"

„Oh", stöhnte er auf, „ das ist eine schwierige Frage."

Er überlegte: „Puma oder Mädchen, Mädchen oder Puma?"

Eine längere Pause folgte, in der niemand etwas sagte.

Dann riet der Adler: „Zuerst einmal musst du mit all denen reden, die es betrifft. Und das sind Luke, Kate und Fa-Fa ebenso wie all deine tierischen Freunde. Erst wenn du weißt, wie sie darüber denken, kannst du eine vernünftige Entscheidung treffen. Erst wenn du ihre Meinung kennst, musst du anschließend ganz für dich allein entscheiden, in welcher Haut du dich wohler fühlen würdest, Puma oder Mädchen. Allen kannst du es nicht recht machen. Aber du musst herausfinden, wie du am wenigsten verlierst und viel gewinnst, als Puma oder als Mädchen."

„Wenn ich mit allen reden soll, dann doch auch mit euch", stellte Jenny sofort fest. „also frage ich dich, wie wäre ich dir am liebsten?"

Der Adler grübelte kurz und meinte: „Wie alle Tiere hier im Zauberland kenne auch ich dich schon von beiden Seiten. Und ich muss ehrlich sagen, mir wäre es egal, was du bist. Ich mag dich als Puma genauso wie ich dich als Mädchen mochte. Sicher fänden es Luke und Kate schön, wenn du wieder ein Mensch wärst. Und wenn auch du das willst, kann ich dir nur einen Rat geben: Tue es! Was dich glücklich macht, rate ich dir von ganzen Herzen zu tun."

Jenny schaute wieder hinaus auf den See und sagte: „Danke Adler, du hast mir sehr geholfen. Ich werde deinen Rat befolgen und nicht eher eine Entscheidung fällen, bis ich mit all meinen Freunden geredet habe. Am Ende soll mein Herz mir sagen, was besser für mich ist!"

„Ich sehe, du hast mich verstanden", erwiderte der Adler, „nun lauf und weck deine Gäste, sonst verschlafen sie einen wunderschönen Tag. Wir melden uns", und er erhob sich in die Lüfte gefolgt von der Adlerin.

Kate's Rat

Völlig überraschend erwachte Kate als nächste. Sie blinzelte in die Hütte und sah, dass Jenny und Fa-Fa schon weg waren. Vorsichtig erhob sie sich aus ihrem Schlafsack, um den neben ihr schlafenden Luke nicht zu wecken und verließ ebenfalls die Hütte. Sie streckte sich und spürte, dass ihre Beine nicht mehr so sehr weh taten wie gestern. Das erleichterte sie. Sie musste am Vortag eine jämmerliche Figur abgegeben haben.

Um sich ein wenig frisch zu machen, ging auch sie zum See, schlug aber eine andere Richtung ein als Jenny. Die Nebelschwaden hatten sich fast verzogen und die Sonne stand nun über den Bergen und erwärmte das Zauberland. Kate kannte die Rockys, kannte ihre atemberaubende Schönheit von etlichen Touren mit ihrem Truck. Doch dieses Tal, dieses Zauberland strahlte einen ganz eigenen Reiz aus. Es war eine Mischung aus Vollkommenheit und Geheimnis, das mit Worten schwer zu erklären war. Kate genoss es einfach. Ähnlich wie Jenny einige hundert Meter weiter, setzte auch sie sich auf einen Stein und dachte nach.

Ab und zu sah sie einen Lachs nach einer Fliege aus dem Wasser springen und zählte die Ringe, die er beim Wiedereintauchen an der Oberfläche hinterließ. Ganz in Gedanken versunken bemerkte sie nicht, dass Fa-Fa sich ihr vom Wald aus näherte. Erst als Fa-Fa wie so oft stolperte und dabei einen dicken Ast zertrat, wurde Kate auf ihn aufmerksam. Sie drehte sich um, lächelte und winkte ihm zu. „Du bist ein ziemlicher Frühaufsteher", rief sie ihm entgegen. Fa-Fa kam schüchtern näher, doch antwortete ihr nicht.

„Du hast wohl zu Hause erst einmal nach dem Rechten

gesehen?", versuchte Kate ihm einen Satz zu entlocken. Doch Fa-Fa wusste nichts zu erwidern und schwieg.

„Komm, setz' dich zu mir!", forderte sie ihn auf und schlug mit der flachen Hand auf den Stein neben sich.

Fa-Fa zögerte zuerst, doch dann fasste er Mut und ging zu ihr.

„G...G...Guten Morgen."

„Guten Morgen, Fa-Fa, oder soll ich dich Robert nennen?"

„Nein, nein, Fa…Fa…Fa-Fa nennen mi…mi…mich alle."

„Aber gefällt dir dieser Spitzname?"

Fa-Fa schien verwundert. Das hatte ihn noch nie jemand gefragt und er hatte auch noch nie darüber nachgedacht. Aber eigentlich fand er nichts Schlechtes an dem Namen.

„Das ist schon in O…O…Ordnung", sagte er deshalb.

„Wo warst du denn so früh, wenn ich fragen darf", meinte Kate neugierig.

Fa-Fa wollte nichts verraten und suchte nach einer guten Lüge. Doch ihm fiel auf die Schnelle nichts ein und er sagte: „Baden!"

„Baden?", Kate runzelte die Stirn, war ihr doch sofort aufgefallen, dass er log.

„Wo warst du denn baden so früh am Morgen?"

„Im See."

Kate streckte den Arm aus und hielt ihre Hand ins Wasser.

„Das Wasser ist doch eiskalt. Da gehst du rein?"

„Klar", antwortete Fa-Fa prompt.

Kate ließ sich nicht gerne belügen. Gerade wollte sie ihn fragen, wieso sein Haar noch trocken sei, als Fa-Fa plötzlich aufstand.

„Jenny! Dort ko…ko…kommt Jenny", und er deutete das Ufer entlang.

Kate sah sie auch sofort und rief ihr ein freundliches ‚Guten Morgen' entgegen.

„Nun sind ja alle Frühaufsteher beisammen", sagte sie scherzhaft.

„Guten Morgen ihr zwei", sagte Jenny. „Luke schläft wohl noch?"

„Ja, ich wollte ihn auch nicht wecken, hier läuft ihm ja nichts davon", meinte Kate.

Jenny setzte sich vor die beiden und leckte kurz ihre linke Schulter.

„Fa-Fa, du kannst dich wieder setzen, ich habe euch etwas zu sagen", überwand sich Jenny.

Kate schaute den Puma verwundert und neugierig an, unterbrach sie dennoch: „Entschuldige, Jenny, aber ich sprach gerade mit Fa-Fa über das Baden. Da ist mir noch einiges unklar und das möchte ich erst aus der Welt schaffen."

Jenny bemerkte Kate's Unterton in der Stimme und wirkte sogleich sehr interessiert. Fa-Fa hingegen war überhaupt nicht erfreut, dieses Gespräch fortführen zu müssen.

„Wer will denn baden?", fragte Jenny interessiert.

Kate zeigte auf Fa-Fa und meinte: „Als ich ihn vorhin fragte, was er so früh gemacht hat, erzählte er, er sei baden gewesen."

Jenny musterte Fa-Fa argwöhnisch von Kopf bis Fuß und lachte.

„So, so, du warst also baden", amüsierte sie sich, „mit dem großen Zeh oder dem kleinen Finger?"

Fa-Fa fühlte sich ertappt und senkte den Kopf, der so rot wie eine Tomate geworden war. Jenny wusste, dass er wasserscheu war. Seine Lüge war aufgeflogen.

„Fa-Fa, willst du uns nicht sagen, was du wirklich gemacht

hast!", forderte ihn Jenny nun etwas ernster auf.

Gespannt warteten sie und Kate auf seine Antwort.

Langsam hob er den Kopf wieder und schaute die beiden an.

Nun musste er es beichten.

„Ich ha...ha...habe die Bücher versteckt."

„Welche Bücher?"

„Die Bücher m...m...meiner Mutter. Sie darf ni...ni...nichts Böses mehr zaubern."

Jenny verstand ihn und war sogar ein wenig stolz. Dennoch hätte er sie erst fragen können, die Bücher sind zu wichtig, als leichtfertig damit umzugehen.

„Wo hast du sie?", fragte sie deshalb.

„In einer Hö...Hö....Höhle in den Felsen. Dort sind s...s...sie sicher."

Kate verfolgte gespannt das Gespräch zwischen den beiden und wartete ab.

„Fa-Fa", Jenny ging direkt zu ihm, „hör mir jetzt genau zu! Das, was du getan hast, war zwar richtig und wahrscheinlich hätten wir in den nächsten Tagen dasselbe getan, aber du hättest uns ruhig fragen können, ob wir dir helfen. Du hast Recht, deine Mutter richtet mit den Büchern nur Unfug an und die Gefahr, dass sie uns wieder schaden könnte ist zu groß. Aber ich glaube eine feuchte Höhle ist nicht der richtige Platz für so alte und wertvolle Bücher. Deshalb würde ich dich bitten, sie von dort wieder zu holen. Wir werden sie bei mir in der Hütte verstecken wie die anderen auch. Einverstanden?"

Fa-Fa nickte und wollte gleich loslaufen, doch Jenny stoppte ihn.

„Halt, halt, nicht so schnell. Ich muss noch etwas anderes mit euch bereden. Fa-Fa, setz dich ruhig noch einmal hin."

Er tat wie ihm geheißen und hockte sich wieder auf den Stein. „Ich hatte eben ein Gespräch mit dem Adler, weil ich vor einem großen Problem stehe und eine Entscheidung treffen muss. Er riet mir, mich all meinen Freunden anzuvertrauen, um mir ein klares Bild zu verschaffen. Eigentlich wollte ich zu dir, Kate, am Schluss kommen. Aber jetzt sah ich dich hier sitzen und dachte mir, warum nicht gleich?"

Noch einmal fasste Jenny Mut und sagte: „Es geht um meine Zukunft als Puma oder Mädchen!"

Kate tat überrascht. Sie hatte zwar vermutet, dass Jenny irgendwann Gewissensbisse bekommen würde, aber dass dies schon am ersten Tag nach ihrer Rückkehr eintrat, damit hatte sie nicht gerechnet.

„Was gebt ihr mir für einen Rat?"

Fa-Fa zuckte bloß mit den Schultern, anscheinend begriff er noch nicht ganz, was Jenny meinte.

Kate hingegen sagte: „Das kommt ziemlich überraschend. Ich weiß, ich habe dir vor ein paar Tagen im Truck eine derartige Frage gestellt. Und du wolltest darüber nachdenken."

„Ja, du hast mich gefragt, ob ich es mir vorstellen könnte, mit dir und Luke zurück nach Jasper zu gehen und dort aufzuwachsen, wenn ich wieder ein Mädchen bin. Und ich habe auch darüber nachgedacht. Aber jetzt, wo ich wieder in meiner einzigen Heimat bin, die ich kenne, ist alles ganz anders. Das, was ich noch im Truck dachte und wovon ich träumte, sehe ich hier mit ganz anderen Augen. Ich weiß nicht, ob es besser ist, wieder ein Mädchen zu sein."

Kate erkannte Jenny's Dilemma und versuchte, ihr zu helfen. „Jenny", sie hockte sich zu ihr und streichelte sanft ihren Kopf, „du weißt, ich habe dich und Luke in mein Herz geschlossen. Und ich bleibe auf alle Fälle bei euch. Ich werde euch auf keinen Fall zwingen, mit mir nach Jasper zu gehen, die Entscheidung müsst ihr selbst fällen. Hier in diesem Paradies habt ihr alle Zeit der Welt, darüber nachzudenken. Und wenn du mich fragst, ob mir ein Puma oder ein Mädchen lieber wäre, dann entscheide ich mich natürlich für das Mädchen. Luke wird das sicher auch begrüßen, aber das kannst du ihn selbst fragen. Und deine Freunde werden dich bestimmt nicht minder mögen, wenn du wieder ein Mensch bist, oder?"

„Du hast Recht", sagte Jenny, „der Adler hat ungefähr dasselbe gesagt. Ihm wäre es egal, was ich bin."

„Hm, mir auch", warf Fa-Fa ein, der das Gespräch genau verfolgt hatte.

„Siehst du", meinte Kate, „sogar Fa-Fa denkt so."

Jenny drückte ihren Kopf gegen Kate's Hand und schnurrte behaglich. Sie dachte zurück an die Zeit, als sie noch ein Mädchen war. Sie sah sich gemeinsam mit dem Bär über die Wiese tollen und am See auf Bäume klettern. Ted und Luna hatten sie begleitet, wohin sie auch ging und viele glückliche Tage mit ihr verbracht. Ein Grund, warum sie schließlich ein Tier sein wollte, war die Zigeunerin und ihr Mittagessen. Sie hatte es Jenny angeboten und sogar der Adler hatte ihr geraten, dieses Angebot nicht auszuschlagen. Denn eine warme Mahlzeit am Tag war für ein Mädchen ihres Alters wichtiger als alles andere. Doch Jenny fühlte sich so abhängig und unglücklich, dass sie einen Ausweg suchte und ihn mit der Verwandlung auch fand. Kate weckte sie aus ihren Tagträumen als sie sagte: „Geh zu Luke und rede mit ihm. Vielleicht kann er dir noch weiter helfen als ich. Er müsste noch in der Hütte sein."

Jenny blickte sich Richtung Hütte um. Sie dachte an Luke und wusste, dass in der Hütte nicht nur Luke, sondern auch etwas anderes war.

„Ich werde ihn fragen", sagte sie, „jetzt gleich werde ich es tun. Ich danke dir Kate, deine Meinung war mir sehr wichtig. Ich werde mich noch heute entscheiden."

Jenny erhob sich und ging Richtung Hütte.

„Lass dir Zeit mit der Entscheidung", rief ihr Kate nach, „du musst nichts überstürzen!"

Jenny blickte noch einmal zurück und rief: „Fa-Fa, vergiss die Bücher nicht!" Mehr sagte sie nicht.

Daraufhin brach auch Fa-Fa auf und ließ Kate allein am See zurück. Sie schaute den beiden nach und entschloss, noch ein wenig hier sitzen zu bleiben, schon allein deswegen, weil sie in der Hütte nicht stören wollte. Sie blinzelte in die Sonne und genoss diesen unvorhergesehenen Urlaub im Paradies in vollen Zügen. Wahrscheinlich wurde viel mehr daraus, als nur ein Urlaub. Das kam ganz darauf an, wie sich Jenny und natürlich auch Luke entscheiden würden.

Hoch oben über dem See erblickte sie die zwei Adler und irgendwie war sie neidisch auf die beiden, weil sie die Möglichkeit besaßen, all diese Schönheit von oben zu sehen. Kate rutschte vom Felsen herunter, lehnte sich mit dem Rücken an ihn und schloss die Augen. Eine leichte Brise vom See zerzauste ihr Haar und sie merkte, wie die Müdigkeit zurückkam. Doch sie sträubte sich nicht, sondern nahm es in Kauf, noch ein kleines Nickerchen zu machen. Schon bald darauf war sie eingeschlafen.

Das Mädchen Jenny

Wenig später erreichte Jenny die Hütte und da sie kein Geräusch aus deren Inneren vernahm, vermutete sie, dass Luke noch schlief. Sie stupste die Tür auf und ging hinein.

Wider Erwarten war Luke nicht mehr im Schlafsack, sondern saß am Tisch und blätterte in einem der Bücher. Als er die Tür knarren hörte, blickte er auf.

„Hallo, einen schönen guten Morgen", rief er fröhlich, „wo sind denn Kate und Fa-Fa, ich habe sie gar nicht weggehen gehört?"

Jenny setzte sich neben den Jungen und antwortete: „Fa-Fa muss etwas erledigen und Kate döst am See vor sich hin."

„Und wo warst du?", plagte ihn weiter die Neugier.

„Ich war auch am Fluss", sagte sie kurz.

„Ted und Luna sind wohl auch schon unterwegs?", fragte Jenny, da sie nicht mehr in der Hütte lagen.

„Ja, sie wollten ein paar Nüsse oder Kiefernzapfen knacken und dann wiederkommen. Lange kann es nicht mehr dauern, sie sind schon eine ganze Weile fort."

Jenny schlang den Schwanz um die Pfoten und entschloss sich, auf ihre Rückkehr zu warten, bevor sie mit Luke redete. Ted und Luna waren ihre besten Freunde und sie sollten auch Bescheid wissen.

„Was suchst du denn?", fragte sie Luke, der immer noch in dem Zauberbuch blätterte und ab und zu leise fluchte.

„Ich dachte, ich finde irgendeinen Spruch, mit dem ich ein schönes Frühstück zaubern könnte, aber ich komme mit den Zeichnungen und seltsamen Schriftzügen einfach nicht klar. Das ist zu verworren für mich."

Jenny lachte: „Mit ,Tischlein deck dich, Esel streck dich' hat es wohl nicht funktioniert?"

Da musste auch Luke lachen.

„Die gewöhnlichen Zauberformeln suchst du in diesen Büchern vergebens", erklärte ihm Jenny, „die Zauberbücher für den so genannten täglichen Bedarf hat alle Alexa, das heißt", sie unterbrach sich selbst, „nun nicht mehr."

Prompt kam das: „Wieso?"

„Fa-Fa hat sich heute Morgen, als seine Mutter noch schlief, in ihr magisches Labor geschlichen und all ihre Bücher mitgenommen. Er hat sie in einer Höhle versteckt und wollte es uns anfangs verheimlichen. Doch wir durchschauten ihn und er beichtete uns seine Missetat. Vorhin habe ich ihn zurückgeschickt, die Bücher wieder zu holen."

„Und ihr zurückzugeben?", fragte Luke skeptisch.

„Nein, natürlich nicht, er soll sie hierher bringen. Hier sind sie besser aufgehoben, als in dieser Höhle, wo sich vielleicht Mäuse ein Nest darin bauen."

Luke schlug das vor ihm liegende Buch zu und sagte recht unzufrieden: „Wenn wir etwas anständiges frühstücken wollen, müssen wir also warten, bis Fa-Fa zurück ist?"

Jenny schaute ihn mitleidsvoll an und machte eine zustimmende Geste. Luke zog einen Schmollmund und trippelte ungeduldig mit den Füßen. Hoffentlich beeilte sich dieser Stolperhannes, dachte er sich. Die Dosenwurst hing ihm langsam zum Halse heraus. Er ahnte nicht, dass ihn Jenny einen Bären aufband. Amüsiert beobachtete sie den zappeligen Luke, hielt es nach ein paar Minuten aber nicht mehr aus und sagte: „Luke, versuch einmal, mir nachzusprechen."

„Warum?"

„Versuch es einfach, du wirst schon sehen!"
Luke ahnte immer noch nichts und folgte ihrer Aufforderung.
Er sprach ihr nach.

„Frokost labias mendelum,
fruct in servise metten!"

Kaum, dass er den Spruch ausgesprochen hatte, glaubte er
seinen Augen nicht zu trauen. Der Tisch vor ihm war gedeckt
mit unzähligen Frühstücksleckereien. Da stand Milch, frisches
Brot, ein Frühstücksei, Honig, Butter, Wurst und Käse und
eine Schale mit Obst, von dem er nur das wenigste kannte.
Sogar Schokolade und eine Schüssel mit Müsli entdeckte er.
Mit offenen Mund starrte er Jenny an und meinte: „War das
jetzt Zufall?"
Jenny schaute verlegen zum Fenster und antwortete: „Nun,
Zufall würde ich es nicht gerade nennen."
„Also kannst du die Sprüche auswendig?"
„Das trifft den Punkt schon eher."
„Aha", nickte Luke, „und mir erzählst du, wir müssten auf Fa-
Fa's Rückkehr warten."
„Ich sehe dich nun mal zu gerne, wenn du etwas nicht
erwarten kannst. Das siehst so lustig aus. Es war wirklich
keine böse Absicht."
„Hauptsache ist, wir haben jetzt etwas zu essen", entgegnete
Luke und langte nach einer Scheibe Brot.
„Oh", schlug er sich an die Stirn, „sollen wir auf Kate
warten?"
„Iss' ruhig, den Spruch kann man beliebig wiederholen. Wenn

Kate in der Sonne eingeschlafen ist, dauert es noch eine Weile, bis sie zurückkommt."

„Gut!", und schon schob sich Luke die erste Scheibe Brot in den Mund. Sofort fragte er Jenny, ob sie nichts möchte.

Sie verstand zwar kein Wort von dem Gemampfe, aber sie wusste, was er meinte und schüttelte ihren Kopf.

„Ich habe im Moment keinen Hunger."

Jenny schaute Luke beim Essen zu und der ließ sich auch durch nichts beirren und aß ein Brot nach dem anderen. Nur als Ted und Luna zurückkamen, machte er eine Pause und griff sich einen Apfel. Er wollte wissen, was es neues gab, aber auch etwas essen, und da schien ihm ein Apfel genau das Richtige zu sein.

So abgehetzt, wie die beiden Grauhörnchen waren, hatten sie nicht nur gefrühstückt, sondern sich auch wieder ausgiebig geneckt und gejagt. Noch völlig im Spieltrieb stürmten sie herein und sprangen sofort auf Jenny's Rücken und von dort auf den Tisch. Ihre Köpfchen gingen hoch und runter und hin und her, als sie die vielen Sachen sahen und rochen.

„Morgen!", pfiffen sie und Luna sprang auf Jenny zurück. Da sie einen solch gedeckten Tisch von früher kannten, äußerten sie sich nicht dazu.

Ted fragte nur: „ Haben wir irgend etwas verpasst?"

Jenny hielt das für einen guten Zeitpunkt, um ihren drei besten Freunden mitzuteilen, was sie auf dem Herzen hatte.

„Verpasst habt ihr nichts, aber ich habe euch etwas Wichtiges zu sagen", begann sie.

„Ich habe heute schon mit dem Adler, Fa-Fa und auch mit Kate darüber gesprochen und ihr seid die letzten, die ich um Rat frage. Ich will und muss heute eine Entscheidung treffen!"

Luke ahnte etwas, sagte aber nichts.

Dafür fragten die Grauhörnchen fast gleichzeitig: „Was für eine Entscheidung?"

Jenny schluckte noch einmal und sagte: „Ob ich ein Puma bleibe oder wieder ein Mädchen werden will?"

Augenblicklich herrschte eine Totenstille in der Hütte. Jeder dachte nach und versuchte, diese Botschaft zu verdauen.

Ted brach zuerst das Schweigen: „Was für einen Rat sollen wir dir geben, wie können wir dir helfen?"

„Ich weiß, es ist schwierig für euch, meine Lage zu verstehen. Aber seit ich wieder hier bin, fühle ich mich nun hin und her gerissen. Zum einen habe ich euch, meine tierischen Brüder und Schwestern, zum anderen sind da Kate und Luke, denen ich so gerne mein wahres Ich zeigen möchte. Ted und Luna, ich frage euch deshalb: Was wäre euch lieber?"

Luke wartete gespannt, was die beiden sagen würden.

Luna seufzte und sprach: „Wir haben dich lieb, egal was du bist. Die Zeit war schön. Doch ich spüre genau, dass du wieder ein Mädchen sein willst. Und deshalb sage ich: Achte nicht auf uns. Mach das, bei dem du dich am glücklichsten fühlst, dann sind wir auch glücklich." Luna stupste Jenny mit ihrem kleinen Näschen ins Fell und fügte hinzu: „Wir werden einiges vermissen. Aber genauso haben wir deine Streicheleinheiten vermisst, nachdem du ein Puma wurdest."

„Du kannst es nicht allen Recht machen", sagte auch Ted, „und du bist nun einmal ein Mensch, auch wenn du im Körper eines Pumas steckst. Du bist nicht allein, es gibt keinen Grund mehr, dass du ein Puma bleibst. Dies ist unsere Meinung."

Luke hatte den Apfel beiseite gelegt und wirkte sehr nachdenklich. Er wusste, nun war er an der Reihe.

Gerührt von Luna's und Ted's Rat saß Jenny da und zwei dicke Pumatränen rollten über ihre Wangen. Sie drehte den Kopf zu Luke um etwas sagen, doch er kam ihr zuvor.

„Ich weiß nicht, was dir der Adler und Kate geraten haben, aber ich bin froh über das Urteil von euch beiden", und er deutete auf die Grauhörnchen, „ich denke genauso."

„Du willst also auch, dass ich mich zurückverwandle?"

„Nun, ich fände es auch Klasse, wenn du ein Puma bleibst. Welcher Junge hat schon einen sprechenden Puma als Freund! Aber trotzdem brenne ich darauf, das Mädchen Jenny kennen zu lernen, lieber heute als morgen."

Mit gesenkten Ohren ging Jenny zum Fenster und sprang auf die kleine Bank, der darunter stand. Sie schaute hinunter zum See und lauschte auf die Geräusche des Waldes. Was riet ihr nun ihr Herz? Natürlich hätte sie auch noch den Bären, die Krähe oder den Wolf fragen können, aber sicher hätten sie alle dasselbe gesagt. Und so fällte sie nun ihre Entscheidung: „Ich werde es tun.", entschied sie kurz und knapp.

„Was? Was wirst du tun?", pfiffen die Grauhörnchen.

Jenny sprang wieder von der Bank herunter und sagte: „Ich werde mich zurückverwandeln. Und sollte es mir als Mensch nicht mehr gefallen, kann ich jederzeit wieder zurückkehren, zurück in die Welt meiner Freunde."

„Und wie willst du deine alte Gestalt wieder annehmen?", wollte Luke wissen. Insgeheim hoffte er natürlich, wieder einen großen Zauberspruch aufsagen zu müssen.

„Natürlich mit einem Zauberspruch", bestätigte Jenny seine Vermutung.

„Und wann willst du es tun?", fragte Ted, der auch gespannt war.

„Ich weiß nicht", erwiderte Jenny unschlüssig, „eigentlich ist der Zeitpunkt egal. Schließlich gehe ich nicht weg, ich verändere mich bloß."

„Also sofort!", fiel ihr Luke ins Wort, der vor lauter Übereifer schon wieder kochte. „Worauf wollen wir noch warten? Überleg einmal, wen du alles überraschen könntest, wenn du plötzlich wieder ein Mädchen wärst", versuchte er sie weiter zu überreden. „Was man heute kann besorgen, dass verschiebe nicht auf morgen!"

Skeptisch schaute sie Luke an, den es kaum noch auf dem Stuhl hielt. Eigentlich hatte er Recht, worauf noch warten? „Einverstanden", willigte sie ein.

Jetzt sprang Luke auf und stand unbeholfen mitten im Raum: „Was soll ich tun?"

„Zuerst einmal machen wir wieder Ordnung, dein Frühstückstisch sieht furchtbar aus, als ob hier eine Horde Räuber gespeist hätten", stellte Jenny fest.

Gerade wollte Luke beginnen, den Tisch aufzuräumen, als ihn Jenny erinnerte: „Hast du etwa die Zauberei wieder vergessen?"

„Du meinst, wir lassen ihn so, wie er kam, auch wieder verschwinden?"

„Na klar, ist doch viel einfacher."

„Und ob", freute er sich, „was soll ich sagen?"

„Sprich mir wieder nach:

Returum frokost labias mendelum,
Returum fruct in servise metten!"

Korrekt sprach er den Spruch nach, und siehe da, vom eben

noch gefüllten Tisch war kein Krümel mehr geblieben. Alles war verschwunden.

Sofort sprangen beide Grauhörnchen auf den Tisch, da sie von dort die beste Sicht hatten. Würde die Rückverwandlung gelingen?

Ungeduldig fragte nun Luke: „Hast du den Spruch zu deiner Verwandlung auch im Kopf?"

„Ja, ich kenne ihn, aber um ganz sicher zu gehen, wollen wir lieber noch einmal nachschlagen. Jeder Zauberspruch birgt ein gewisses Risiko. Und hierbei ist mir das Risiko zu groß. Ich will ganz sicher sein."

„Welches Buch?", konterte Luke sofort.

„Das rote, das rote", riefen Ted und Luna, die auch bei Jenny's Verwandlung dabei gewesen waren.

Sofort suchte Luke nach einem roten Buch und fand es auch gleich. Die Bücher hatte er gestern vorsorglich in einer Nische am Fenster gesteckt. Man wusste schließlich nie, auf welche Ideen Alexa kam. Aber es war noch alles da und Luke ging mit einem roten Buch zum Tisch zurück.

„Ist es das?"

„Ja, richtig", sagte Jenny.

Ted und Luna hoppelten ein Stück näher, bis sie am Rand des Buches saßen. Ihre Knopfäuglein bewegten sich gespannt hin und her.

„Schlag es auf und suche in der Mitte des Buches nach einer Seite, auf der untereinander ein Stein, ein Baum, ein Raubtier und ein Mensch abgebildet sind. Diese Seite brauchen wir."

Luke begann zu blättern. Dieses Buch gefiel ihm. Überall sah er bunte Bilder von Bergen, Feuern, Tieren, Flüssen, Elfen, Kobolden und Wesen, die halb Mensch und halb Tier zu sein schienen. Auch die Schrift war viel leichter zu entziffern als in den anderen Büchern. Schließlich hatte er die Seite gefunden und schaute erstaunt auf die Menge von Sprüchen, die die Bilder umrahmten.

Mit einem leichten Hüpfer erhob sich Jenny und stützte ihre vorderen Beine auf den Tisch, um besser sehen zu können.

„Hast du es?"

„Ja, aber es sind so viele Sprüche!"

„Ich weiß, zeig einmal her", forderte sie ihn auf und er schob ihr das Buch zu. Sie las leise vor sich hin und nickte zufrieden. Sie hatte den Spruch zweifelsfrei wieder erkannt. Sie las vor:

„Inventus cox puma concolor,
octabi cox homo sapiens,
inventi wexbus, bene cox mentum,
pulsaris hac morbum concolor!"

Während sie las, schielte Luke schon mit ins Buch, um gleich zu wissen, welcher Spruch es war.

Kaum, dass sie verstummte, fragte er: „Solch ich ihn genauso vorlesen?"

„Nicht so hastig, Luke", rügte sie ihn, „wir haben Zeit."

Jenny beugte den Kopf zu Ted und Luna und leckte den beiden noch ein letztes Mal den Kopf: „Nun heißt es Abschied nehmen, als Puma seht ihr mich nun vielleicht zum letzten Mal."

Ted und Luna erwiderten Jenny's Zärtlichkeiten. Auch sie leckten ihr die weiße Pumaschnauze.

Obwohl Jenny nicht gehen, sondern sich lediglich verändern würde, schluchzte Luna: „Es war eine schöne Zeit mit dir. Wir werden die Pumadame nie vergessen."

Nun stieß sich Jenny vom Tisch ab und ging in die Mitte der Hütte.

„Es ist soweit, Luke. Nimm bitte dort die Decke und wirf sie über mich, sodass ich vollkommen verdeckt bin!"

Luke tat es, fragte aber: „Wozu das denn? Ich dachte, so etwas gibt es nur im Zirkus?"

„Frag' nicht, tue es einfach", wies sie ihn an, „und nun lies den Spruch, füge aber vor jede Zeile das Wort ,returum'!"

„Wie vorhin beim Frühstückstisch?"

„Genau."

Jenny hörte, wie sich Luke wieder an den Tisch setzte und sich räusperte. Ihr Herz schlug ihr bis zum Hals.

„Laut und deutlich, Luke!"

„Alles klar, ich fang jetzt an:

„Returum inventus cox puma concolor,
returum octabi cox homo sapiens,
returum inventi wexbus, bene cox mentum,
returum pulsaris hac morbum concolor!"

Ted und Luna starrten auf die Decke, unter der Jenny saß und Luke tat es ihnen gleich, als er geendet hatte. Es erschien ihnen wie eine Ewigkeit, bis etwas geschah. Plötzlich fiel die Decke zusammen. Von den Ausmaßen konnte man darauf schließen, dass der Puma weg war. Etwas Kleineres saß nun unter der Decke, bewegte sich jedoch nicht. War es noch Jenny? Ein ungutes Gefühl beschlich Luke, als er sich der Decke näherte.

„Jenny?", fragte er leise und skeptisch, „Jenny?"
Keine Antwort.
Die beiden Grauhörnchen zitterten vor Aufregung. Gerade bückte sich Luke und griff zaghaft nach der Decke, als sich plötzlich darunter etwas bewegte und hustete. Luke griff zu und sprang samt Decke einige Schritte zurück. Wie gebannt blieb Luke stehen und staunte.
Ted und Luna hingegen hüpften sofort vom Tisch und freuten sich: „Jenny, Jenny, du hast es geschafft, du bist wieder bei uns!"
Vor Luke auf den Boden saß ein Mädchen in einem hellbraunen Wildlederkleid und tätschelte die Grauhörnchen. Sie hatte schulterlanges, blondes Haar und schöne grüne Augen. Eine kleine Stupsnase vervollständigte das süße Gesicht.
„Hallo!", sagte sie und stand auf, „ich bin die andere Jenny."
Sie war etwas kleiner als Luke. Mit den Grauhörnchen auf dem Arm ging sie auf Luke zu und streckte ihm die Hand entgegen. Luke starrte sie unentwegt an und gab ihr wie hypnotisiert die seine.
„Hallo", wiederholte sie, und Luke erwiderte es.
„Hast du noch nie ein Mädchen gesehen?", fragte sie ihn.
„Doch, doch, bloß...", stammelte Luke, „...ich bin ziemlich überrascht."
Die Grauhörnchen versteckten ihre Köpfchen unter Jenny's Achsel und tuschelten irgendetwas, doch man konnte sie nicht verstehen.
Noch immer hielt Luke Jenny's Hand und schaute sie an. Ted und Luna sprangen zurück auf den Tisch und kicherten. Sie merkten, dass Luke nicht bloß überrascht, sondern auch ein

wenig verliebt dreinblickte und das amüsierte sie. Auch Jenny merkte, dass mit Luke etwas nicht stimmte und sie hoffte, dass sie ihm gefiel, dass sie ihn angenehm überrascht hatte. Das war eine ihre größten Sorgen gewesen. Aber anscheinend war diese Sorge unbegründet.

Luke war vom ersten Augenblick, als er sie sah, hin und weg. „Wollen wir nun die anderen überraschen?", fragte Jenny und ging zur Tür.

Luke folgte ihr und meinte: „Hast du nicht vielleicht auch Hunger nach all der Aufregung?"

Sie winkte ab und sagte: „Nein, nein, im Gegenteil, die Aufregung vertreibt bei mir jeglichen Appetit."

Vorsichtig verließ sie die Hütte. Das Gefühl, auf zwei Beinen zu gehen, war komisch, doch sie gewöhnte sich wieder schnell daran. Ausgelassen und fröhlich sprangen die Grauhörnchen um sie herum und Luke folgte den dreien. Sie gingen hinunter zum See.

Die große Freude

Jenny's blondes Haar strahlte in der Vormittagssonne und es war nicht schwer zu erraten, wem dies zuerst auffallen würde. Sie hatten noch keine zweihundert Meter zurückgelegt, als ein leises Rauschen die Ankunft der Adler verriet.

Direkt vor Jenny gingen sie nieder und der Adler rief gutgelaunt: „Da hat es jemand aber verdammt eilig gehabt!" Jenny schaute ihn verlegen an und erwiderte: „Ich habe nur deinen Rat befolgt. Dass ich sofort, nachdem ich meine Entscheidung getroffen hatte, den Zauber rückgängig machte, ist eigentlich Luke's Schuld. Er hat darauf gedrängt. Aber nun bin ich froh, dass ich wieder ich selbst bin."

„Das ist die Hauptsache", meinte der Adler, „und wie ich sehe, sind deine Freunde auch guter Stimmung."

„Und ob!", pfiff Ted und jagte Luna einen Baumstamm hinauf. Sie lachten und Jenny sagte, dass sie nun Kate überraschen wollten.

„Ja, tut das", nickte der Adler, „sie liegt noch am See und schläft. Wir kommen auch hin", fügte er hinzu.

„Koooommmen dam auuuch himmm", äußerte die Adlerin und sorgte damit für die nächste Überraschung.

„Was war das denn?", fragten alle fast gleichzeitig.

„Oh, ich vergaß zu erwähnen, dass sie doch die Menschensprache erlangt", klärte der Adler sie auf, „es dauert nur eine Weile, bis die Kraft des Zauberlandes sie vollkommen erfasst."

„Das ist doch toll", freute sich Jenny, und Luke stand staunend neben ihr. Heute schien bei ihm der Tag des offen stehenden Mundes zu sein.

„Finnnte isch auuuch", sagte des Adler's Gefährtin und warf ihm einen liebevollen Blick zu. Dann drehten die beiden sich um und erhoben sich wieder in die Lüfte.

Luke und Jenny gingen weiter, doch es dauerte nicht lange, bis ihnen wieder jemand über den Weg lief. Diesmal war es Fa-Fa und er wurde begleitet von dem Bären, dem Wolf und der Krähe. Natürlich erreichte die Krähe die beiden zuerst und begann sogleich loszukrächzen.

„Jenny ist wieder ein Mädchen. Wieso denn das? Wieso hat mir niemand Bescheid gesagt? Das ist so aufregend. Wo wollt ihr denn hin? Fa-Fa hat erzählt, dass..."

„Krähe" unterbrach sie Jenny, „beruhige dich. Du hast außer meiner Rückverwandlung noch nichts verpasst. Und keine Angst, du und die anderen werden meine Gründe noch erfahren."

Mittlerweile erreichten auch die anderen die Gruppe und begrüßten Jenny. In den zwei Jahren, die Jenny nun ein Puma gewesen war, hatten die meisten ganz vergessen, dass es jemals anders war. Um so mehr zeigten sie jetzt ihre Freude.

„Du bist größer und hübscher geworden, seit ich dich das letzte Mal sah", brummte der Bär. Der Wolf stimmte ihm zu. „Bestimmt hat die Krähe schon alles gefragt, was es zu fragen gäbe", sprach der Bär weiter, „aber auch uns würde es interessieren, wie es dazu gekommen ist."

„Ich kann euch nur das Gleiche sagen, was ich der Krähe auch geraten habe: Kommt mit und ihr werdet alles erfahren!"

Der Bär schüttelte zufrieden seinen Schädel hin und her und fragte nur noch: „Und wohin geht ihr?"

„Zu Kate", sagte Luke, „sie weiß es noch nicht."

„Aha", brummte er. Als letzter kam natürlich Fa-Fa

angestolpert und er trug die Bücher und Aufzeichnungen aus der Höhle bei sich. Doch seine Freude über Jenny's Rückkehr als Mensch war so groß, dass er den Stapel auf den Boden fallen ließ und ihr entgegen rannte. Diesmal ohne zu stolpern erreichte er sie, hob sie hoch und drückte sie. Seine beste Freundin war zurück.

Er ließ sie wieder herunter und sagte: „Ich bin sehr glü...glü...glücklich."

„Ich auch, Fa-Fa, ich auch!" Sie ging zu den Büchern und hob sie gemeinsam mit Fa-Fa auf. „Sind das alle?"

„Ja, ganz be...be...bestimmt."

„Woher willst du das so genau wissen", krächzte die Krähe, „vielleicht hat die alte ..., ähm, ich meine natürlich deine Mutter, noch welche versteckt!"

„Nein, ich war b...b...bei ihr."

„Und", fragte Luke interessiert, „stottert sie noch?"

„Nein. Sie redet w...w...wieder normal. Aber sehr b...b...böse war sie. Sie schimpfte, Jenny hä...hä...hätte all ihre Bücher ge...ge...gestohlen. Daher weiß ich, da...da...dass es alle sind."

„Kein Wunder, dass sie gleich mich beschuldigt", meinte Jenny, „aber die beruhigt sich wieder. Sie weiß, dass sie gegen uns nicht mehr ankommt. Und außerdem beherrscht sie etliche Zaubersprüche genau wie ich auswendig. Mit denen kann sie noch genug experimentieren."

„Kann sie uns denn noch immer schaden?", fragte Luna ängstlich.

„Das glaube ich weniger. Wir haben die Bücher und können alles rückgängig machen. Das haben die letzten Tage gezeigt!" Die Krähe wurde langsam unruhig und hüpfte ungeduldig hin und her.

„Wann geht es denn endlich weiter. Ich will mehr erfahren", drängelte sie.

„Schon gut, schon gut, wir gehen ja weiter", beruhigte sie Jenny und folgte weiter dem Pfad zum See.

Als man durch die Bäume das Glitzern des Wassers sehen konnte, stoppte Jenny erneut und drehte sich zu den anderen um.

„Ich hätte eine Bitte. Begleitet mich nur bis zum Waldrand, ich möchte zuerst allein mit Kate reden. Tut ihr mir den Gefallen?"

Ein zustimmendes ,Na klar' kam von allen Seiten, nur der Krähe schien die Bitte überhaupt nicht zu gefallen. Wie sollte sie so Neuigkeiten erfahren. Doch Jenny beruhigte sie auch diesmal:

„Ich rufe euch. Dann erfahrt ihr alles, auch du Krähe."

Sie gingen weiter. Nach fünf Minuten erreichten sie den Waldrand und Jenny ging alleine weiter. Sie musste ein Stück durch hohes Gras laufen, das noch hier und da mit Tau benetzt war. Ihre Wildlederschuhe waren in Nu durchnässt, doch das störte sie nicht. Als Puma hatte sie ständig nasse Füße gehabt. Sie blickte sich noch einmal um und sah, wie die anderen aus ihrem Blickfeld verschwanden. Diesen Weg musste sie alleine gehen.

Sie kam an einen kleinen Hang. Gleich dahinter lag das Ufer des Sees. Sie brauchte nicht lange zu suchen, bis sie Kate entdeckte. Wie der Adler gesagt hatte, lag diese noch immer an dem Felsen und döste vor sich hin. Jenny hielt nach den Adlern Ausschau, doch momentan konnte sie sie nirgends entdecken. Das war gut so. Leise näherte sie sich dem großen

Stein und als sie nur noch zehn Meter von Kate trennte, blieb sie stehen.

„Kate", sagte Jenny zaghaft und schüchtern. Doch außer einem verschlafenen Knurren kam keine Antwort.

„Kate, wach auf!", versuchte sie es nun etwas energischer. Das Knurren wiederholte sich, doch diesmal öffnete Kate die Augen. Verschlafen blinzelte sie gegen die Sonne und rechnete fest damit, als nächstes einen Puma zu sehen. Die Stimme war ihr bekannt.

„Was ist denn, Jenny?", fragte sie daher und drehte sich zunächst nach rechts in die falsche Richtung. Als sie dort niemanden erblickte, schaute sie nach rechts. Dort sah sie zwar etwas, dennoch glaubte sie es nicht.

Wiederholt rieb sie sich die Augen und meinte: „Träum' ich oder wach ich? Das glaub ich nicht."

Sich den feinen Ufersand von der Hose klopfend stand Kate nun auf und ging Jenny einen Schritt entgegen. Ihre Gesten und Bewegungen wirkten immer noch sehr skeptisch. Sie hatte oft Träume, die der Wirklichkeit sehr nah kamen. Vielleicht hatte sie auch zu lange in der Sonne gelegen.

„Du träumst nicht, ich bin es wirklich. Ich bin das Mädchen Jenny! Vor zwei Stunden war ich noch der Puma, den du kanntest."

Erst als Jenny ihr entgegenlief und ihr in die Arme fiel, glaubte Kate nun endgültig, dass es kein Traum war. Ebenso wie Fa-Fa hob Kate Jenny hoch und drehte sich mit ihr im Kreis. So groß war ihre Freude. Dann ließ sie sie wieder herab und legte die Hände auf Jenny's Schultern.

„Lass dich anschauen! Wie sieht ein Mädchen aus, das ein Puma gewesen ist?" Sie musterte Jenny von Kopf bis Fuß und sagte scherzhaft: „Ich würde sagen, ganz normal, nur die Ohren sind noch ein wenig behaart."

Erschrocken fasste sich Jenny sofort an die Ohren, doch merkte schon an Kate's Lachen, dass sie sie veralbert hatte.

Wieder drückte Kate sie an sich und sagte unter Tränen der Freude und vom Lachen: „Ich bin so froh, dass du dich so entschieden hast!"

„Ich auch, ich auch", schluchzte Jenny.

Wie viele Jahre war es her, seit sie einen Menschen umarmt hatte, den sie über alles liebte? Fünf Jahre oder waren es schon sechs? Jedenfalls eine Ewigkeit für ein kleines Mädchen. Und deshalb genoss sie diesen Augenblick, solange es nur ging. Die anderen, die am Waldrand warteten, waren ihr in diesem Moment völlig egal.

Kate streichelte Jenny's Haar und fragte: „Wie hast du es so schnell geschafft, dich zurückzuverwandeln? War das nicht schwierig und gefährlich?"

Darauf löste Jenny sich aus der Umarmung, wischte sich die Tränen von der Wange und antwortete: „Luke hat darauf gedrängt und er hat den Zauber gesprochen. Natürlich hätte etwas schief gehen können, aber wie du siehst hatten wir Glück."

„Bis auf die Ohren", scherzte Kate wieder und beide lachten.

„Wenn Luke den Zauber gelöst hat", bemerkte Kate weiter, „würde mich brennend interessieren, wie er reagiert hat. Du bist immerhin ein sehr gut aussehendes Mädchen, er stand bestimmt mit weit aufgerissenem Mund da, stimmt es?"

Verlegen blickte Jenny in Richtung Wald und sagte: „Kann schon sein, dass ich ihm gefallen habe. Gesagt hat er jedenfalls nichts."

Kate berührte Jenny's Kinn und drehte deren Kopf wieder in ihre Richtung. „Aha", sagte sie gleich, „wer ist denn da rot geworden? Hat sich da vielleicht jemand auch in Luke verguckt? Kann das sein?"

„Vielleicht!" Jenny vermied es, Kate anzuschauen.

„Nun ja", meinte Kate, „das kann ja lustig werden. Wo ist Luke. Ist er nicht mitgekommen?"

„Na klar, er und die anderen warten dort hinter dem Hügel am Waldrand."

„Wieso denn das?", staunte Kate.

„Ich wollte zuerst allein mit dir reden, ohne die anderen!"

„Ja, das haben wir nun getan. Liegt dir noch irgendetwas auf dem Herzen?"

Jenny zögerte, aber dann nickte sie: „Eigentlich schon."

Kate ging zurück zum Stein und setzte sich wieder. Sie klopfte auf ihre Oberschenkel und sagte: „Komm' setz dich und sag, was dich bedrückt."

Zögernd nahm Jenny auf Kate's Schoß Platz und suchte nach Worten. Wie konnte sie es am besten erklären?

„Meine Freunde sind alle froh, dass ich wieder das Mädchen Jenny bin. Es macht wirklich niemandem etwas aus. Nicht einmal Ted und Luna sind traurig. Aber ich glaube, ich würde allen das Herz brechen, wenn ich das Land mit dir und Luke verlassen würde."

„Daher weht also der Wind", meinte Kate, „du denkst, ich nehme euch wieder mit zurück?"

„Ja, das meine ich. Aber das schlimmste ist, dass ich mir selbst nicht sicher bin, wo ich leben und aufwachsen will. Ist es nun hier besser oder draußen in den Städten? So viele Fragen quälen mich: Bleibt ihr hier, wenn ich bleibe? Bleibt Luke bei mir, wenn du gehst? Willst du überhaupt zurück? Wie sieht meine, wie sieht unsere Zukunft aus?"

Aufmerksam hatte Kate zugehört und schien überrascht, dass sich Jenny über so viele Dinge den Kopf zerbrach. Selbst für sie war es da schwierig, eine Antwort zu finden. Denn so genau hatte sie darüber noch gar nicht nachgedacht.

„Oh, Jenny, was soll ich dir jetzt sagen? Bis jetzt habe ich nur die nächsten Tage geplant, was danach wird, kann ich dir auch noch nicht sagen. Zuerst will ich dieses Land kennen lernen, mit all seinen Schönheiten und Zaubern. Vielleicht gehe ich zurück, vielleicht bleibe ich auch hier. Nur eins verspreche ich dir, die Entscheidung, das Land zu verlassen, liegt ganz bei dir. Ich werde dich und auch Luke zu nichts zwingen."

„Versprochen?", fragte Jenny überglücklich, weil sie genau darauf gehofft hatte.

„Mein Ehrenwort!", versprach Kate noch einmal und wuschelte durch Jenny's Haar.

Diese sprang vom Schoß und stellte sich vor Kate.

„So, und ich verspreche, dir eine Tochter zu sein, die du dir schon immer gewünscht hast, wenn du mich willst?"

„Natürlich will ich dich, du Wuschelkopf, meinst du, ich bin nur wegen der frischen Luft und der schönen Aussicht über diese Berge gekraxelt?"

Wieder fielen sie sich in die Arme und wie auf's Stichwort gesellten sich nun auch die zwei Adler zu ihnen. Der Adler hatte die beiden schon eine ganze Weile beobachtet und sah auch die anderen am Waldrand. Den Rest dachte er sich. Sie wollten anscheinend ungestört sein. Doch nach einiger Zeit schloss er aus den Gesten und Umarmungen, dass alles Wichtige gesagt war. Deshalb flog er gemeinsam mit seiner

Partnerin zu ihnen.

Kaum waren sie gelandet, bat ihn Jenny, die anderen zu benachrichtigen, dass sie nachkommen sollten. Bereitwillig schwang er sich sofort wieder in die Lüfte und kam kurz darauf zurück. Dass die Krähe beinahe früher da war als er, wunderte niemanden. Schließlich gab es jetzt Neuigkeiten! Auch die anderen ließen nicht all zu lange auf sich warten und umringten Kate und Jenny. Diese riefen Luke zu sich, und so sehr er sich auch sträubte, er musste auf Kate's Schoß.

Gespannt schauten alle auf Jenny, da sie nun eine kleine Ansprache erwarteten. Doch diese blickte nur auf all ihre Freunde und war sprachlos. Vor lauter Glück bekam sie keinen Ton heraus.

„Was ist nun? Würde mich endlich mal jemand aufklären!", quengelte die Krähe, die bei all der Heimlichtuerei schon fast eine Sensation erwartete.

Kate übernahm Jenny's Aufgabe und sagte: „Ich weiß nicht, was ihr jetzt erwartet, aber ich hoffe, das wird euch freuen: Wir haben uns entschieden, hier zu bleiben."

Augenblicklich begann ein einheitliches Jubelgeschrei, in dem Luke wohl am lautesten brüllte. Er sprang von Kate's Schoß und rannte wie von einer Hornisse gestochen am Ufer hin und her. Als sich der Jubel gelegt hatte und auch Luke sich beruhigte, fügte Kate hinzu: „Wir wissen nur noch nicht, ob wir für immer bleiben. Aber wenn wir irgendwann Sehnsucht nach der Welt da draußen haben sollten", und sie deutete in Richtung der hohen Berge, dann erfahrt ihr es früh genug."

Dem Adler gefiel diese Entscheidung. Denn wenn alle drei hier blieben, bekam er tatkräftige Unterstützung beim Lösen vieler kleiner Probleme. Und die Zeit, die er dadurch gewann, würde er natürlich nutzen. Schließlich hatte er viel in Sachen Liebe und Familienplanung nachzuholen. Die passende Partnerin dazu hatte er gefunden.

Bär und Wolf sahen weder Vor- noch Nachteile darin, dass Luke und Kate nun auch hier blieben, aber sie freuten sich mit den anderen. Auf jeden Fall kam noch mehr Leben ins Land und das wusste vor allem die Krähe zu schätzen. Würde es in Zukunft doch fast stündlich Neuigkeiten geben.

Auch Fa-Fa freute sich, wenn er auch noch nicht ganz begriff, was das alles bedeutete. Er war einfach glücklich. Es gab im ganzen Zauberland nur ein Lebewesen, das mit all dem ganz und gar nicht einverstanden war: Alexa, die Zigeunerin.

Doch an die neuen Mitbewohner musste sie sich in Zukunft gewöhnen, ob sie wollte oder nicht. Vielleicht kamen sie sich sogar irgendwann näher. Das würde die Zeit zeigen. Überhaupt würde sich nun viel ändern im Zauberland.

Denn durch ihr unfreiwilliges Abenteuer waren die Tiere viel enger zusammengewachsen, als sie es vorher waren. Der weise Adler Weißkopf würde seine Königsrolle behalten und weiterhin hoch oben über allen wachen. Und unten im Tal würden zwei Waisenkinder, die endlich eine Mutter gefunden hatten, gemeinsam heranwachsen und nie das Abenteuer vergessen, das sie zusammenführte.

-Ende-

Lightning Source UK Ltd.
Milton Keynes UK
UKHW020610310120
357947UK00015B/1126

9 783744 894494